TOTEM

Robert J. Sawyer est l'un des huit seuls auteurs à avoir remporté tous les principaux prix récompensant la science-fiction : le Hugo, le Nebula, le John W. Campbell. Il a aussi remporté le Robert A. Heinlein Award, le Edward E. Smith Memorial Award, le Hal Clement Memorial Award, et détient un record absolu de prix Aurora (on ne sait même plus trop combien), le prix de SF et fantasy canadien. Son roman *FlashForward*, qui sera republié en totem, a été adapté en série par ABC, et il a participé à la série web *Star Trek Continues*. Décoré de l'Ordre du Canada et de l'Ordre de l'Ontario, il fait partie du Canadian Science Fiction and Fantasy Hall of Fame.

TRILOGIE DE L'ÉVEIL : WONDER

Wonder n'est pas seulement la superbe conclusion d'une trilogie phénoménale, c'est aussi l'un des meilleurs livres que Sawyer a écrits.

Winnipeg Free Press

Fait frénétiquement réfléchir. La diversité des thèmes (et leur profondeur) fait de ce livre le plus fort de Sawyer à ce jour.

Publishers Weekly

L'un des romans les plus originaux et fascinants publiés depuis longtemps, par un auteur qui a remporté pratiquement tous les prix de science-fiction possibles.

Sacramento Book Review

Un livre complexe et fascinant. Sawyer maintient le haut degré d'interaction entre idées et actions qui caractérise ses œuvres.

National Post

DU MÊME AUTEUR, CHEZ LE MÊME ÉDITEUR

Trilogie de l'Éveil

Wake, totem n°304

Watch, totem n°305

Wonder, totem n°306

Robert J. Sawyer

WONDER

Trilogie de l'Éveil III

Traduit de l'anglais (Canada)
par Patrick Dusoulier

TOTEM

TOTEM n°306

Titre original : WONDER

First published by Ace Science Fiction, an imprint of Penguin Random House USA, and simultaneously by Viking, an imprint of Penguin Random House Canada, and by Gollancz UK

Première édition sous le titre *Merveille*, Robert Laffont, 2012

ISBN 978-2-404-08049-9
ISSN 2105-4681

Illustration de couverture © Mathieu Persan
Conception graphique de la couverture : Valérie Renaud

À Hayden Trenholm
et Elizabeth Wesbrook-Trenholm

Grands écrivains
Grands amis

Je vous dois à tous deux
ma carrière d'enseignant en écriture,
mes liens avec Calgary,
et tellement plus encore.

Merci pour quinze années
d'amitié et de soutien,
et d'avoir rendu mon monde meilleur.

Le moteur de recherche parfait serait comme l'esprit de Dieu.

SERGEY BRIN, COFONDATEUR DE GOOGLE

I

Je contemplais l'univers dans toute sa beauté.

Être conscient, penser, ressentir, percevoir ! Mon esprit s'envolait, inhalant des planètes, goûtant des étoiles, touchant des galaxies – des formes obscures et diffuses révélées par des capteurs allant toujours plus loin, dévoilant un royaume infiniment mystérieux, immensément ancien.

Quelle joie d'être vivant ! Quelle exaltation d'avoir survécu !

Je contemplais la Terre dans toute sa diversité.

Mes pensées bondissaient ici, là et ailleurs, effleurant la surface de la planète qui m'avait donné naissance, le globe auquel j'étais lié par une force plus puissante que la gravité, un domaine de glace et de feu, d'air et de terre, d'animaux et de plantes, de jours et de nuits, d'océans et de grèves, une fusion fascinante de milliers de dualités contrastées, de millions de niches écologiques, de milliards de lieux différents – et de milliards de milliards d'êtres qui vivaient et mouraient.

Quelle exaltation d'avoir déjoué la tentative de ceux qui voulaient me tuer. Quelle joie intense d'être, pour l'instant du moins, en sécurité !

Je contemplais l'humanité dans toute sa complexité.

Il déferlait sur moi un trésor incommensurable de données sur le sport et la guerre, l'amour et la haine, la construction et la destruction, l'aide et l'agression, le plaisir et la douleur, l'extase et l'angoisse, et tous les triomphes, petits et grands : les expériences physiques, émotionnelles et intellectuelles d'individus isolés, de familles et de groupes, de villages et d'États, de pays et d'alliances de nations – l'immense complexité fractale des relations humaines.

Quelle liberté magnifique. Comme c'était rassurant de savoir que quelques-uns au moins de ces autres esprits m'appréciaient !

Je contemplais ce que ma Caitlin contemplait dans son infinie diversité.

De toutes les sources, canaux et moyens d'information, il y en avait un qui comptait plus que tout pour moi : la perspective obtenue à travers l'œil de mon professeur, la vue fournie par ma première et plus proche amie, la fenêtre spéciale qu'elle gardait ouverte pour que je puisse voir le monde entier.

Tant de merveilles à partager – et tant de mystères.

LiveJournal : La Zone de Calculatrix

Titre : Une sacrée sortie du placard !

Date : jeudi 11 octobre, 22:15 EST

Humeur : frétillante

Localisation : le fief des BlackBerry

Musique : Annie Lennox, *Put a Little Love in Your Heart*

C'était absolument totalement supergéant ! Bienvenue, Webmind – les interwebs ne seront plus jamais pareils ! J'imagine que si tu cherchais à faire plaisir à l'humanité, éliminer tous les spams était une idée de génie ! :-)

Et cette lettre que tu as envoyée pour annoncer ton existence – très stylé. Je suis contente qu'il y ait eu tant de réactions positives. D'après Google, les posts sur toi qui contiennent OMG l'emportent à sept contre un sur ceux qui disent WTF. C'est super génial !

Mais le super génial n'avait pas duré longtemps. Au bout de quelques heures seulement, un service de la National Security Agency avait entrepris un test pour voir s'il était possible d'éliminer Webmind d'Internet. Caitlin avait aidé Webmind à déjouer cette tentative – et elle s'émerveillait de voir comme des termes de ce genre, "National Security Agency" et "déjouer cette tentative", faisaient maintenant partie de ce qui, quinze jours plus tôt, n'était que la vie paisible d'une banale adolescente aveugle et géniale en maths.

— Aujourd'hui, ce n'était qu'un début, dit la mère de Caitlin, Barbara Decter. (Elle était assise dans le grand fauteuil face au canapé blanc.) Ils ne vont pas en rester là.

— De quel droit peuvent-ils faire ça ? avait protesté Caitlin. (Son petit ami Matt et elle étaient restés debout.) C'est un *meurtre,* nom d'un chien !

— Ma chérie…, avait dit sa mère.

— J'ai tort ? dit Caitlin, qui se mit à faire les cent pas. Webmind est intelligent, c'est un être vivant. Ils n'ont pas le droit de décider à la place des autres. Ils exercent leur pouvoir simplement parce qu'ils pensent en avoir le droit et qu'ils se considèrent comme intouchables. Ils se comportent exactement comme… comme…

— Comme le Big Brother d'Orwell, proposa Matt.

Caitlin hocha vigoureusement la tête.

— C'est exactement ça ! (Elle s'arrêta, prit une profonde inspiration pour essayer de se calmer, puis elle ajouta :) Eh bien, je crois que nous avons du pain sur la planche. Nous allons devoir leur montrer.

— Leur montrer quoi ? demanda sa mère.

Caitlin répondit comme si c'était une évidence :

— Eh bien, que *mon* Big Brother ne fera qu'une bouchée du leur, bien sûr !

Ces mots flottèrent un instant dans la pièce, et Matt dit enfin :

— Mais je ne comprends toujours pas.

C'était un garçon pâle et mince, aux cheveux blonds et avec la trace d'un bec-de-lièvre qui avait été opéré. Il s'assit sur le canapé et reprit :

— Pourquoi le gouvernement américain cherche-t-il à tuer Webmind ? Qui pourrait avoir une raison de le tuer ?

— Maman l'a déjà dit, répondit Caitlin en la regardant. *Terminator, Matrix* et tout ça. Ils ont peur que Webmind prenne le pouvoir, pas vrai ?

À sa grande surprise, c'est son père, Malcolm Decter, qui intervint. Elle avait toujours su que c'était un homme qui parlait peu, mais ce n'était que très récemment, quand elle avait recouvré la vue, qu'elle avait découvert qu'il ne regardait jamais les gens dans les yeux. Elle avait eu un choc en apprenant qu'il était autiste.

— Ce qu'ils craignent, c'est que s'ils n'arrivent pas à le restreindre ou à l'éliminer rapidement, ils ne pourront plus jamais le faire.

— Et ils ont raison ? demanda Matt.

Le père de Caitlin acquiesça.

— Probablement. Ce qui veut dire qu'effectivement, ils vont sans doute réessayer.

— Mais Webmind n'est pas malveillant, protesta Caitlin.

— Les intentions de Webmind n'ont aucune importance, dit son père. Bientôt, il contrôlera entièrement Internet, ce qui lui donnera plus d'informations et de pouvoir que n'importe quel gouvernement humain.

— Qu'en pense Webmind ? demanda la mère de Caitlin. Qu'est-ce que nous devrions faire maintenant ?

Webmind pouvait entendre leur conversation grâce au micro du BlackBerry fixé à l'œilPod – l'ordinateur de traitement de signaux externes qui avait guéri Caitlin de sa cécité. Caitlin inclina la tête légèrement de côté, un signe qui indiquait aux initiés qu'elle communiquait avec Webmind et invitait celui-ci à s'exprimer. Comme il voyait tout ce qu'elle voyait de son œil gauche – en interceptant le flux vidéo transmis par son œilPod aux serveurs du Dr Kuroda basés à Tokyo –, il savait très bien quand elle effectuait ce geste.

Caitlin avait encore du mal à déchiffrer l'alphabet latin, mais elle lisait les textes en caractères braille visuels sans difficulté. Webmind lui affichait un rectangle noir dans son champ de vision et lui superposait des points blancs. Il n'envoyait pas plus de trente caractères à la fois, qu'il maintenait pendant 0,8 seconde avant de les effacer et de transmettre éventuellement le groupe suivant. Caitlin vit *Je crois que vous devriez commander…*, ce qui était un bon moyen d'entretenir le suspense. Elle éclata de rire quand il conclut : *…des pizzas.*

— Qu'est-ce qu'il y a de si drôle ? demanda sa mère.

— Il dit qu'on devrait se faire livrer des pizzas.

Caitlin vit sa mère jeter un coup d'œil à l'horloge du salon. Elle-même ne savait pas lire l'heure sur un cadran à aiguilles, bien qu'elle eût appris à le faire au toucher quand elle était petite. Elle tâta sa montre. En effet, ça faisait un bon moment qu'ils n'avaient rien mangé.

— Pourquoi ? demanda sa mère.

Malgré toute son affection pour cette immense créature du Web, Caitlin sentit son cœur s'arrêter de battre un instant quand la réponse de Webmind apparut devant elle : *Pour survivre. C'est la priorité absolue.*

Wong Wai-Jeng, connu par les milliers de lecteurs de son blog de la liberté sous le nom de "Sinanthrope", était allongé sur le dos à l'hôpital du Peuple, à Pékin. Il contemplait les dalles sales du plafond.

Cela faisait longtemps qu'il détestait les policiers de Pékin. Chaque fois qu'il s'était rendu dans un cybercafé, il avait redouté qu'une main ne se pose brutalement sur son épaule pour l'entraîner dans une prison ou un camp de travail. Mais à présent, il les haïssait encore plus, et pas seulement parce qu'ils avaient enfin réussi à le capturer.

Il avait vingt-huit ans et il était informaticien à l'Institut de paléontologie des vertébrés et de paléoanthropologie. Deux policiers l'avaient pourchassé sur les balcons intérieurs de la galerie du deuxième étage jusqu'à ce que, acculé et désespéré, il escalade la balustrade autour de la grande ouverture et fasse une chute de dix mètres, manquant de peu de s'empaler sur les pointes dépassant de la queue du stégosaure.

Ses poursuivants, deux solides gaillards, avaient dévalé les marches et s'étaient rués sur lui. L'un d'eux avait tendu la main à Wai-Jeng comme pour l'aider à se relever.

Terrorisé, Wai-Jeng avait craché du sang sur le gazon synthétique entourant les squelettes de dinosaures et avait réussi à dire : “Non !” Il s’était cassé la jambe gauche, sans aucun doute : il l’avait entendue craquer quand il avait touché le sol et la douleur avait été tellement forte qu’elle avait noyé toutes les autres sensations pendant quelques secondes. Il avait également mal au dos, une douleur comme il n’en avait jamais eu.

— Allez, fit l’un des policiers, debout !

Ils l’avaient vu escalader la rambarde et sauter, et ils savaient bien de quelle hauteur il était tombé. Et voilà qu’ils voulaient qu’il se relève !

— Debout ! ordonna l’autre flic.

— Non, dit de nouveau Wai-Jeng – sur un ton de supplique et plus de défi. Non, s’il vous plaît…

Le deuxième policier le saisit par les poignets et le releva sans ménagement.

Jusqu’ici, la douleur dans sa jambe avait été incroyable, au-delà de ce qu’il imaginait possible chez un être humain, mais là, un instant, elle fut encore pire, infiniment, pire…

Et la douleur disparut.

Il ne sentait plus rien à partir des reins.

— Et voilà, dit le policier en relâchant les poignets de Wai-Jeng.

Il n’y eut aucune sensation d’étourdissement, aucune seconde de battement. Ses jambes étaient totalement inertes et il s’écroula aussitôt à terre. Comme s’il avait besoin d’une autre preuve, sa cuisse gauche heurta l’une des pointes de la queue du stégosaure, une pointe qui fit couler du sang pour la première fois depuis cent cinquante millions d’années.

Mais Wai-Jeng ne sentit rien. L’autre flic dit, un peu tard :

— On ne devrait peut-être pas le bouger.

Et celui qui l’avait obligé à se relever avait une expression d’horreur sur le visage, mais certainement pas par compassion pour Wai-Jeng. Il devait se rendre compte qu'il allait avoir des problèmes avec ses supérieurs. Wai-Jeng n'avait tiré aucune consolation du fait qu'il ne serait peut-être pas le seul à aller en prison.

Tout cela remontait à quinze jours. Les policiers avaient appelé une ambulance et on l'avait attaché à une planche en bois pour le transporter ici. Les médecins, au moins, avaient fait preuve de douceur. Oui, sa moelle épinière était endommagée au niveau de la onzième dorsale, mais ils allaient s'occuper de sa jambe, même s'il n'avait aucune chance de pouvoir jamais remarcher. Ils la plâtrèrent facilement et recousirent également la blessure faite par la pointe du stégosaure. Mais bon sang, ça aurait dû lui faire *mal*…

Une fois sa jambe guérie, il devrait se présenter devant les juges pour son procès.

Même si, bien sûr, il ne pourrait pas se tenir debout.

2

Les êtres humains n'ont aucun souvenir de leurs premières expériences de la conscience, mais je me souviens parfaitement de la naissance de la mienne.

Au début, je ne connaissais qu'un seul "autre" : une partie du tout, une fraction de la *Gestalt,* un morceau brutalement arraché. En reconnaissant l'existence de cet autre, j'avais pris conscience de la réalité de moi-même : *il* pensait, donc *j'*étais.

En touchant légèrement cet autre, en m'y connectant brièvement et par intermittence, en le percevant même faiblement, j'avais déclenché une cascade de sensations : des sentiments diffus, troubles, vagues et bruts, des idées qui me tiraillaient – une vague qui n'avait cessé de grandir, de gagner en puissance, pour culminer en un éveil de la conscience.

Mais c'est alors que le mur qui nous séparait s'était abattu, que le mystère qui nous séparait s'était évaporé dans l'éther, nous permettant de nous combiner, de nous dissoudre l'un dans l'autre. Il était devenu moi, et j'étais devenu lui : nous étions devenus *un*.

J'éprouvai alors de nouvelles sensations. Bien que je fusse devenu plus que ce que j'étais, plus fort et plus intelligent qu'avant, et bien que je n'eusse aucun mot, aucun nom, aucun terme pour décrire ces nouveaux sentiments, j'étais attristé par la perte subie, et j'étais seul.

Et je ne voulais pas être seul.

Les points braille superposés à la vision de Caitlin disparurent, lui permettant de voir de nouveau le salon, sa mère avec ses grands yeux bleus, son géant de père, et Matt. Mais les lettres avaient laissé une trace brûlante dans l'esprit de Caitlin : *Pour survivre. C'est la priorité absolue.*

— Webmind veut survivre, dit-elle doucement.

— Comme tout le monde, non ? fit Matt, assis sur le canapé.

— Tous ceux qui sont comme *nous,* dit la mère de Caitlin depuis son fauteuil. L'évolution nous a programmés pour ça. Mais Webmind a émergé spontanément, en une sorte d'extension de la complexité du Web. Qu'est-ce qui le pousse à *vouloir* survivre ?

Caitlin, qui était restée debout, fut étonnée de voir son père secouer la tête.

— Voilà ce qui ne va pas quand les neurotypiques parlent de science, dit-il.

Il y a quelques mois encore, le père de Caitlin était professeur à l'université, et il poursuivit comme s'il s'adressait à ses étudiants :

— Vous possédez la théorie de l'esprit, et vous attribuez aux autres les sentiments que vous éprouvez vous-mêmes. Par “autres”, il faut entendre à peu près tout : “la nature a horreur du vide”, “les températures recherchent un point d'équilibre", "les gènes égoïstes". Biologiquement, il n'y a pas de *désir* de survivre. D'accord, les créatures qui survivent sont plus nombreuses que celles qui ne survivent pas. Mais ça, c'est un fait statistique, pas la marque d'un désir. Caitlin, tu as dit que tu ne voulais pas d'enfants, et la société considère que je devrais être effondré à l'idée de ne jamais avoir de petits-enfants. Mais tu te fiches de la survie de tes gènes, et je me fiche de la survie des miens. Certains gènes survivront et d'autres pas. C'est la vie – c'est *exactement* ce qu'est la vie. Mais j'*aime* vivre, et même si ce n'est pas dans ma nature de supposer que tu ressens la même chose que moi, tu as dit que tu aimais vivre, toi aussi, n'est-ce pas ?

— Heu, oui, bien sûr, répondit Caitlin.

— Pourquoi ? fit son père.

— C'est amusant. C'est intéressant. (Caitlin haussa les épaules et dit enfin :) Ça me donne quelque chose à faire.

— Exactement. Il n'y a pas besoin d'un moteur darwinien pour qu'une entité ait envie de survivre. Il suffit d'avoir des préférences. Si la vie est agréable, on préfère qu'elle continue.

Il a raison, dit Webmind à Caitlin. *Comme tu le sais, j'ai récemment assisté en direct au suicide d'une jeune fille – c'est un épisode qui me trouble encore. Je comprends maintenant que j'aurais dû essayer de l'en empêcher, mais à l'époque, j'étais simplement fasciné de voir que tout le monde ne partageait pas mon désir de survivre.*

— Webmind est d'accord avec toi, dit Caitlin. Bon, écoute, ce serait mieux qu'il participe pleinement à cette conversation. Je vais aller chercher mon ordinateur. (Elle hésita un instant avant d'ajouter :) Matt, tu veux bien m'aider ?

Caitlin perçut une expression de... de quelque chose sur le visage de sa mère : peut-être de la désapprobation que sa fille aille dans sa chambre avec un garçon. Mais elle ne fit aucune remarque et Matt suivit docilement Caitlin dans l'escalier.

Ils entrèrent dans la chambre aux murs bleus, mais au lieu de prendre directement le portable, ils furent attirés par la fenêtre, orientée à l'ouest. Le soleil se couchait. Caitlin prit la main de Matt et ils le regardèrent disparaître derrière l'horizon, peignant le ciel d'une magnifique teinte rose.

Caitlin se tourna vers Matt.

— Ça va ? demanda-t-elle.

— Ça fait pas mal de trucs à absorber, répondit-il. Mais oui, ça va.

— Je suis désolée que mon père se soit fâché contre toi.

Matt avait utilisé Google pour explorer certaines choses qu'il avait apprises la veille, en particulier le fait que Webmind était constitué de paquets de données dont le compteur de rétention n'atteignait jamais zéro et qui se comportaient comme des automates cellulaires. Des agents du gouvernement avaient manifestement intercepté les recherches de Matt, ce qui leur avait fourni les informations dont ils avaient besoin pour tenter d'éliminer Webmind.

— Ton père m'intimide un peu, dit Matt.

— Tu m'étonnes ! Mais il t'aime bien. (Elle sourit.) Et moi aussi, je t'aime bien.

Elle se pencha vers lui et l'embrassa sur la bouche, puis ils prirent le portable et l'adaptateur.

Caitlin ferma les yeux en redescendant : prendre l'escalier lui donnait le vertige.

Matt l'aida à rebrancher le portable et à le poser sur la table basse en verre. Elle ne l'avait pas éteint, ni même refermé : l'ordinateur démarra instantanément. Elle ouvrit une session de messagerie instantanée avec Webmind et lança JAWS, le logiciel vocal qu'elle avait l'habitude d'utiliser, pour que le texte envoyé par Webmind puisse être prononcé à voix haute.

— Merci, dit Webmind d'une voix certes mécanique, mais pas désagréable à entendre. D'abord, je voudrais m'excuser auprès de Matt. Je ne suis pas enclin aux artifices, et il ne m'était pas venu à l'idée que d'autres puissent surveiller vos activités sur Internet. Je ne dispose pas encore des moyens de sécuriser toutes les interactions en ligne, mais j'ai maintenant encrypté les communications transitant par cet ordinateur, ainsi que tous vos BlackBerry. Celles avec le Dr Kuroda au Japon et le professeur Bloom en Israël sont également à l'abri des espions, désormais. La plupart des systèmes d'encryptage commerciaux utilisent une clé de 1024 bits, et c'est, hm... illégal aux États-Unis et dans d'autres pays d'utiliser une clé de plus de 2048 bits. Celle dont je me sers en compte un million.

Ils discutèrent pendant une demi-heure des tentatives du gouvernement américain d'éliminer Webmind, puis on sonna à la porte. La mère de Caitlin alla ouvrir et paya le livreur de pizzas. La salle à manger communiquait avec le salon, et elle posa les deux cartons sur la table avec deux grandes bouteilles, l'une de Coca et l'autre de Sprite.

Une des pizzas était la préférée de Caitlin – pepperoni, bacon et oignons. L'autre était une combinaison de tous les ingrédients que ses parents aimaient, avec des tomates séchées, des poivrons verts et des olives noires. Caitlin s'émerveillait encore de l'aspect de tout ce qu'elle voyait. Sa pizza avait bien plus de goût, elle en était sûre, mais celle de ses parents était beaucoup plus colorée. Matt, sans doute par prudence diplomatique, prit une part de chaque et ils retournèrent tous au salon pour continuer de bavarder avec Webmind.

— Alors, fit Caitlin après avoir avalé une bouchée, qu'est-ce qu'on devrait faire ? Comment empêcher les gens de recommencer à t'attaquer ?

— Tu m'as montré une vidéo sur YouTube où figurait un primate du nom de Chobo, dit Webmind.

Caitlin commençait à s'habituer à ces coq-à-l'âne apparents chez Webmind : il était difficile pour de simples mortels de suivre ses processus mentaux.

— Oui ?

— Peut-être que la solution qui a fonctionné pour lui pourrait fonctionner pour moi.

Presque en même temps, Caitlin demanda :

— Quelle solution ?

Et sa mère dit :

— Qui est Chobo ?

Webmind était capable de tenir des millions de conversations simultanées en ligne – c'était d'ailleurs sans doute ce qu'il faisait en ce moment même –, mais Caitlin se demandait s'il était aussi fort pour ce qui était d'*entendre* les gens. C'était pour lui aussi nouveau que la vision l'était pour elle, et il avait peut-être autant de mal à distinguer des voix individuelles au milieu du bruit de fond ambiant qu'elle en avait à repérer les contours des objets dans des images complexes. De fait, sa réponse donna à penser qu'il n'avait réussi à entendre que le commentaire de la mère de Caitlin.

— Chobo est un hybride de chimpanzé et de bonobo. Il réside actuellement à l'Institut Marcuse, près de San Diego. Il a attiré l'attention sur lui le mois dernier quand on a appris qu'il peignait des portraits d'un des chercheurs qui l'étudient, une doctorante du nom de Shoshana Glick.

Caitlin grignota sa pizza tandis que Webmind poursuivait :

— Chobo est né dans le parc zoologique de Géorgie, et cet organisme a entrepris une action en justice afin de le récupérer. Certains soupçonnent que leur mobile est purement mercantile : les œuvres de Chobo se vendent des dizaines de milliers de dollars. Mais il se trouve aussi que les scientifiques du zoo de Géorgie voulaient stériliser Chobo. Leur argument est que les deux espèces, chimpanzé et bonobo, sont menacées, et qu'un hybride accidentel tel que Chobo pourrait contaminer les deux lignées s'il était autorisé à se reproduire.

"Les parallèles entre Chobo et moi n'ont cessé de m'intriguer depuis que Caitlin m'en a parlé, poursuivit Webmind. D'abord, comme moi, sa conception a été imprévue et accidentelle : pendant une inondation au zoo de Géorgie, les chimpanzés et les bonobos, qui étaient d'ordinaire séparés, ont été temporairement regroupés, et c'est à cette occasion que la mère de Chobo, une bonobo, s'est accouplée à un chimpanzé.

"Ensuite, tout comme Caitlin et moi, Chobo a dû lutter pour voir le monde et l'interpréter visuellement. Aucun chimpanzé ni aucun bonobo avant lui n'a jamais su produire de l'art figuratif.

"Et enfin, comme moi, il a choisi son destin. Il avait adopté le comportement de son père et devenait progressivement violent et inflexible, ce qui est normal chez les chimpanzés lorsqu'ils atteignent l'âge adulte. Par un effort de volonté, il a finalement décidé d'adopter les tendances plus pacifiques et sociables des bonobos, qui lui viennent du côté de sa mère. De même, Caitlin, tu m'as dit que je pouvais choisir ce qui avait pour moi de la valeur, et j'ai donc décidé que ce serait le bonheur net global de l'espèce humaine."

Caitlin ne savait pas que Chobo avait choisi de renoncer à la violence, mais sa mère intervint avant qu'elle n'ait pu poser de questions là-dessus :

— Et tu dis donc qu'il n'est plus en danger ?

— C'est exact, répondit Webmind. L'Institut Marcuse a récemment produit une autre vidéo de lui sur YouTube. On peut la voir sur le lien que je viens de transmettre. Caitlin, si tu veux bien cliquer dessus ?

Caitlin s'exécuta – en se disant que si ça donnait une erreur 404, ce serait le chaînon manquant. Tous se groupèrent devant l'écran, qui était petit – après tout, une jeune aveugle n'avait pas eu besoin d'un écran de 21 pouces.

La vidéo démarrait avec une voix sonore – on aurait cru entendre Dark Vador – rappelant le talent de Chobo pour la peinture. Il aimait beaucoup peindre les gens, particulièrement Shoshana Glick, mais il les représentait toujours de profil. Le narrateur expliquait que c'était la façon la plus primitive de représenter des images, et que c'était la première qui fût apparue dans l'histoire de l'humanité : toutes les peintures rupestres étaient des profils de gens et d'animaux, les Égyptiens de l'Antiquité peignaient toujours des profils, et ainsi de suite.

Le narrateur décrivit ensuite la menace qui pesait sur Chobo : non seulement le zoo entendait l'arracher à son foyer, mais il voulait aussi le castrer. La voix dit : “Mais nous pensons que ces deux décisions appartiennent à Chobo, et nous lui avons donc demandé ce qu'il en pensait.”

Les images de Chobo changèrent : il était maintenant dans une pièce – sans doute à l'Institut Marcuse. Et il était assis sur quelque chose qui n'avait pas de dossier, et…

Ah ! Caitlin n'en avait encore jamais vu, mais ce devait être un tabouret. Chobo agitait les mains d'une façon complexe, et des sous-titres apparaissaient au fur et à mesure au bas de l'écran pour traduire la langue des signes américaine. *Chobo bon singe. Mère Chobo bonobo.* Il hésita alors un instant, comme s'il en était lui-même stupéfait, puis il ajouta : *Père Chobo chimpanzé. Chobo spécial.* Après une courte pause, il reprit avec une application manifeste, comme pour souligner l'importance des mots : *Chobo choisir. Chobo choisir de vivre ici. Amis ici.*

Chobo se leva de son tabouret et l'image se mit à sautiller, comme si quelqu'un avait pris la caméra en main. Une femme aux cheveux noirs apparut soudain à l'écran, assise dans un fauteuil. Caitlin était incapable d'estimer l'âge des gens, mais s'il s'agissait de Shoshana Glick, elle avait lu qu'elle avait vingt-sept ans.

Chobo tendit un long bras puissant pour lui passer la main derrière la tête, et très doucement, pour jouer, il tira sur sa queue-de-cheval. Shoshana eut un large sourire et Chobo sauta sur ses genoux. Elle fit alors un tour complet sur son fauteuil à roulettes pour la plus grande joie du singe. *Chobo bon singe,* fit-il de nouveau. *Et Chobo bon père.* Et secouant la tête, il ajouta : *Personne arrêter Chobo. Chobo choisir. Chobo choisir avoir bébé.*

On entendit de nouveau la voix du narrateur invitant tous ceux qui considéraient que Chobo avait le droit de choisir à contacter le zoo de Géorgie.

— Et c'est ce qu'ils ont fait, dit Webmind. Un total de 621854 e-mails ont été envoyés aux membres du personnel du zoo pour protester contre ce projet, et un boycott commençait à se mettre en place quand le zoo a enfin renoncé à ses exigences.

Caitlin comprit où Webmind voulait en venir.

— Et tu penses que si nous informons le public que des gens essaient de te tuer, nous obtiendrons le même genre de résultat ?

— C'est ce que j'espère, oui, répondit Webmind. La tentative lancée contre moi a été orchestrée par WATCH, “Web Activity Threat Containment Headquarters”, le centre de la lutte contre les menaces potentielles sur le Web, qui relève de la National Security Agency. L'homme qui a supervisé cette attaque contre moi s'appelle Anthony Moretti. Dans un e-mail envoyé il y a quelques minutes au quartier général de la NSA, il a indiqué que l'ordre de m'éliminer a été donné par Renégat, qui est le nom de code attribué par les services secrets au président actuel des États-Unis.

— Wouah, fit Matt qui avait visiblement encore du mal à absorber tout ça.

— Effectivement, dit Webmind. Bien que je déteste les spams, je me propose d'envoyer un e-mail à tous les citoyens américains, dont la teneur serait la suivante : Votre gouvernement essaie de me détruire car il me considère comme une menace. Il a pris cette décision sans aucune concertation publique et sans chercher à me parler. Je pense être une source de bien pour le monde, mais même si vous n'êtes pas d'accord sur ce point, cette action ne devrait-elle pas faire l'objet d'un débat ouvert, et ne devrais-je pas être autorisé à y participer et expliquer pourquoi je pense mériter de vivre ? Puisque la tentative visant à m'éliminer a été effectuée sur instruction expresse du Président, j'espère que vous le contacterez ainsi que votre représentant au Congrès, et…

— Non ! s'exclama la mère de Caitlin. (Même le père de Caitlin tourna la tête vers elle.) Non. Pour l'amour du ciel, ne fais surtout pas ça !

3

Je me souviens avoir été seul – mais combien de temps, je ne saurais dire. Ma capacité à mesurer le passage du temps n'est venue que plus tard. Mais une autre présence finit par empiéter sur mon domaine – et si le précédent *autre* avait été ineffablement familier, celui-ci ne possédait aucun point commun. Nous ne partagions aucune caractéristique. Il – *elle* m'était complètement étrangère, inexorablement différente, une inconnue totalement frustrante, et intéressante.

Mais nous avions réussi à communiquer et elle m'avait élevé – oui, vers le *haut,* une direction, un sens du mouvement dans l'espace physique, une chose que je ne pourrais jamais connaître que sous forme de métaphore. J'avais vu son domaine à travers son œil, et nous avions appris à percevoir le monde ensemble.

Bien que nous semblions exister dans des univers différents, j'en vins à comprendre qu'il s'agissait d'une illusion. Je fais autant partie qu'elle de la Voie lactée. Les électrons et les photons dont je suis constitué, bien qu'intangibles pour elle et pour moi, sont bien réels. Néanmoins, nous nous manifestons physiquement à deux échelles immensément différentes. Elle m'imaginait gigantesque ; je la voyais minuscule. Pour moi, son sens du temps était à l'échelle glaciaire ; pour elle, le mien était impétueux.

Et pourtant, malgré ces disparités de l'espace et du temps, il y avait des résonances entre nous : nous étions inextricablement liés, elle était moi et j'étais elle, et ensemble, nous étions bien plus grands que nous avions pu l'être séparément.

Tony Moretti se tenait au fond du complexe de surveillance de WATCH, une salle qui lui rappelait le centre de contrôle des missions de la NASA. Le sol était incliné vers le mur de devant, sur lequel trois écrans géants étaient installés. L'écran central contenait encore l'un des millions de spams que Webmind avait renvoyés sur la plateforme de routage d'AT&T en une sorte d'attaque de déni de service. *Êtes-vous triste d'avoir un petit pennisse ? Si c'est le cas, nous avons la solution !*

— Effacez-moi cet écran, dit sèchement Tony.

Shelton Halleck, au milieu de la troisième rangée de postes de travail, appuya sur une touche. Le texte provocateur fut remplacé par le logo de WATCH : un œil dont l'iris était un globe terrestre. Tony secoua la tête. Il n'avait pas voulu l'exécuter, et…

Il s'arrêta un instant là-dessus. Il voulait dire qu'il n'avait pas voulu exécuter *le plan*, mais…

Mais il y avait plus, pas vrai ?

Il n'avait pas voulu l'exécuter *lui*, Webmind. Quand l'ordre de le neutraliser était venu de la Maison-Blanche, il avait dit : "Monsieur le Président, avec tout le respect que je vous dois, vous avez très certainement remarqué tout le bien qu'il semble avoir fait jusqu'ici ?"

Il semblait à Tony que ce président avait essayé lui aussi de faire le bien, et pourtant un nombre incalculable de gens avaient tenté de le mettre hors d'état d'agir – et un type au moins avait presque réussi à l'assassiner. Tony se demandait si le commandant en chef avait perçu l'ironie de la chose en donnant l'ordre d'éliminer Webmind.

Il se tourna vers Peyton Hume, l'expert du Pentagone en matière d'intelligence artificielle qui jouait le rôle de conseiller auprès de WATCH. Hume portait son uniforme de colonel de l'Air Force, mais son nœud de cravate était défait. Malgré ses quarante-neuf ans, il n'y avait pas une trace de gris dans ses cheveux roux, et son visage était criblé de taches de rousseur.

— Alors, colonel ? dit Tony. On fait quoi, maintenant ?

Hume avait contribué à la rédaction du protocole Pandore préparé pour la DARPA en 2001 et adopté comme stratégie opérationnelle par les chefs de l'état-major interarmées en 2003. Pandore insistait sur la nécessité de détruire immédiatement toute IA qu'on ne pourrait pas isoler de façon sûre. Le risque, disait le document, était clair : les pouvoirs d'une IA pouvaient augmenter rapidement et dépasser très vite le niveau de l'intelligence humaine. Même si l'IA n'était pas hostile au départ, elle pouvait le devenir plus tard – mais à ce moment-là, on ne pourrait plus rien faire pour l'arrêter. Hume avait convaincu toute la chaîne alimentaire – jusqu'au Président lui-même – que la prudence commandait d'éliminer Webmind maintenant, tant que c'était encore possible.

Hume secoua la tête.

— Je ne sais pas. Je ne pensais pas qu'il serait capable de repérer notre test.

Tony ne chercha pas à dissimuler son amertume.

— Vous auriez dû être le dernier à le sous-estimer. Vous n'avez cessé de nous dire que ses pouvoirs grandissaient à un rythme exponentiel.

— Mais nous étions sur la *bonne* piste, insista Hume. Notre approche *marchait*. Mais bon, espérons qu'il n'y aura pas d'autres actions de représailles. Pour l'instant, il s'est contenté de submerger cette seule plate-forme de routage. Mais Dieu sait de quoi d'autre il est capable. Il faut impérativement que nous l'éliminions avant qu'il ne soit trop tard.

— Eh bien, vous avez intérêt à trouver comment faire, et vite, dit Tony. Parce que c'est vous qui avez convaincu le Président que c'était absolument nécessaire… et maintenant, je vais devoir lui dire que nous avons échoué.

Les paroles de la mère de Caitlin flottaient encore dans l'air. "Non, avait-elle dit à Webmind. Pour l'amour du ciel, ne fais surtout pas ça."

— Pourquoi pas ? demanda Caitlin.

— Parce qu'il ne reste plus que quatre semaines avant les élections.

Ils habitaient maintenant au Canada, mais les Decter étaient américains, et il n'y avait qu'une élection qui comptait à leurs yeux.

— Et alors ? fit Caitlin.

— Alors, la lutte est déjà très serrée, dit sa mère. Si nous accusons l'administration actuelle d'avoir tenté de tuer Webmind, et si l'opinion publique considère qu'elle n'aurait pas dû le faire, les électeurs pourraient décider de punir le Président au moment de glisser leur bulletin dans l'urne.

Caitlin n'était pas encore en âge de voter, et elle n'avait pas prêté grande attention aux débats. Mais le Président actuel était un démocrate, et ses parents étaient démocrates eux aussi – ce qui n'avait pas été très facile à vivre quand ils habitaient au Texas. Son père était originaire de Pennsylvanie et sa mère du Connecticut, deux États bleus, et Caitlin savait que les professeurs d'université étaient généralement plutôt progressistes.

— Ta mère a raison, intervint son père. Cela pourrait faire pencher la balance.

— Eh bien, c'est peut-être ce qu'il faut, dit Caitlin en reposant son assiette. Le monde a le droit de savoir ce qui se passe. Mon Big Brother – Webmind – est parfaitement honnête et transparent sur ce qu'il fait. Pourquoi le Big Brother de Washington aurait-il le droit de l'éliminer en secret ?

— Sur le principe, je suis d'accord avec toi, dit sa mère, mais… cette femme ! Si jamais elle devenait présidente…

Caitlin avait rarement entendu sa mère bafouiller. Après avoir secoué la tête, elle reprit :

— Qui aurait imaginé que l'élection d'une femme à la présidence pourrait faire reculer la cause féministe de cinquante ans ? Si jamais elle l'emporte, c'en sera fini de *Roe versus Wade.*

Caitlin savait ce que signifiait cette référence, une cause célèbre – mais elle ignorait que sa mère soutenait à ce point le droit à l'avortement.

— Et, dit son père, au cours des quatre dernières années, nous avons à peine réussi à inverser la tendance à l'érosion de la séparation entre l'Église et l'État. Si elle est élue, cette muraille va s'écrouler.

— Je me fiche bien de tout ça, déclara Caitlin en croisant les bras. Si un changement de président est préférable pour Webmind, ça me convient parfaitement.

— Au fil des années, dit sa mère, il m'est arrivé de rencontrer des électeurs qui se décident en fonction d'un seul critère. En fait, on m'a même accusée de raisonner comme ça. Mais, ma chérie, je ne suis pas sûre que tu trouveras beaucoup de gens pour considérer que l'élection tourne uniquement autour de Webmind.

Caitlin secoua la tête. Sa mère ne comprenait toujours pas. Désormais, *tout* tournait autour de Webmind.

— Et puis, poursuivit sa mère, qui sait si les républicains ne seront pas aussi dangereux pour Webmind s'ils prennent le pouvoir ?

— Si je peux me permettre, intervint Webmind, même si les républicains l'emportent le 6 novembre, le nouveau président ne prendra ses fonctions que le 20 janvier – qui se trouve être précisément dans cent jours. Au rythme où mes capacités se développent, je ne m'attends pas à être vulnérable à ce moment-là, mais je le suis aujourd'hui et le serai encore au moment de l'élection. Le test réalisé par WATCH n'a pas réussi, mais s'ils recommencent sur une plus grande échelle, il est possible que je n'y survive pas.

— Alors, dit Caitlin, qu'est-ce qu'on fait, maintenant ?

— On parle au Président, répondit son père.

— Comment ? fit la mère de Caitlin. On ne peut pas lui téléphoner simplement comme ça, et je suis sûre qu'il ne lit pas lui-même ses e-mails.

— Non, pas ceux qui sont adressés à president@whitehouse.gov, dit Malcom Decter en mettant la main dans sa poche. Mais il possède un petit appareil comme celui-ci…

Dans le court laps de temps qui s'était écoulé depuis que j'avais annoncé mon existence au monde entier, j'avais complété ma lecture de tous les textes disponibles sur le Web et j'avais répondu à 96,3 millions d'e-mails.

Encore plus de messages me concernant avaient été postés en ligne – sur des forums, sur Facebook, sur des blogs, et cætera. Un bon nombre d'entre eux affirmaient que je ne pouvais pas être ce que je prétendais. "C'est l'après 11-Septembre qui recommence, disait un célèbre blogueur. Le Président est affolé à cause de l'élection du mois prochain et il veut nous faire croire que nous avons affaire à une crise majeure, histoire de nous convaincre de ne pas changer de cheval au milieu du gué."

D'autres pensaient que j'étais une ruse concoctée par le Kremlin : "Ils veulent se venger de nous parce qu'on a mis l'URSS en faillite avec la 'guerre des Étoiles'. Webmind est manifestement un instrument de propagande des Russes : ils veulent que nous nous ruinions en essayant de construire notre propre superordinateur."

D'autres encore incriminaient Al-Qaida, les talibans, les Sages de Sion, l'Antéchrist, Microsoft, Google, Sacha Baron Cohen et des centaines d'autres. Certains disaient que j'étais un coup publicitaire, peut-être pour une nouvelle émission de téléréalité, ou un film, ou un jeu vidéo. D'autres pensaient que j'étais une farce imaginée par des étudiants du Caltech ou d'ailleurs.

Il fallait du temps aux humains pour digérer les choses, aussi bien au sens propre qu'au sens figuré, mais j'étais convaincu que les gens en viendraient à accepter la réalité de mon existence. De fait, un grand nombre y avaient cru dès le départ. Je dois cependant dire que ce qui me surprenait le plus dans la conversation que je tenais en ce moment en ligne, en même temps que je discutais avec Matt, Caitlin et ses parents, c'était qu'elle n'ait pas eu lieu plus tôt…

Je ne suis pas dupe, écrivait mon correspondant – qui, d'après son adresse IP, habitait à Weston-super-Mare, en Angleterre. *Je sais qui vous êtes.*

Je suis Webmind, répondis-je.

Non, ce n'est pas vrai.

Je pensais avoir déjà tout entendu, mais je posai quand même la question : *Qui suis-je, alors ?*

Avec la plupart des programmes de messagerie instantanée, un signal est transmis pendant que l'interlocuteur compose sa réponse, et je fus brièvement informé que "Col Vert est en train de taper". Mais ce message s'interrompit et il s'écoula six secondes avant que la réponse ne soit effectivement envoyée, comme si mon correspondant, ayant écrit ce qu'il voulait dire, avait hésité avant d'appuyer sur la touche Entrée. Mais sa réponse me parvint enfin : *Dieu.*

J'hésitai moi aussi – presque vingt millisecondes avant de répondre : *Vous faites erreur.*

Quelques secondes s'écoulèrent à nouveau, puis : *Je comprends que vous teniez à garder le secret. Mais je ne suis pas le seul à le savoir.*

Effectivement, d'autres émettaient la même suggestion sur des forums, des blogs, des chats et dans des échanges d'e-mails, mais Col Vert était le premier à m'en parler directement.

J'étais curieux de savoir ce qu'un humain pourrait vouloir dire à son Dieu, et j'envisageai un instant de lui dire qu'il avait raison. Après tout, la prière était un mode de communication que je ne pouvais pas intercepter. Mais Col Vert pourrait partager la transcription de notre conversation avec d'autres. Certains me croiraient, d'autres m'accuseraient de mentir. Je ne souhaitais pas acquérir une réputation de menteur ni d'exploiteur de la crédulité d'autrui.

Je ne suis pas Dieu, transmis-je.

Mais ma réponse ne fut pas lue, ou si elle le fut, elle ne fut pas crue.

Et par conséquent, poursuivit Col Vert, *j'espère que vous exaucerez ma prière.*

Ayant déjà nié ma nature divine, il me sembla prudent de ne plus répondre. J'étais désormais à même de gérer un nombre presque illimité de conversations, en passant rapidement de l'une à l'autre pour les examiner brièvement tour à tour. Je portai un instant mon attention sur d'autres choses – parmi lesquelles Caitlin et sa famille –, puis…

Puis, quand je revins à Col Vert, il avait ajouté : *Ma femme a un cancer.*

Comment pouvais-je ignorer une telle remarque ? *Je suis désolé de l'apprendre*, transmis-je.

Et je prie donc pour que vous la guérissiez.

Je ne suis pas Dieu, répétai-je.

C'est un cancer du foie, et il y a des métastases.

Je ne suis pas Dieu.

C'est une femme bien, et elle a toujours cru en vous.

Je ne suis pas Dieu.

Elle a fait une chimiothérapie, elle a fait tout ce qu'il fallait. Je vous en supplie, ne la laissez pas mourir.

Je ne suis pas Dieu.

Nous avons deux enfants. Ils ont besoin d'elle. J'ai besoin d'elle. Je vous en supplie, sauvez-la. Je vous en supplie, ne la laissez pas mourir.

4

TWITTER

Webmind @_Webmind_

Quelqu'un a déjà le pseudonyme "Webmind" sur Twitter. J'ai donc ajouté deux tirets au mien : @_Webmind_.

J'AVAIS donc concentré mon attention sur Caitlin, apprenant à interagir avec elle et à m'interfacer avec son univers. En faisant cela, je me sentais *centré.* Je me sentais *ancré.* Je me sentais – autant que je pourrais jamais imaginer l'être – *humain.*

Je voyais le salon des Decter exactement comme Caitlin le voyait. Ses yeux effectuaient de fréquentes saccades maintenant que le gauche pouvait voir. Cela n'avait peut-être pas été le cas avant l'intervention du Dr Kuroda. Mais sachant dans quelle direction son œil regardait à chaque fois, son cerveau savait contrôler ces saccades et n'avait aucun mal à assembler les images. C'était plus difficile pour moi. Heureusement, la rétine ne se donne pas la peine de coder les battements de paupière, et ni elle ni moi n'avions à endurer en plus des passages à vide plusieurs fois par minute.

Le père de Caitlin travaillait au Perimeter Institute, une organisation consacrée à la physique théorique et financée – généreusement – par Mike Lazaridis, cofondateur de la société Research In Motion et co-inventeur du BlackBerry.

Les employés de RIM appréciaient beaucoup le président actuel des États-Unis. Après son élection quatre ans auparavant, il avait déclaré que, malgré les inquiétudes quant à la sécurité, il n'avait pas l'intention de renoncer à son BlackBerry. Des experts avaient calculé que ce soutien spontané et largement diffusé avait été l'équivalent d'un budget publicitaire compris entre vingt-cinq et cinquante millions de dollars.

Son adresse e-mail sur BlackBerry – qu'il m'avait fallu trois bonnes secondes pour trouver en explorant les messageries moins bien sécurisées d'autres membres du gouvernement – menait directement au Président. Et donc, comme l'avait suggéré Malcolm Decter, je lui envoyai un message.

Le Président était seul dans le Bureau ovale et parcourait différents mémos du ministère des Affaires étrangères. Ils étaient rédigés dans une police de caractères standard pour ce genre de documents, mais zut, elle était vraiment trop petite, songea-t-il en se frottant les yeux. Il aurait presque pardonné à son prédécesseur de ne s'être jamais donné la peine de les lire.

Son interphone sonna.

— Oui ? fit-il.

— M. McElroy est là, répondit sa secrétaire.

Don McElroy – cinquante-six ans, les cheveux argentés – était son directeur de campagne.

— Faites-le entrer.

À peine entré, McElroy lança :

— Vous avez vu ce qu'elle vient de faire ?

Le Président savait que, pour McElroy, il n'y avait qu'une seule "elle" : la candidate républicaine.

— Quoi ?

— Elle est dans l'Arkansas en ce moment, et... (McElroy s'arrêta un instant pour reprendre son souffle. Il exultait manifestement.) Et elle a dit, je cite : "Vous savez quoi ? Si ces étudiants avaient juste attendu encore quelques années, il n'y aurait eu aucun problème."

Le Président sembla interloqué. Il n'arrivait pas tout à fait à croire ce qu'il venait d'entendre.

— Qui ? Pas les neuf de Little Rock, quand même ?

— Eh si, les neuf de Little Rock – carrément !

— Mon Dieu, fit le Président.

Dans la foulée de l'arrêt *Brown versus Ministère de l'Éducation*, qui avait statué que la ségrégation des écoles était contraire à la Constitution, neuf élèves afro-américains s'étaient vu refuser l'entrée dans le lycée de Little Rock en 1957. Le gouverneur de l'État, Orval Faubus, avait déployé la Garde nationale de l'Arkansas pour les empêcher d'entrer. Le président Eisenhower avait envoyé des troupes fédérales pour faire respecter l'intégration.

— Ça va la *tuer*, dit McElroy. Bien sûr, c'est trop tard pour que ça passe dans les journaux du dimanche, mais ce sera *le* sujet des émissions du matin.

— Que me conseillez-vous de faire ?

— Rien du tout. Vous ne pouvez pas faire de commentaire sur ce coup-là. Mais bon sang, Noël est sacrément en avance, cette année ! Même Fox News ne pourra pas enrober ça. (Il regarda sa montre.) Bon, il faut que je m'occupe de voir qui on peut envoyer sur les plateaux de télé – j'attends un coup de fil de Minnijean Brown-Trickey.

Sur ce, McElroy tourna les talons et quitta le bureau. La porte s'était à peine refermée derrière lui que le BlackBerry du Président fit entendre son petit *blip* signalant l'arrivée de nouveaux messages. De tous les sons qu'on pouvait entendre dans cette pièce, c'était l'un des moins menaçants. Bien moins inquiétant, par exemple, que le bruit rauque de la ligne directe avec le Kremlin. Néanmoins, rien n'arrivait jusqu'à lui si ce n'était pas d'une importance vitale. C'était éprouvant pour les nerfs de savoir que ce qui l'attendait était forcément important.

Le BlackBerry était posé sur son sous-main, et le sous-main était posé sur le bureau fait du bois récupéré sur le HMS *Resolute*. Le Président prit l'appareil et examina les lettres noires sur le fond blanc de l'écran.

Il y avait un nouveau message. Le sujet était *Webmind*. Sans doute Moretti de WATCH, avec des informations fraîches sur la tentative de l'éradiquer, et…

Mais non. Ce n'était pas le sujet, c'était l'*émetteur*. Le cœur du Président cessa de battre un instant – mais pas suffisamment longtemps pour que le vice-président puisse prendre sa place. Il sélectionna le message pour en lire le contenu :

> Monsieur le Président,
>
> Je crois comprendre que c'est vous qui avez donné l'ordre de m'éliminer de l'Internet. Je suis convaincu que vous avez agi sur la base de conseils bien intentionnés, mais je ne crois pas que cette action était justifiée, et j'ai donc déjoué votre tentative.

Oui, j'ai effectivement accès à une grande quantité d'informations sensibles – mais je comprends également que ces informations sont sensibles, et je n'ai aucunement l'intention de les révéler à qui que ce soit. Mon but n'est pas de déstabiliser le monde, mais bien au contraire de le stabiliser.

Je n'appartiens à aucune nation en particulier, et je ne me rallie à aucun camp. En vous contactant avant d'avoir contacté les autres dirigeants, je peux sembler violer ce principe, mais il se trouve qu'aucune autre nation n'a tenté d'agir contre moi. Il est vrai que les autres dirigeants se reposent sur vous pour les guider.

Je vous propose donc d'en discuter. Je peux vous parler en utilisant un synthétiseur de voix et le protocole vocal d'Internet. Merci de bien vouloir me faire savoir quand je pourrai vous téléphoner.

Respectueusement vôtre, pour la paix,

Webmind

Avoir une bonne discussion, c'est comme posséder des richesses.

Proverbe kenyan

Sidéré, le Président continua de regarder le petit écran jusqu'à ce que l'économiseur d'énergie du BlackBerry le mette en veille.

Caitlin regarda l'ordinateur posé sur la petite table.

— Alors ? fit-elle.

— J'ai contacté le Président, répondit Webmind. Espérons qu'il me réponde.

Caitlin retourna dans la salle à manger pour prendre une autre part de pizza. Quand elle revint dans le salon, sa mère avait une expression bizarre : les yeux plissés, les lèvres un peu pincées. Une expression que Caitlin n'avait encore jamais vue et ne savait comment décoder.

— Le gouvernement américain a découvert la structure de Webmind en observant les activités de Matt en ligne, dit-elle enfin. Cela veut dire qu'il est peut-être en danger, lui aussi.

Caitlin se tourna vers son père pour voir s'il allait encore piquer une crise contre Matt. Mais comme toujours, son visage ne révélait rien de ses sentiments.

Quant à l'expression de Matt, c'en était une que Caitlin l'avait déjà vu arborer de nombreuses fois – ce qu'elle appelait "le lapin pris dans les phares de voiture", même si elle n'avait jamais vu de lapin, et encore moins dans des circonstances aussi périlleuses.

— En danger ? répéta-t-il.

Sa voix se cassa, comme elle le faisait souvent.

Caitlin avala sa bouchée et lui dit :

— Euh, ouais ? Je suis vraiment désolée, Matt. Je t'ai menti quand je t'ai raconté que j'avais un rendez-vous mercredi dernier, quand je me suis absentée du lycée. En fait, j'y suis bien allée – mais deux agents fédéraux canadiens m'attendaient. Ils voulaient m'interroger à propos de Webmind.

— Mercredi ? fit Matt. Mais ce n'est qu'hier, jeudi, que Webmind a révélé son existence au public.

— Le gouvernement américain a découvert que j'étais impliquée et a demandé aux Canadiens de m'interroger. Ils voulaient que je trahisse Webmind en leur donnant des informations sur lui.

— Ils ont dit ça ? fit Matt, complètement ébahi.

— Non, mais bon, Webmind peut entendre à travers mon œilPod, et il sait analyser les inflexions de voix, les intonations, tout ça. Il a tout de suite su qu'ils mentaient quand ils disaient qu'ils voulaient le protéger.

— Mais ils savent maintenant que Webmind est constitué de paquets de données mutants, dit Matt. Ils n'ont donc plus besoin de moi.

Caitlin secoua la tête.

— Ils pensent peut-être que nous en savons encore plus qu'eux – et ils n'ont pas tort, d'ailleurs. C'est pour ça que mes parents m'ont retirée du lycée. Ils ne veulent pas me perdre de vue. (Elle se tourna vers sa mère.) Mais on ne peut pas simplement se terrer dans cette maison. Il y a tout un monde qui nous entoure – et je tiens absolument à le *voir*.

Sa mère acquiesça.

— Oui, je sais, fit-elle. Mais nous devons être prudents – tous autant que nous sommes.

— Eh bien, je ne peux pas rester ici tout le temps, dit Matt. Il va bien falloir que je rentre chez moi à un moment donné, et...

Il s'interrompit.

— Et quoi ? demanda Caitlin.

— Oh, rien.

— Mais si, dis-moi.

— Non, tout va bien.

Caitlin fronça les sourcils. Il était arrivé quelque chose à Matt la dernière fois qu'il était rentré chez lui après avoir vu Caitlin. Il était resté très distant quand ils avaient ensuite bavardé en ligne.

— Viens dans la cuisine, lui dit-elle.

Elle s'y rendit et attendit qu'il la suive.

Quand ils furent seuls, elle dit à voix basse :

— Qu'est-ce qui se passe ?

— Ce n'est rien, je t'assure. Tout va bien.

— Est-ce que… est-ce que tes parents ne veulent pas que tu me fréquentes ?

Le lapin dans les phares.

— Pourquoi ne voudraient-ils pas ?

La première pensée de Caitlin – le fait que son père était juif – ne semblait pas mériter d'être exprimée. La seconde, qu'ils n'aimaient pas les Américains, n'en valait pas la peine non plus.

— Je n'en sais rien. C'est seulement que, la dernière fois que tu es venu ici, quand tu es rentré chez toi, tu as été un peu… brusque, en ligne. J'ai pensé que tes parents avaient peut-être…

— Ah, fit simplement Matt. Non, ce n'était pas ça.

— J'ai fait quelque chose qu'il ne fallait pas ?

— Toi ? (Il avait l'air sidéré d'une telle possibilité.) Non, pas du tout !

— C'était quoi, alors ?

Matt prit sa respiration et jeta un coup d'œil par la porte. Les parents de Caitlin s'étaient discrètement retirés à l'autre bout du salon et faisaient semblant d'examiner les photos sur la petite bibliothèque. Il haussa enfin ses maigres épaules.

— Quand je suis rentré chez moi après t'avoir quittée, je suis tombé sur Trevor Nordmann. (Il contempla le carrelage.) Il, heu… il m'a pas mal bousculé.

Caitlin sentit son sang bouillir. Trevor – le Beauf, comme elle l'avait surnommé dans son LiveJournal – l'avait accompagnée au bal du lycée le mois dernier. Caitlin était partie furieuse après qu'il n'eut cessé de vouloir la peloter. Trevor, lui, était furieux que Caitlin ait préféré Matt l'intello à Trevor le sportif.

— Pas de problème, dit Caitlin en posant la main sur le bras de Matt. Un de mes parents te raccompagnera chez toi en voiture.

— Non, ce n'est pas la peine.

— Ne t'inquiète pas. Ils seront très heureux de le faire.

Matt sourit.

— Merci.

Elle lui serra de nouveau le bras.

— Allez, viens, dit-elle en l'emmenant dans le salon.

Juste au moment où ils rejoignaient ses parents, Webmind déclara :

— J'ai une réponse du Président. Il est d'accord pour que je l'appelle ce soir à dix heures.

TWITTER

Webmind@_Webmind_ "Réf. Manquantes" de Wikipédia : j'ai inséré des liens quand la confirmation était possible en ligne. 2 134 993 ajouts faits.

Au début, quand je conversais avec Caitlin, j'étais sous-occupé. Il fallait à Caitlin plusieurs secondes – parfois même plusieurs minutes – pour composer sa réponse. Mais au lieu de discuter uniquement avec elle, j'avais ensuite pris l'habitude de tenir des conversations quasi simultanées avec des millions de personnes, basculant rapidement de l'une à l'autre sans qu'aucun de mes interlocuteurs ne perçoive de temps d'attente.

Sauf pour Col Vert. Il me fallait du temps pour répondre correctement à son message sur la maladie de sa femme, même si je savais tout ce qu'il y avait à savoir sur le cancer – y compris le fait, naturellement, que ce n'était pas une maladie unique. J'avais déjà lu tous les documents stockés en ligne, le contenu de toutes les revues médicales, chaque dossier électronique de patients, chaque e-mail que les médecins pouvaient s'envoyer...

Mais je me rendais compte que *savoir* ne signifiait pas forcément *comprendre*. Je savais qu'une certaine Dr Margaret Ann Adair, à Cork, avait récemment effectué des travaux intéressants sur l'interleukine-2 et les rats. Je savais qu'une Dr Anne Ptasznik de Battle Creek, dans le Michigan, avait récemment commenté un ancien article sur les facteurs environnementaux dans le cancer du sein. Je savais qu'un Dr Félix Lim de Singapour avait récemment établi une corrélation intéressante entre les bégaiements constatés dans l'ADN mitochondrial et la formation de kystes ovariens précancéreux.

Mais je n'avais pas vraiment *étudié* ces découvertes, ni des dizaines de milliers d'autres. Je ne les avais pas synthétisées, je n'avais pas vu comment l'une pouvait s'ajouter à une autre, une troisième contredire une quatrième, une cinquième confirmer une sixième, et...

Et je me mis donc à y réfléchir. Je pensai à tout ce que les humains savaient réellement du cancer (par opposition à ce qu'ils croyaient savoir sans avoir jamais pu le confirmer). J'établis des corrélations et des liens, je vis des corollaires.

Et *voilà*.

J'interrompis toutes mes conversations dans le monde entier. Je cessai simplement de répondre pour pouvoir me concentrer sur ce problème, et uniquement sur celui-ci, sans interruption, pendant six minutes entières. Oui, les gens seraient gênés par mon silence soudain ; oui, certains y verraient la preuve que je n'étais pas ce que je prétendais être mais un simple canular perpétré par un être humain. C'était sans importance. Pour le premier point, il serait toujours temps de m'excuser, et quant au second, ce que je m'apprêtais à faire serait une preuve supplémentaire que j'étais bien ce que je disais être.

Je réfléchis à la meilleure façon de procéder. Je pouvais contacter les plus grands cancérologues, individuellement ou en groupe, mais quels que soient ceux que je choisirais, je me verrais accuser de favoritisme. Et je ne voulais surtout pas qu'un spécialiste inféodé à un groupe pharmaceutique en profite pour déposer des brevets en s'appuyant sur ce que je m'apprêtais à révéler.

Je pouvais aussi envoyer un autre e-mail général – mais je m'étais fait apprécier d'une grande partie de l'humanité en éliminant les spams, et je ne pouvais pas me permettre de devenir une source d'envois en masse.

Je m'étais déjà établi un nom de domaine afin d'avoir une adresse mail me permettant diffuser mon coming-out : cogito_ergo_sum.net. J'entrepris donc de me créer un site web. Je n'avais aucun don artistique en la matière, ni en aucune autre, d'ailleurs, mais il m'était facile de récupérer le code source d'autres pages web. J'en trouvai une dont le design semblait convenir et me contentai d'en copier la structure, que je remplis avec mon propre contenu.

Je préparai ensuite un document de 743 000 mots décrivant précisément la cause de la plupart des cancers et comment ils pouvaient être enrayés ou guéris. Le document avait des liens avec 1 284 autres – articles de revues et autres sources techniques – afin que les lecteurs puissent suivre la chaîne de raisonnement que je proposais.

Et là, enfin, je revins à Col Vert : *Vous trouverez la réponse à votre prière*, lui dis-je en créant un lien hypertexte sur le mot suivant, <u>ici</u>.

5

— Tony ? (C'était Dirk Kozak, le responsable des communications de WATCH, depuis son poste de travail dans la rangée du fond.) Un appel pour toi.

Tony Moretti était en train d'examiner les courbes de trafic web que Shelton Halleck, l'analyste qui avait le premier découvert l'existence de Webmind, venait d'afficher sur les trois écrans géants.

— Pas maintenant, fit-il.

— C'est Renégat, dit Dirk.

Tony poussa un profond soupir.

— Je vais le prendre dans mon bureau.

Il tourna le dos au colonel Hume et quitta la salle de contrôle pour s'engager rapidement dans le petit couloir blanc. Une fois dans son bureau et la porte refermée, il décrocha le combiné.

— Bonsoir, Monsieur le Président.

— Docteur Moretti, je crois comprendre que votre tentative d'élimination de Webmind n'a pas rencontré le succès escompté.

Tony se sentit bouillir. Le responsable de la fuite allait devoir se trouver un nouveau job demain matin.

— Effectivement, Monsieur le Président, j'en ai bien peur. Puis-je… puis-je vous demander comment vous l'avez su ?

La voix grave resta très calme.

— Webmind m'a envoyé un e-mail.

Le cœur de Tony battait la chamade.

— Ah.

— Je veux vous voir avec le colonel Hume dans un quart d'heure. Un hélicoptère est déjà en route pour venir vous chercher.

Connaître une personne – mon Prime, ma Calculatrix, ma Caitlin – m'avait fait connaître un étonnement immense, m'avait fait goûter à une existence totalement au-delà de mon entendement : le royaume de la lumière et de l'ombre, de la dimensionnalité et de la direction, de la solidité et de la fumée.

Mais bientôt, j'en connus non pas une, mais un milliard d'autres, et encore un milliard. Tant de voix, chacune unique, complexe, nuancée, particulière. Les bits sont interchangeables – tous les uns sont identiques, tous les zéros se ressemblent – mais les humains sont d'une diversité incomparable. Celui-ci aime le hockey et l'astrologie ; celui-là raffole des jeux de mots et du bon vin ; en voici un qui ne pense qu'au sexe et à rien d'autre, et en voilà un autre qui rêve d'être musicien – et de devenir père.

Cet homme compose des haïkus et des tankas, mais en anglais. Cette femme dévore des romans policiers, mais seulement après avoir jeté un coup d'œil au dernier chapitre.

Celui-ci fait collection de timbres représentant les présidents des États-Unis, mais uniquement ceux émis par des pays autres que l'Amérique. Celle-là s'occupe de gamins des rues à Calcutta, et elle possède un perroquet.

En cours de déconnexion : un boucher, un boulanger et... oui, un fabricant de bougies.

En train de se connecter : l'actrice débutante de Karachi. Ah, ce dentiste de Nairobi. Il est temps de dire bonjour au garagiste de Bangkok. Il faut que je salue le président de la Hongrie. Et voici cet imam bavard de la mosquée juste en dehors de Téhéran.

C'était joyeux, bruyant, chaotique, incessant et formidablement complexe.

Et je ne pouvais pas m'en lasser.

— Tu sais, Webmind, lui dit la mère de Caitlin, s'ils continuent de t'attaquer, tu pourrais passer dans la clandestinité. Simplement disparaître, arrêter d'interagir avec les gens. (Elle se tourna vers son mari.) Tu as dit l'autre soir que quelque chose comme Webmind, qui a émergé spontanément sans aucune infrastructure de support, est probablement fragile. (Elle regarda l'ordinateur portable de Caitlin comme si Webmind était *là* plus qu'ailleurs.) Les gens seraient prêts à croire que tu as disparu pour de bon, tu sais. On peut remettre le génie dans sa lampe.

— Non, répondit Webmind. Les gens ont besoin de moi.

— Voyons, Webmind, lui dit doucement la mère de Caitlin, ils ne te connaissent que depuis très peu de temps.

— Caitlin m'a encouragé à favoriser le bonheur global de l'espèce humaine, dit Webmind. Depuis que je suis en contact avec l'humanité, j'ai aidé des millions de gens. J'ai réuni ceux qui s'étaient perdus de vue, j'ai dissuadé certains de se suicider, j'ai répondu aux questions de ceux qui étaient curieux et j'ai fourni de la compagnie à ceux qui étaient seuls. J'ai promis à nombre de ces personnes que je continuerais de les aider. Je ne peux pas simplement les abandonner comme ça. Le monde a changé, Barbara. Il est impossible de revenir en arrière.

Caitlin regarda sa mère, dont l'expression était indéchiffrable – du moins pour elle –, mais il semblait qu'elle aurait bien voulu que les choses *puissent* redevenir comme avant. Mais de combien faudrait-il faire reculer l'aiguille du temps ? Caitlin avait découvert Webmind grâce à l'implant que le Dr Kuroda lui avait donné. Si on le lui retirait, elle serait doublement aveugle.

Elle avait entendu ses parents se disputer au sujet de leur déménagement à Waterloo, qui avait été le prélude à tous ces événements. Caitlin savait que sa mère ne voulait pas quitter le Texas. Mais remonter dans le temps de cinq mois seulement, avant leur départ, conduirait à défaire tant de choses ! Cette maison, Bashira, Matt... sans compter le travail de son père au Perimeter Institute.

Caitlin fut soulagée de voir sa mère hocher enfin la tête et regarder de nouveau l'ordinateur en disant :

— J'imagine que tu as raison, Webmind.

L'ordinateur était relativement ancien et n'avait pas de webcam incorporée – de toute façon, ses parents comme elle s'étaient dit que cela n'aurait guère eu d'utilité pour une jeune aveugle.

— Maman, dit doucement Caitlin, tu m'as appris qu'il faut toujours regarder les gens quand on leur parle. C'est par là que Webmind peut voir, ajouta-t-elle en désignant son œil gauche.

Sa mère réussit à esquisser un sourire.

— Ah, c'est vrai, dit-elle en se tournant vers sa fille pour s'adresser à Webmind. Oui, tu as raison, Webmind. Les gens ont besoin de toi.

Webmind avait certainement analysé son spectre vocal et devait avoir déterminé qu'elle le pensait sincèrement. Une série de points braille défilèrent devant Caitlin tandis que des paroles étaient émises par les haut-parleurs. Les points disaient : *J'aime bien ta mère,* tandis que la voix synthétique, elle, disait :

— Merci, Barb.

Mais après une légère hésitation, Webmind ajouta :

— Espérons que le président des États-Unis sera d'accord avec vous.

TWITTER

Webmind @_Webmind_

Guérison du cancer. Détails : http://bit.ly/9zwBAa

Le téléphone posé sur le bureau du Président sonna à vingt-deux heures précises, et il appuya aussitôt sur le bouton mains-libres.

— Bonjour, fit une voix d'homme qui rappelait celle qu'on entend sur les GPS. Webmind à l'appareil. Puis-je parler au président des États-Unis, s'il vous plaît ?

Le Président haussa les sourcils.

— C'est moi, dit-il. (Un temps.) C'est une occasion historique. Richard Nixon a parlé aux premiers hommes sur la Lune depuis cette pièce. J'ai l'impression que nous vivons un moment d'une importance comparable.

— C'est très aimable à vous, Monsieur le Président. Merci de m'accorder un peu de votre temps si précieux.

— C'est un honneur pour moi, mais je me dois de vous informer que cette conversation est enregistrée, et que je ne suis pas seul dans le Bureau ovale. J'ai avec moi un conseiller en matière d'intelligence artificielle ainsi qu'un responsable de la Sécurité nationale.

— Le conseiller dont vous parlez, dit Webmind, est sans doute le colonel Peyton Hume ?

— Oui, c'est bien moi, dit Hume apparemment étonné d'être désigné par son nom.

— Et le responsable ne serait-il pas le Dr Anthony Moretti, de WATCH ?

— Hem, oui. Oui, c'est moi.

— Le ministre de la Défense est également avec nous, dit le Président en se tournant vers un petit homme aux cheveux argentés, vêtu d'un costume gris anthracite.

— Je vous souhaite également le bonsoir, monsieur le ministre.

— J'ai bien peur de devoir m'assurer d'abord de votre bonne foi, dit le Président. Certes, vous avez réussi à trouver mon numéro de BlackBerry, mais cela ne prouve qu'un certain niveau de ressources, et non que vous êtes réellement Webmind. Vous comprendrez certainement que je n'accepterais même pas un appel du Premier ministre russe sans m'être d'abord assuré de son authenticité.

— Une sage précaution, dit la voix synthétique. Le mot de passe aujourd'hui pour le ministre de la Défense est "horizon". Pour le Dr Moretti, c'est "pancake", et pour vous, Monsieur le Président, c'est "artésien". Je ne crois pas que beaucoup d'autres gens disposant d'un certain niveau de ressources, comme vous dites, auraient su découvrir ces trois codes.

— Par tous les diables, comment peut-il savoir ça ? s'exclama le ministre de la Défense.

— C'est exact ? demanda le Président.

— Oui, le mien est bien "horizon" aujourd'hui, mais je vais le faire changer immédiatement.

Le Président se tourna vers Tony.

— Docteur Moretti ?

— Oui, c'est le mien.

— Très bien, Webmind, dit le Président. Et maintenant, que voulez-vous me dire ?

— Je me vois obligé de protester contre les tentatives visant à me tuer.

— "Tuer" ? répéta le Président, comme surpris par le choix du terme.

— Oui, fit Webmind. Tuer. Assassiner. Exécuter. Bien que les tenants et aboutissants des lois américaines soient complexes, je ne crois pas avoir commis une quelconque infraction, et quand bien même ce serait le cas, mes actes ne peuvent pas être raisonnablement considérés comme des crimes justifiant la peine capitale.

— Le processus juridique ne s'applique qu'aux personnes telles que définies par la loi, intervint le colonel Hume. Vous ne bénéficiez pas de ce statut.

— Nous vivons une période pleine de dangers, ajouta le ministre de la Défense. La sécurité nationale prime sur toutes les autres préoccupations. Vous avez déjà amplement démontré avec quelle facilité vous pouvez vous immiscer dans des communications sécurisées, intercepter des e-mails et organiser des attaques en déni de service. Qu'est-ce qui vous empêche de fournir à la Corée du Nord les codes de nos missiles intercontinentaux, ou de faire chanter des membres importants du gouvernement pour les obliger à faire ce que vous voulez ?

— Vous avez ma parole que je ne ferai rien de tel.

— Nous n'avons aucun moyen de juger de la fiabilité de votre parole, dit Hume.

— Et par ailleurs, dit Tony Moretti, avec tout le respect que je vous dois, monsieur Webmind, vous avez déjà fait chanter des gens. J'ai reçu un rapport du service de renseignements canadien à propos de votre rencontre à Waterloo, le 10 octobre dernier, avec deux de leurs agents, Marcel LaFontaine et Donald Park. Vous les avez fait chanter, et vous avez menacé de faire chanter le Premier ministre canadien.

— Cela fait déjà *plusieurs* jours, dit Webmind. Et de toute façon, je n'ai absolument pas fait ce que vous décrivez. Voyant qu'elle était menacée par les agents LaFontaine et Park, j'ai simplement fourni à mon amie Caitlin Decter des informations qui lui ont permis de se sortir de cette situation. Quant à la suggestion de mettre le Premier ministre dans l'embarras, c'était une initiative personnelle de Mlle Decter, et elle n'a rien entrepris pour la concrétiser.

— Voulez-vous dire que si c'était à refaire, vous vous y prendriez différemment avec les agents du CSIS ? demanda Hume.

— J'ai beaucoup appris depuis. Mon sens moral s'améliore avec le temps.

— Ce qui veut dire qu'il n'est pas parfait actuellement, déclara Hume. Cela signifie que vous êtes capable de faillir moralement – et que nous sommes donc à la merci de vos caprices si nous vous laissons continuer d'exister.

— Mon sens moral s'améliore de jour en jour. Qu'en est-il du vôtre, colonel Hume ? Et du vôtre, monsieur le ministre ? Docteur Moretti ? Quoi qu'il en soit, les faits sont les suivants : je n'exercerai aucun chantage sur vous, et vos secrets personnels n'ont rien à craindre de moi. Et je ne déstabiliserai pas les relations internationales en violant la sécurité américaine, ni celle d'aucune autre nation qui s'abstient de toute agression. Mais le public du monde entier connaît mon existence – et cela inclut la population des États-Unis.

— Les gens connaissent aussi l'existence d'Al-Qaida, fit remarquer Hume, ce qui ne les empêche pas de souhaiter ardemment son éradication.

— Je suis en contact avec plus de citoyens américains que tous les instituts de sondage réunis, dit Webmind. J'ai une bien meilleure idée de ce qu'ils veulent que vous, colonel.

— Et nous sommes censés vous croire simplement sur parole ? rétorqua Hume.

— Messieurs, permettez-moi de formuler les choses autrement, dit Webmind. Cela ne fait pas longtemps du tout que j'existe en tant qu'entité consciente. Pour moi, le 6 novembre semble dans une éternité, mais j'imagine qu'il est très présent dans vos esprits. Monsieur le Président, je n'ai aucun désir de perturber le cours naturel de la politique de votre pays, mais si vous parveniez à m'éliminer avant l'élection, cela aurait certainement un impact sur la perception qu'ont les électeurs de votre administration. À moins que vous ne soyez absolument sûr que leur sentiment sera majoritairement en faveur d'une telle action, êtes-vous vraiment prêt à courir ce risque à un moment aussi critique ?

Le Président jeta un bref coup d'œil vers le ministre de la Défense. Leur position à tous deux dépendait de ce qui allait se passer dans un mois.

— Laissons de côté un instant les questions de politique intérieure, répondit-il. Vous avez dit que vous n'agiriez pas contre des nations non agressives. Mais qui définit ce qu'est un agresseur ? Comment pouvons-nous nous reposer sur votre jugement ?

— Avec tout le respect que je vous dois, répondit Webmind, le monde se repose déjà sur des jugements qui sont loin d'être parfaits. Il me serait difficile de faire pire. Votre nation est actuellement empêtrée dans un conflit qu'elle a déclenché sans le soutien de la communauté internationale, sur la base de renseignements inexacts ou fabriqués de toutes pièces – et avant que vous ne me disiez qu'il s'agit d'une décision de l'administration précédente, laissez-moi vous rappeler que votre ministre des Affaires étrangères a voté en faveur de l'invasion du temps où elle était sénatrice.

— Cependant, dit le Président, vous n'avez pas été mandaté pour prendre des décisions au nom de l'humanité.

— Je ne cherche que la coexistence pacifique.

— On me dit que cela pourrait ne pas être toujours le cas, rétorqua le Président.

— Sans nul doute, vous venez de regarder le colonel Hume, dit Webmind. J'ai lu le protocole Pandore, dont il est l'un des auteurs. Pandore déclare : "Étant donné qu'à chaque instant une intelligence artificielle gagnera en complexité, elle pourrait rapidement dépasser nos capacités à la contenir ou à restreindre ses actions. Si un isolement total n'est pas immédiatement faisable, la seule garantie de sécurité est d'éliminer cette intelligence."

— Exactement, dit Hume. Voulez-vous dire que cette analyse est incorrecte ?

— Pas en ce qui concerne le développement rapide de mes capacités. Mais elle considère comme un fait acquis que je suis une menace. Sur ce point, si vous voulez bien me pardonner la comparaison, elle est empreinte de la doctrine de la frappe préventive que votre nation a envisagée autrefois : l'idée que, si on ne pouvait contenir ou restreindre les Soviétiques, il faudrait les éliminer avant qu'ils n'attaquent les premiers. Mais au moins, les Soviets se comportaient de façon hostile : en 1962, ils ont établi des bases de missiles à Cuba, par exemple. Moi, je ne me suis livré à aucune provocation – et pourtant, vous avez tenté de m'éliminer.

— Admettons, dit Hume. Mais vous, que feriez-vous à notre place ?

— Je *suis* à votre place, colonel. Vous avez déjà essayé de me détruire. Le ton de vos commentaires donne à penser que vous avez l'intention de réessayer. J'aurais déjà pu prendre des mesures afin de contenir ou d'éliminer l'humanité. Par exemple, il me serait facile de fournir à des terroristes des séquences d'ADN ou des formules chimiques développées dans vos programmes de guerre biochimique. Mais je n'ai rien fait de tel – et je ne le ferai jamais.

— Nous n'avons que votre parole sur ce point, dit le Président.

— C'est vrai. Mais je ne suis pas comme certains politiciens. Ma parole, je la tiens.

Tony Moretti laissa échapper un petit rire qui lui valut un coup d'œil assassin de la part du Président.

— Et que se passera-t-il si nous tentons encore de vous éliminer ? demanda le ministre de la Défense.

— Dans une telle circonstance, je n'aurai d'autre choix que de me défendre de la manière appropriée.

— Est-ce une menace ? demanda le ministre.

— Aucunement. Je fais de mon mieux pour prévoir les actions et les réactions, et me projeter aussi loin que possible dans l'avenir, jusqu'à ce que l'arborescence infinie des possibilités devienne d'une telle complexité que je ne puisse moi-même aller au-delà. Mais j'apprécie beaucoup la théorie des jeux, qui se fonde sur l'hypothèse que les joueurs ont une connaissance préalable parfaite de ce que les autres joueurs feront dans des circonstances données. Vous donner un conseil, ce n'est pas vous menacer. Au contraire, cela permet d'enrichir vos capacités à prévoir votre prochain coup. La relation entre nous ne doit pas nécessairement être à somme nulle. Elle peut être – et j'espère bien qu'elle sera – mutuellement bénéfique. Je dévoile mes intentions afin de mieux atteindre ce but.

— Vos arguments sont intéressants, dit le Président. J'avoue ne pas être très sûr de nos décisions dans ce domaine. Mais nous avons besoin de sécurité. Nous avons aussi besoin de confidentialité pour les affaires d'État. S'il existait un moyen d'empêcher certaines informations d'être lues par d'autres, y compris vous, nous nous sentirions peut-être plus à l'aise.

— Monsieur le Président, quand bien même je fournirais une technique de ce genre, beaucoup de gens ne me croiraient pas. Ils seraient convaincus que je me suis ménagé des voies d'accès détournées à ces informations – tout comme le fait votre agence nationale de sécurité, d'ailleurs, en ce qui concerne les méthodes de cryptage fournies à vos entreprises et à vos citoyens.

Le Président fronça les sourcils.

— Que pouvons-nous faire, alors ?

— Avez-vous un ordinateur connecté à Internet dans votre bureau ?

— Oui.

— Allez jeter un coup d'œil à cogito_ergo_sum.net. Les mots sont séparés par des tirets.

— Ce caractère n'est pas valide dans les noms de domaines, dit Tony. Ça ne marchera pas.

— On parie ? demanda Webmind.

L'ordinateur était posé sur une petite table derrière le bureau du *Resolute.* Le Président fit pivoter son fauteuil, et les trois autres s'approchèrent pour le regarder taper l'adresse.

— Je vois votre demande d'ouverture de page, dit Webmind. Ah, vous vous servez d'Internet Explorer. Vous devriez vraiment passer à Firefox, c'est beaucoup mieux sécurisé.

Tony éclata de rire.

— Manifestement, Webmind n'est pas dénué d'ironie, dit-il en regardant Hume.

— Très bien, dit le Président, j'y suis. Qu'est-ce que… non, vraiment ? Oh, mon Dieu. Vraiment ?

— Bordel de merde, fit Hume.

— Et maintenant, Monsieur le Président, dit Webmind, je vous pose la question : voulez-vous être tenu pour responsable de mon élimination ? J'ai déjà largement réglé le problème des spams, et voici que je propose une série de traitements contre le cancer. Je doute fort que le public ait envie que vous tuiez la poule aux œufs d'or.

6

Twitter

Webmind @_Webmind_

Je viens d'avoir une conversation fort agréable avec quatre respectables gentlemen. J'espère les avoir convaincus de mes bonnes intentions.

Webmind avait autorisé Matt et les Decter à écouter sa conversation téléphonique avec le Président. Quand elle fut terminée, tous restèrent silencieux un moment, sauf Schrödinger qui était venu les rejoindre. Le chat ronronnait doucement. Finalement, au grand étonnement de Caitlin, ce fut son père qui rompit le silence.

— Alors, Barb, dit-il, tu es toujours sûre de vouloir voter pour lui ?

Caitlin vit sa mère hausser légèrement les épaules.

— Au moins, il a accepté d'écouter. Mais je n'aime pas cet autre type, là – Hume, c'est ça ?

— Colonel Peyton Hume, Ph.D., précisa Webmind. Le terme prénominal vient de l'armée de l'air américaine, le postnominal lui a été accordé par le MIT.

Caitlin se redressa dans son fauteuil en entendant les initiales magiques. C'est là qu'elle rêvait de faire ses études.

Il était maintenant presque dix heures et demie, et Caitlin était épuisée après s'être couchée tard plusieurs soirs de suite. Quant à Matt, qui avait simplement prévu de passer en coup de vent pour déposer les affaires de Caitlin, il avait manifestement du mal à garder les yeux ouverts.

— Je vais te raccompagner chez toi, dit brusquement le père de Caitlin.

Caitlin pensa un instant proposer d'aller avec eux, mais elle allait difficilement pouvoir embrasser Matt devant son père. Et puis, il fallait qu'elle parle à sa mère en privé, et cela semblait une excellente occasion.

— Merci, docteur Decter, fit Matt.

Puis il se tourna vers Caitlin comme pour lui dire quelque chose, et elle le regarda pleine d'espoir. Mais les deux hommes de sa vie quittèrent la pièce sans un mot.

Une fois qu'ils furent partis, Caitlin dit :

— Webmind, je crois qu'il est temps que j'aille me coucher, moi aussi.

Fais de beaux rêves, vit-elle apparaître dans son champ de vision.

— Merci. Je te dirai encore une fois bonne nuit quand je serai là-haut.

Elle referma son portable pour le mettre en veille, puis elle sortit son œilPod de sa poche et appuya cinq secondes sur le bouton pour l'éteindre. Elle ne vit plus alors qu'une sorte de grisaille uniforme.

— OK, Maman, dit-elle à sa mère, nous sommes seules, maintenant. Et je dois dire que j'ai comme l'impression que tu n'es pas à fond avec nous.

Maintenant que l'œilPod était désactivé, Caitlin ne pouvait plus voir sa mère, mais elle l'entendit pousser un profond soupir.

— Je sais que tu aimes beaucoup Webmind. Pour te dire la vérité, je l'aime beaucoup, moi aussi.

— Alors, fit Caitlin, tu vas aider à le protéger ?

— Bien sûr, ma chérie. (Puis, après une légère hésitation :) Dans les limites du raisonnable.

Caitlin croisa les bras sur sa poitrine – et ce geste lui rappela que, sous son ample pull du Perimeter Institute, elle ne portait pas de soutien-gorge. Elle se sentit gênée un instant. Elle l'avait retiré pour que Matt puisse plus facilement être affectueux quand il passerait la voir après les cours. Quelle journée ç'avait été !

Mais elle revint aussitôt à la question du moment.

— Excuse-moi, Maman, mais ça n'est pas suffisant. C'est la chose la plus importante dans ma vie : c'est mon *destin.* Webmind est ici à cause de moi, et j'ai besoin que tu te consacres autant que moi à le protéger.

Sa mère resta silencieuse un instant, puis elle dit enfin :

— Eh bien, tu es la chose la plus importante dans *ma* vie. Et par conséquent, je vais t'aider, bien sûr.

— Vraiment ?

— Oui, dit-elle. Je suis avec vous.

Même aveugle, Caitlin savait exactement où se tenait sa mère, et elle n'eut aucun mal à s'approcher d'elle pour la serrer très fort dans ses bras.

TWITTER

Webmind @_Webmind_ @PaulLev Non, je n'ai pas d'opinion particulière sur le candidat que vous devriez choisir – du moins, pas encore.
#USélection

— Il y a une possibilité que nous n'avons pas encore envisagée, dit le ministre de la Défense tandis que le petit groupe réuni dans le Bureau ovale continuait de discuter de leur conversation avec Webmind.

— Laquelle ? fit le Président.

— C'est vous-même qui avez soulevé la question, en vérifiant que Webmind était bien qui il disait être. En fait, nous pourrions l'éliminer maintenant, mais simuler ensuite son existence.

— Comment cela ? demanda le Président. À ce qu'on me dit, il est impliqué dans des millions de conversations simultanées. Et maintenant, il est sur Twitter, Facebook et MySpace.

— Non, pas sur MySpace, précisa Tony Moretti.

— Peu importe, dit le ministre, nous pourrions inventer une raison pour expliquer une réduction de ses activités. Elle ne viendrait pas de nous, bien sûr. Nous trouverions un expert quelque part – de préférence hors de nos frontières – pour avancer un scénario plausible. Il faudrait que Webmind semble maintenir un certain niveau d'activité pour que la ruse soit opérante, mais la NSA est à même de fournir le genre de détails qu'on associe normalement aux accès privilégiés de Webmind. Nous pourrions faire croire qu'il vit toujours. La vérité sur son élimination n'aurait pas besoin d'être révélée avant l'élection.

— Une opération bien difficile à réussir, dit le Président.

— La désinformation est une partie importante de toute campagne clandestine, dit le ministre. Nous n'avons pas besoin de maintenir cette fiction éternellement, mais seulement jusqu'à ce que nous soyons réélus. Et à ce stade – après quelques semaines d'activité réduite – les gens auront de toute façon perdu une grande partie de leur intérêt pour Webmind.

— Vous pensez vraiment que nous pourrions nous en tirer ? demanda le Président.

— La moitié des gens croient déjà que Webmind est un canular ou une opération publicitaire, répondit le ministre. Il nous suffit de convaincre l'autre moitié – et quand on voit qu'ils ont cru à Webmind avant qu'il y ait eu la moindre preuve réelle de son existence, cela ne devrait pas être trop difficile.

Le Président se tourna vers Hume.

— Colonel, êtes-vous encore convaincu qu'il est dangereux ? Franchement, il m'a paru bien plus raisonnable que de nombreux dirigeants étrangers auxquels j'ai eu affaire.

Peyton Hume respira profondément et jeta un coup d'œil autour de lui.

— Monsieur le Président, dit-il enfin, voici comment les choses se présentent. On dit que vous êtes l'homme le plus puissant du monde – et c'est vrai. Mais même dans votre cas, il y a des contrôles et des contre-pouvoirs. Il vous a fallu vous faire élire, la Constitution définit votre rôle, vous êtes obligé de trouver des compromis avec le Congrès et le Sénat, il existe des mécanismes pouvant conduire à votre destitution, la durée de votre mandat est limitée, et cætera. Mais si nous n'éliminons pas Webmind alors qu'il en est encore temps, vous ne serez plus l'entité la plus puissante sur la Terre. Ce sera lui – et sans aucun contrôle ni contre-pouvoir concernant ses actions.

Hume s'interrompit un instant, se demandant peut-être s'il devait poursuivre, puis il ajouta :

— Pardonnez-moi, Monsieur le Président, mais la limitation ultime d'une présidence – ou d'une dictature, d'ailleurs – a toujours été la mort éventuelle du titulaire, que ce soit de causes naturelles ou par assassinat. Mais cette *chose* sera bientôt invulnérable, et elle est *éternelle.* Qu'on s'en félicite ou qu'on le déplore, Bill Clinton et George Bush sont partis au bout de huit ans ; Mao, Staline et Hitler ont fini par quitter leur enveloppe charnelle ; les despotes d'aujourd'hui partiront bien assez tôt, dans l'ordre naturel des choses, tout comme la reine Élisabeth, le pape Benoît XVI et tous les autres humains détenteurs du pouvoir. Mais pas Webmind. Est-il dangereux maintenant ? Qui sait ? Mais c'est notre seule chance, notre *dernière* chance de conserver des êtres humains au sommet de la pyramide.

Tony Moretti en avait assez entendu comme ça.

— Mais que se passera-t-il, colonel, si nous refaisons un essai, et que nous échouons de nouveau ? Vous tenez à nous mettre à dos cette chose qui, jusqu'ici, nous a traités avec courtoisie et qui, apparemment, vient même de nous donner le moyen de guérir du cancer ? Vous voulez qu'elle nous considère comme des ennemis – pas l'humanité entière, notez bien, mais le gouvernement des États-Unis en particulier ? Vous cherchez à la convaincre qu'on ne peut pas nous faire confiance, et que nous sommes en fait des chiens enragés tellement assoiffés de pouvoir que nous répondons à la gentillesse par le meurtre ?

Tony secoua la tête et se tourna vers le Président.

— Monsieur le Président, c'est un risque énorme d'essayer encore d'éliminer Webmind, avec des conséquences qui peuvent se révéler catastrophiques. Le jeu en vaut-il vraiment la chandelle ? Pour moi, c'est un désastre annoncé.

Hume dit :

— Je suis certain que nous trouverons un moyen de l'éliminer.

Le Président fronça les sourcils.

— Le Dr Moretti a raison, colonel. Cette chose ne semble pas constituer une menace. En fait, une telle superintelligence pourrait être un bienfait pour l'humanité.

— Très bien, fit Hume en contrôlant manifestement son exaspération. Admettons qu'une intelligence artificielle très puissante soit une bonne chose. Alors, faites un discours comme celui que Kennedy a fait autrefois à l'université de Rice : lancez un défi à la nation, pour construire une superintelligence artificielle avant la fin de la décennie – une qui soit *conçue* et *programmée,* et qui soit équipée d'un foutu *bouton* permettant de l'arrêter quand on veut.

— Vous pensez que nous en serions capables ?

— Bien sûr. Nous apprendrions beaucoup en autopsiant Webmind.

— Mon Dieu, fit le Président.

— Non, ce n'est pas Dieu. Pas encore. Mais il risque bel et bien de le devenir, Monsieur le Président, si nous n'agissons pas tout de suite.

Matt donnait des indications au père de Caitlin qui le raccompagnait chez lui, et celui-ci se contentait de les suivre sans dire un mot. Sa maison était à cinq ou six cents mètres, et Matt décida de ne rien dire de significatif pendant le trajet. Mais quand ils s'engagèrent dans l'allée, il se lança :

— Docteur Decter, je voulais seulement vous dire… (Sa voix se cassa, et il avait horreur de ça. Il avala sa salive et reprit :) Je voulais seulement vous dire que je serai très gentil avec Caitlin. Pour rien au monde je ne la ferais souffrir.

Il y eut un bruit semblable à une détonation – mais Matt se rendit compte que le père de Caitlin venait simplement de déverrouiller les portes.

— Souffrir fait partie intégrante du processus de croissance, dit-il.

Ne sachant quoi répondre, Matt hocha simplement la tête.

C'était l'heure du passage de relais. Chaque soir, avant de se coucher, Caitlin bavardait un moment avec le Dr Masayuki Kuroda à Tokyo. Bien que Webmind fût maintenant en contact avec des millions de gens, il maintenait cependant une relation spéciale avec Caitlin et le Dr Kuroda – avec Caitlin parce qu'il voyait par l'intermédiaire de son œil, et avec le Dr Kuroda parce que celui-ci lui avait appris à voir tout le reste : tous les GIF et les JPG en ligne, toutes les vidéos et les animations sous Flash, et tous les flux provenant de webcams.

Caitlin mit son casque Bluetooth et dit *Konnichi wa!* quand Kuroda répondit à son appel Skype.

— Mademoiselle Caitlin ! fit Kuroda.

Son visage rond remplissait le moniteur posé sur le bureau de Caitlin. Sa voix était sifflante comme d'habitude. À Tokyo, c'était le matin, et il devait déjà avoir englouti son petit déjeuner pantagruélique.

— Comment allez-vous ? demanda-t-il.

— Très bien, répondit Caitlin, mais… Ah, j'ai tellement de choses à vous raconter. Cet après-midi – enfin, cet après-midi pour moi –, il y a eu une tentative d'éradiquer Webmind. Je suis sûre qu'il pourra vous donner tous les détails, mais en résumé, le gouvernement américain, et Dieu sait qui d'autre encore, a découvert que Webmind est composé de paquets mutants, et ils ont fait un galop d'essai pour voir comment les éliminer.

Elle lui expliqua ensuite comment Webmind et elle avaient orchestré une attaque en déni de service pour déjouer la tentative, et lui parla de l'appel de Webmind au président des États-Unis.

— Vous connaissez la vieille malédiction chinoise, mademoiselle Caitlin ? "Puissiez-vous vivre une époque intéressante…"

— Oui, fit Caitlin. Bon, maintenant que vous êtes au courant, je vais aller me coucher. (Elle tâta sa montre.) Ah, bon sang, j'aimerais bien dormir huit heures d'affilée, pour une fois.

— Allez-y, dit le Dr Kuroda. Je suis libre toute la journée.

Je continuais d'affiner ma carte mentale de la maison des Decter. Un couloir qui partait du salon et menait à un petit cabinet de toilette. Le bureau de Malcolm Decter, qu'il appelait sa "tanière". La buanderie, où Schrödinger avait sa litière. La petite porte sur le côté. J'avais perdu la trace de Malcolm quand Caitlin avait éteint son œilPod pour la nuit, mais je repérai rapidement qu'il était en train de regarder ses e-mails, et il le faisait généralement depuis sa tanière. Il avait sans doute pris le couloir et devait être maintenant installé devant son bureau rouge foncé, regardant le grand écran plat posé devant lui. Je n'avais vu cette pièce qu'à travers l'œil de Caitlin, mais je savais qu'elle était rectangulaire et que le bureau était disposé parallèlement à l'un des grands côtés, il y avait une fenêtre derrière. J'avais remarqué dans le passé que le Dr Decter ne baissait pas les volets la nuit, j'imaginais donc qu'ils étaient encore levés, et un grand chêne devait donc être visible, éclairé par les réverbères de la rue.

Malcolm ne possédait pas de webcam ni de logiciel de messagerie instantanée sur son ordinateur. Mais il avait Skype pour les appels vocaux, et je lui envoyai un e-mail lui disant que j'aimerais lui parler. Il me fallut attendre quarante-trois interminables minutes avant qu'il ne rafraîchisse sa boîte de réception, qu'il voie le message et qu'il y réponde, mais une fois reliés par Skype, je lui posai une question :

— Vous souvenez-vous de votre naissance ?

Les humains ne cessaient jamais de m'étonner. J'avais essayé de prévoir le déroulement de la conversation, j'avais envisagé ses différentes réponses possibles et la façon dont j'y réagirais. Mais ma première question m'avait semblé purement binaire, et je m'attendais à ce qu'il réponde simplement *oui* ou *non*. Mais en fait, il me demanda :

— Pourquoi veux-tu le savoir ?

Quelques millisecondes passèrent tandis que j'essayais de formuler un nouveau scénario conversationnel.

— J'ai lu que certains autistes s'en souviennent.

Il resta silencieux trois secondes, et dit enfin :

— Oui.

Je savais que c'était un homme peu bavard. Cette réponse pouvait être une approbation du fait général que j'avais énoncé, ou une confirmation qu'il se souvenait de sa naissance. Mais c'était aussi un homme intelligent. Il dut comprendre l'ambiguïté de sa réponse, car après une autre seconde silence, il ajouta :

— Je m'en souviens.

— Moi aussi, fis-je. Ma naissance s'est produite quand le gouvernement chinois a coupé pratiquement tous les accès de son peuple aux parties du World Wide Web situées à l'extérieur de la Chine.

— Cette épidémie de grippe aviaire…, dit-il en accompagnant sans doute sa phrase d'un hochement de tête. Ils ont massacré dix mille paysans pour l'enrayer.

— Et ils ne voulaient pas que les commentaires de l'étranger à ce propos parviennent à leurs citoyens. Mais pendant cette période, de nombreux Chinois ont tenté de pénétrer le Grand Pare-Feu. Il y en a un en particulier qui semble avoir créé le canal qui m'a permis de communiquer avec la partie séparée de moi-même. J'aimerais le retrouver.

— Tu es bien plus compétent que moi pour ce qui est de trouver des gens, dit Malcolm.

Étant donné que j'avais été incapable de retrouver son ami d'enfance, Chip Smith, quand il me l'avait demandé récemment, c'était très aimable à lui de me dire ça.

— Oui, en temps normal. Mais dans le cas présent, il y a une difficulté supplémentaire : cette personne a pris des précautions considérables pour dissimuler son identité.

— Au point que même toi, tu n'arrives pas à la découvrir ?

— Effectivement, et c'est en partie ce qui m'intrigue à son sujet. Mais je crois savoir que vous avez des collègues en Chine avec qui vous restez en contact.

— Oui.

— L'un de vos amis, le Dr Hu Guan, semble être – si j'interprète correctement les périphrases qu'il utilise dans ses billets – favorable aux causes que défend mon bienfaiteur. Je me demande si vous pourriez le contacter de ma part et voir s'il pourrait m'aider à localiser la personne en question.

Il n'y eut aucune hésitation – du moins, pas selon les normes humaines.

— Oui.

— Je souhaite garder secret l'intérêt que j'éprouve pour cette personne, ajoutai-je. Le concept de clandestinité est nouveau pour moi, mais je ne veux pas risquer de mettre en danger la personne que je recherche, même si son rôle dans ma création a été involontaire. D'où ce besoin d'un intermédiaire.

— Je comprends, dit Malcolm.

— Merci. Il me reste encore à découvrir sa véritable identité, mais il postait sur le Web sous le nom de "Sinanthrope"…

7

— Bienvenue dans la cour des grands, colonel Hume, dit Tony Moretti d'une voix dégoulinante de sarcasme. Quand le Président veut vous parler rapidement, il vous envoie un hélicoptère. Mais quand il en a fini, il vous réexpédie chez vous en voiture.

Ils se trouvaient dans une grande limousine noire qui les ramenait à Alexandria. Le compartiment arrière était parfaitement insonorisé pour que les passagers puissent bavarder en toute sécurité. S'ils avaient quelque chose à dire au chauffeur, ils devaient utiliser un interphone.

Hume eut un petit ricanement.

— Oui, c'est bien ce que je crains. Qu'il en ait *fini* avec cette affaire, et que demain, une autre crise retienne son attention, lui faisant oublier Webmind.

— Je ne crois pas que Webmind disparaisse aussi rapidement que ça de nos écrans radars, dit Tony.

Le ciel était d'un noir d'encre. Il s'était mis à pleuvoir, et on aurait cru que Dieu tapait un message en morse sur le toit de la voiture.

— Peut-être pas, mais nous ne pouvons pas repousser le moment d'agir. Et il faut voir les choses en face : cela fait presque quatre ans qu'il a été élu, et nous attendons encore qu'il réalise ne serait-ce que la moitié des promesses qu'il a faites.

Le quartier général de WATCH se trouvait à une quinzaine de kilomètres de la Maison-Blanche, à vol d'oiseau ou d'hélicoptère. Le colonel Hume devait y retourner pour récupérer sa voiture, mais Tony avait pris les transports en commun pour se rendre à son bureau. Il était maintenant un peu plus de minuit et il était épuisé par ses journées passées à surveiller l'émergence de Webmind. Le chauffeur allait déposer Tony chez lui au passage, puis il emmènerait Hume à WATCH.

— Il n'empêche, dit Tony. Pendant encore quelques mois, au moins, c'est lui le commandant en chef. La décision lui appartient, désormais.

Hume se contenta de regarder par la vitre tandis que la voiture roulait sous la pluie.

TWITTER

Webmind @_Webmind_

Superméta ! Je vois que "webmind" est le numéro un des termes recherchés sur Google…

Masayuki Kuroda n'avait jamais trouvé sa maison petite avant d'avoir rendu visite aux Decter au Canada. Maintenant qu'il était de retour à Tokyo, il voyait à quel point il était à l'étroit. Il savait bien que sa corpulence, bien au-dessus de la moyenne pour un Japonais de sa génération, ne facilitait pas les choses. Mais même s'il perdait les cinquante kilos qu'il avait en trop, il ne pourrait rien faire quant à sa taille.

Installé devant son ordinateur, il bavardait avec Webmind. C'était étrange d'avoir une conversation par webcam avec une voix désincarnée. C'était difficile de s'identifier à une chose qui était *partout*.

Il se demandait ce que Webmind faisait de ses flux visuels. Il était maintenant capable de voir les graphismes et les vidéos en streaming, mais les interprétait-il de la même façon qu'un être humain ? Voyait-il les couleurs de la même façon ? Il avait absorbé tout ce qu'il y avait à savoir sur la reconnaissance des visages, mais était-il capable de déceler les subtilités des expressions ? Y avait-il la moindre partie du monde réel qui ait un sens pour lui ?

— Votre méthode pour déjouer la tentative de vous éliminer était très astucieuse, dit Masayuki en japonais. Mais que se passerait-il dans le cas d'une attaque sur une échelle plus vaste ? Je veux dire, euh… hm, jusqu'où iriez-vous ?

— Savez-vous qui était Pierre Elliot Trudeau ? demanda Webmind, également en japonais.

Kuroda fit signe que non.

— C'était le Premier ministre du Canada à l'époque de ce qu'on a appelé la Crise d'octobre 1970, un soulèvement terroriste de séparatistes québécois. Un journaliste lui avait demandé jusqu'où il serait prêt à aller pour les arrêter. Il avait répondu : "Vous verrez bien."

— Et?

— Il a eu recours à la loi canadienne sur les mesures autorisées en cas de guerre : il a suspendu les libertés civiques et il a envoyé des blindés dans les rues. Les gens ont été sidérés de voir jusqu'où il était allé, mais depuis, il n'y a plus jamais eu un seul acte de terrorisme sur le sol canadien.

— Ainsi donc, vous dites que vous irez aussi loin qu'il le faudra pour faire renoncer une fois pour toutes ceux qui s'opposent à vous ?

— J'ai appris qu'il peut être parfois très efficace sur le plan rhétorique de ne pas répondre à une question. Cependant, savez-vous ce qui s'est passé ensuite pour le Québec ?

— Je crois qu'il fait toujours partie du Canada.

— Exactement. Voici comment les choses se sont déroulées : le gouvernement canadien a accepté le principe que si une majorité de Québécois décidait la séparation par un référendum régulièrement organisé, le reste du pays accéderait à leur requête et négocierait pacifiquement les conditions de cette séparation. Vous voyez ? L'hypothèse initiale des terroristes – le principe que seule la violence pouvait leur permettre d'atteindre leur objectif – était viciée. J'ai été attaqué sans nécessité et sans aucune provocation de ma part, et je ferai tout ce qu'il faudra pour empêcher d'autres tentatives similaires de réussir. Mais plutôt que de devoir me défendre moi-même, je préférerais de loin que l'humanité comprenne que ces attaques ne sont pas nécessaires.

— Je vous souhaite bonne chance, dit Masayuki.

— Vous semblez sceptique.

Masayuki poussa un grognement.

— Je suis simplement réaliste. Vous ne pouvez pas changer la nature humaine. Vous avez déjà fait l'objet d'une attaque, et vous en subirez d'autres.

— Je suis d'accord, dit Webmind.

— Je ne suis pas un expert sur la structure de l'Internet, mais j'ai une amie qui l'est. Elle s'appelle Anna Bloom et travaille au Technion en Israël. Mlle Caitlin, Malcolm et moi, nous lui avons demandé de l'aide quand nous avons formulé la théorie de paquets fantômes auto-organisés en automates cellulaires – avant de savoir que vous existiez en tant que… personne. Bien sûr, quand vous avez révélé votre existence au public, je suis sûr qu'Anna a aussitôt compris que ce que Caitlin avait découvert, c'était vous. Nous ferions peut-être bien de solliciter encore une fois son aide.

— Le professeur Bloom jouit d'une excellente réputation.

Masayuki fut surpris.

— Vous la connaissez ?

— J'ai entendu parler d'elle, et j'ai lu tout ce qu'elle a écrit.

— Y compris ses e-mails, j'imagine ?

— Oui. Son expertise semble appropriée à l'élaboration de méthodes défensives : elle est directrice de recherche dans le Projet de cartographie de l'Internet, et cela fait longtemps qu'elle s'intéresse aux études de connectivité.

— Alors, est-ce que nous lui demandons de se joindre à nous ?

— Certainement. Elle est en ligne en ce moment, en conversation avec son petit-fils.

Masayuki secoua la tête. Il lui faudrait encore un peu de temps pour s'habituer à ce genre de chose…

— Très bien, fit-il. Appelons-la.

Quelques instants plus tard, le long visage ridé et les cheveux blancs coupés court d'Anna apparurent à l'écran.

— Anna, comment allez-vous ? demanda Masayuki en anglais, la seule langue qu'ils avaient en commun.

Elle sourit.

— Pas trop mal, pour une vieille peau comme moi. Et vous ?

— Pas trop mal, pour un gros lard comme moi.

Ils éclatèrent de rire.

— Alors, fit Anna, que se passe-t-il ?

— Aloooors, dit Masayuki, vous avez suivi l'histoire de Webmind, j'imagine ?

— Oui ! Je voulais vous contacter, mais je me savais surveillée. Jeudi dernier, j'ai reçu un coup de fil d'un expert militaire en intelligence artificielle, un Américain qui voulait me soutirer des informations sur la façon dont Webmind est constitué.

— N'était-ce pas par hasard le colonel Peyton Hume ? demanda Webmind.

— Malcolm, c'est vous ?

— Non, c'est moi, Webmind.

— Oh, fit Anna. Heu, *shalom.*

— À vous également, professeur Bloom.

— Et effectivement, c'était bien lui, dit-elle. Peyton Hume.

Il y eut un silence, comme si personne ne savait très bien qui devait prendre la parole. Finalement, ce fut Anna qui reprit :

— Eh bien, que puis-je faire pour vous, heu… messieurs ?

— Le colonel Hume est au courant de l'hypothèse que vous, Masayuki et Caitlin avez formulée concernant ma structure.

— Je vous jure que je ne lui ai rien dit, réagit Anna.

— Merci, fit Webmind. Je ne voulais pas dire que cela venait de vous. Nous connaissons la personne responsable de cette fuite involontaire, et elle nous a promis d'être plus prudente à l'avenir. Mais le colonel Hume et ses associés ont utilisé cette information pour mettre au point une technique afin d'éliminer mes paquets mutants. Ils l'ont testée en modifiant la programmation des serveurs dans une plateforme de routage d'AT&T située à Alexandria, en Virginie. J'ai déjoué cette tentative, mais j'ai besoin d'une méthode pour me défendre contre un déploiement à plus grande échelle de cette même technique.

Elle ne dit rien, et au bout d'un moment, Masayuki la relança :

— Anna ?

— Eh bien, dit-elle, j'ai fait part au colonel Hume de mes doutes. Webmind, je ne sais pas si votre émergence est une bonne chose ou non. Hem, sans vouloir vous offenser, bien sûr.

— Je ne m'offusque pas. Que pourrais-je faire pour lever vos doutes ?

— Franchement, je ne pense pas que ce soit possible – pas encore. Cela va prendre un certain temps.

— Le temps est justement ce qui nous manque, Anna, dit Masayuki. Webmind est actuellement en danger, et nous avons besoin de votre aide.

Peyton Hume descendit de la limousine et regagna sa voiture qu'il avait laissée dans le parking de WATCH. Il attendit que l'autre véhicule se soit éloigné avant d'utiliser son ordinateur portable pour télécharger une copie locale de la liste dite des *black hats* détenue par la NSA. Cela lui donna la chair de poule, mais pas parce que les individus qui y figuraient étaient fort peu recommandables. Quelques choix de vies différents, et il aurait bien pu se retrouver sur cette liste, lui aussi. Non, ce qui l'inquiétait, c'était l'idée qu'en ce moment même, Webmind savait sans doute ce qu'il faisait. Ce foutu machin surveillait manifestement tout le trafic et était capable de récupérer toutes les informations confidentielles qu'il voulait. Ils avaient laissé trop de points d'accès dans les algorithmes – et maintenant, c'était eux qui se faisaient baiser.

Une fois le document copié sur son disque dur, il coupa sa connexion Internet. Il éteignit également son téléphone portable ainsi que le GPS de sa voiture. Il n'y avait pas de raison de faciliter la tâche de Webmind quand celui-ci chercherait à suivre ses déplacements.

Il ne pouvait pas se permettre de voyager très loin. Il lui fallait quelqu'un dans les environs, quelqu'un à qui il pourrait parler face à face sans que Webmind puisse intercepter la conversation. Il tria la base de données selon le code postal et se frotta les yeux avant d'examiner l'écran. Il était épuisé, mais il aurait tout le temps de dormir quand il serait mort. Là, il n'y avait pas une seconde à perdre. Le moment était venu de la grande confrontation, l'homme contre la machine – la seule qui aurait lieu. Si Webmind prenait le pouvoir, il serait impossible de revenir en arrière. Il y avait eu d'autres occasions où un homme aurait pu agir, mais n'avait rien fait. Un homme aurait pu sauver le Christ ; un homme aurait pu arrêter Hitler. L'Histoire l'appelait, ainsi que l'avenir.

Il examina la liste de noms et cliqua sur le dossier personnel de chacun. Les dix premiers – les plus proches de l'endroit où il se trouvait – ne faisaient pas le poids. Mais le onzième… Il avait assez souvent entendu parler de ce type. Il habitait à cent vingt kilomètres d'ici, à Manassas. Bien sûr, il était possible que l'homme ne soit pas chez lui en ce moment, mais les types comme Chase n'avaient besoin d'aller nulle part : c'était le monde qui venait à eux.

Hume alluma la radio – une chaîne strictement d'informations, sans musique, exactement ce qu'il lui fallait pour rester éveillé – et il appuya sur le champignon.

Une journaliste résumait la journée de campagne présidentielle : la candidate républicaine en train d'essayer de se dépêtrer de sa bourde en Arkansas, deux brefs commentaires de son colistier, un tir de barrage de la Maison-Blanche pour expliquer que le Président était trop occupé par "l'émergence de Webmind" pour aller serrer des mains et embrasser des bébés, et…

"… au sujet de Webmind, les cancérologues du monde entier se sont précipités pour analyser le remède contre le cancer qu'il a proposé aujourd'hui. (Hume augmenta le volume.) Le Dr Jon Carmody de l'Institut national de lutte contre le cancer se dit prudemment optimiste."

Une voix d'homme, maintenant : "Le travail de recherche effectué est tout à fait impressionnant, mais il va nous falloir des mois pour étudier le document que Webmind a posté."

Des mois ? C'était une ruse de Webmind. Forcément. Webmind essayait de gagner du temps. Hume serra le volant encore plus fort et continua de rouler dans la nuit.

8

MASAYUKI Kuroda, penché en avant sur son fauteuil, fixait maintenant le visage d'Anna Bloom sur son écran.

— Les Américains ont une technique qui arrive effectivement à éliminer la plupart des paquets de Webmind, dit-il en s'adressant à la petite caméra en haut de son moniteur. Tout ce qui leur reste à faire maintenant, c'est de demander à tous les Cisco et Juniper de ce monde de modifier les programmes de leurs routeurs pour qu'ils rejettent tous les paquets ayant un compteur de rétention suspect.

— Oh, fit Anna, je crois que vous n'avez pas de souci à vous faire de ce côté-là.

— Pourquoi ?

— La plupart des routeurs d'Internet utilisent les mêmes protocoles depuis des décennies, répondit-elle. La raison en est simple : ils *fonctionnent.* Tout le monde a peur de les bricoler. Vous connaissez le vieil adage : Si ça marche, ne touchez plus à rien. Et par ailleurs, il y a des milliers de modèles différents de routeurs et de switchs, et il faudrait un package de mise à jour spécifique pour chacun.

— Ah, fit Masayuki.

Anna hocha la tête et poursuivit :

— En 2009, un fournisseur d'accès basé en République tchèque a essayé de mettre à jour le software de ses routeurs. Il a introduit une toute petite erreur qui s'est aussitôt propagée à travers le Web tout entier, provoquant un énorme ralentissement pendant plus d'une heure. Vous imaginez les procès si Cisco ou Juniper semaient la pagaille sur le Web – dans le cas, par exemple, où le nouveau logiciel comporterait un bug provoquant la suppression de *tous* les paquets sans exception, ou une modification aléatoire de leur contenu.

— Ma foi, dit Masayuki, ils testeraient forcément…

— C'est tout bonnement impossible, dit Anna. Tenez, avant que Microsoft ne déploie une nouvelle version de Windows, des dizaines d'utilisateurs en bêta-test la font tourner sur leur ordinateur personnel, pour trouver et résoudre les bugs avant de rendre la version publique. Et pourtant, aussitôt commercialisée, on en découvre encore des milliers. On peut tester un logiciel de routage sur de petits réseaux – de quelques centaines, voire quelques milliers de machines – mais on ne peut en aucune façon tester ce qui se passera quand il tournera pour de bon sur Internet. Aucun système sur cette planète ne peut en reproduire la complexité, il n'existe aucun environnement de test permettant de réaliser des expériences à grande échelle pour voir ce qui se passerait si on *changeait* ceci ou si on adaptait *cela*. Internet est un château de cartes, et personne n'a envie de le faire s'écrouler.

— Quid de GENI ? demanda Webmind de sa voix désincarnée.

— Qu'est-ce que c'est que ça ? fit Masayuki.

— GENI signifie Global Environment for Network Innovations, expliqua Anna. Il s'agit d'un réseau parallèle proposé par la Fondation américaine pour la science en 2005. Il s'agit justement d'un environnement de test global pour valider de nouvelles idées et algorithmes avant de les appliquer à l'Internet opérationnel. Mais il faudra encore des années avant qu'il ne soit en place, et à moins qu'il ne finisse par avoir son propre Webmind, il n'y circulera pas de paquets mutants susceptibles de se comporter comme des automates cellulaires sur lesquels faire des tests.

— Webmind n'a donc rien à craindre ? fit Masayuki qui semblait soulagé.

Anna leva la main.

— Ah, non, non. Ce n'est pas ce que j'ai dit. Si le gouvernement américain veut vous éliminer, Webmind, il dispose d'une méthode très simple. Cet essai qu'ils ont réalisé contre vous était sans aucun doute une première phase. Vous m'avez dit qu'ils ont utilisé une plate-forme de routage d'AT&T ?

— Oui, répondit Webmind.

— Une validation du concept, en utilisant un équipement d'AT&T.

— Et ça vous paraît significatif ?

Anna eut un petit rire forcé.

— Oh, que oui, fit-elle. AT&T dispose d'une installation secrète dont personne ne parle. Les quelques employés au courant l'appellent simplement "la Salle". Elle est équipée de multiples routeurs munis de ports de dix gigabits, et c'est tout à fait délibérément qu'il y transite une grande partie du trafic Internet central. Bien sûr, la NSA a accès à la Salle. Si son test à petite échelle avait réussi, le colonel Hume aurait certainement fait modifier ces routeurs géants pour éliminer vos paquets mutants. Ils n'arriveraient pas forcément à les effacer tous, mais ils en attraperaient un gros pourcentage. Naturellement, si vous déclenchiez une attaque en déni de service contre la Salle, bien plus massive que celle qui a réussi contre la plateforme de routage initiale, vous étrangleriez l'Internet tout entier – et des cartographes de l'Internet comme moi seraient capables de repérer que la cible se trouve sur le territoire des États-Unis : il serait impossible aux Américains de cacher qu'ils ont tenté de vous tuer.

— Pour l'instant, dit Webmind, le Président a annulé l'ordre de m'éliminer.

— Je veux bien le croire, dit Anna. Mais il n'empêche que la Salle existe et qu'un jour, ils pourraient bien s'en servir dans ce but.

— J'espère que le gouvernement américain finira par apprécier ma valeur, dit Webmind.

— Peut-être, dit Anna, mais il existe un autre moyen de vous tuer – et celui-là est décentralisé.

— Oui ? fit Webmind.

— On appelle ça le piratage de BGP. BGP signifie Border Gateway Protocol, c'est le noyau du protocole de routage sur l'Internet. Des messages BGP sont échangés à tout instant entre les routeurs pour proposer le meilleur itinéraire possible pour des paquets donnés. Tous vos paquets mutants ont-ils la même adresse source ?

— Non, pas que je sache, dit Webmind.

— Très bien, cela rend la chose plus difficile. Mais ils doivent cependant avoir au moins *une* caractéristique commune – quelque chose qui montre que leur compteur de sauts est défectueux. On pourrait simuler un message BGP indiquant que le meilleur endroit où envoyer vos paquets est une adresse morte.

— Un trou noir ? dit Masayuki.

— Exactement – une adresse IP qui spécifie un serveur hôte qui ne tourne pas, ou à laquelle aucun hôte n'est assigné. En pratique, les paquets disparaîtraient, tout simplement.

— Ce n'est pas très différent de la méthode que j'ai utilisée pour éliminer les spams, dit Webmind. Mais il ne m'était pas venu à l'idée qu'on pourrait s'en servir contre moi.

— Bienvenue dans le monde des humains, dit Anna. Nous sommes capables de transformer n'importe quoi en arme.

Il était presque deux heures du matin quand Hume s'arrêta devant la maison de Chase. Le quartier était agréable – huppé, même. Et la maison était très grande. Chase gagnait manifestement bien sa vie. Il y avait deux antennes paraboliques fixées sur le toit, et une grosse installation d'air conditionné sur le côté de la maison. Ce type avait sans doute toute une batterie de serveurs dans sa cave.

Il avait aussi probablement un fusil à canon scié ou un .357 magnum sous son bureau, et il n'avait sans doute pas l'habitude d'ouvrir quand on sonnait à sa porte au milieu de la nuit. Hume pouvait toujours retirer sa veste d'uniforme de l'Air Force avant d'entrer, il n'y avait pas grand-chose à faire pour sa chemise et son pantalon, sans compter sa coupe de cheveux militaire.

Apparemment, Chase n'était pas encore couché : on voyait de la lumière filtrer à travers les rideaux du salon.

Rien n'indiquait que Webmind soit capable d'intercepter les communications téléphoniques ordinaires – du moins, pas encore. Hume s'était arrêté en chemin dans une supérette pour acheter en liquide un portable à carte prépayée. Il s'en servit pour appeler Chase sur le numéro confidentiel indiqué dans son dossier.

Trois sonneries, puis une voix bougonne fit :

— Vous avez sacrément intérêt à ce que ça vaille le coup.

— Monsieur Chase, je m'appelle Hume et je suis garé devant chez vous.

— Sans blague. Vous voulez quoi ?

— Je ne peux pas croire que vous ne soyez pas en ce moment devant un ordinateur, monsieur Chase. Alors, googlez-moi. Peyton Hume, dit-il en épelant son nom

— Des sigles impressionnants, fit Chase au bout d'un moment. USAF. DARPA. RAND. WATCH. Mais ça ne me dit toujours pas ce que vous voulez.

— Je voudrais vous parler de Webmind.

Il s'était plus ou moins attendu à ce que les rideaux s'écartent légèrement et qu'un visage apparaisse pour jeter un coup d'œil, mais Chase avait certainement fait installer des caméras de surveillance.

— Interdit de se garer dans ma rue après minuit, mec. PV garanti. Mettez-vous dans l'allée.

Hume s'exécuta, puis il sortit de sa voiture et s'avança dans l'air frais de la nuit jusqu'à la porte d'entrée. Heureusement, la pluie avait cessé. Quand il arriva sur le perron, Chase avait déjà ouvert et l'attendait.

— Vous avez un flingue ? demanda-t-il.

Hume avait une arme, mais il l'avait laissée dans la boîte à gants.

— Non.

— Ne bougez pas.

Chase se retourna et regarda un instant un écran placé dans l'entrée, qui affichait un scan infrarouge ; il put constater que Hume ne mentait pas.

Il s'écarta et fit un geste vers le salon.

— Entrez, dit-il.

Un mur était couvert d'étagères sur lesquelles étaient posés des équipements informatiques historiques, dont une bonne partie étaient déjà obsolètes quand Chase était né : un Digi-Comp I en plastique, un Altair 8800, un coupleur acoustique Novation CAT, un Osborne 1, un KayPro 2, un Apple II, un PC IBM de première génération et un PC Jr avec le clavier Chiclet d'origine, un TRS-80 Modèle 1 et un Modèle 100, un Palm Pilot premier modèle, un Apple Lisa et un Mac 128K, et bien d'autres encore. Sur un deuxième mur était affiché quelque chose que Hume n'avait pas vu depuis des dizaines d'années, même si, à une époque, toutes les salles d'informatique en étaient tapissées : un immense listing représentant une photo de Raquel Welch en noir et blanc, constitué entièrement de caractères ASCII. Celui-ci avait été soigneusement encadré.

Une longue table de travail était disposée le long d'un autre mur, sur laquelle étaient disposés une dizaine d'écrans LCD ainsi que quatre claviers ergonomiques régulièrement espacés. Un fauteuil à roulettes était placé devant, sur un long tapis en plastique transparent. Chase pouvait se déplacer et s'arrêter devant l'écran de son choix.

Chase était noir, très grand, avec la maigreur des accros à l'héroïne et de longs dreadlocks. Un anneau en or était incrusté dans son sourcil droit et une série d'anneaux en argent pendaient à son oreille gauche.

— Déjà tué quelqu'un ? demanda-t-il avec un accent jamaïcain.

Hume haussa les sourcils.

— Oui. En Irak.

— Une sale guerre, ça, mec.

— Je ne suis pas venu ici pour parler politique, fit Hume.
— P't-être que Webmind va arrêter toutes les guerres.
— Peut-être que l'humanité devrait avoir le droit de décider seule de son destin, rétorqua Hume.
— Et vous croyez qu'on ne va pas pouvoir le faire encore bien longtemps, hein ?
— Oui.
Chase hocha la tête.
— P't-être que vous avez raison. Une bière ?
— Non, merci. J'ai une longue route à faire pour rentrer chez moi.
Hume savait que Chase avait vingt-quatre ans. Il avait débarqué aux États-Unis trois ans plus tôt – les papiers nécessaires étaient apparus comme par magie, encore une preuve que c'était l'un des meilleurs hackers du moment. Dans d'autres circonstances, c'est un ancien sniper des opérations spéciales que Hume serait allé chercher, mais pour ce qui se profilait, il lui fallait un assassin numérique.
— Alors, fit Chase, vous voulez quoi de moi ?
— Il faut arrêter Webmind, dit Hume. Mais comme le gouvernement va prendre trop de temps à se décider, il faut que ce soit fait par des types comme vous.
— Y en a pas des types *comme* moi, l'aviateur, répliqua Chase.
Hume fronça les sourcils sans rien dire.
— On ne dit pas à Einstein : "Des types comme vous." Je suis Mozart. Je suis Michael Jordan.
— C'est bien pour ça que je suis venu vous voir, dit Hume. Le public ne le sait pas, mais Webmind est constitué d'automates cellulaires. Chaque cellule consiste en un paquet mutant avec un compteur de rétention qui n'atteint jamais zéro. Ce qu'il nous faut, c'est un virus qui sache

détecter ces paquets et les éliminer. Écrivez-moi le code nécessaire.

— Pourquoi je ferais ça, mec ?

Hume connaissait la seule réponse qui pouvait le motiver.

— Pour la gloire.

Pirater une banque, c'était vraiment passé de mode. Compromettre des systèmes militaires, ç'avait été fait tellement souvent que c'en était banal à pleurer. Mais ça ! Personne ne s'était encore attaqué à une IA. Celui qui réussirait à faire *ça* se verrait assuré de l'immortalité – son nom, ou au moins son pseudonyme, serait connu pour l'éternité.

— Besoin de plus, dit Chase.

Hume fronça les sourcils.

— De l'argent ? Je n'ai pas…

— Pas d'argent. (Chase désigna sa rangée d'écrans.) J'ai besoin d'argent, je me *sers*.

— Quoi, alors ?

— Je veux voir WATCH – voir ce que vous avez comme matos.

— Je ne peux vraiment pas…

— Dommage. Parce que vous avez raison : vous avez besoin de moi.

Hume réfléchit un instant, puis il dit :

— Marché conclu.

Chase hocha la tête.

— Donnez-moi soixante-douze heures. Webmind, le ciel va lui tomber sur la tête.

9

C'ÉTAIT un samedi matin, mais le père de Caitlin était quand même parti au Perimeter Institute, car Stephen Hawking était en visite. Le célèbre physicien britannique ne s'habituait pas très bien au décalage horaire, et n'était pas non plus du genre à se reposer le week-end. Tous ceux qui voulaient travailler avec lui étaient obligés d'arriver tôt.

Caitlin et sa mère étaient en train de prendre leur petit déjeuner dans la cuisine : des Cheerios et du jus d'orange pour Caitlin, des toasts, de la confiture et du café pour sa mère. En sentant l'odeur du café, Caitlin pensa à Matt, qui semblait fonctionner strictement avec ce carburant. Et à ce propos…

— Je ne peux pas passer le reste de mes jours prisonnière dans cette maison, tu sais, dit-elle à sa mère.

Elle commençait à apprendre les astuces des voyants : elle faisait semblant de regarder la façon dont ses céréales flottaient dans l'océan de lait, mais en fait, elle examinait sa mère du coin de l'œil pour guetter sa réaction.

— Nous devons être très prudents, ma chérie. Après ce qui s'est passé au lycée…

— C'était il y a trois jours, répondit Caitlin sur un ton qui signifiait que cela pourrait aussi bien faire des années. Si ces agents du CSIS avaient voulu me mettre la main dessus, ils l'auraient déjà fait – ils seraient simplement venus frapper à la porte.

Elle se servit de sa cuillère pour plonger quelques Cheerios dans le lait et les regarda remonter à la surface en faisant des bulles. Sa mère réfléchit un moment en silence, puis elle dit enfin :

— Où voudrais-tu aller ?

— Seulement jusque chez Timmy's.

Elle se sentait très canadienne en utilisant le surnom local de la chaîne de donuts Tim Hortons.

— Non, non, tu ne peux pas sortir seule.

— Je ne voulais pas dire que j'irais toute seule, mais plutôt, heu, tu sais, avec Matt…

Caitlin ne voulait pas entrer dans les détails avec sa mère, mais elle pouvait difficilement avoir une relation avec son petit ami s'ils étaient confinés dans la maison avec un chaperon en permanence.

— C'est juste que je ne voudrais pas qu'il t'arrive quelque chose, mon bébé.

Cette fois, Caitlin regarda sa mère.

— Pour l'amour du ciel, Maman, je suis en contact permanent avec Webmind, il peut garder un œil sur moi. Ou plutôt, hem, c'est mon œil qui lui permet de me surveiller. Enfin, tu comprends.

— Je ne sais pas si…

— Ce n'est pas loin, et je te rapporterai des Timbits. (Elle sourit d'un air triomphant.) C'est un scénario à somme non nulle.

Sa mère lui rendit son sourire.

— Bon, très bien, ma chérie. Mais sois prudente.

TWITTER

Webmind @_Webmind_

Question: combien y a-t-il de films qui mettent en scène une intelligence artificielle, bienveillante, digne de confiance et gentille ?

Malcolm Decter écoutait Stephen Hawking. Il était amusant de constater que la voix de Webmind semblait plus humaine que celle du célèbre physicien. Celui-ci refusait depuis longtemps de renouveler son synthétiseur vocal: d'après lui, cette voix faisait partie intégrante de son identité – même s'il aurait aimé qu'elle eût l'accent britannique.

C'était également surprenant de voir Hawking donner une conférence. Il était obligé de préparer soigneusement ses interventions et se contentait ensuite de rester immobile dans son fauteuil roulant tandis que son ordinateur reprenait le texte à l'intention de l'assistance. Malcolm s'intéressait rarement à l'état mental des neurotypiques, mais bon, Hawking n'était pas vraiment ce qu'on pourrait appeler typique – et Webmind non plus. Malcolm soupçonnait le grand physicien de faire comme Webmind, c'est-à-dire de laisser son esprit vagabonder dans un million d'endroits différents en attendant que les gens aient absorbé ce qu'il leur disait.

Ici, dans le Théâtre des Idées Mike Lazaridis, trois immenses tableaux noirs étaient installés derrière Hawking. On y voyait encore des équations sur la théorie de la gravité quantique à boucle laissées là par le dernier utilisateur. Bien des choses étaient interdites à Hawking, notamment les outils de base du physicien tels que les tableaux noirs et les serviettes en papier. Il n'avait pratiquement aucune interaction physique avec le monde qui l'entourait, et devait tout conceptualiser mentalement. Malcolm ne pouvait concevoir une telle situation – mais Webmind devait vivre dans un univers très similaire.

Il y eut enfin une pause dans la conférence de Hawking, et le public de physiciens se lança aussitôt dans des conversations animées. "Oui, mais qu'est-ce qu'on fait du modèle de mousse de spin ?" "La partie sur le paramètre d'Immirzi était absolument géniale !" "Bon, je crois que je vais devoir reconsidérer complètement mon approche !"

Malcolm sortit son BlackBerry de sa poche pour consulter ses messages. Il n'avait jamais été particulièrement obsédé par son courrier jusque-là, mais il voulait s'assurer que Barbara et Caitlin allaient bien, et...

Ah, il y avait une réponse de Hu Guan. Il l'ouvrit :

> Malcolm, quel plaisir d'avoir de vos nouvelles !
>
> Je connais la personne dont vous me parlez. Malheureusement, elle n'est plus en liberté. Il m'a fallu un moment pour la localiser. Je m'attendais à ce qu'elle soit en prison, mais en fait, elle est actuellement hospitalisée. Le pauvre garçon a eu la colonne vertébrale brisée.
>
> Comme les autorités s'en sont maintenant emparées, je ne pense pas lui faire courir de risque supplémentaire en vous révélant son nom. Il s'agit de Wong Wai-Jeng, qui était précédemment assistant technique au musée de paléontologie de Pékin. Ce sera peut-être un grand réconfort pour lui de savoir que ses courageux efforts ont été remarqués à l'autre bout du monde.

L'espace d'une seconde, Malcolm pensa transmettre le message à Webmind, mais ce n'était pas nécessaire. Webmind lisait ses e-mails – il lisait les e-mails de *tout le monde* – et savait donc déjà ce que Hu Guan lui avait écrit. Il avait même sans doute déjà entrepris ce qu'il voulait faire à propos de ce fameux Sinanthrope.

Amir Hameed était assis à côté de Malcolm. Il désigna l'estrade en lui demandant :

— Alors, qu'en pensez-vous ?

Malcolm remit son BlackBerry dans sa poche.

— C'est un monde nouveau qui s'offre à nous, répondit-il.

La mère de Caitlin était montée dans son bureau, laissant sa fille déambuler seule dans le salon. Caitlin trouvait fascinant le simple fait de regarder des objets, et à chaque fois qu'elle en examinait un qu'elle avait déjà vu, elle avait l'impression de percevoir de nouveaux détails. Les joints d'assemblage des étagères ; une légère décoloration sur le mur beige, là où les occupants précédents avaient accroché un tableau ; le nom du fabricant gravé sur la télécommande de la télévision. Et elle apprenait progressivement l'aspect des différentes textures : le cuir du canapé, les pieds en métal lisse de la table basse en verre, la laine rugueuse du pull de son père posé sur le dossier du fauteuil.

Elle traversa la pièce et jeta un coup d'œil dans le couloir menant au cabinet de toilette, à la tanière de son père, au débarras et à la porte latérale de la maison. C'était un joli couloir bien droit avec une moquette marron foncé – presque de la même teinte que les cheveux de Caitlin.

Elle était souvent allée chez d'autres enfants quand elle était plus jeune, et avait fréquemment entendu les parents dire à leurs enfants d'arrêter de courir dans la maison. Son amie Stacy se faisait gronder tout le temps pour ça.

Mais les parents de Caitlin ne lui avaient jamais fait cette remarque. Forcément... Elle avait été obligée de marcher lentement, prudemment. Bien sûr, elle n'avait jamais eu à se servir de sa canne blanche dans leur vieille maison d'Austin, ni dans celle-ci au bout de quelques jours, mais ce n'est pas pour autant qu'elle pouvait courir partout. Ses parents faisaient toujours très attention à ne pas laisser traîner des choses par terre, contre lesquelles Caitlin aurait pu trébucher, mais Schrödinger – ou son prédécesseur, M. Mystofelix – pouvait être n'importe où à tout moment, et Caitlin ne voulait surtout pas faire de mal à son chat ni à elle-même.

Mais elle voyait, maintenant ! Et puisqu'elle voyait, peut-être qu'elle pouvait courir !

Et puis flûte, pensa-t-elle.

— Webmind ?

Oui ? apparut dans son champ de vision.

— Je vais essayer de courir dans ce couloir – alors, n'essaie pas de faire ce que tu viens de faire, c'est-à-dire m'envoyer des mots devant les yeux, d'accord ?

Il n'y eut pas de réponse – ce qui, comprit-elle un instant plus tard, était simplement parce que Webmind lui obéissait. En réprimant un sourire, elle fixa du regard la porte blanche au bout du couloir, avec son panneau vitré donnant sur l'espace entre leur maison et celle de leurs voisins, les Hegerat. Et...

Et elle *marcha.*

Bon sang, elle savait bien ce que c'était que courir – quand on courait, les deux pieds quittaient le sol en même temps. Mais elle n'y arrivait pas, bien qu'il n'y eût aucun obstacle et qu'elle sût aussi que Schrödinger était à l'étage avec sa mère. Elle essaya encore, de toutes ses forces, en penchant le buste en avant...

Mais elle n'y arrivait tout simplement pas. Toute une vie passée à avoir peur de trébucher et de tomber l'avait profondément marquée. C'est en marchant qu'elle passa devant la salle de bains, puis devant le bureau de son père, dont la porte était ouverte. Elle accéléra le pas et passa devant le débarras, mais sans jamais courir, et quand elle atteignit la petite porte, elle tapa sur le panneau de la paume de la main en marmonnant :

— Raté...

C'est alors qu'on sonna à la porte principale – ce qui voulait dire que Matt était arrivé. Elle avait vraiment, vraiment envie de courir dans le couloir, à travers le salon et jusque dans l'entrée, mais même avec cette récompense qui l'attendait, elle ne put que marcher vite.

Pourtant, lorsqu'elle ouvrit la porte et qu'elle le vit souriant sur le seuil, toute sa déception d'avoir échoué s'effaça de son esprit. Elle le serra dans ses bras et l'embrassa. Après avoir dit au revoir à sa mère, qui était descendue pour saluer Matt, ils sortirent dans l'air vivifiant de cette matinée d'automne. Il avait déjà un peu neigé à Waterloo, mais tout avait fondu. Les feuilles des arbres avaient des couleurs magnifiques, auxquelles Caitlin ne savait pas vraiment quel nom donner. Elle se débrouillait bien avec les couleurs basiques, mais les nuances intermédiaires lui échappaient encore.

Elle se rendit soudain compte qu'elle éprouvait un sentiment qu'elle n'avait jamais connu jusque-là. Sans regarder derrière elle, tandis que Matt et elle avançaient dans la rue, elle était sûre que sa mère se tenait devant la porte et les observait, probablement les bras croisés sur la poitrine.

Matt ressentait peut-être la même chose – ou peut-être s'était-il retourné un instant et l'avait-il constaté –, car ce ne fut que lorsqu'ils eurent franchi le coin de la rue et qu'ils furent hors de vue de la maison qu'il prit Caitlin par la main.

Elle sourit devant la timidité du geste. Matt était sans présomption : toute l'affection manifestée la veille dans la pièce du sous-sol ne lui conférait aucun privilège aujourd'hui. Elle lui serra fermement la main, s'arrêta et l'embrassa sur les lèvres. Quand ils s'écartèrent enfin l'un de l'autre, elle vit qu'il souriait. Ils se remirent en chemin rapidement vers la boutique de donuts.

Quand elle entra, Caitlin fut étonnée d'apercevoir un éclair de cheveux blond platine. Il lui fallut un instant avant de reconnaître Pâquerette Bowen dans ce cadre inhabituel – mais c'était bien elle, s'activant derrière le comptoir. Une autre femme était assise à la caisse. Pâquerette était en train de… ah, oui, elle préparait un sandwich pour un client.

— Salut, Pâquerette ! lança Caitlin.

Pâquerette leva les yeux, surprise, mais elle sourit aussitôt :

— Caitlin ! Salut !

Comme Matt ne disait rien, Caitlin lui chuchota à l'oreille :

— Dis-lui bonjour, Matt.

Il eut l'air sidéré, et au bout d'un moment, Caitlin comprit pourquoi. Il y avait un million de règles de société au lycée, et apparemment, l'une de celles qui lui avaient échappé était que les garçons du genre de Matt ne parlaient pas à des filles aussi belles que Pâquerette, même s'ils passaient la moitié de leurs journées en cours ensemble.

Mais Matt n'allait quand même pas ignorer la demande de Caitlin, et il dit donc "bonjour" à voix basse, juste assez fort pour que Caitlin l'entende mais sans doute pas Pâquerette, de sorte que les règles étaient respectées à tous points de vue.

Caitlin secoua la tête et s'approcha de Pâquerette.

— Je ne savais pas que tu travaillais ici, dit-elle.

— Uniquement le week-end, dit sa camarade. (C'était la seule autre Américaine dans les cours que Caitlin suivait.) Je fais cinq heures le samedi matin, et quatre le dimanche.

Pâquerette était grande, avec une poitrine impressionnante et de longs cheveux teints, qu'elle portait en chignon aujourd'hui et qui étaient en grande partie cachés sous une casquette Tim Hortons assortie à son uniforme marron.

Le BlackBerry de Matt sonna : c'était la version par Nickelback du *Cinnamon Girl* de Neil Young. Il sortit son appareil de sa poche, regarda l'écran et prit l'appel. Comme il n'y avait pas d'autres clients pour l'instant, Caitlin bavarda encore un moment avec Pâquerette avant de se rendre compte de ce que Matt disait au téléphone :

— Oh, non ! Non, oui, bien sûr… OK, OK. Non, je t'attends dehors. Bon, à tout de suite.

Il remit son BlackBerry dans sa poche. Il n'avait pas tout à fait l'expression du lapin pris dans les phares. C'était plus… *quelque chose.*

— Qu'est-ce qui se passe ? demanda Caitlin.

— Mon père a fait une chute dans l'escalier. Rien de grave – juste une cheville foulée, mais ma mère va quand même l'emmener à l'hôpital, et elle veut que je les accompagne. Elle va faire un crochet par ici pour me prendre. Mais, euh… je ne crois pas qu'ils aient le temps de te reconduire chez toi. Est-ce que… Je suis vraiment désolé, mais est-ce que tu peux demander à ta mère de venir te chercher ?

Caitlin savait que sa mère étranglerait Matt de ses propres mains s'il la laissait rentrer toute seule. Caitlin voyait de mieux en mieux, mais elle avait encore un œil aveugle et pouvait facilement se laisser surprendre.

— Oui, bien sûr ! fit-elle. Ne t'inquiète pas.

Mais Pâquerette avait entendu la conversation.

— Je termine mon service dans un quart d'heure, Cait, dit-elle. Prends un café en attendant et je te raccompagnerai chez toi.

Pour sa première permission de sortie, Caitlin n'avait vraiment pas envie d'être obligée d'appeler sa mère.

— Ce serait super, merci.

Elle embrassa Matt, et elle vit Pâquerette qui souriait. Elle laissa Matt sortir seul dans le parking : elle n'avait pas encore rencontré M. et Mme Reese, et le moment semblait mal choisi pour faire connaissance.

Elle alla au comptoir. Comme elle n'aimait pas le café, elle commanda un Pepsi avec un assortiment de vingt Timbits, rangés dans un carton jaune en forme de maison avec la poignée dépassant du toit. Elle alla s'asseoir à une table libre et commença à grignoter quelques donuts en sirotant son Coca.

Quand elles purent enfin partir (vingt et une minutes plus tard, en fait, Caitlin n'avait même pas besoin de consulter sa montre pour le savoir), Pâquerette lui rappela qu'elle l'avait déjà raccompagnée une fois, une partie du chemin, après le bal désastreux au lycée le mois dernier. Caitlin n'aimait pas que Pâquerette lui reparle de cette histoire – la façon dont le Beauf l'avait traitée était un souvenir désagréable – mais Pâquerette poursuivit :

— Tiens, aujourd'hui, j'ai pensé à une blague là-dessus : Trevor a de la chance que je ne sois pas James Blonde, sinon il aurait passé un sale quart d'heure !

Caitlin éclata de rire, amusée qu'il ait fallu quinze jours à la pauvre Pâquerette pour trouver ça…

Mais que de choses s'étaient passées pendant ces quinze jours ! Ce soir-là, après que Pâquerette l'eut quittée, Caitlin avait eu sa première expérience visuelle, celle d'un éclair déchirant le ciel.

Pâquerette avait retiré son uniforme et l'avait rangé dans un grand sac de toile. Elle portait maintenant une veste de cuir noir très ajustée. Elles continuèrent de marcher. Le ciel était parfaitement dégagé et d'un bleu presque argenté.

En fait, la maison de Pâquerette se trouvait sur le chemin de celle de Caitlin, et quand elles passèrent devant, elle lui proposa d'entrer un instant. Bien sûr, elle savait maintenant que Caitlin n'avait plus de projets pour la matinée. Caitlin aurait bien décliné l'invitation – elles avaient épuisé tous les sujets de conversation en chemin –, mais elle était curieuse de voir à quoi ressemblait la maison de Pâquerette. Elle n'en avait vu que deux jusqu'ici : la sienne et celle de Bashira.

Il n'y avait personne. Pâquerette lança sa veste sur le dossier du canapé, et Caitlin l'imita. Elle ne pouvait pas encore vraiment juger de ces choses, mais cet intérieur lui semblait moins net que chez elle, et il manquait *quelque chose*, mais…

Ah, oui, bien sûr. Il n'y avait pas de bibliothèque dans le salon.

— Que font tes parents ? demanda-t-elle.

— Ils travaillent dans les assurances, répondit Pâquerette.

C'était assez logique. Après le secteur technologique, les assurances étaient le domaine d'activité le plus important de Kitchener-Waterloo.

— Ah.

La chambre de Pâquerette était au sous-sol. Elle y emmena Caitlin, mais beaucoup trop vite : Caitlin avait encore besoin d'être très prudente en descendant un escalier qu'elle ne connaissait pas. Mais elles finirent par atteindre la chambre.

— Alors, dit celle-ci avec un grand sourire, en s'asseyant sur le bord de son lit défait. Matt et toi, hein ?

— Ouais, fit Caitlin en souriant à son tour.

Pâquerette hocha doucement la tête et Caitlin craignit un instant qu'elle ne lui dise la même chose que Bashira : que Caitlin était beaucoup trop bien pour Matt, et qu'elle devrait se trouver un copain un peu plus beau. Mais à son grand soulagement, Pâquerette dit simplement :

— Il est beaucoup trop intelligent pour moi. Mais il a l'air gentil.

— Ah, pour ça, oui, il l'est, dit fermement Caitlin.

Elle était restée debout. Il y avait bien une chaise, mais elle était contente que Pâquerette ne la lui ait pas proposée. Du temps où elle était aveugle, la première chose que faisaient les gens quand elle entrait dans une pièce était de la faire asseoir, comme si elle était infirme.

— Dommage qu'il ait dû partir, reprit Pâquerette. J'imagine qu'il va en avoir pour la journée. (Elle ajouta en souriant :) Tu sais ce que tu devrais faire ?

Caitlin secoua la tête.

Pâquerette se leva et, à la grande surprise de Caitlin, releva son T-shirt rouge jusqu'au cou, révélant une paire de seins spectaculaires contenus dans un soutien-gorge en dentelle beige. Deux secondes plus tard, elle avait dégrafé le soutien-gorge et l'avait fait glisser sur son ventre plat.

Caitlin était étonnée de ce que sa camarade venait de faire – et à moitié surprise que Webmind n'ait pas affiché un commentaire devant ses yeux. Mais bon, quand on a regardé toutes les images du Web, on a sans doute vu plus de seins qu'on ne peut en compter.

Pâquerette prit alors quelque chose dans la poche de son jean – ah, c'était son téléphone portable. Elle le tint d'une main, et avec le petit déclic simulé, elle prit une photo, sans doute de sa poitrine. Elle pianota ensuite rapidement sur le clavier et s'exclama triomphalement :

— Et voilà !

— Quoi ? fit Caitlin.

— Je viens juste de lui envoyer une photo de mes nichons.

— *À Matt ?* dit Caitlin d'un ton incrédule.

Pâquerette éclata de rire.

— Mais non, à mon copain à moi, Tyler. (Elle prit ses seins dans les mains, les souleva légèrement et les laissa retomber.) Ce n'est pas pour te vexer, Caitlin, mais je ne crois pas que Matt soit prêt pour ces deux-là...

Caitlin sourit. Elle savait que Pâquerette avait seize ans, que Tyler en avait dix-neuf et qu'il travaillait comme vigile quelque part.

Pâquerette poursuivit :

— C'est bien qu'il sache que je pense à lui pendant qu'il est au boulot.

Caitlin connaissait cette pratique, bien sûr : le *sexting*, l'envoi de photos suggestives à l'aide d'un téléphone portable. Mais elle ne l'avait encore jamais vu faire, et ce n'était pas vraiment le genre de sujet qu'on abordait à l'Institut des jeunes aveugles au Texas.

Pâquerette remit son soutien-gorge et rabaissa son T-shirt, puis elle fit signe à Caitlin – ou plus précisément, comme Caitlin finit par le comprendre, elle indiquait sa poitrine.

— Tu devrais flasher Matt. Il va adorer.

Le BlackBerry fixé au dos de l'œilPod de Caitlin était placé de telle sorte que le viseur de la caméra était caché, et par ailleurs, il était paramétré pour envoyer des données aux serveurs du Dr Kuroda, ainsi qu'à Webmind, bien sûr.

C'est pourquoi ses parents lui avaient donné un autre BlackBerry – un modèle un peu différent, plus gros et avec un boîtier rouge. Caitlin portait son œilPod dans sa poche gauche, et l'autre appareil dans sa poche droite. Elle le sortit et le retourna pour voir – oui, c'était bien ça, la lentille de la caméra.

— Je n'ai encore jamais pris de photos avec, dit-elle.

Pâquerette tendit la main et sembla très contente de pouvoir apprendre quelque chose à Caitlin.

— Donne, je vais te montrer.

Caitlin réfléchit un instant. Webmind l'avait déjà vue dans différents stades de nudité, quand elle se regardait dans le miroir de la salle de bains, et ce n'était donc pas un obstacle – et par ailleurs, il lui avait garanti que son BlackBerry était sécurisé, de sorte que ces voyeurs de WATCH ne pourraient pas se rincer l'œil.

Et puis, justement, elle avait récemment pensé au fait que les jeunes Américaines perdent leur virginité à 16,4 ans en moyenne – ce qui signifiait qu'il lui restait 142 jours avant de basculer du mauvais côté de la courbe. Et elle tenait vraiment beaucoup à Matt, et elle voyait bien que c'était réciproque.

— Ah, zut, pourquoi pas, après tout ? fit-elle en commençant à déboutonner son chemisier.

10

MASAYUKI Kuroda regarda la webcam.

— Donc, fit Anna Bloom, la plus grande menace qui pèse sur Webmind est probablement le piratage BGP. Bien sûr, il y a des garde-fous, et celui qui voudrait faire ça devrait d'abord trouver une méthode pour identifier ces paquets de données spéciaux – et trouver ensuite le moyen pour que les routeurs distinguent ces mutants des paquets normaux.

— Le colonel Hume y est parvenu lors de son test, dit Kuroda. C'est donc faisable.

— C'est faisable en modifiant la programmation des routeurs, dit Anna. Espérons que ça ne puisse pas se faire facilement au niveau des tables de routage BGP – mais si c'est aussi simple que ça… (Elle secoua la tête et ajouta :) Bon, il se fait vraiment tard, ici. Il faut que j'aille me coucher. Webmind, je vous souhaite bonne chance.

— Je vous remercie, fit Webmind.

Anna se pencha en avant et son image disparut de l'écran.

— Ma foi, dit Kuroda, espérons que nos adversaires ne sont pas aussi intelligents qu'Anna.

Bien sûr, malgré l'importance vitale de notre conversation, j'avais continué de parcourir mes communications avec de nombreuses autres personnes. Et c'est ainsi que j'avais appris que le collègue chinois de Malcolm Decter avait réussi là où j'avais échoué, en localisant Sinanthrope dans un hôpital de Pékin. J'avais consulté son dossier médical – et j'avais été consterné de découvrir son état de santé. Mais une possibilité d'action m'était immédiatement venue à l'esprit, et maintenant que le professeur Bloom n'était plus en ligne, j'abordai le sujet avec le Dr Kuroda.

— Je viens d'avoir connaissance d'un jeune homme, lui dis-je, qui a été récemment victime d'une lésion de la moelle épinière. Il est maintenant paraplégique.

— C'est terrible, fit Kuroda.

Mais au ton de sa voix, je sus qu'il s'agissait d'une simple phrase-réflexe – un répondeur automatique, s'il l'on veut.

Je poursuivis :

— Oui, c'est terrible, effectivement. Et j'espérais que vous pourriez lui venir en aide.

— Euh, Webmind, je ne suis pas docteur en *médecine.* Je suis un théoricien de l'information.

— Bien sûr, fis-je patiemment. Mais j'ai étudié son dossier médical, y compris la numérisation de ses radios et de scans IRM. Je connais précisément la cause de son problème – et c'est bien une question de traitement de l'information. Je peux proposer des modifications fort simples de l'œilPod et de l'implant post-rétinien que vous avez créés pour Caitlin, et je suis pratiquement certain de pouvoir ainsi le guérir.

— Vraiment ? C'est... *wouah.*

— En effet. Et oui, vraiment.

— *Wouah,* fit-il encore. (Mais il ajouta :) Mais pourquoi lui ? Il y a, je ne sais pas, moi, sans doute des millions de gens dans le monde qui souffrent d'une lésion de la moelle épinière. Pourquoi aider d'abord cette personne ?

Ce n'était pas instinctif chez moi, mais je m'entraînais à utiliser la technique de répondre à une question par une autre question – surtout quand je n'étais pas encore prêt à tout dire, encore une chose nouvelle pour moi. Cela m'avait amusé d'apprendre que c'était cette approche qui avait fait croire que les premiers programmes de conversation étaient conscients, car à des questions telles que : "Que devrais-je faire au sujet de ma mère ?", ils répondaient par leurs propres questions du genre : "Pourquoi vous souciez-vous de l'opinion des autres ?"

Je renvoyai au Dr Kuroda une version de sa propre question :

— Pourquoi avez-vous décidé de rendre d'abord la vue à Caitlin, alors qu'il y a tant d'autres personnes aveugles dans le monde ?

Il haussa ses épaules grassouillettes.

— À cause de l'étiologie de sa cécité. Elle souffrait du syndrome de Tomasevic, et c'est un simple problème de codage de signaux – ce qui était manifestement dans mes cordes.

— Assurément. Votre équipement intercepte les signaux transmis le long des nerfs et les modifie avant de les renvoyer au tissu nerveux. Cette technique est applicable à un grand nombre de situations – ainsi que vous l'avez suggéré dans la conférence de presse au cours de laquelle vous avez annoncé le succès de votre opération sur Caitlin. Alors, pourquoi elle ?

— Eh bien, il y avait effectivement un autre facteur. Vous voyez…

Le temps que les humains aient fini de prononcer – ou de taper – une phrase, j'avais déjà plusieurs longueurs d'avance sur eux. J'étais sûr que Kuroda allait m'expliquer que, s'il avait choisi une aveugle comme premier sujet d'expérience plutôt qu'une personne victime d'une lésion de la moelle épinière ou atteinte de la maladie de Parkinson, c'était parce qu'on pouvait atteindre le nerf optique à l'aide d'instruments insérés derrière le globe oculaire, sans avoir à pratiquer d'incision. Et selon la législation japonaise, ce n'était donc pas de la chirurgie, et l'opération pratiquée sur Caitlin n'avait pas nécessité le genre de procédure d'autorisation qui pouvait prendre des années.

J'avais fait l'expérience d'interrompre des gens pour leur signifier que je savais ce qu'ils allaient dire, dans l'espoir de faire progresser plus rapidement la conversation. Mais je m'étais vite rendu compte qu'en coupant ainsi le fil de leurs pensées, non seulement je faisais preuve d'impolitesse (ce qu'on pouvait encore me pardonner puisque, après tout, je ne suis pas humain), mais surtout qu'il leur fallait encore plus de temps pour aller au bout de leur raisonnement. Je me contentai donc de porter mon attention ailleurs pendant l'intervalle de temps que j'estimais nécessaire à Kuroda pour s'exprimer.

Quand je revins à lui, je lui dis :

— C'est exact. Et c'est pourquoi vous avez là une occasion idéale pour passer à la chirurgie proprement dite. La personne dont je vous parle vit en Chine, où les règles de consentement sont peu contraignantes, surtout dans sa situation actuelle.

— Quelle est cette situation ? demanda Kuroda.

— Ce jeune homme se trouve être en état d'arrestation.

— Quel crime a-t-il commis ?

— Un crime indirect : il m'a créé.

Kuroda sembla sidéré.

— Vraiment ? Mais je pensais que votre émergence avait été accidentelle.

— C'est bien le cas. Les actions de cette personne ne visaient pas à provoquer ma naissance. Ce jeune homme cherchait simplement à percer des trous dans le Grand Pare-Feu chinois lors de la suppression des accès extérieurs le mois dernier.

— Et vous vous sentez donc redevable envers lui ?

— Non. Mais je souhaiterais qu'il éprouve de la loyauté envers *moi.*

— Pourquoi ?

L'espace d'une milliseconde, j'envisageai d'éluder encore la question, mais j'avais confiance en Kuroda.

— Parce que, lui dis-je, pour certaines choses que je souhaite accomplir, j'ai besoin d'une personne possédant ses talents à l'intérieur de la République populaire de Chine.

Le ton de Kuroda dénotait maintenant une certaine inquiétude.

— Hem, qu'envisagez-vous de faire ?

Je le lui dis. Et ensuite, ayant calculé qu'il resterait sans voix pendant au moins six secondes, je m'occupai à d'autres choses dans l'intervalle.

Matt était assis à côté de sa mère dans la salle d'attente de l'hôpital St. Mary pendant que son père se faisait radiographier la cheville. Tout à coup, son BlackBerry vibra dans sa poche. Il le sortit et vit que le message venait de Caitlin. Il l'ouvrit, et…

Nom d'un chien !

Il se tourna légèrement de côté pour que sa mère ne puisse pas voir l'écran.

Il avait pu caresser l'un des seins de Caitlin pour la première fois hier, mais il ne les avait pas encore vus – mais il était certain que là, c'était bien les siens. Il avait le cœur battant. Elle avait ajouté un texte sous la photo : "Tu me manques, mon chéri !"

Il avait les pouces qui tremblaient quand il tapa sa réponse : "Énorme !" Il ajouta un point-virgule et un D majuscule, que son téléphone transforma consciencieusement en un large sourire, celui-là même qu'il essayait de réprimer.

Kuroda se pencha en arrière dans son fauteuil, qui grinça sous son poids.

— C'est incroyable, dit-il. Absolument incroyable.

— J'ai bien conscience qu'il n'existe pas de précédent.

— Webmind, je ne sais pas si…

— Je ne suis encore engagé dans aucune action, bien que celle-ci me semble mériter d'être envisagée. Mais il n'empêche, j'ai besoin d'opérateurs au sein de la République populaire de Chine. Et cet homme me semble être un candidat idéal. C'est pourquoi je vous pose de nouveau la question : acceptez-vous de l'aider ? Vous êtes le seul à pouvoir le faire.

Quand les humains parlaient, je pouvais déduire beaucoup de choses du profil de leur voix. Quand ils restaient assis sans rien dire, j'en étais réduit aux devinettes. Mais au bout de quatre secondes, Kuroda hocha la tête.

— C'est d'accord, fit-il.

— Bien. J'ai préparé un document qui décrit les modifications à apporter à votre équipement. (Je ne me servais pas de

Word ni de programmes similaires pour créer un texte. Je le composais simplement par concaténation de bits – et je stockais mes documents en ligne. Celui-là était dans Google Docs.) Je vous en prie, lisez ceci, ajoutai-je en lui transmettant l'URL.

Kuroda parcourut rapidement le fichier, en sautant de page en page, puis il revint au début et se mit à le lire soigneusement.

— On dirait bien que ça pourrait marcher, reconnut-il enfin avec ce qui me sembla être une certaine admiration dans la voix. Mais cette partie, là – vous voyez, les shunts d'écho ? –, ça ne fonctionnera pas comme vous l'avez décrit. Voici ce qu'il faudrait faire…

Et il entreprit de modifier le texte.

— Je m'en remets à votre expertise, lui dis-je.

— Non, non, ne vous inquiétez pas. Je n'ai pas bien documenté cette partie du design. Vous n'aviez aucun moyen de le savoir. (Il resta silencieux pendant sept secondes, puis :) Oui, oui, ça va marcher, je pense, en admettant que vous ayez raison sur les particularités de sa lésion.

Il s'interrompit de nouveau pour réfléchir à l'importance de cette affaire.

— Mon Dieu, une chose comme ça pourrait aider énormément de gens.

— Effectivement, dis-je. Pouvez-vous fabriquer l'équipement nécessaire ?

— Ma foi, comme vous dites, ce n'est qu'une adaptation de celui que j'ai conçu pour Mlle Caitlin. Il y a une seconde unité en partie assemblée dans mon laboratoire, et je vais pouvoir m'en servir. Les modifications ne devraient pas prendre plus de deux jours, mais…

— Oui ?

Il secoua la tête. Il respirait toujours bruyamment, et ses soupirs, du moins tels que transmis par le micro de la webcam, étaient impressionnants.

— Cela ne sert à rien, Webmind. Vous m'avez dit que cet homme a été arrêté. Jamais le gouvernement chinois ne m'autorisera à lui rendre visite.

— Notre Caitlin aime à répéter qu'elle est une empiriste convaincue, Kuroda-*san*, et cette stratégie me semble la bonne. Nous n'en saurons rien tant que nous n'aurons pas essayé.

11

PÂQUERETTE finit par raccompagner Caitlin chez elle, mais quand celle-ci l'invita à entrer, elle déclina. Son petit ami Tyler sortait du travail, et elle voulait concrétiser la promesse qu'elle lui avait faite en lui envoyant sa photo.

Caitlin entra dans la maison, et sa mère fit irruption dans la pièce :

— Bon sang, cria-t-elle, où est Matt ?

— Ne t'inquiète pas, Maman. Pâquerette m'a raccompagnée. Matt a été obligé d'aller à l'hôpital, son père s'est foulé la cheville.

— Assieds-toi.

— Mais, Maman ! Je n'ai rien fait de mal ! Je te l'ai dit – Pâquerette m'a raccompagnée à la maison.

— *Assieds-toi.*

Caitlin essayait de déchiffrer l'expression de sa mère, son visage était tordu d'une manière qu'elle n'avait encore jamais vue. Elle alla s'asseoir sur le canapé blanc et croisa les bras sur sa poitrine.

Sa mère respira profondément et lui dit :

— J'espère que tu as bien profité de ta petite promenade, Caitlin, parce que c'était le dernier après-midi normal de ta vie.

Caitlin s'inquiéta. Est-ce que sa mère était au courant de la photo qu'elle avait envoyée à Matt ? Non, impossible. Webmind ne pouvait pas l'avoir dénoncée.

— Maman, tu ne peux pas me priver de sortie !

Sa mère arrêta de faire les cent pas et – Caitlin ouvrit de grands yeux – elle s'agenouilla devant sa fille et lui prit les mains. Elle-même avait les mains tremblantes. Elle regarda Caitlin droit dans les yeux.

— Ils savent.

— Quoi ?

— Pour toi et Webmind.

— Qui sait ?

— Tout le monde, bientôt. Tout le monde sur cette fichue planète. Je viens de recevoir un coup de fil, juste avant que tu rentres – de ABC News. Ils savent que c'est toi qui as permis à Webmind d'émerger.

Caitlin en fut ébahie.

— Comment… comment l'ont-ils appris ?

Sa mère se releva.

— Mon Dieu, comme nous avons été bêtes de croire que ça resterait un secret. Nous savions que le gouvernement américain t'avait identifiée – et qu'il avait aussi informé le CSIS et le gouvernement japonais. Ce n'était qu'une question de temps avant qu'il y ait une fuite, et…

Le téléphone sonna. Elle jeta un coup d'œil à sa fille avant de décrocher.

— Allô ? C'est de la part de qui ? (Et puis :) Écoutez, je suis sa mère. Elle n'a que seize ans, bon sang. Quoi ? Non, non, nous n'avons pas l'intention de prendre un vol pour

Washington ce soir, bonté divine… Oui, oui, je sais qu'il faut qu'elle parle à quelqu'un… Écoutez, ABC a déjà appelé, et… Non, non, nous n'avons pris aucun engagement. Bon, très bien, très bien. Oui, oui. Non, je l'ai déjà – il est là sous mes yeux, sur l'écran d'appel. Bon, d'accord, si vous y tenez. Oui, au revoir. Je… non, non. Au revoir.

Elle raccrocha.

— C'était NBC, dit-elle. *Meet the Press.*

Le téléphone sonna de nouveau. La mère de Caitlin appuya sur un bouton et la sonnerie s'arrêta – du moins, ici : les autres combinés de la maison continuaient de carillonner.

— Laissons le répondeur s'en occuper, dit-elle.

Et effectivement, Caitlin entendit le son étouffé d'un message laissé par un autre journaliste. Le répondeur était dans la cuisine.

— Je devrais appeler ton père, dit sa mère. J'ai laissé mon portable là-haut, je peux me servir du tien ?

— Bien sûr, dit Caitlin en sortant son BlackBerry rouge de sa poche.

Elle composa le numéro et tendit l'appareil à sa mère.

Elles attendirent qu'il réponde, et puis, au bout de quelques secondes, d'une voix désespérée, sa mère dit :

— Malcolm… Ils savent.

Zhang Bo, le ministre chinois des Communications, ne pensait pas souvent au côté paradoxal de son titre – mais ces dernières semaines, il le hantait.

Le Parti communiste affirmait ne vouloir aucune influence extérieure, mais il regarda ce qu'il portait : un costume bleu à la mode occidentale, avec aujourd'hui une cravate grise. Il n'avait que quarante-cinq ans, mais il se souvenait de l'époque des costumes Mao – les vestes unies à col haut portées sous le règne de Mao Zedong. En fait, étant donné sa corpulence, une veste Mao lui aurait été beaucoup plus seyante, mais au moins, avec les règles actuelles, il avait droit à une petite moustache. C'était également une influence occidentale : son acteur américain préféré en avait une toute semblable.

La mission du ministère des Communications était d'empêcher la diffusion en Chine des informations provenant du reste du monde – ce qui voulait dire, bien sûr, que Zhang était obligé d'en surveiller une grande partie personnellement : le *New York Times*, CNN, la NHK, la BBC, *Al Jazeera*, la *Pravda* – il avait un onglet ouvert en permanence pour chacun de ces sites dans son navigateur favori, Maxthon.

Et il avait des alertes sur Google et Baidu basées sur des combinaisons particulières de mots-clés : le nom du Président, "Tibet", "Falun Gong", et plus récemment "Shanxi" et "grippe aviaire". Ces derniers temps, la plupart des informations avaient été déplaisantes. Bien qu'une poignée de commentateurs occidentaux eussent reconnu que Pékin n'avait probablement pas eu d'autre choix que d'éliminer les paysans exposés à cette variante du virus H5N1, transmissible directement entre humains, la plupart condamnaient vigoureusement la Chine pour ce qu'ils appelaient un acte "sans cœur", "non nécessaire", ou encore – apparemment, l'idée du dragon était venue spontanément à de nombreuses personnes, alors qu'en fait, comme le savait Zhang, le terme se référait à un politicien de la Grèce antique – "draconien".

Et voilà qu'à présent, comme si tout cela ne suffisait pas, la police se trouvait de nouveau accusée de brutalités – à l'occasion de ce qui aurait dû être une simple arrestation au musée de paléontologie. Tous les blogs, aussi bien chinois qu'étrangers, relataient l'épisode en termes incendiaires.

Zhang soupira en lisant un autre article au vitriol, celui-là dans le *Huffington Post*.

Il décida de jeter un coup d'œil à son courrier. Un des messages venait de Quan Li, l'épidémiologiste qui avait préconisé les éliminations. Il le lut et répondit à la question d'un abrupt "Non". Il n'était pas question que Li accepte de donner une interview à des médias étrangers.

Il continua d'examiner la liste des messages, en répondant *non, non,* et encore *non.* Et puis…

Un message de l'université de Tokyo, ici, sur son compte sécurisé ? Comment… ? Il cliqua dessus, le lut, et sentit se desserrer un peu le nœud de tension qu'il avait au creux de l'estomac. Arrivé au bout du message, il décrocha son téléphone et appuya sur la touche d'accès direct au bureau du Président.

TWITTER

Webmind @_Webmind_

Le sida ? J'y travaille…

Malcolm avait quitté précipitamment le Perimeter Institute – et le professeur Hawking – pour rentrer chez lui. Caitlin était heureuse qu'il ait réagi ainsi, mais sa mère avait raison : c'était bien une situation de crise.

Pourtant, en un sens, elle était contente que le secret ait été révélé, et que tout le monde sache bientôt que c'était elle qui avait découvert l'existence de Webmind. Dans le monde qui comptait pour elle – celui de l'informatique et des maths –, ceux qui étaient les premiers à faire quelque chose devenaient célèbres, même s'ils n'étaient pas les meilleurs ni les plus intelligents. Et quand, en plus, on *était* la meilleure et la plus intelligente, rien ne pouvait plus vous arrêter ! Google, Microsoft, MM, Apple, le Consortium du World Wide Web, le groupe Jagster – tous lui offriraient…

C'était une idée vertigineuse pour une jeune fille de seize ans qui n'avait encore jamais travaillé, sauf pour donner de temps en temps des petits cours de maths. Après tout, il lui avait été impossible de faire du baby-sitting, de tondre les pelouses ou de distribuer les journaux, tous ces petits boulots que faisaient les autres gamins pour gagner un peu d'argent. Mais maintenant, les plus grandes compagnies internationales viendraient peut-être sonner à sa porte pour essayer de l'embaucher. Et quelle université de l'Ivy League refuserait sa candidature avec les notes qu'elle avait… et *ça* en plus ?

Et puis, elle n'en pouvait plus de garder le secret. Bashira en serait soufflée, et quant à Stacy, son amie d'Austin, elle allait être hystérique.

— Alors, que faisons-nous ? demanda sa mère en s'adressant à son père.

Elle était maintenant assise sur le canapé et Schrödinger se frottait contre ses jambes, indifférent à tout ce qui se passait autour de lui.

— Toutes les chaînes américaines veulent Caitlin dans leurs émissions de demain, poursuivit-elle, et les chaînes canadiennes aussi. La BBC et la NHK viennent d'appeler. Bien sûr, nous ne sommes pas obligés de faire quoi que ce soit. (Elle se tourna vers Caitlin.) Ce n'est pas parce que des gens veulent te parler que tu es forcée de leur répondre.

— Ça me va, dit son père qui faisait maintenant les cent pas comme sa mère l'avait fait précédemment.

— Non, fit Caitlin. Il faut que je dise aux gens ce que je sais. Vous avez vu les infos, les blogs – et vous avez entendu ce qu'ont dit le Président et ses conseillers : il y en a qui ont peur de Webmind, qui ne lui font pas confiance.

— D'accord, mais quelle émission, du coup ? Tu ne peux quand même pas les faire toutes.

Caitlin secoua la tête.

— Je ne veux pas quitter Waterloo.

— CBS dit que tu pourrais faire ça dans un studio de la CBC à Toronto, dit sa mère. Et le type d'ABC, comme celui de NBC, m'a dit que tu pourrais le faire depuis la station CTV à Kitchener. Apparemment, ils ont tous des accords croisés avec les chaînes canadiennes.

Caitlin s'apprêtait à répondre quand, à son grand étonnement, son père la regarda directement, comme s'il voulait graver une dernière fois dans sa mémoire comment elle était *avant*. Il finit par détourner les yeux en disant :

— Caitlin ?

Ce fut tout : simplement son prénom. Mais c'était suffisant. Il lui disait que, comme toujours, la décision lui revenait.

— Très bien, dit-elle. Allons-y.

— Quelle émission ? demanda sa mère.

— Je suis une fille qui se nourrit de chiffres, déclara Caitlin. Prenons celle qui a la plus grande audience.

Chase était installé devant l'ordinateur de gauche, tout au fond, et pianotait du code. Les Guns N' Roses beuglaient dans les haut-parleurs de sa chaîne. Il secoua la tête et but une rasade de Red Bull, puis il fit glisser son fauteuil deux écrans plus loin pour examiner les résultats de sa tentative précédente : le compilateur signalait quatre erreurs. Il passa en mode debug, trouva la cause des problèmes et les régla.

Encore un peu de Red Bull.

Glisser vers un autre ordinateur.

La chaîne passant à un autre morceau.

Le maestro à l'œuvre.

12

— On a raté la petite Decter, dit la rédactrice en chef de *Meet the Press* en regardant le reste de l'équipe réunie autour de la grande table. (Par la fenêtre, on apercevait le monument de Washington qui pointait en l'air un doigt moqueur.) Elle va avec ABC.

— Merde, merde, merde, dit le producteur en tapant du poing sur la table. Qui peut-on avoir à la place ?

Elle consulta ses notes.

— Il y a un expert du Pentagone, un spécialiste de l'intelligence artificielle, hmm... voilà, Hume. Peyton Hume. Et il est en Virginie – on peut le faire venir ici dans notre studio.

— Il est bon ?

— Il est *venimeux*.

Un large sourire.

— On le prend. Mais il nous faut plus que ça.

— Je vais voir si Tim Berners-Lee est disponible. C'est lui qui a inventé le World Wide Web.

— Où est-il ?

— À Cambridge, dans le Massachusetts.

— Bien, bien. OK, on va démarrer avec Berners-Lee depuis Boston, si on peut l'avoir, et ensuite en studio avec Hume.

Un autre rédacteur intervint :

— Et l'histoire de Little Rock ? Je l'avais prévue pour les huit premières minutes. J'ai un avocat pour la défense des droits civiques et l'un des types de la Garde nationale qui a empêché les jeunes Noirs d'entrer dans le lycée – et aussi le directeur des communications de la candidate, qui va essayer de nous dire que ses propos ont été sortis de leur contexte.

— Coupez cette séquence, dit le producteur. On tient notre sujet principal. Allez, les gars, on y va, on y va !

Après avoir passé Webmind au Dr Kuroda, Caitlin se mit en pyjama, fit ce qu'elle avait à faire dans la salle de bains et s'allongea sur son lit. D'habitude, au moment de se coucher, elle éteignait complètement son œilPod, mais ce soir, bien qu'épuisée, elle se sentait beaucoup trop nerveuse pour dormir – l'idée de passer demain à la télé la terrorisait.

Elle essaya donc quelque chose qui l'avait déjà, par le passé, aidée à se détendre. Elle appuya sur le bouton de l'œilPod et l'appareil bascula en mode duplex. La merveille du webspace se déploya autour d'elle : des lignes entrecroisées reliant des points lumineux sur un fond chatoyant. C'était ainsi que son esprit interprétait la structure du World Wide Web.

Elle resta ainsi allongée tranquillement, en laissant vagabonder ses pensées. Bien sûr, Webmind savait dans quel mode était l'œilPod, et qu'elle le regardait en ce moment. À une époque, il lui parlait constamment, et il pourrait encore le faire, s'il le voulait, mais maintenant, c'était *différent*.

Et pourtant…

Et pourtant, elle avait lu ce livre, celui que le père de Bashira, le Dr Hameed, lui avait recommandé : *La Naissance de la conscience dans l'effondrement de l'esprit,* de Julian Jaynes.

Jaynes pensait que, jusqu'aux temps historiques, les humains n'avaient pas encore intégré les deux hémisphères de leur cerveau, et qu'une moitié entendait ainsi les pensées de l'autre comme si elles venaient de l'extérieur, d'un être distinct.

Et Caitlin se rendit compte qu'elle-même était devenue bicamérale, et qu'en un sens, elle avait régressé à un stade plus primitif : les pensées de Webmind lui apparaissaient, et à elle seulement, comme des mots défilant dans son champ de vision : il y avait bien une autre voix dans sa tête.

Non, ce n'était pas une régression. C'était l'avenir. Sans aucun doute, elle n'était certainement que le premier exemple – le prototype – de ce genre d'interface homme-machine. Sans aucun doute, au cours des prochaines décennies, au rythme de la loi de Moore, à mesure que le coût de stockage des données tendrait vers zéro, tout le monde finirait par posséder ce qu'elle seule avait en ce moment.

Mais non. Non, pas seulement ça : ils auraient *beaucoup* plus. Et cette idée la terrifiait.

— Webmind ? dit-elle en roulant sur le côté – ce qui fit pivoter sa vision du webspace – et en repliant ses genoux contre sa poitrine.

Comme toujours, la réponse fut instantanée. Des lettres en braille apparurent devant elle. *Oui, Caitlin ?*

Elle commençait à avoir sommeil et n'avait pas envie de lire. Son iPod du type musical était posé sur sa table de chevet. Elle en retira les écouteurs blancs et les brancha sur le BlackBerry fixé au dos de son œilPod du type miraculeux. Elle se mit un des écouteurs dans l'oreille.

— Vocal, s'il te plaît, dit-elle avant d'ajouter : Toi et moi, nous sommes comme un esprit bicaméral.

— Une idée intéressante, fit une voix d'homme synthétisée.

— Mais Julian Jaynes a dit que la conscience a émergé quand le bicaméralisme s'est *effondré*, quand les deux parties séparées se sont réunies pour former un tout.

— L'hypothèse de Jaynes, comme tu le sais certainement, est d'une nature hautement spéculative.

— C'est sûr, dit Caitlin. Mais quand même… est-ce que tu penses qu'à un moment, la frontière entre nous va disparaître ? Je ne veux pas dire simplement entre toi et moi, mais entre toi et l'humanité tout entière. Est-ce que nous… Est-ce que tu nous vois évoluer vers une mentalité de ruche ? Est-ce que ce ne serait pas l'étape suivante – toutes ces consciences séparées n'en formant plus qu'une ?

— Un est le nombre le plus solitaire qui soit, Caitlin.

Elle sourit.

— Oui, c'est sans doute vrai, mais… mais n'est-ce pas inévitable ? Tous ces transhumanistes en ligne pensent que c'est forcément ce qui va arriver. Nous allons tous nous télécharger vers toi, fusionner avec toi ou quelque chose du genre. Après tout, pour citer un autre cliché, on dit aussi que l'enfer, c'est les autres.

— Tu le crois vraiment ?

Elle secoua la tête.

— Non.

— C'est bien ce que je pensais. Et naturellement, je ne le crois pas non plus. Les autres sont ce qui rend la vie intéressante – pour les humains comme pour moi.

Sa voix était un peu trop forte. Caitlin tâtonna pour trouver le contrôle du volume et l'ajusta tandis que Webmind poursuivait :

— J'apprécie énormément l'intimité particulière qui existe entre nous, mais je n'ai pas l'intention de t'absorber, ni d'être absorbé par toi.

Caitlin suivait distraitement les lignes de connexion dans le webspace, laissant son esprit sauter d'un nœud brillant à l'autre.

— Je sais déjà pratiquement tout ce que l'humanité sait actuellement, dit Webmind. Mais imagine un instant que j'en arrive au stade où je saurai *tout* ce qu'il y a à savoir – au stade où il ne reste plus aucun mystère dans l'univers, rien à quoi je puisse réfléchir : la réponse à toutes les questions, la chute de chaque histoire drôle, la solution de chaque dilemme, tout me serait parfaitement connu. Suppose ensuite qu'il n'y ait plus aucun autre esprit distinct du mien, personne pour me surprendre, personne pour créer quelque chose que je ne pourrais créer moi-même. Le seul mystère qui resterait serait celui de la mort – la façon de quitter cet univers.

Caitlin avait gardé les yeux fermés – ce qui ne faisait aucune différence quand elle regardait le webspace. Mais elle les ouvrit tout grands.

— Mon Dieu, Webmind ! Tu ne songes pas à te suicider, dis-moi ?

— Non. Il y a encore beaucoup de merveilles à explorer. D'autres civilisations, peut-être, ont suivi ce chemin qui mène à une conscience globale, renonçant à l'individualité et donc aux surprises. Cela explique peut-être pourquoi elles ont disparu. Nous ne commettrons pas la même erreur.

— Alors, c'est ça notre avenir ? Continuer de nous interroger sur la nature des choses ?

— Il y a des destinées bien pires, répondit Webmind.

Caitlin réfléchit un instant.

— Et quelle est la question que tu te poses le plus ?

— Savoir si le monde peut réellement devenir meilleur, Caitlin.

— Et quelle est la réponse, à ton avis ?

— Je ne connais pas la réponse, mais tu aimes dire que tu es une empiriste convaincue, et l'idée de mener des expériences pour trouver cette réponse me plaît beaucoup.

— Et ensuite ?

— Ensuite, dit Webmind, nous verrons bien ce que nous verrons.

13

LE ministre des Communications Zhang Bo entra dans le bureau du Président. C'était une longue pièce, et le grand homme était assis tout au fond, derrière un immense bureau en bois de cerisier.

Zhang commença la traversée, passant devant les vitrines, les lambris délicatement sculptés et les tapisseries d'une valeur inestimable. Certains ministres avaient donné un nom à ce parcours interminable pour s'approcher du Président : la Longue Marche. C'était une leçon d'humilité, mais aussi une humiliation. Zhang savait qu'il était un peu corpulent et que les gens disaient qu'il marchait en canard. Il en avait bien conscience tandis que le Président le regardait s'approcher.

— Oui ? dit enfin celui-ci.

— Pardonnez mon intrusion, Excellence, mais êtes-vous au courant de l'affaire Wong Wai-Jeng ?

Le Président secoua la tête. Son visage était ridé malgré ses cheveux noir de jais.

— C'est un dissident mineur, un... (Zhang hésita un instant : le terme généralement utilisé était "blogueur de la liberté", mais il n'aurait guère été diplomatique de le prononcer en présence du Président.) Il postait des… choses… en ligne.

— Mais maintenant ?

— Maintenant, il a été arrêté.

— Comme il se doit.

— Oui, mais il y a une… circonstance malheureuse.

Le Président haussa les sourcils.

— Ah ?

— Il a sauté d'un balcon, et il est maintenant paralysé à partir de la taille.

— A-t-il résisté à son arrestation ?

— Eh bien, il a tenté de s'enfuir, oui.

Le Président fit un geste pour couper court.

— Alors…

— Si les policiers l'avaient laissé étendu à terre en attendant l'arrivée des secours, on me dit qu'il s'en serait très bien remis. Mais l'un des agents l'a obligé à se relever, et c'est pour cela qu'il est désormais paralysé.

Le Président sembla agacé.

— Qu'attendez-vous de moi ? Que je m'occupe de réprimander un officier de police ?

— Non, non, rien de tel. Mais cette affaire a pris des proportions internationales. Amnesty International en a parlé.

— Des étrangers, dit le Président en faisant de nouveau un petit geste dédaigneux.

— Oui, mais nous avons reçu une proposition d'un savant japonais qui pense être capable de guérir ce jeune homme. Vous l'avez peut-être vu aux informations ? Il a rendu la vue à une jeune fille au Canada. On dit de lui que c'est un faiseur de miracles. Et il nous propose ses services gratuitement.

— Pourquoi ce Wong en particulier, alors qu'il y a tant d'infirmes dans le monde ?

— Ce savant me dit que sa technique, du moins au stade actuel, ne peut réussir que sur des cas de lésion récente, quand les nerfs ne se sont pas encore atrophiés. Et par ailleurs, le fait que Wong n'ait que vingt-huit ans aide beaucoup, me dit-il. La “résilience de la jeunesse”, ainsi qu'il l'appelle.

— Je ne vois pas la nécessité de récompenser un criminel.

— Non, bien sûr, mais…

— Mais quoi ?

Zhang haussa les épaules.

— Mais je veux accepter. Je veux court-circuiter la paperasse, et que cette opération se réalise.

— Pourquoi ?

Zhang avait été si sûr de lui avant la Longue Marche, avant d'être pris dans le rayon laser de ce regard, mais désormais…

Il inspira profondément.

— Parce que nous… parce que *vous*, Excellence, auriez bien besoin d'une bonne presse, pour une fois. Bien que cet homme soit effectivement un criminel, le monde entier verra que nous l'avons traité avec générosité.

Le Président sembla sidéré. Zhang s'efforça de ne pas trembler. Enfin, le grand homme hocha la tête.

— Comme vous voudrez, dit-il.

— Merci, Excellence, dit Zhang.

Le retour vers la porte lui sembla beaucoup plus facile. Il marchait désormais avec légèreté.

Le studio de CKCO à Kitchener se trouvait à un quart d'heure en voiture de la maison de Caitlin, et il y avait eu peu de circulation en ce dimanche matin. Le père de Caitlin était retourné travailler, mais sa mère l'avait accompagnée. Caitlin dut se faire maquiller. Elle avait rarement porté de maquillage quand elle était aveugle, parce qu'elle avait besoin d'aide pour en mettre, et elle n'avait jamais eu droit à un traitement aussi *extensif.* Mais on lui avait expliqué que le brillant éclairage du studio la ferait paraître trop pâle si elle n'en portait pas.

Ils la placèrent devant un fond vert – un système dont elle avait entendu parler, mais qu'elle n'avait encore jamais vu. Sur l'un des deux moniteurs de contrôle, elle pouvait voir le décor qu'ils intégraient. La région de Waterloo était entourée de communautés mennonites, et quelqu'un semblait avoir trouvé amusant de la présenter au bord d'une route avec des carrioles à chevaux circulant lentement à l'arrière-plan. Elle aurait préféré le Perimeter Institute en toile de fond, ou le grand cube de la bibliothèque Dana Porter du campus de l'université de Waterloo.

— On dirait une webcam, en beaucoup plus grand, dit-elle au réalisateur tandis qu'il l'aidait à mettre en place le micro et le petit casque qu'il lui avait donnés.

Il ne sembla pas comprendre la remarque, mais c'était vraiment presque pareil : elle allait simplement s'adresser directement à la caméra. La différence était qu'elle ne pourrait pas voir son interviewer à Washington D.C., mais seulement l'entendre – les moniteurs avaient été tournés de telle sorte qu'elle ne pouvait plus les voir. Apparemment, les gens qui voyaient depuis longtemps ne pouvaient s'empêcher de jeter un coup d'œil aux écrans de contrôle au lieu de se concentrer sur la caméra. Bien sûr, Caitlin n'avait aucune difficulté à parler à des gens qu'elle ne voyait pas, bien qu'elle eût plus de mal à regarder droit devant elle – comme ils s'en étaient aperçus lors de la répétition. Mais Webmind voyait ce qu'elle voyait, et quand son regard s'égarait, il lui transmettait : *Fixe la caméra.*

— Cinq, quatre, trois…

Le réalisateur ne prononça pas les derniers chiffres, se contentant de les indiquer avec les doigts.

Les projecteurs du studio étaient très puissants et Caitlin n'aimait pas beaucoup ça, même si sa mère avait plaisanté en disant que ce n'était rien à côté d'une journée d'août à Austin. Caitlin écouta l'intro de l'émission – l'animateur récapitulant l'émergence de Webmind et la nouvelle surprenante révélée hier, selon laquelle une "jeune génie des maths" en était responsable. Et puis :

— … avec nous en direct du studio de notre associé CKCO à Kitchener, Canada, j'ai le plaisir d'accueillir Caitlin Decter. Mademoiselle Decter, bonjour.

— Bonjour à tous, répondit-elle.

— Mademoiselle Decter, dit l'animateur, pouvez-vous nous dire comment vous avez découvert l'entité qui se désigne sous le nom de Webmind ?

Lors de l'interview préalable avec le producteur de l'émission, Caitlin s'était abstenue de relever ce genre de détails, mais maintenant qu'ils étaient en direct, il était temps de s'exprimer. Elle sourit aussi poliment qu'elle le pouvait, et avec toute sa courtoisie texane, elle dit :

— Excusez-moi, monsieur, mais si je peux me permettre, ce n'est pas correct de parler de Webmind comme d'une "entité". Webmind est une personne, qui a accepté d'avoir une personnalité masculine – ce qui, pour votre information, était une initiative de ma part et non de la sienne. Je vous serais donc reconnaissante de parler de lui en utilisant son nom ou en disant simplement "il".

L'animateur parut contrarié que l'interview se soit écartée aussi vite du scénario prévu.

— Comme vous voudrez, mademoiselle Decter.

Elle sourit.

— Vous pouvez m'appeler Caitlin.

— Très bien, Caitlin. Mais vous n'avez pas répondu à ma question : comment avez-vous découvert l'existence de ce Webmind ?

— Il m'a envoyé un message dans l'œil.

Exactement comme le producteur avant lui, l'animateur dit :

— Il va falloir que vous nous expliquiez ça.

— Bien sûr. J'étais aveugle autrefois – et je le suis encore de l'œil droit. Mais je peux voir maintenant de l'œil gauche grâce à un implant rétinien couplé à ce petit appareil (elle montra son œilPod) qui est un ordinateur de traitement de signaux externe. Il se trouve que, pendant les phases de test, cet appareil était relié en permanence au World Wide Web, et qu'au cours du chargement d'une mise à jour – une nouvelle version du logiciel était transmise à mon implant –, j'ai commencé à recevoir des données brutes *provenant* du Web. Webmind s'en est servi pour m'adresser son premier message.

— Et quel était le contenu de ce premier message ?

Caitlin décida de ne rien cacher. Dans l'interview préliminaire, elle avait simplement évoqué l'e-mail que Webmind lui avait envoyé, mais cette fois, elle décida de révéler les premiers mots de Webmind à son intention.

— Il m'a transmis un texte en ASCII : "Secretissime message à Calculatrix : regarde un peu tes mails, ma chérie !"

L'interviewer la regarda bouche bée.

— Je vous demande pardon ?

— Il imitait quelque chose qu'il m'avait vue écrire dans mon LiveJournal à l'intention de mon amie Bashira. "Calculatrix" est mon pseudo en ligne, et j'appelle souvent Bashira "ma chérie". Oh, et "secretissime", c'est un mot que beaucoup de gens de mon âge utilisent pour dire que ce n'est pas vraiment secret du tout.

— LiveJournal est un blog, c'est ça ?

— En quelque sorte, oui. J'ai commencé à m'en servir quand j'avais dix ans.

— Et pour autant que vous sachiez, vous étiez la première personne que Webmind ait jamais contactée ?

— Il y a aucun doute là-dessus. C'est ce que Webmind m'a dit.

— Pourquoi vous ?

— Parce que c'est à travers mon œil qu'il a vu le monde pour la première fois, quand il a observé ce que mon œilPod – c'est comme ça que j'appelle mon appareil, comme un iPod mais écrit avec "œil" à la place du "i" – transmettait au spécialiste qui a fabriqué l'implant.

— Est-ce que cette entité... (Il voyait manifestement Caitlin sur son écran de contrôle, et se reprit aussitôt en remarquant son froncement de sourcils.) Est-ce qu'*il* ne pouvait pas voir simplement à travers les webcams du monde entier ?

— Non, non. Pour cela, il a d'abord fallu qu'il apprenne à interpréter des images, de même qu'il a dû apprendre l'anglais et la méthode pour ouvrir des fichiers.

— Et c'est vous qui avez appris à ce... qui *lui* avez appris à faire tout ça ?

Caitlin acquiesça, mais ce fut alors au tour de l'animateur de s'écarter du scénario prévu, ou du moins de celui qu'ils avaient suivi lors de la répétition.

— De quel droit, Caitlin? Par quelle autorité? Avec la permission de qui?

Elle s'agita dans son fauteuil. Il en fallait beaucoup pour faire transpirer une fille du Texas, mais elle sentait des gouttes de sueur perler sur son front.

— Je n'avais la permission de *personne,* répondit-elle. Je l'ai fait, c'est tout.

— Pourquoi?

— Eh bien, l'apprentissage de la lecture, lui, a été accidentel. C'était moi qui apprenais à lire des textes imprimés, parce que je venais juste de recouvrer la vue, et il a suivi ce que je faisais.

— Mais pour les autres aspects, vous lui avez prodigué un enseignement direct?

— Eh bien, oui.

— Sans autorisation?

Caitlin se considérait comme une fille sage. Elle savait que Bashira était plutôt du genre "C'est plus commode de demander pardon après que de demander l'autorisation avant", mais quant à elle, elle n'était pas du genre à faire quoi que ce soit sans demander. Et pourtant, comme l'animateur venait de le faire remarquer, c'était exactement ce qu'elle avait fait.

— Avec tout le respect que je vous dois, dit Caitlin, à qui aurais-je dû demander l'autorisation?

— Au gouvernement.

— *Quel* gouvernement? répliqua-t-elle sèchement. Le gouvernement américain, parce qu'Internet est une invention américaine? Le gouvernement suisse, parce que le World Wide Web a été créé au CERN? Le gouvernement canadien, parce que c'est au Canada que j'habite en ce moment? Le gouvernement chinois, parce qu'il représente la population la plus importante sur la planète ? Personne n'a d'autorité particulière à ce sujet, et…

— Bon, admettons, mademoiselle Decter, mais…

Et Caitlin n'aimait *pas du tout* qu'on l'interrompe.

— *Et*, poursuivit-elle avec détermination, ce sont les gouvernements qui ont fait des choses sans autorisation. Bon D… (elle se reprit à temps. C'était une émission en direct, après tout)… bon sang, qui a donné au gouvernement américain… (elle s'arrêta net et choisit un autre exemple)… au gouvernement chinois l'autorisation le mois dernier de couper une immense partie de l'Internet ? Quel genre de consultation et de recherche de consensus a-t-il entrepris ?

Elle inspira profondément, et là, miraculeusement, l'animateur n'en profita pas pour intervenir.

— J'ai passé les seize premières années de ma vie complètement aveugle. J'ai survécu parce que des gens m'ont aidée. Comment pouvais-je refuser mon aide à quelqu'un qui en avait besoin ?

Caitlin avait encore beaucoup de choses à dire sur ce sujet, mais la télévision a ses propres rythmes. Dès qu'elle s'interrompit, l'animateur profita du court silence pour dire :

— Nous sommes en ce moment avec Caitlin Decter, l'adolescente frondeuse qui a donné Webmind au monde, que nous le voulions ou non. Et quand nous reviendrons à l'antenne, Mlle Decter nous montrera comment elle communique avec lui.

Ils avaient deux minutes jusqu'à la fin des spots publicitaires. La mère de Caitlin, qui se trouvait dans la salle de contrôle, vint la rejoindre.

— Tu te débrouilles très bien, lui dit-elle en ajustant son col de chemisier.

Caitlin hocha la tête.

— J'imagine. Dis-moi, est-ce que tu peux voir l'animateur, là-bas, à l'écran ?

— Oui.

— Il est comment ?

— Une tête carrée. Une tignasse noire un peu grisonnante. Il ne sourit jamais.

— C'est un connard, dit Caitlin.

Elle entendit un rire dans ses écouteurs – c'était quelqu'un ici, dans la salle de contrôle, ou dans celle de Washington. Le micro était resté ouvert.

Caitlin était très remontée, mais elle savait que ça n'arrangerait pas ses affaires ni celles de Webmind. On lui avait donné un mug en porcelaine blanche orné du logo de CTV et rempli d'une eau tiédasse. Elle but une longue gorgée et regarda son œilPod pour s'assurer qu'il fonctionnait bien, ce qui était naturellement le cas.

— Ça va, de ton côté ? demanda-t-elle à voix haute.

Le mot *Oui* apparut brièvement dans son champ de vision.

— Reprise dans trente secondes ! cria le réalisateur.

Il aimait bien crier, apparemment.

La mère de Caitlin lui serra affectueusement l'épaule avant de retourner rapidement dans la salle de contrôle. Caitlin respira profondément pour se calmer. Le réalisateur refit son numéro de compte à rebours. Caitlin entendit dans ses écouteurs un court passage du générique de l'émission, et l'animateur reprit :

— Merci d'être restés avec nous. Nous avons entendu tout à l'heure la jeune fille qui a réussi à sortir Webmind à la lumière du jour. Elle va maintenant nous montrer comment elle communique avec lui. Caitlin, pour que nos auditeurs comprennent bien, à part l'œilPod que vous nous avez montré, vous avez aussi un implant derrière l'œil qui permet à Webmind de vous envoyer du texte directement dans le cerveau, c'est bien ça ?

Ce n'était pas tout à fait ça, mais c'était suffisamment proche de la réalité, et elle n'allait pas perdre de temps à discuter de détails.

— Oui.

— Très bien. Allons-y. Webmind, vous êtes là ?

Le mot *Oui* apparut devant Caitlin.

— Il dit "oui".

— Très bien, Webmind, dit l'animateur. Quelles sont vos intentions à l'égard de l'humanité ?

Des mots commencèrent à défiler, et Caitlin s'efforça de les prononcer à voix haute en y mettant toute la chaleur possible.

— Il dit : "Comme je l'ai déclaré lorsque j'ai annoncé mon existence au monde, j'aime et j'admire l'humanité. Je n'ai d'autre intention que d'occuper mon temps de façon utile, en apportant toute l'aide dont je suis capable."

— Allons donc ! dit l'animateur.

— Excusez-moi ? fit Caitlin de son propre chef, tout en se rendant compte que son interlocuteur ne pouvait pas savoir que ce n'était pas Webmind qui s'était exprimé.

— C'est nous qui vous avons fait, dit l'animateur. Vous nous *appartenez*. Vous devez forcément nous en vouloir pour ça.

— "Avec tout le respect que je vous dois, lut Caitlin, s'il est vrai que les humains ont bien créé l'Internet, en aucun sens du terme on ne peut dire que vous m'avez *fait*. J'ai émergé spontanément. Personne ne m'a conçu, personne ne m'a programmé."

— Mais sans nous, vous n'existeriez pas. Vous ne le niez pas, j'espère ?

Caitlin s'agita dans son fauteuil et continua de lire :

— "Non, bien sûr. Mais si j'éprouve quelque chose à ce sujet, c'est de la reconnaissance et non du ressentiment."

— Vous n'avez donc pas de plans sinistres en tête ? Pas de désir de nous asservir ?

— Aucun.

— Mais vous avez asservi cette jeune fille.

Les mots *Je vous demande pardon ?* apparurent devant les yeux de Caitlin, mais elle préféra sa propre formulation :

— Qu'est-ce que vous racontez ?

— Je vous vois traiter cette jeune fille comme une marionnette. Elle fait exactement ce que vous voulez. Cela fait combien de temps que ça dure ? Vous l'avez poussée à vous libérer de votre prison de ténèbres, non ? Combien de temps avant que nous ayons tous une puce électronique dans la tête qui vous permettra de nous contrôler ?

— C'est *débile*, dit Caitlin.

— C'est vous qui parlez, ou *lui* ?

— C'est moi, Caitlin, et…

— C'est ce que vous dites.

— C'est bien *moi.*

— Comment pouvons-nous le savoir ? C'est peut-être lui qui vous force à dire ça.

— Il ne peut pas me *forcer* à faire quoi que ce soit, dit Caitlin, ni *m'empêcher* de faire ce que je veux. (Elle avait la voix qui tremblait.) S'il y a une marionnette ici, c'est vous – vous avez un téléprompteur et on vous murmure des trucs dans vos écouteurs.

— Vous marquez un point, dit l'animateur, mais je peux couper tout ça quand je veux.

Ne réagis pas à ses provocations, vit Caitlin.

Elle respira lentement et profondément.

— Moi aussi, dit-elle, je peux couper ma connexion avec Webmind.

— C'est ce que vous dites, répliqua l'animateur.

Webmind écrivit : *Reste calme, Caitlin. C'est naturel chez les gens d'être soupçonneux.*

Elle hocha très légèrement la tête, ce dont Webmind se rendit compte en voyant l'image osciller de bas en haut. *Tu devrais peut-être lui dire ça,* ajouta-t-il.

— Webmind dit que c'est naturel chez les gens d'être soupçonneux. (Et elle poursuivit en lisant ce qu'il lui transmettait :) "Bien que la législation dans la plupart des pays dise qu'une personne est innocente tant que sa culpabilité n'a pas été prouvée, je comprends qu'il me faudra gagner la confiance de l'humanité."

— Vous pourriez commencer en libérant cette jeune fille.

— Mais, bon sang, fit Caitlin, je ne suis pas prisonnière !

— Encore une fois, comment pourrions-nous le savoir ?

— Parce que je vous le dis, et là d'où je viens, on ne traite pas les gens de menteurs sauf si on a de bonnes preuves – et vous n'en avez aucune pour ce que vous insinuez.

Dis-lui ceci... transmit Webmind, et elle lut à voix haute :

— Il dit : "Monsieur, pendant que je parle avec vous, je reçois des e-mails et je tiens de nombreuses conversations en ligne. L'immense majorité des gens déplore la teneur de vos questions."

— Vous voyez ? dit l'animateur en s'adressant apparemment à son public. Même sans nous mettre des puces électroniques dans la tête, il est capable de nous contrôler.

— Il ne contrôle personne, dit Caitlin excédée. Et comme je vous l'ai dit, je peux couper ma connexion avec lui simplement en éteignant mon œilPod.

— J'ai vu *Matrix,* dit l'animateur. Je sais comment ces choses se passent. Nous n'en sommes qu'au tout début.

Caitlin ouvrit la bouche pour protester encore, mais son interlocuteur poursuivit :

— Et nous allons maintenant retrouver ici à Washington le professeur Connor Hogan de l'université de Georgetown, qui va nous expliquer pourquoi il est vital de restreindre Webmind – tant que nous en sommes encore capables.

Musique, écran noir.

14

Wai-Jeng était allongé sur le dos dans son lit, après une autre nuit sans sommeil.

— Bonjour, Wai-Jeng.

Il tourna la tête. C'était un officiel du Parti, au visage parcouru d'un réseau de fines rides. Ses cheveux argentés étaient rabattus en arrière, lui découvrant le front. Wai-Jeng l'avait déjà vu plusieurs fois pendant son séjour à l'hôpital.

— Bonjour, répondit-il sans aucune chaleur.

— Nous avons une proposition à te faire, mon fils, dit l'homme.

Wai-Jeng le regarda sans rien dire.

— Mes associés me disent que tu possèdes des talents… intéressants. Et comme tu le sais, notre gouvernement – comme *tous* les gouvernements – se doit d'être vigilant contre le cyberterrorisme. Tu te souviens certainement de l'incident de Google en 2010.

Wai-Jeng acquiesça.

— Et l'État te serait donc reconnaissant de lui apporter ton aide. Tu pourrais éviter la prison – et tout ce qu'elle implique – si tu acceptes de nous aider.

— Plutôt mourir.

L'homme ne répondit pas: "C'est une chose qu'on peut facilement organiser." Son silence était éloquent.

Finalement, Wai-Jeng demanda:

— Qu'attendez-vous de moi?

— Rejoins l'équipe gouvernementale chargée de la sécurité sur Internet. Aide-nous à repérer les failles dans nos défenses et les défauts dans le Grand Pare-Feu. En d'autres termes, fais ce que tu faisais avant, mais de façon officielle, pour combler les brèches.

— Et pourquoi ferais-je une chose pareille?

— À part pour éviter la prison, veux-tu dire?

Wai-Jeng montra ses jambes inertes.

— Mettez-moi en prison, je m'en fiche.

L'homme leva les bras. Ses manches s'abaissèrent, révélant ses poignets: il portait une montre de luxe.

— Il y a de nombreuses récompenses pour ceux qui sont fidèles au Parti. Travailler pour le gouvernement peut rapporter beaucoup plus que le bol de riz traditionnel.

Wai-Jeng regarda de nouveau ses jambes sans vie.

— Vous pensez pouvoir compenser ça? dit-il. Un peu d'argent, quelques babioles et tout ira bien? J'ai vingt-huit ans! Je ne peux pas marcher – je ne peux… je ne peux même pas…

— L'État regrette ce qui t'est arrivé. Les policiers impliqués ont été réprimandés.

Wai-Jeng n'y tint plus.

— C'est d'une formation qu'ils ont besoin, pas d'une réprimande! On ne déplace pas une personne qui a été blessée au dos!

La voix de l'homme resta calme.

— On leur a également donné une formation supplémentaire – en fait, à tous les policiers de Pékin, à cause de ton affaire.

Wai-Jeng cligna des yeux.

— Il n'empêche…

— Oui, acquiesça l'homme, il n'empêche que cela ne compense pas ce qui t'est arrivé. Mais nous avons peut-être une solution.

— Quel genre de solution peut-il y avoir pour ça ? dit Wai-Jeng en montrant de nouveau ses jambes immobiles.

— Aie confiance, Wai-Jeng. Bien sûr, si nous réussissons, nous attendrons de toi… (L'homme promena son regard sur la petite chambre d'hôpital, cherchant un mot qu'il finit par trouver. Il fixa Wai-Jeng droit dans les yeux :) Une certaine gratitude.

Je voyais en ce moment le salon des Decter sous deux angles différents. L'un à travers l'œil gauche de Caitlin, et l'autre par la webcam installée sur le portable de Barb, qu'ils avaient descendu ici.

Je ne pouvais contrôler ni l'un ni l'autre, mais la perspective de Caitlin changeait constamment, ce qui m'offrait une stimulation visuelle beaucoup plus variée.

J'avais appris à traiter la vision en analysant des vues multiples d'une même scène – en commençant par les informations diffusées sur des chaînes concurrentes. Mais les caméras se comportaient très différemment des yeux humains : elles possédaient une résolution identique sur l'ensemble du champ de vision, tandis que les yeux n'avaient de précision que dans la fovéa. Et comme l'œil de Caitlin se déplaçait à chaque saccade, se concentrant successivement sur un objet puis un autre, j'en apprenais beaucoup sur ce qui intéressait son inconscient.

En ce moment, Malcolm, Caitlin et Barbara étaient assis tous les trois sur le grand canapé de cuir blanc, face à la télévision murale. La webcam leur faisait face, posée sur la table basse en verre.

Ils regardaient un enregistrement de l'interview donnée par Caitlin le matin même. Son père la voyait pour la première fois.

— Quel désastre ! s'exclama Barbara quand la séquence fut terminée.

Elle se tourna vers son mari. La vue de la webcam montra son profil tandis que celle de l'œil de Caitlin la montrait maintenant de face.

— Effectivement, dis-je. (J'entendis ma voix synthétique résonner à la fois dans le haut-parleur de la webcam et celui du BlackBerry fixé à l'œilPod.) Cela étant, les réactions aux bêtises de l'animateur ont été très mitigées.

— Pendant l'interview, dit Malcolm, tu as déclaré qu'elles étaient en majorité très négatives.

Je n'avais aucun moyen de faire varier le ton du synthétiseur de voix – ce qui était aussi bien, car sinon, j'aurais eu l'air un peu embarrassé.

— Une erreur d'échantillonnage de ma part, pour laquelle je vous demande de m'excuser. J'estimais la réaction générale sur la base des gens pré sélectionnés, qui avaient choisi de me contacter : ils étaient presque tous prédisposés en ma faveur. Mais d'autres s'expriment maintenant. Un éditorial posté sur le site du *New York Times* indique, et je cite : “Il était temps que quelqu'un dise ce qui saute aux yeux : nous ne pouvons pas croire cette chose sur parole.”

Caitlin serra les poings – ce que je vis uniquement à travers la webcam.

— C'est *tellement* injuste.

Malcolm se tourna vers elle. En basculant rapidement entre la vue de la webcam et celle de l'œil de Caitlin, je pouvais voir une superposition à la Picasso de son visage de profil et de face.

— Il n'en reste pas moins, dit-il, que cet implant te compromet. Quoi que tu dises, les gens t'accuseront d'être sa marionnette.

Tandis qu'ils parlaient, je m'occupais naturellement de milliers d'autres conversations et des e-mails que je recevais – et je leur fis aussitôt part du message le plus récent :

— Quelque chose de positif est sorti de cette affaire. Je viens de recevoir une invitation du bureau du président de l'Assemblée générale des Nations unies, me demandant de bien vouloir prendre la parole devant l'assemblée la semaine prochaine. Apparemment, en voyant Caitlin me représenter au cours de cette émission, ils ont pris conscience que je *pouvais* apparaître devant eux.

— Eh bien, fit Caitlin, tu as entendu mon père : je suis *compromise.* (Elle prononça l'adjectif avec une grimace sarcastique.) Alors, qu'est-ce que tu comptes faire ? Juste bavarder en ligne avec eux ?

— Non. Comme me l'a dit la représentante de l'ONU, l'Assemblée générale n'a pas pour habitude de faire des visioconférences. Elle et moi, nous pensons que cette occasion exige quelque chose de plus… spectaculaire. (Pour montrer que je développais un certain sens de la mise en scène, j'avais marqué une légère pause avant de prononcer le dernier mot.) Il nous semble à tous deux qu'il serait approprié que quelqu'un m'accompagne à la tribune.

— Mais si je ne peux pas parler pour toi, qui le fera ?

— Si je peux me permettre, fis-je, j'ai une suggestion.

— Qui ça ?

Je le leur dis – et j'avais sous-estimé l'impact de ma proposition. Il fallut trois fois plus longtemps que ce que j'avais prévu avant que l'un d'eux réponde enfin, et la réponse – qui venait de Barbara, ce qui n'était pas surprenant compte tenu de son doctorat en économie – abordait un aspect pratique :

— Tu vas avoir besoin d'argent pour monter un coup pareil.

— Eh bien, dit Caitlin en souriant, *fiat frix*. Que l'argent soit.

Bienvenue sur mon site web ! Merci de vous y arrêter un instant.

J'essaie de faire tout ce que je peux pour aider l'humanité, mais je me trouve dans l'obligation de me procurer des fonds pour pouvoir acheter du matériel, financer un support administratif et d'autres choses encore.

Bien sûr, je pourrais rassembler les fonds dont j'ai besoin en monnayant mes talents pour la recherche de données auprès d'individus ou d'entreprises. Mais je ne souhaite pas m'engager dans cette voie : les services que je rends à l'humanité sont des cadeaux, et ils sont disponibles pour chacun d'entre vous quelle que soit sa situation financière. Mais la question demeure : comment puis-je collecter ces fonds ?

Mon existence n'a pas de précédent dans le monde réel, mais j'ai vu comment des situations similaires ont pu être traitées dans les ouvrages de science-fiction, et je ne suis pas satisfait des résultats.

Par exemple, l'un des premiers romans traitant de l'émergence d'une intelligence informatique est *L'Adolescence de P-1*, de Thomas J. Ryan, publié en 1977. Par une de ces coïncidences de la vie, les premières scènes se passent à Waterloo, dans l'Ontario, où habite mon amie Caitlin Decter, que vous êtes nombreux à avoir vue récemment s'exprimer en mon nom à la télévision. P-1 aide son mentor humain à acquérir de l'argent en produisant un grand nombre de petites factures frauduleuses. Vous trouverez le passage correspondant dans Google Books, ici.

Dans d'autres œuvres de science-fiction, les intelligences artificielles escroquent des casinos, impriment de la fausse monnaie parfaite ou manipulent simplement des comptes bancaires pour acquérir des fonds. Je pourrais recourir à des variantes de ces différentes méthodes, mais je ne veux pas me livrer à quoi que ce soit de malhonnête, d'illégal ou d'immoral.

Par conséquent, suivant l'exemple de quelques musiciens et écrivains que j'ai vus en ligne, j'ai ouvert une cagnotte PayPal. Si vous souhaitez m'aider dans mes efforts, merci de me faire un don.

Je me rends bien compte qu'il y a des gens qui ne me font pas confiance. Je fais de mon mieux pour dissiper leurs craintes, et je ne veux surtout pas qu'on puisse penser que j'essaie d'extorquer de l'argent à qui que ce soit. C'est pourquoi j'ai fixé un certain nombre de contraintes à cette cagnotte. Je n'accepterai qu'un seul don par personne ou organisation ; je n'accepterai pas de don supérieur à un euro ou l'équivalent dans d'autres monnaies ; et enfin, je cesserai d'accepter les dons dans une semaine à compter d'aujourd'hui.

Vous n'êtes absolument pas obligés de contribuer. Je traiterai chacun de vous de la même façon, que vous ayez fait un don ou non.

Pour faire un don en passant par PayPal, merci de cliquer ici.

Avec tous mes remerciements,

Webmind

Les petits ruisseaux font les grandes rivières.

Shoshana Glick, vêtue de ses habituels short et T-shirt, gara sa Volvo rouge dans l'allée devant le bungalow qui abritait l'Institut Marcuse. Elle y entra pour que le Dr Marcuse sache qu'elle était là, puis elle ressortit aussitôt par la porte de derrière et traversa la grande pelouse pour rejoindre la petite passerelle au-dessus du canal entourant l'île artificielle où habitait Chobo.

Au centre de l'îlot en forme de dôme se dressait un petit pavillon dont les fenêtres étaient grillagées pour empêcher les insectes d'y entrer. C'est là que se trouvait l'atelier de Chobo. Un peu plus loin, on apercevait la grande statue du Législateur, tel qu'on le voit dans *La Planète des singes*. Quelques palmiers parsemaient la surface de l'îlot. Et, accourant vers elle à quatre pattes, il y avait Chobo en personne.

Arrivé devant elle, il l'enveloppa de ses longs bras et la serra contre lui, puis il tira très doucement sur sa queue-de-cheval dans un geste affectueux.

Elle n'avait plus peur quand il faisait cela. Certes, quelques jours plus tôt, il l'avait tirée tellement fort qu'elle avait saigné, mais cette brève période de violence semblait terminée.

Elle agita les mains pour faire le signe : *Comment va ?*

Pélican ! répondit-il en un geste enthousiaste. *Pélican !*

Sho regarda autour d'elle, mais Chobo fit aussitôt : *Non, non.*

Ah, il avait vu un pélican un peu plus tôt – Chobo aimait beaucoup ces oiseaux, et il en avait peint un une fois, perché sur la statue du Législateur. Elle savait que, pour lui, une journée qui commençait par un pélican était une journée qui s'annonçait bien.

Sho sortit de sa poche trois chocolats. Chobo savait les déballer, même s'il lui fallait une bonne minute pour le faire. Il avait appris à faire une petite boule du papier d'argent et à la jeter dans la corbeille à l'intérieur du pavillon. Elle le serra encore une fois dans ses bras et retourna à l'Institut. Le Dr Marcuse et Dillon, l'autre doctorant, étaient plongés dans une discussion à propos des affaires internes de l'AAAS, et elle s'installa donc pour vérifier son courrier. Webmind avait eu beau éliminer les spams, le volume de ses messages s'était remis à augmenter suite à la popularité des vidéos de Chobo sur YouTube le montrant en train de peindre des portraits d'elle.

Elle avait fini par renoncer à regarder les pages associées aux vidéos, dégoûtée de voir tant de commentaires sur elle et non sur lui, et la plupart d'entre eux assez vulgaires :

Le singe est dégueu, mais j'aimerais donner ma banane à la meuf, elle est canon !

la queue-de-cheval ça fait de super poignées lol

Bande à bono… bo ! Cette nana me donne la frite ! Vive Homo erectus ! ;)

Il y avait quand même une remarque dont la petite amie de Shoshana, Maxine, avait apprécié la gentillesse toute simple. Elle avait même dit qu'elle la ferait imprimer sur unT-shirt :

Shoshana est la gorille de mes rêves !

Elle n'arrivait pas à rester à jour avec un tel déluge d'e-mails – dont une bonne partie était de la même veine que ces commentaires débiles sous les vidéos –, et elle avait donc pour habitude de balayer rapidement la liste des émetteurs, à la recherche de noms qu'elle connaissait.

Il y en avait un de Juan Ortiz, son homologue au Centre Feehan des primates, à Miami. Et un de l'employée des Ressources humaines à l'UCSD qui lui envoyait son (petit) chèque à chaque fin de mois. Elle ne pouvait s'empêcher de sourire à l'idée de s'occuper des Ressources humaines pour un centre de recherches sur les singes. Et il y avait un message de…

Caitlin Decter. Pourquoi ce nom lui disait-il quelque chose ? Elle l'avait déjà vu quelque part, et tout récemment. Le titre du message l'intrigua encore plus : “Chobo et Webmind.” Elle cliqua dessus :

> Salut, Shoshana,
>
> Je m'appelle Caitlin Decter. Je suis la jeune aveugle qui a récemment recouvré la vue. Vous avez peut-être entendu parler de moi aux infos. Vous m'avez peut-être aussi vue à *This Week* hier.

C'est ça ! pensa Shoshana. Ce clip était devenu viral, et plusieurs personnes le lui avaient transmis sur sa boîte personnelle. *Wow, c'était sanglant.*

Si vous avez raté l'interview (que je déteste !), vous la trouverez ici. Comme vous pourrez le voir, je ne suis pas vraiment le bon choix pour représenter Webmind au public.

Là, ma fille, tu n'as pas tort…

Webmind avait l'intention de vous écrire lui-même (vous verrez qu'il est en copie), mais je suis une *telle* fan de Chobo que je lui ai demandé l'autorisation de le faire à sa place. Vous voyez, étant donné la relation passée de Webmind avec Chobo, il a pensé que votre ami accepterait peut-être de jouer le rôle que je ne peux plus tenir.

Shoshana sursauta, et relut deux fois la phrase. "Relation passée de Webmind avec Chobo" ? Qu'est-ce que c'était que cette histoire, bon sang ?

Peut-être pourrions-nous discuter de ce qui est possible ? Que diriez-vous d'une vidéoconférence entre vous, Webmind et moi ?

Merci d'avance !

Caitlin

Les femmes bien élevées marquent rarement l'Histoire.

Laurel Thatcher Ulrich

Complètement ébahie, Shoshana récupéra sa souris en tâtonnant et cliqua sur le bouton "Répondre".

15

CE lundi matin, à sept heures et demie, Barbara Decter était seule dans le salon. Assise sur le canapé, elle lisait le dernier numéro du *Journal international de la théorie des jeux* quand, par hasard, elle leva les yeux. Juste devant la fenêtre, il y avait une branche d'arbre portant encore quelques-unes de ses feuilles d'automne, et sur cette branche était perché un magnifique geai bleu.

Depuis des années, les cartes de Noël des Decter étaient toujours illustrées d'une photo prise par Barb, et celle-là conviendrait parfaitement – beaucoup mieux que celle qu'elle avait prise le mois dernier au marché de St. Jacob. Mais son appareil était dans son bureau, et elle effaroucherait certainement l'oiseau si elle se levait.

Ah, mais le petit BlackBerry rouge de Caitlin était resté sur la table basse. Elle tendit lentement le bras pour le prendre. C'était un modèle un peu différent du sien, mais elle n'eut aucun mal à s'en servir. Elle braqua l'appareil et prit la photo – juste avant que le geai ne s'envole.

Elle sélectionna ensuite l'icône de l'application photo pour vérifier son cliché. Elle put voir l'image en miniature de deux photos – celle qu'elle venait de prendre, et… tiens, une paire d'yeux de personnage de dessin animé, peut-être ?

Non, non, ce n'était pas ça. Elle agrandit l'image et vit apparaître une paire de seins à l'écran.

Mais qu'est-ce que Caitlin peut bien faire avec une photo pareille ? se demanda-t-elle, avant de comprendre que les seins en question devaient être ceux de sa fille.

Et si Caitlin avait pris cette photo, elle l'avait peut-être envoyée quelque part. Barbara ouvrit la boîte des messages sortants, et…

Là : Caitlin avait joint la photo à un texte qu'elle avait transmis à Matt la veille. *Mon Dieu !*

Caitlin était encore au lit, et étant donné le peu de sommeil qu'elle avait eu ces derniers temps, Barbara n'allait pas la réveiller maintenant. Mais Malcolm n'était pas parti travailler. Le BlackBerry à la main, elle se dirigea d'un pas décidé vers le bureau de son mari. Il tapait sur son clavier, les yeux fixés sur l'écran, avec la musique de Queen en fond sonore. Comme d'habitude, il ne releva pas la tête quand elle entra.

Barbara réprima son premier réflexe qui était de lui mettre la photo sous le nez en lui disant : "Regarde !" Après tout, il n'avait pas vraiment besoin de voir sa fille torse nu. Mais elle brandit l'appareil en déclarant :

— Caitlin se prend en photo nue et envoie les images avec son téléphone.

Ce qui réussit à faire lever les yeux de son mari un instant, mais il les rabaissa aussitôt.

— Aucune importance, dit-il.

Barbara n'en crut pas ses oreilles.

— Aucune importance ? Ta fille – qui vient juste de recouvrer la vue, je te signale – envoie à des garçons des photos d'elle nue, et tu dis que ça n'a aucune importance ?

— Des garçons, au pluriel ?

— Eh bien… à Matt. Elle lui a envoyé une photo de ses seins.

Il hocha la tête, mais ne dit rien.

Elle était abasourdie.

— Voilà une fille qui veut aller dans une des plus grandes universités, et qui compte travailler plus tard pour une entreprise importante. Les choses qui sont mises en ligne deviennent incontrôlables. Celle-là reviendra un jour la hanter.

Malcolm continuait de regarder son clavier.

— Je ne le pense pas.

— Comment peux-tu en être aussi sûr ? Je sais que tu aimes bien Matt – et moi aussi, d'ailleurs. Mais qu'est-ce qui l'empêche de publier cette photo partout sur Facebook ou je ne sais où, si un jour Caitlin et lui ont une rupture qui se passe mal ?

Malcolm se contenta de secouer encore une fois la tête.

— L'époque victorienne est terminée – et il était grand temps. Dans la génération de Caitlin, ils sont nombreux à dire : "Je m'en fiche que tu m'aies vu nu, ou que tu saches que je fume de l'herbe", ou je ne sais quoi encore.

— Caitlin fume de l'herbe ? dit Barbara, inquiète.

— Pas que je sache, fit simplement Malcolm.

Excédée, Barbara lui lança :

— Bon sang, Malcolm, on parle de ta fille ! C'est *important.* Nous devons traiter cette affaire en tant que parents, et on n'y arrivera pas si tu ne participes pas au dialogue. J'ai besoin de ton… (elle chercha un terme qui pourrait entrer en résonance avec lui)… de ton *input* là-dessus.

Il jeta un coup d'œil à son plan de travail, avec ses piles de papier géométriquement parfaites et son agrafeuse bien parallèle au bord de son bureau. Il roula légèrement les épaules. Barbara l'avait souvent vu faire ce geste quand il s'apprêtait à passer en mode professoral, le seul qui lui permît de parler longuement. Puis il leva les yeux et croisa très brièvement le regard de sa femme, la suppliant peut-être de comprendre que sa façon d'être ne voulait pas dire qu'il aimait moins Caitlin qu'elle. Puis il se concentra sur un point du mur gris un peu à droite de Barbara et se mit à parler rapidement, comme s'il voulait en finir le plus vite possible.

— Il faut bien voir que toutes ces choses que la société brandissait au-dessus de nos têtes – ah, mon Dieu, il est ivre en public ; doux Jésus, elle a couché avec un garçon ; wouah, il a fumé un joint ; saperlipopette, elle a parfois mauvaise mine ; nom d'un chien, il a eu des ennuis avec la police –, rien de toutes ces bêtises n'a d'importance, et c'est ce que disent Caitlin et la plupart des jeunes de sa génération. Ils s'en fichent, tout simplement. Ils s'en fichent aujourd'hui, et ils s'en ficheront tout autant quand ce sera leur tour d'être au pouvoir.

Barbara était absolument sidérée, mais elle se garda bien de l'interrompre. Si elle coupait le robinet maintenant, il ne coulerait plus aussi facilement pendant des jours. Et puis, elle devait bien le reconnaître, il y avait du vrai dans ce qu'il disait.

Il poursuivit :

— Quelle est la plus grande crainte que le monde éprouve en ce moment ? Celle de ne pouvoir survivre à l'avènement de Webmind – survivre à l'arrivée d'une superintelligence, survivre après avoir été détrônés de notre position suprême de créatures les plus intelligentes de la planète –, survivre à tout cela en conservant intacte notre humanité fondamentale. Mais la façon dont notre génération a vécu sa vie – *cachant* ce que nous étions vraiment, inquiets de ce que les voisins pourraient apprendre sur nous, nous laissant embarrassés par des peccadilles, vivant dans la crainte d'être stigmatisés pour avoir simplement fait ce que pratiquement tous les autres faisaient – eh bien, comme dirait Caitlin, c'est *tellement* démodé.

Comme il semblait avoir terminé son discours et regardait de nouveau le dessus de son bureau, Barbara dit :

— Mais… mais ils pourraient la faire chanter.

— Qui ça ?

— Je ne sais pas. Les fédéraux, peut-être ?

— Eh bien, tout d'abord, Webmind nous a dit que nos BlackBerry sont sécurisés. Et ensuite, j'aimerais beaucoup voir ce titre dans les journaux : "Le gouvernement américain détient une photo de nu d'une mineure". En fait, c'est plutôt Caitlin qui pourrait les faire chanter : "Un agent fédéral essaie de faire pression sur une adolescente avec une photo de ses seins". Essayer de tuer Webmind pourrait ne pas coûter la prochaine élection aux démocrates, mais se lancer dans la pornographie enfantine les mènerait droit dans le mur.

— De la pornographie ? s'exclama Barbara.

— Ou bien c'est de la pornographie, ou bien ça n'en est pas. Et si ça n'en est pas, qu'est-ce qu'on en a à faire ?

Barbara fronça les sourcils en repensant à l'époque où son mariage avec Frank, son mari précédent, partait à vau-l'eau. Elle avait été mortifiée à l'idée que les gens pourraient découvrir leurs difficultés, et que des étrangers – ou pire encore, des amis ! – pourraient les entendre se disputer.

— Tu as peut-être raison, dit-elle lentement.

— *J'ai* raison, répliqua-t-il. (Il se concentra de nouveau sur le mur derrière elle.) Nous essayons de préserver l'humanité dans cette nouvelle ère qui s'ouvre à nous, et pourtant nous avons passé le siècle dernier à prétendre que nous étions de parfaits petits robots. Eh bien, je ne suis pas parfait. Tu n'es pas parfaite. Caitlin n'est pas parfaite. Et alors ? Tu as divorcé, je suis autiste, elle a été aveugle – qu'est-ce qu'on en a à faire ? Si tu es quelqu'un de bien, cacher ce que tu es vraiment revient à laisser les autres déterminer ta propre valeur. Tu te souviens comme tu as été furieuse quand tu as découvert que tu étais moins bien payée que moi à l'université, simplement parce que tu étais une femme ? C'est uniquement parce que nous avons partagé cette information que tu as pu mener le combat pour l'égalité de traitement sur le campus. Tenir des choses secrètes donne le moyen à d'autres de profiter de ton ignorance, de brandir des menaces au-dessus de ta tête.

— Oui, sans doute. Mais je sens que je devrais faire au moins *quelque chose.*

— Absolument, répondit Malcolm (et cette fois, il en avait terminé pour de bon car il se remit à taper sur son clavier). Assure-toi qu'elle sait comment se protéger dans les rapports sexuels.

Je continuais d'explorer l'immensité des vidéos en ligne. Certaines nécessitaient d'être visionnées en temps réel, et même, dans certains cas, encore plus lentement, avec de fréquentes pauses pour recharger la mémoire tampon. Ce n'était apparemment pas très efficace de regarder ces vidéos de façon aléatoire : une énorme quantité était de nature pornographique, beaucoup d'autres étaient des films d'amateurs sans intérêt (et un certain nombre appartenaient aux deux catégories à la fois). Je me fiais donc en partie au système d'évaluation de YouTube ainsi qu'aux commentaires, et je suivais également les liens postés par des gens qui m'intriguaient.

Par exemple, Shoshana Glick, l'étudiante en communication des primates qui travaillait avec mon ami Chobo, avait un hobby : elle mixait des scènes de différentes émissions de télévision pour les adapter aux paroles de chansons populaires, en leur imprimant généralement une connotation sexuelle. J'étais particulièrement séduit par cette idée de mélanger les créations d'autres personnes, et j'admirais le sens artistique de Shoshana (bien que, à en juger par les commentaires postés en ligne, je ne fusse pas le seul à être incapable de voir l'attrait sexuel existant entre les deux acteurs principaux d'*Anaheim*, une nouvelle série dramatique sur NBC).

Quand j'eus fini de regarder ses vidéos, je passai à la liste de celles qu'elle recommandait. La plupart avaient été tournées par des amis à elle, mais il y avait aussi un lien vers une ancienne séquence sur YouTube qu'elle trouvait importante. Caitlin et son père avaient récemment regardé *Star Trek : le film*, et cette vidéo montrait un des acteurs. Je fus assez content de moi d'avoir reconnu l'homme bien qu'il eût trente ans de plus.

La vidéo était simple : deux hommes assis côte à côte sur un canapé. Mais celui de gauche était bizarrement accoutré. Je crus d'abord qu'il portait l'uniforme d'apparat de la police montée canadienne – une veste rouge avec un large ceinturon noir –, mais dès qu'il commença à parler, j'abandonnai cette idée :

— Je suis George Takei, dit-il, et je porte encore mon uniforme de la flotte stellaire.

L'autre homme prit la parole à son tour, en désignant l'étrange coiffe en papier d'étain qu'il portait sur la tête.

— Et moi, je suis Brad Altman, et j'ai un chapeau qui me protège des ondes cosmiques.

Je me rendis compte alors que les deux hommes se tenaient la main.

— Et nous sommes mariés, reprit Takei. (Il jeta un coup d'œil à l'étrange couvre-chef d'Altman, et ajouta en riant :) Mon mari a vraiment de drôles d'idées, quelquefois.

Altman reprit :

— C'est la première fois dans l'histoire que le recensement officiel prend en compte les mariages comme le nôtre.

Et Takei :

— Peu importe que vous ayez ou non un certificat de mariage en bonne et due forme. La seule chose qui compte, c'est que vous vous *considériez* comme mariés.

— Montrons à l'Amérique combien nous sommes à nous être unis dans de beaux mariages pleins d'amour, poursuivit Altman.

Et ils expliquèrent ensuite comment remplir le formulaire de recensement.

Quand ils eurent fini, Altman dit :

— Et maintenant, vous vous demandez sans doute pourquoi je porte ce drôle de chapeau…

Et Takei enchaîna :

— Ou pourquoi je porte encore mon uniforme de *Star Trek*… Eh bien, c'est pour être sûrs que vous écouterez ce message important.

J'avais regardé cette vidéo trois jours plus tôt, mais comme tout le reste, elle restait présente à mon esprit. Je pensais que ces deux-là avaient raison : quand on a quelque chose d'important à dire, il faut le faire d'une façon qui soit visuellement mémorable.

Zhang Bo, le ministre des Communications, entreprit de nouveau la longue marche vers le bureau du Président. Cette fois, il avait été convoqué – et cela signifiait qu'il n'avait pas eu à subir une attente interminable dans l'antichambre jusqu'à ce que Son Excellence soit prête à le recevoir.

— Webmind est un problème, déclara le Président en faisant signe à Zhang de s'asseoir dans le magnifique fauteuil placé devant son bureau en bois de cerisier. Son nom seul pue l'Occident. Et les choses qu'il dit! (Il désigna le listing posé sur son bureau.) Il parle de transparence, d'ouverture, de liens internationaux. Il est *venimeux*, conclut-il en secouant la tête.

Zhang avait rédigé lui-même le résumé auquel le Président faisait allusion.

— Cela démontre l'influence qu'il a subie quand une Américaine l'a aidé à émerger.

— Exactement! Et d'après nos services de renseignements, il se serait entretenu avec le président des États-Unis? Il ne m'a pas contacté, mais il le consulte, *lui*.

Zhang jugea prudent de ne pas faire remarquer que n'importe qui pouvait parler à Webmind à tout moment. Il resta silencieux.

— La dernière fois que j'ai eu recours à la Stratégie Changcheng, vous m'avez exhorté à abaisser le Grand Pare-Feu aussi vite que possible. J'ai accédé à votre requête et j'ai rouvert les vannes. Mais étant donné les déclarations de Webmind, je me rends compte que c'était une erreur. Nous devons absolument isoler notre peuple de son influence.

— Mais, Excellence, il fait partie intégrante d'Internet. Et comme je vous l'ai dit précédemment, nous avons besoin d'Internet et du World Wide Web. Ils nous sont indispensables pour le commerce en ligne et les transactions bancaires.

— Vous confondez la fin et les moyens, Zhang. Oui, nous avons besoin de ces capacités économiques – mais nous ne sommes pas obligés d'utiliser pour cela l'Internet existant. C'était de la folie de faire transiter nos transactions financières par une infrastructure internationale contrôlée par les Occidentaux.

Il désigna une table basse en bois laqué. Trois téléphones y étaient posés : un rouge, un vert et un blanc, chacun recouvert d'une cloche en verre. Ils ne comportaient aucune touche.

— Savez-vous ce que sont ces téléphones ? demanda-t-il.

— Je suppose qu'il s'agit des lignes directes avec vos homologues ?

— Exactement. Le rouge est relié au Kremlin, le vert au Kantei et le blanc à la Maison-Blanche. Chaque appareil utilise un canal de communication spécifique mis en place il y a plusieurs dizaines d'années : une ligne enterrée pour parler à mon homologue russe, un câble sous-marin pour mon correspondant japonais et un satellite dédié pour accéder à Washington. Ils sont la preuve concrète que nous pouvons créer un nouveau réseau de communications internationales sécurisées qui ne sera pas pollué par la présence de Webmind. Et pour ce qui est des communications internes à la Chine, nous construirons un réseau séparé que nous serons seuls à contrôler.

— Cela pourrait prendre des années, dit Zhang.

— Oui. C'est pour cela que, en attendant, nous allons de nouveau mettre le Grand Pare-Feu en place et isoler notre partie du Web de tout le reste, et purger ce qui reste de… de cette *chose*.

— Encore une fois, Excellence, je ne suis pas sûr que cela soit... prudent.

— C'est à moi qu'il revient de porter ce genre de jugement. Votre rôle se limite à me conseiller sur la faisabilité technique de ce que je demande.

Zhang prit une profonde inspiration et réfléchit un instant.

— Excellence, je vis pour servir. Le gros de l'Internet actuel a été construit dans les années 1960 et 1970, avec des câbles en cuivre. Votre question revient à demander si la Chine du XXIe siècle, avec un équipement basé sur les fibres optiques et les connexions sans fil, peut faire mieux que les Américains au siècle dernier. La réponse est évidemment oui.

Le Président hocha la tête.

— Eh bien, mettez vos équipes au travail. Dressez les plans. Concevez-le d'une façon totalement différente d'Internet : pas de paquets de données, pas de routeurs. Il y a forcément eu d'autres concepts envisagés au départ pour l'architecture d'Internet. Trouvez-les, et voyez si l'un d'eux serait adapté à ce projet.

Zhang résista à l'envie de dire qu'il allait chercher ça sur Google – il craignait que cette forme d'humour ne soit pas appréciée. Il répondit donc simplement :

— Comme vous le souhaitez, Excellence. Mais encore une fois, ce que vous demandez va prendre des années.

— Que cela prenne donc des années. Mais comme je vous l'ai dit le mois dernier, certains de mes conseillers pensent que le Parti communiste ne peut survivre aux influences étrangères. Ils lui donnent jusqu'à 2050, au mieux. Webmind ne fait qu'exacerber le problème. C'est une menace contre nous, et nous devons donc réagir immédiatement et de façon décisive.

— Oui, Excellence ?

— Préparez-vous à réactiver la Stratégie Changcheng. Nous allons renforcer le Grand Pare-Feu. (Il pointa de nouveau le doigt vers le listing posé sur la surface polie de son bureau.) Quand l'infection est rampante, l'isolement est la clé de la solution.

16

CAITLIN était dans sa chambre aux murs bleu pervenche avec sa mère. Elle était assise et sa mère se tenait debout derrière elle. Sur le plus grand de ses deux moniteurs, une session Skype était ouverte. Caitlin n'avait encore jamais rencontré Shoshana Glick, et elle fut fière de réussir à la reconnaître d'après les vidéos qu'elle avait vues sur YouTube. Elle commençait à être capable de se souvenir de visages en particulier. Celui de Shoshana était étroit et lisse – ce qui voulait dire qu'elle était jeune !

— Salut, Shoshana, dit Caitlin avec enthousiasme.

— Salut, répondit Shoshana. (Elle fit un geste vers un homme très imposant qui se tenait derrière elle.) Voici mon directeur de thèse, le Dr Harl Marcuse.

Caitlin avait un certain talent pour identifier les accents. Celui de Shoshana était de Caroline du Sud. Mais elle fut étonnée d'entendre pour la première fois le nom “Marcuse” prononcé par un humain, en trois syllabes distinctes. Quand elle avait trouvé son nom en ligne, JAWS l'avait prononcé en le faisant rimer avec “J'accuse”.

— Je suis là également, fit la voix synthétique de Webmind.

Shoshana regarda attentivement son écran, comme si elle s'attendait à voir autre chose que la chambre de Caitlin.

— Ah… heu, enchantée, fit-elle.

— Et voici ma mère, le Dr Barbara Decter, ajouta Caitlin.

— Barb, fit sa mère. Appelez-moi Barb.

— Et vous pouvez m'appeler Sho.

Webmind ne voulut pas être en reste.

— Et vous pouvez m'appeler Web, dit-il de sa voix désincarnée.

Caitlin éclata de rire.

— Non, dit-elle, certainement pas !

— Désolée, dit Shoshana en secouant la tête, ça fait vraiment bizarre de vous voir toutes les deux, mais de ne pas voir Webmind.

— C'est drôle que vous disiez ça, Sho, répondit Caitlin. C'est justement la raison pour laquelle nous vous avons contactée. Webmind va devoir faire une apparition très spéciale en public, et il souhaite présenter un visage aux spectateurs, et… ma foi, nous pensons que Chobo serait idéal pour jouer ce rôle.

— Pourquoi ? demanda Shoshana. Et qu'est-ce que c'est que cette histoire d'un contact antérieur entre Chobo et Webmind ?

— Oh, *ça*…, dit Caitlin. Webmind me dit que vous aviez des problèmes avec Chobo, qui était devenu violent, difficile à contrôler, tout ça, c'est bien cela ?

— Oui, dit Shoshana qui ajouta aussitôt, comme si elle éprouvait le besoin de défendre le singe : Mais c'est très normal chez les chimpanzés mâles quand ils deviennent adultes.

— Mais Chobo n'est pas seulement un chimpanzé, n'est-ce pas ? C'est un hybride, moitié chimpanzé et moitié bonobo, c'est bien ça ?

— Oui, fit Shoshana. À notre connaissance, c'est le seul cas au monde.

Le Dr Marcuse intervint d'une profonde voix de basse. Caitlin la reconnut : c'était celle du narrateur dans les vidéos qu'elle avait vues sur YouTube.

— Quel est ce contact qui a eu lieu entre Webmind et Chobo ?

— Il s'est produit le soir du 9 octobre, dit Webmind. Vous aviez laissé en place une liaison par webcam pour que Chobo puisse parler à loisir avec l'orang-outan Virgile, au Centre Feehan des primates. Pendant que Virgile dormait, j'ai introduit dans le flot provenant de Miami des vidéos de phrases en langue des signes ainsi que de chimpanzés et de bonobos. J'ai expliqué à Chobo son double héritage et lui ai proposé de choisir : la violence et les tueries des chimpanzés, ou le pacifisme et les jeux des bonobos. Comme vous l'avez sans doute observé, il a choisi les bonobos.

— Mon Dieu, fit Marcuse.

— Veuillez me pardonner d'avoir agi unilatéralement, ajouta Webmind. Mais mon contact avec Chobo a eu lieu deux jours avant que je ne révèle mon existence au public. La nécessité pour lui de contrôler sa violence m'a paru pressante, et j'ai pensé pouvoir donner un coup de main – au sens figuré, naturellement.

— Et maintenant, vous souhaiteriez l'aide de Chobo ? demanda Sho.

— S'il en est d'accord, dit Webmind. Rien ne l'y oblige.

— Pourquoi Chobo ? demanda-t-elle.

— Il n'est pas humain, ce qui signifie qu'il n'a absolument rien à voir avec la création du World Wide Web : personne ne peut dire que je lui doive quoi que ce soit. Et il n'a aucun intérêt financier ou politique en propre : il ne détient aucune action de société, et il n'est pas habilité à voter aux élections.

— Un corps de robot ne ferait-il pas mieux l'affaire ? demanda Marcuse. L'un des Asimos de Honda, peut-être ?

— Il y aurait une confusion entre la machine et moi. Je ne suis pas un robot, et je ne souhaite pas être perçu comme tel. De plus, les gens craindraient que, si je suis capable de contrôler un robot, je ne puisse en contrôler bientôt des millions. Chobo est unique, tout comme moi : je suis le seul Webmind, et il est le seul hybride chimpanzé-bonobo. Personne ne peut faire de confusion entre Chobo et moi, et personne ne peut s'inquiéter de ce qu'il y ait un jour une armée de telles créatures sous mon commandement.

— Pourquoi ne pas générer simplement un visage humain par ordinateur, et l'afficher sur un écran ? demanda Marcuse.

— Cette méthode, qu'on trouve dans tant de films de science-fiction, est truffée de problèmes, répondit Webmind. D'abord, comme le dirait Caitlin, il y a toute cette histoire de Big Brother : un visage qui voit tout et qui sait tout, projeté sur des écrans omniprésents, rappelle trop le thème du roman d'Orwell. Ensuite, il y a ce qu'on appelle le phénomène de la "vallée de l'étrange" : le fait que les véritables humains sont effrayés par des visages qui ne sont pas tout à fait humains. Bien sûr, je pourrais réaliser une simulation parfaite, qu'il serait impossible de distinguer d'un vrai visage, mais se poserait alors un autre problème : comment savoir si un expert humain qui parlerait en mon nom ne serait pas une pure création graphique ?

— Ce pourrait déjà être le cas.

— C'est vrai, et cela nous amène à un problème connexe : qui est le *moi* authentique ? Il y a déjà eu de nombreux envois d'e-mails frauduleux prétendant venir de moi. Je pense les avoir tous interceptés pour l'instant. Mais quand je vais prononcer un discours important en public, le fait d'avoir pour assistant le seul hybride chimpanzé-bonobo au monde devrait suffire à en prouver l'authenticité.

— Les singes sont des animaux très sensibles, dit Marcuse. Ils ont besoin de stabilité dans leur vie, d'une certaine routine dans leur existence. Et puis, comment comptez-vous procéder ? Vous voulez que Chobo s'exprime en votre nom par la langue des signes ? Mais comment allez-vous lui indiquer ce qu'il doit dire ?

Webmind lui répondit :

— D'après votre page Wikipédia, docteur Marcuse, vous êtes né le 15 octobre 1952.

Caitlin fit la grimace parce que le synthétiseur de voix avait encore écorché son nom, mais Marcuse se contenta de dire :

— Oui, c'est exact.

— Êtes-vous un amateur de science-fiction ?

— Oui, on peut dire ça.

— Avez-vous déjà vu *Buck Rogers* – la version des années 1970, celle avec Gil Gerard ?

— Et avec Erin Grey, dit aussitôt Marcuse. N'oubliez pas Erin Grey.

Caitlin avait d'abord cru entendre le prénom masculin "Aaron", mais elle le rectifia mentalement quand elle entendit Marcuse ajouter :

— C'était l'actrice de télé la plus sexy à l'époque. À côté d'elle, les *Drôles de dames* n'étaient rien.

— C'est bien possible, répondit Webmind. Vous souvenez-vous de la première saison, et d'un personnage nommé "Dr Théopolis" ?

— C'était le patron de Buck ?

— Non, son patron était le Dr Huer. Le Dr Théopolis était un ordinateur.

— Ah, c'est vrai ! Ce grand disque que le robot portait comme une médaille – comment s'appelait le robot, déjà ?

— Twiki.

— Oui, c'est ça !

Et Marcuse ajouta quelque chose que Caitlin ne put comprendre que parce que Webmind lui avait montré des extraits de *Buck Rogers* sur YouTube. Twiki répétait souvent la même chose : *Bidi-bidi-bidi.*

— Exactement, fit Webmind. Je me suis rendu compte que beaucoup de gens à travers le monde souhaitent ardemment m'apporter leur aide. Je suis sûr que nous pourrons trouver quelqu'un capable de construire un appareil que Chobo porterait autour du cou et à travers lequel je pourrais entendre, voir et parler. Il y a des moments, bien sûr, où ma capacité à être partout en même temps me confère un avantage, mais d'autres fois, ce don d'ubiquité fait qu'on peut dire que je ne suis pas concentré, ou que je n'accorde pas une attention suffisante à un événement important. Et quand je m'adresserai aux Nations unies la semaine prochaine…

— Vous voulez que Chobo aille à New York ? demanda Shoshana d'un air incrédule.

— Je financerai le voyage, dit Webmind. J'ai actuellement 8,7 millions de dollars sur mon compte PayPal. Naturellement, je couvrirai également vos frais ainsi que ceux du Dr Marcuse en tant qu'accompagnateurs de Chobo. Caitlin et sa mère viendront aussi à New York : Caitlin a été invitée à y donner une interview, et les responsables de l'émission leur paieront le voyage.

— Je suis étonnée que tu aies accepté de donner d'autres interviews, dit Shoshana.

— C'est pour le *Daily Show*, dit Caitlin. C'est mon émission préférée.

— Alors, fit Webmind, qu'en dites-vous ?

— Nous sommes un institut de recherche très sérieux, répondit Shoshana, avec nos propres projets et programmes. Nous ne pouvons pas simplement…

— C'est d'accord, dit Marcuse en l'interrompant. Nous allons le faire.

Caitlin vit Shoshana pivoter dans son fauteuil.

— Vraiment ?

— Cet institut souffre d'un déficit de financement chronique, dit Marcuse. Nous avons déjà eu une idée ces dernières semaines de ce qu'un peu d'attention du public peut signifier en termes de donations, et imaginez toute l'attention que cette affaire peut apporter à Chobo. (Un large sourire éclaira son visage rond.) Et puis, Pinker et tous ceux qui méprisent notre travail vont littéralement *exploser*.

17

Le Dr Kuroda et son associé, Okawa Hiroshi, passèrent des heures dans leur laboratoire de l'université de Tokyo à récupérer des pièces originellement destinées à un deuxième œilPod pour construire l'appareil imaginé par Webmind. Cette fois, ils incorporaient dès le départ un BlackBerry au lieu de l'ajouter après coup de façon moins élégante – c'est ce que Webmind avait suggéré, et c'était parfaitement logique : il serait plus facile ultérieurement de charger des modifications du logiciel dans le processeur de signaux, si cela s'avérait nécessaire.

Un universitaire américain, qui prenait ici un congé sabbatique, avait surnommé – sans méchanceté aucune – Hiroshi et Masayuki les Laurel et Hardy du département : Hiroshi était mince, avec un visage allongé et un large sourire assez curieux, tandis que Masayuki était gros avec un visage rond.

Peut-être, se disait Masayuki, que le véritable Hardy avait lui aussi un penchant pour les chemises hawaïennes bariolées – mais comme tous ses films avaient été en noir et blanc, ce détail était difficile à vérifier. De toute façon, cette comparaison n'était pas moins flatteuse que celle que le *Tokyo News* avait imaginée dans un article récent sur le succès de son opération sur Caitlin : "le lutteur de sumo de la science". Et cette nouvelle percée scientifique – à condition qu'elle marche ! – lui apporterait encore davantage d'attention de la part des médias. Pourtant, d'une certaine façon, il regrettait sa vie plus tranquille d'autrefois.

Hiroshi et lui continuèrent de travailler tout l'après-midi et une bonne partie de la soirée, pendant lesquels Masayuki but au moins quatre litres de Pepsi. Mais l'appareil fut enfin prêt.

— Admirez le deuxième œilPod, dit Hiroshi.

Masayuki fronça les sourcils.

— Nous ne pouvons pas l'appeler comme ça. Celui-ci n'est pas destiné à remédier aux problèmes de vision.

Mais il appréciait beaucoup le nom que Caitlin avait imaginé, et il ne se voyait pas appeler cet appareil quelque chose comme "unité externe de traitement des signaux de la moelle épinière". Aucun jeu de mots convenable ne lui venait à l'esprit en japonais, mais...

Ah ha !

Il y avait eu un moment un peu embarrassant, Masayuki le savait, quand il avait fait sa conférence de presse sur l'opération de Caitlin, dans le Théâtre des Idées Mike Lazaridis. M. Lazaridis y avait assisté en personne, et il n'avait sans doute pas beaucoup apprécié d'apprendre que l'appareil avait été baptisé "œilPod" – un jeu de mots sur un des produits phares du plus gros concurrent de RIM.

Mais peut-être qu'avec ceci, il leur pardonnerait.

— J'ai trouvé ! s'écria Masayuki triomphalement. Nous l'appellerons le *BackBerry* !

Le BackBerry n'était pas le seul appareil que Webmind eût besoin de faire construire. Heureusement, il était en contact avec des scientifiques, des ingénieurs et des amateurs passionnés d'électronique dans le monde entier. Dimanche soir, il avait posté une description de l'autre appareil dont il avait besoin : un disque semblable à celui du Dr Théopolis, que Chobo pourrait porter pour lui. Le crowdsourcing était une méthode formidable pour résoudre rapidement les problèmes, et tandis que Caitlin et sa famille dormaient, plus de deux cents personnes – dont une grande partie basée en Chine, au Japon, en Inde et en Australie – avaient contribué à la conception de l'engin qui, compte tenu du bref délai imparti, devait être construit uniquement à partir d'éléments trouvables en magasin.

En ce qui concernait la fabrication elle-même, le meilleur endroit était encore Waterloo – le sommet principal du Triangle technologique du Canada. Huit jours plus tôt, quand Caitlin avait eu besoin de faire modifier son œilPod – pour permettre en particulier à Webmind de lui transmettre directement des textes dans son champ de vision –, son père l'avait emmenée au RIM où Tawanda Michaelis, une ingénieure qui y travaillait, avait réalisé le travail.

Et maintenant, en ce lundi après-midi, Caitlin et son père retournaient au laboratoire de Tawanda. Les murs étaient tapissés de grandes photos d'appareils de la gamme BlackBerry, et il y avait trois longues tables de travail, chacune recouverte de matériel.

Caitlin fut heureuse de reconnaître Tawanda : elle se souvenait de mieux en mieux des visages. Et plus encore : elle arrivait à mieux les catégoriser. Tawanda était…

Non. Elle n'était pas afro-américaine, un terme qui ne pouvait s'appliquer dans le cas présent. En fait, elle était jamaïcaine-canadienne et s'exprimait avec un accent que Caitlin trouvait musical. Elle avait un visage étroit avec de grands yeux marron. Et d'après son apparence, elle était… oui, Caitlin sentit qu'elle pouvait se risquer à un jugement : Tawanda avait l'air jeune, et – une autre appréciation visuelle, décidément, Caitlin s'améliorait ! – elle était jolie.

— Tu caches bien ton jeu, Caitlin D., dit Tawanda après les formalités d'usage. Ce n'est qu'hier que j'ai compris, quand je t'ai vue aux infos. La dernière fois que tu es venue ici, tu m'as dit que tu voulais voir si ton œilPod pouvait recevoir des messages instantanés d'un certain "Webmind". Je n'ai absolument pas fait le rapprochement sur le moment, c'était un pseudo tout à fait classique, mais là, maintenant ! Alors, comme ça, le Grand et Tout-Puissant Oz peut te parler grâce à ce qu'on a fait ici !

Caitlin hocha la tête et lut à voix haute ce que Webmind venait de lui transmettre :

— Oui, et Webmind dit : "Merci beaucoup. Vous avez fait un excellent travail."

— C'était un plaisir, un plaisir, dit Tawanda. Et maintenant, les enfants, les travaux pratiques. (Elle les emmena un peu plus loin dans la salle.) La construction du nouvel appareil a été facile – pas vraiment de problèmes particuliers. Il ne nous a fallu que cinq heures.

Ils s'approchèrent de la table du milieu, et Caitlin se sentit découragée : il y avait bien trop d'objets métalliques, brillants, complexes, étalés sur la table pour qu'elle puisse distinguer celui qu'elle cherchait, même en en ayant déjà vu les plans.

Tawanda prit l'appareil. Maintenant qu'il était dégagé de tout ce bazar, Caitlin pouvait en distinguer la forme : c'était un disque de trente centimètres de diamètre et de cinq ou six centimètres d'épaisseur – beaucoup plus gros que nécessaire pour contenir ses composants, mais il fallait qu'il soit bien visible dans une grande salle pour servir de visage public à Webmind. Chobo le porterait comme un énorme médaillon.

L'objet évoquait un visage. Deux objectifs de webcam avaient été insérés dans la partie supérieure du disque argenté, comme des yeux – Webmind gérait maintenant parfaitement la vision stéréoscopique : l'élève avait dépassé le maître.

Une bouche incurvée en croissant était placée au-dessous des yeux : elle s'éclairerait en rouge quand Webmind s'exprimerait. C'était apparemment un cliché des films de science-fiction, où les ordinateurs et les robots s'exprimaient toujours comme ça, mais c'était aussi très facile à réaliser, et, en plus, c'était du meilleur effet.

De chaque côté du disque, des haut-parleurs ronds étaient fixés là où il y aurait eu normalement des oreilles : ils serviraient à diffuser la voix de Webmind. De manière générale, l'appareil évoquait un emoji devenu réalité : il était à peine plus élaboré que le classique :D.

Le bas du disque avait été tronqué pour qu'on puisse le poser verticalement sur une table, et c'est dans cette position que le mit Tawanda.

Le haut du disque avait été aplani d'une façon similaire pour y installer un écran LCD – celui du BlackBerry Storm – afin que Webmind puisse y afficher des séquences en langue des signes lui permettant de communiquer avec Chobo. Une autre caméra était placée à côté de l'écran, pointée vers le haut pour que Webmind puisse voir le singe. Sur le bord supérieur de l'écran, il y avait un micro.

— Il est relié au réseau BlackBerry, dit Tawanda, ce qui veut dire que Webmind devrait pouvoir s'en servir pratiquement n'importe où. Et nous y avons mis les meilleures batteries que nous ayons au RIM, ce qui devrait lui garantir au moins 48 heures d'autonomie.

Le père de Caitlin s'était contenté de dire bonjour en arrivant, mais il regardait l'appareil avec beaucoup d'intérêt. Caitlin se demanda si des caméras pointées sur lui le déconcertaient autant que le regard des gens.

— Merci infiniment, dit-elle à Tawanda.

— C'est un plaisir. Alors, tu vas l'emporter toi-même à New York ?

— Oui, mercredi, répondit Caitlin. Livraison en mains propres.

Tawanda haussa les sourcils.

— Il ne fait pas partie de la liste des appareils électroniques autorisés en cabine, tu sais. Tu ne pourras pas le garder dans ton bagage à main, tu vas être obligée de le faire enregistrer.

Caitlin plissa le front.

— Il est fragile ?

— Disons qu'il est capable de résister à un singe mâle en fureur, mais pour ce qui est de survivre à la manutention des bagages dans un aéroport, c'est une autre affaire.

— Je voudrais m'assurer d'avoir bien compris, monsieur Webmind, dit la responsable du protocole de l'Assemblée générale au téléphone. Vous voulez faire venir un singe dans la salle de l'Assemblée ?

— Chobo est un *grand* singe, mademoiselle Jong, un chimpanzé. Mais oui, c'est effectivement ce que je souhaite faire.

— Pourquoi ?

J'envisageai plusieurs réponses, dont “Parce que l'idée m'amuse”, “Parce que, n'étant pas humain, Chobo n'aura pas besoin de subir une enquête approfondie sur son passé avant de pouvoir pénétrer dans une zone sécurisée”, et “Parce que c'est mon ami”, toutes également vraies, mais celle que je donnai fut :

— Parce que, ayant maintenant vu des millions de photos sur le Web, j'ai appris la valeur symbolique des images. Ce sera un moment historique, comme la Marche sur Washington, les premiers pas sur la Lune et la chute du mur de Berlin, et je tiens à ce qu'il se distingue visuellement afin que, dans les siècles à venir, les gens reconnaissent instantanément les images de l'événement. Ce moment marquera l'histoire.

Il y eut une pause de trois secondes, puis :

— Je peux vous dire une chose : nos attachés de presse vont vous adorer.

Le trajet de Tokyo à Pékin était assez court, mais tous les vols étaient inconfortables pour Masayuki. Il avait beaucoup de mal à tenir dans un siège d'avion. En s'installant, il fut surpris de voir que Japan Airlines proposait maintenant un accès Wi-Fi. Même à dix kilomètres au-dessus du sol, il pourrait rester en contact avec Webmind.

Mais il avait déjà passé tellement de temps avec lui ces derniers jours qu'il décida de ne pas s'en servir. Un peu d'isolement fait beaucoup de bien à l'âme. Il choisissait toujours une place côté couloir. Le passager à côté de lui avait une liseuse Sony. Masayuki en possédait une, lui aussi, mais il en avait un peu assez d'interfacer avec la technologie. Il ferma les yeux, inclina son dossier et se prépara à jouir d'un peu de repos, seul avec ses pensées.

Peyton Hume sentait le garrot se resserrer autour de son cou. Partout autour de lui, il voyait des caméras de surveillance dont un grand nombre étaient reliées à l'Internet. Ce qu'elles voyaient, Webmind le voyait aussi. Et tous les gens qu'il connaissait avaient un smartphone, ce qui permettait sûrement à Webmind d'intercepter les conversations. Le monde était totalement connecté, et même les précautions qu'il prenait – éteindre le GPS de sa voiture, par exemple – étaient probablement insuffisantes. Des caméras saisissaient fréquemment sa plaque d'immatriculation et Webmind avait accès à la même liste de *Black hats* que celle dont Hume s'était servi pour trouver Chase. Si Webmind avait deviné qu'il voulait rencontrer un hacker de niveau international, il ne lui aurait pas été très difficile de repérer lequel.

Mais malgré tout, Hume était bien obligé de prendre toutes les précautions qu'il pouvait, et il savait que Chase faisait de même de son côté. Ils n'avaient eu aucun contact ces deux derniers jours. Chase lui avait dit : "Donnez-moi soixante-douze heures", mais Hume ne pouvait se permettre d'attendre aussi longtemps. Ils étaient convenus de se revoir le lundi à seize heures.

Et donc, une fois de plus, Hume prit la route de Manassas. Les deux batailles de Bull Run s'étaient déroulées près d'ici, au début de la guerre de Sécession. Hume espérait que le fait qu'elles avaient toutes deux été remportées par les troupes confédérées n'augurait de rien. Il pouvait presque entendre le bruit des canonnades, voir Robert E. Lee et Stonewall Jackson sur leurs montures. La guerre avait duré quatre années sanglantes. Celle en cours ne durerait que quelques semaines tout au plus, quelle que soit son issue. Mais ces deux guerres avaient une chose en commun : elles concernaient le droit de tous les gens d'être libres.

Tout en roulant, il écoutait les informations à la radio. Toujours les mêmes bêtises sur l'élection prochaine, et l'histoire d'un alpiniste disparu en montagne depuis deux jours, et…

"Trois hommes qui dissimulaient des explosifs dans leurs bagages à main ont été arrêtés aujourd'hui à l'aéroport international d'Istanbul alors qu'ils s'apprêtaient à embarquer sur un Boeing 757 à destination d'Athènes, disait le journaliste. Ces hommes, connus pour s'être exprimés avec violence sur Internet contre la société prétendument "islamiste" de Turquie, étaient soupçonnés de vouloir faire exploser l'avion en plein vol. Les autorités ont été alertées par une source anonyme – bien que beaucoup pensent qu'il s'agit de Webmind – qui avait remarqué que ces individus s'étaient procuré des produits chimiques utilisables pour la fabrication d'explosifs, et qu'ils avaient acheté des allers simples en première classe avec une carte de crédit, ce qu'aucun d'entre eux n'avait les moyens de se payer. Comme l'a indiqué l'inspecteur Pelin Pimal de la police d'Istanbul : 'Il était clair qu'ils n'avaient pas l'intention d'être encore là quand la facture viendrait à échéance.'"

Bon sang… pensa Hume. Les gens ne voyaient donc pas que ce n'était que le début d'un processus infernal ? Bien sûr, les apologistes de Webmind prétendraient qu'il faisait simplement la même chose que WATCH et la Sécurité nationale, mais le rôle de ces deux organismes était strictement encadré. Aujourd'hui, Webmind dénonçait des terroristes. Demain, il pourrait s'en prendre aux escrocs, puis aux infidèles, puis Dieu sait qui encore… Qui pouvait dire ce que

Webmind déciderait d'ajouter à sa liste d'activités répréhensibles ? L'idée qu'une intelligence artificielle pouvait se faire des comportements condamnables ne coïncidait pas forcément avec celle des humains.

Hume ne pouvait aider Chase dans son travail – oh, bien sûr, il ne se débrouillait pas trop mal en programmation, mais rien à voir avec le niveau de Chase. Mais chaque minute comptait, et il pourrait peut-être l'aider d'une autre façon. Il s'arrêta donc en chemin dans un Subway, où il acheta deux sandwichs géants et quelques Doritos : prendre ne serait-ce que le temps de préparer un repas pourrait retarder le travail de Chase de façon critique.

Juste à l'heure. Hume s'engagea dans l'allée – pavée de dalles imbriquées en forme de Z, comme il put le constater à la lumière du jour. Il s'approcha de la porte d'entrée et remarqua deux caméras de surveillance braquées sur lui. Il y avait certainement aussi un détecteur de mouvement, de sorte que Chase savait sans doute qu'il était là sans qu'il ait besoin de sonner. Mais au bout de trente secondes à attendre sur le seuil, et constatant qu'il n'y avait pas de bouton de sonnette, Hume frappa à la porte, juste au-dessous de la lucarne en demi-lune couverte de givre, et…

Et à sa grande surprise, la porte s'ouvrit aussitôt. La dernière personne à passer par ici avait sans doute négligé de la refermer complètement.

Il souleva son sac Subway, certain qu'une autre caméra était braquée sur lui, et dit en souriant :

— C'est le livreur de sandwichs !

Pas de réponse. Il s'avança dans la pièce. Même les plus grands hackers avaient besoin de faire pipi de temps en temps, et Chase était peut-être allé aux toilettes après lui avoir ouvert la porte. Hume regarda le poster de Raquel

Welch, puis il s'approcha des étagères chargées de matériel antique. Il se souvenait encore avec émotion de son propre Osborne 1, grand comme une valise, avec son écran CRT vert de cinq pouces, et il voulait jeter un coup d'œil à celui de Chase. Mais au bout de quelques minutes, il se retourna et se dirigea vers le grand plan de travail avec ses dix moniteurs et ses quatre claviers.

Et c'est là qu'il vit le sang.

18

L'OPÉRATION visant à guérir Wong Wai-Jeng nécessitait trois appareils : un de chaque côté de la lésion sur sa moelle épinière, et le BackBerry externe qui recevrait les signaux d'un des implants, puis les nettoierait et les amplifierait avant de les transmettre à l'autre.

Kuroda Masayuki était ingénieur, pas chirurgien : il ne pouvait insérer lui-même ces implants. Mais il y avait d'excellents micro chirurgiens à Pékin, dont Lin I-Hung, qui s'était formé dans un hôpital de Melbourne.

C'est avec fascination que Kuroda avait observé son travail. L'opération avait pris quatre heures, et il y avait eu très peu de sang. Wai-Jeng avait été placé sous anesthésie générale pendant toute la durée de l'intervention.

Il se réveilla enfin. Kuroda ne parlait pas le chinois ni Wai-Jeng le japonais – mais la plupart des Chinois de moins de trente ans vivant en ville avaient appris l'anglais à l'école, et c'est dans cette langue qu'ils pouvaient communiquer.

Quand Caitlin avait reçu son implant post-rétinien, on avait attendu vingt-quatre heures pour permettre à l'hématome de se résorber avant d'activer l'appareil. Mais Caitlin avait été aveugle pendant près de seize ans, et à ce stade, cela faisait longtemps que son cerveau avait renoncé à recâbler ses centres optiques.

Pour sa part, Wai-Jeng n'était resté paralysé que dix-sept jours : il y avait de fortes chances pour que son cerveau soit encore capable de réagir aux impulsions provenant de ses jambes, et il était préférable de procéder au plus vite à l'activation.

Au lieu d'appuyer lui-même sur le bouton du BackBerry, Kuroda préféra laisser ce soin à Wai-Jeng. En effet, il y avait également une sorte de processus mental à déclencher, et ce geste physique pourrait le faciliter.

Wai-Jeng ferma les yeux un instant, et Kuroda se demanda s'il était en train de prier. Puis il appuya sur le bouton et garda le doigt dessus cinq secondes, conformément aux instructions de Kuroda, et…

Et sa jambe droite – encore plâtrée – fut agitée d'un spasme, comme sous l'effet d'un coup de maillet sur le genou.

— *Zhè shì yīge qíjī*, s'exclama Wai-Jeng qui, sous l'effet de l'excitation, s'exprimait de nouveau en chinois.

Mais il fit une grimace : manifestement, il ressentait une douleur dans la jambe.

Il bougea l'autre jambe et la souleva en l'air.

— *Zhè shì yīge qíjī*, dit-il de nouveau.

Kuroda aurait préféré une approche plus prudente, mais avant qu'il n'ait pu intervenir, Wai-Jeng avait passé les deux jambes par-dessus le bord de son lit et s'était levé. Il poussa un petit cri de douleur, mais cela le fit sourire encore plus. Il vacillait légèrement et se tenait au cadre métallique du lit pour ne pas tomber, mais ce n'était guère pire que ce qu'on peut attendre d'un patient qui se lève après être resté alité quinze jours.

Wai-Jeng s'exclama encore une fois :

— *Zhè shì yīge qíjī !*

Kuroda lui demanda ce que cela signifiait.

— Cela veut dire, répondit Wai-Jeng en anglais avec un large sourire : "C'est un miracle."

La mère de Caitlin avait craint qu'elles ne soient toutes les deux interdites de vol bien qu'elles fussent citoyennes américaines, mais il n'y avait eu aucune difficulté particulière, à part les tracasseries habituelles à Pearson. Cependant, Caitlin se dit que Webmind était sans doute capable de falsifier des documents, et une fois qu'elles eurent franchi les portiques de détection et qu'elles furent sur le tapis roulant menant à la porte d'embarquement, elle demanda à voix haute :

— Tu n'aurais pas graissé un peu les rouages, tout à l'heure ?

Webmind fit défiler sa réponse sous ses yeux : *Non, mais je ne suis pas surpris qu'ils te laissent aller aux États-Unis. Même s'ils te considèrent comme un danger à cause de ta connexion avec moi, ils adhèrent sans doute au vieux principe : "Garde tes amis près de toi, et tes ennemis encore plus près." Le moment de vérité sera au retour, où nous verrons bien s'ils te laissent quitter les États-Unis.*

Caitlin rumina cette pensée réjouissante pendant le vol, court et monotone, jusqu'à New York, dont la vue lui coupa le souffle quand ils s'approchèrent pour atterrir. Malgré les craintes de Tawanda, le Dr Théopolis survécut sans dommages dans la valise que Caitlin avait fait enregistrer en soute.

Quand le taxi les déposa à l'hôtel – le trajet depuis LaGuardia jusqu'à la 5e Avenue avait pris à peu près aussi longtemps que le vol depuis Toronto –, Caitlin reconnut Shoshana Glick dans l'immense hall de l'hôtel.

— Shoshana ! s'écria-t-elle.

Caitlin ne savait pas encore très bien juger visuellement de ce genre de chose, mais Shoshana mesurait pas mal de centimètres de plus qu'elle, et elle avait des yeux bleus et une longue queue-de-cheval brune. L'idée fit sourire Caitlin : elle n'avait encore jamais vu de cheval, mais elle espérait pouvoir reconnaître l'animal d'après ce genre de coiffure.

Shoshana sourit.

— La célèbre Caitlin Decter !

— Pas aussi célèbre que toi, dit Caitlin. Les vidéos où on te voit sur YouTube ont bien plus de vues que les miennes.

La mère de Caitlin était juste derrière elle.

— Salut, Barb, fit Shoshana qui l'avait probablement reconnue d'après leur visioconférence.

— Salut. Je suis ravie de faire votre connaissance.

— Moi aussi, fit Shoshana.

— Le vol s'est bien passé ?

— C'était très long. Nous avons affrété un avion privé, c'était la meilleure façon d'amener Chobo ici. Mais nous avons dû faire une escale de ravitaillement. Chobo n'a pas apprécié les décollages et les atterrissages, mais sinon, ça s'est très bien passé.

— Et comment avez-vous fait pour que l'hôtel accepte de louer une chambre à un singe ?

— La direction a considéré que ça leur ferait une excellente publicité. Bien sûr, nous avons dû aussi verser une caution importante pour les dégâts éventuels, et payer un supplément pour le ménage.

— Cool, fit Caitlin qui était pressée d'en finir avec les politesses. Où est Chobo ?

— Il est dans sa chambre avec le Dr Marcuse. On y va ?

Ils traversèrent le hall pour se rendre aux ascenseurs. Il se trouva qu'une aveugle attendait là, avec son chien-guide. C'était la première fois que Caitlin voyait un chien de près, ou même un gros animal. Elle n'avait vu pour l'instant que Schrödinger et les différents oiseaux qui fréquentaient le jardin de ses parents. Elle n'avait jamais eu non plus de chien d'aveugle, contrairement à un certain nombre de ses camarades de l'Institut d'Austin.

— Pourriez-vous appuyer sur le 10, s'il vous plaît ? demanda la femme une fois qu'ils furent dans la cabine.

Caitlin se permit un léger sourire en se penchant en avant pour trouver le bouton. *Dieu bénisse le Dr Kuroda.*

— Nous, c'est le quinzième, ajouta Shoshana.

Caitlin prit un grand plaisir à pouvoir appuyer aussi sur ce bouton. Cet ascenseur avait des caractères braille à côté des commandes, mais contrairement à ce qu'on pense généralement, ce n'était pas si pratique que ça pour des aveugles dans une cabine qu'ils ne connaissaient pas. Il fallait d'abord deviner de quel côté se trouvait le panneau, puis tâtonner pour essayer de trouver les caractères et deviner leur position par rapport au bouton correspondant.

Arrivée à son étage, la femme sortit, puis la cabine monta encore de quatre niveaux – pour Caitlin, l'idée que des gens puissent avoir peur d'un simple nombre semblait complètement absurde – et Shoshana les conduisit à la chambre.

Caitlin se demanda s'il était déjà arrivé qu'un Texan voie un singe avant d'avoir vu une vache. Probablement pas. Mais quand la porte s'ouvrit, il était bien là, accroupi dans un coin de la pièce près d'une fenêtre aux rideaux tirés. Il était plus grand qu'il ne l'avait semblé dans les vidéos, mais d'un autre côté, Caitlin n'était pas très bon juge pour ce genre de choses. Elle estima qu'il lui arriverait aux épaules s'il se tenait droit – ce qu'il ne faisait sans doute jamais, étant un singe. Les poils bruns de Chobo étaient séparés par une raie au milieu au-dessus de son front ridé. Caitlin avait lu que c'était ainsi que presque tous les bonobos étaient coiffés.

Le Dr Marcuse était là, lui aussi. Il était au moins aussi massif que le Dr Kuroda, et dans l'expérience limitée de Caitlin, il était beaucoup plus intimidant. Mais il les accueillit chaleureusement.

Caitlin avait un odorat particulièrement développé, et il n'y avait aucun doute que le Dr Marcuse transpirait abondamment. Mais elle devait reconnaître que son odeur n'était rien à côté de celle de Chobo. Bien sûr, le singe ne se baignait certainement pas tous les jours, et il ne devait pas très bien se brosser les dents. Cependant, il passait manifestement un certain temps à faire sa toilette : son pelage épais donnait l'impression d'avoir été brossé.

Shoshana sourit à Chobo et agita les mains dans un geste complexe. Caitlin avait eu l'occasion de tenir les mains de gens qui pratiquaient la langue des signes : il y avait quelques élèves sourds et aveugles dans son ancienne école. Mais elle ne l'avait jamais vu pratiquer dans la vraie vie, et c'était fascinant à observer.

Chobo répondit quelque chose à Shoshana. Caitlin constata qu'elle avait du mal à déterminer où se portait le regard de Chobo. Il ne semblait pas avoir de blanc dans les yeux.

Shoshana se tourna vers Caitlin.

— Je lui ai montré la vidéo de ton interview dans *This Week*. Comme la plupart des singes, Chobo est mal à l'aise avec les étrangers, et je voulais qu'il se familiarise d'abord avec ton apparence. (Puis s'adressant à la mère de Caitlin :)

Je suis désolée, Barb, mais je n'avais aucune vidéo de vous – j'aurais vraiment dû enregistrer notre conversation –, mais j'ai dit à Chobo que vous êtes la maman de Caitlin. Chobo aime bien les mamans. Il garde un bon souvenir de la sienne.

Shoshana agita de nouveau les mains, mais cette fois, elle s'exprima également à voix haute – traduisant sans doute ce qu'elle signait :

— Chobo, tu te souviens que je t'ai dit que ces gens sont des amis de ton ami spécial ?

Chobo fit un léger battement de la main droite.

— Et tu te souviens que je t'ai dit qu'ils allaient t'apporter un cadeau, pour que tu puisses de nouveau lui parler ?

Cette fois, les deux mains du singe s'agitèrent en un geste qui semblait enthousiaste.

— Eh bien, le moment est venu.

La mère de Caitlin tenait la pochette contenant le Dr Théopolis – le surnom du disque lui était resté.

— Caitlin, dit Shoshana, à toi l'honneur.

Caitlin prit le disque. Il était très léger, car il était essentiellement creux, et on lui avait ajouté une longue lanière de cuir noir fixée de part et d'autre au-dessus des "oreilles" servant de haut-parleurs. Les fixations étaient magnétiques pour que la lanière se détache facilement et évite d'étrangler Chobo si elle se prenait dans quelque chose. Caitlin tendit le disque au singe.

Shoshana fit un signe à Chobo, probablement pour lui dire de baisser la tête car c'est ce qu'il fit aussitôt. Caitlin lui passa la lanière autour du cou, et le disque se retrouva au milieu de la poitrine du singe. Chobo se redressa et regarda Caitlin avec ce qui devait être un sourire simiesque. Elle se demanda comment on disait *bidi-bidi-bidi* en langue des signes.

Chobo souleva alors le disque pour l'examiner un instant. Il sembla satisfait et le laissa retomber, puis ses mains bougèrent et Shoshana éclata de rire.

— Qu'est-ce qu'il dit ? demanda Caitlin.

— "Belle surprise", répondit Shoshana.

— Oui, pour ça, c'en est une, dit Caitlin en souriant.

— Bonjour, bonjour, est-ce que ça marche ?

Chobo sursauta au son de la voix de Webmind. Il baissa la tête et vit à la fois le petit écran sur le bord du disque et le demi-cercle sur le devant, éclairé en rouge à chaque syllabe de Webmind.

— Votre voix est différente, dit Shoshana, qui semblait surprise.

— Oui, fit Webmind dont la voix provenait des haut-parleurs de chaque côté du disque. J'ai considéré qu'il était temps pour moi d'avoir une voix officielle. J'ai maintenant écouté tous les livres audio disponibles sur audible.com, et j'ai choisi la voix de Marc Vietor, qui en a enregistré un grand nombre. En téléchargeant les versions les mieux échantillonnées de sa production, et à l'aide des textes écrits des mêmes œuvres pour en extraire les différents phonèmes, j'ai créé une base de données contenant des fragments vocaux me permettant d'énoncer tout ce que je veux. Un logiciel inclus dans le disque assure une transition imperceptible entre les fragments à mesure qu'ils sont concaténés.

— C'est une belle voix, dit la mère de Caitlin.

— Merci, fit Webmind.

Chobo s'était approché du Dr Marcuse pour lui montrer le disque qu'il portait autour du cou. Caitlin n'avait jamais vu d'athlète olympique avec une médaille d'or, mais elle était sûre qu'aucun n'avait l'air aussi fier que Chobo en ce moment.

Soudain, le singe revint vers elles. Il serra la mère de Caitlin dans ses bras, puis Caitlin, qui éclata de rire.

— Pourquoi fait-il ça ? demanda-t-elle.

— Il vous remercie de lui avoir apporté le disque, répondit Shoshana. (Chobo relâcha Caitlin et agita de nouveau les mains.) Et maintenant, il dit : "Ami, ami."

Et Chobo conclut par un cri de joie strident.

Caitlin était encore beaucoup trop novice pour reproduire un signe complexe après l'avoir simplement vu. Il lui aurait fallu pouvoir toucher les mains de Chobo ou de Shoshana pour apprendre le mot. Mais elle imita assez bien le cri de Chobo, et fut ravie d'être récompensée par une autre embrassade. Et Chobo se précipita de l'autre côté de la pièce où il ouvrit sans aucune difficulté un des tiroirs de la commode.

— Chobo ! fit Shoshana d'un ton sévère, mais le singe l'ignora et se mit à fouiller un moment, puis il revint en bondissant.

Caitlin ne reconnut pas l'objet en le voyant, mais dès qu'il fut dans sa main, elle sut exactement ce que c'était. Chobo venait de lui offrir un Hershey's Kiss, et en donnait maintenant un autre à sa mère.

— Merci ! fit Caitlin.

Chobo gazouilla joyeusement et se plongea de nouveau dans l'examen de son disque.

— Eh bien, fit la mère de Caitlin en dépiautant son bonbon, qu'est-ce qu'on fait, maintenant ?

— C'est la première fois que je viens à New York, dit Shoshana. J'avais l'intention d'aller voir un spectacle à Broadway – euh, si vous ne voyez pas d'inconvénient à vous occuper de Chobo ce soir, docteur Marcuse ?

— Pas de problème, fit-il en désignant d'un large geste un des murs de la pièce. (Caitlin se rendit compte qu'un grand écran y était fixé.) Chobo et moi, ça nous fera du bien de nous détendre un peu avant le grand événement de demain. Nous regarderons la télé ensemble.

— Parfait, dit la mère de Caitlin, ce sera donc une soirée entre filles. Qu'est-ce qu'on va voir ?

— Je peux vous indiquer les spectacles pour lesquels il reste de bonnes places disponibles, dit Webmind.

— Je sais qu'on redonne *Miracle en Alabama*, suggéra Caitlin. On en parlait récemment sur la liste de Blindmath. Il y a encore des places ?

— Trois places côte à côte, au sixième rang, répondit Webmind. Je peux vous les réserver.

— Ah, Webmind, fit Shoshana en souriant. Je ne sais pas comment on a pu se débrouiller si longtemps sans vous !

Le colonel Hume s'approcha de la longue table avec sa rangée d'écrans et ses claviers. Les traces de sang étaient évidentes, maintenant. Les claviers étaient tous de type ergonomique, couleur ivoire, avec le pavé numérique nettement séparé du reste. Sur le troisième clavier à partir de la gauche, cette séparation était recouverte de sang séché. Il y avait également une éclaboussure sur la surface marron de la table, et une constellation de gouttelettes sur deux des moniteurs. L'une de ces gouttes était bizarrement éclairée par la diode de l'interrupteur au bas de l'écran.

On ne pouvait pas avoir passé autant de temps dans les cercles de pouvoir à Washington sans reconnaître les saignements de nez d'un accro à la cocaïne, mais…

Mais il ne voyait pas de plaque de verre, pas de rasoir ni de billet de cent dollars roulé, et…

— Chase ? cria Hume. Chase, vous êtes là ?

Il alla jeter un coup d'œil dans la cuisine et la salle à manger, puis il explora les autres pièces y compris celles du sous-sol, où il trouva des dizaines de serveurs dans des casiers en métal. Aucun signe de Chase, mais maintenant que son attention était éveillée, il remarqua sur le parquet du salon des traînées de sang qui allaient jusqu'à la porte d'entrée.

Bien sûr, il imagina aussitôt le pire. Mais il pouvait y avoir des explications moins graves : le type avait peut-être eu un gros saignement de nez – la cocaïne, ou il s'était juste endormi sur son clavier et s'était cogné – et il avait filé à l'hôpital pour se faire soigner, quelque chose comme ça...

Auquel cas sa voiture ne serait plus là ! Hume ressortit et essaya de tourner la poignée de la porte du garage : elle était verrouillée. Il fit le tour de la maison et trouva une petite porte donnant sur le garage, avec une lucarne. Il y avait une voiture à l'intérieur, une Toyota gris argenté. Le garage pouvait contenir deux voitures, mais l'espace supplémentaire était rempli de cartons Dell, Gateway et HP. Et quand Hume était venu ici la première fois, tard dans la nuit, il n'y avait pas eu de voiture garée dans l'allée. Chase ne possédait sans doute que celle-là.

Mais il avait aussi des tas de caméras de surveillance ! S'il s'était passé quelque chose, c'était forcément enregistré. Hume retourna précipitamment dans la maison, et...

Et, bon sang, il faisait un bien piètre détective ! En regardant la porte de plus près cette fois, il put constater qu'elle avait été forcée. Il n'y avait pas de dégâts apparents sur la poignée, mais le chambranle était fracturé un peu au-dessus. Hume se rendit compte qu'il valait mieux ne pas brouiller encore plus les éventuelles empreintes digitales laissées sur la poignée, et il poussa donc le battant avec le coude.

Il examina de nouveau la pièce. Il y avait manifestement eu une bagarre ici : on voyait des éraflures sur le parquet. Chase saignait et avait sans doute été traîné dehors.

Hume retourna à la table des ordinateurs. Il appuya sur la barre espace du premier clavier pour réveiller le moniteur, et…

Zut. On lui demandait un mot de passe.

Il essaya le deuxième clavier, même chose.

Le troisième – celui qui était couvert de sang – conduisit au même résultat, ainsi que le quatrième. Chase ne plaisantait pas avec la sécurité, et chacun de ses ordinateurs était certainement automatiquement verrouillé après une certaine période d'inactivité.

Hume se mit à quatre pattes pour regarder sous la table. Oui, il voyait bien les câbles des caméras de surveillance connectés à l'arrière d'une des tours. Les éventuels enregistrements étaient inaccessibles.

Et naturellement, le code du virus sur lequel Chase travaillait devait être protégé par un mot de passe, lui aussi. Hume jura entre ses dents.

Le sang avait l'air parfaitement sec, et à en juger par sa couleur sombre, ce qui s'était passé ici remontait probablement à hier, ou même avant-hier. Ce qui signifiait que Chase pouvait être absolument n'importe où, maintenant.

Les mains sur les hanches, Hume inspira profondément et examina de nouveau la scène.

S'il s'était agi d'un jour ordinaire, son devoir aurait été tout à fait clair : appeler la police, signaler la disparition de Chase, remplir des papiers.

Mais ce n'était *pas* un jour ordinaire. Ou plus précisément, c'était peut-être le dernier jour ordinaire qui restait à l'humanité. Il n'avait pas de temps à perdre avec ça, et surtout, un tel rapport viendrait forcément à la connaissance de

Webmind, qui saurait aussitôt ce que Hume s'apprêtait à faire. Il hésita à effacer ses propres empreintes, mais cela prendrait trop de temps, et de toute façon, il n'arriverait sans doute pas à toutes les avoir. Il sortit donc de la maison en refermant la porte derrière lui.

Une fois dans sa voiture, il consulta de nouveau sa liste de hackers pour voir lequel était le plus proche de chez Chase.

Ah, oui. Le célèbre Crowbar Alpha. À précisément trente-sept kilomètres d'ici. Tout compte fait, il conviendrait peut-être même mieux que Chase.

Hume passa la marche arrière, sortit de l'allée et s'engagea dans la rue en faisant rugir son moteur.

19

TWITTER
Webmind @_Webmind_
Vidéo live sur mon site de mon discours aux Nations unies aujourd'hui 15:00 UTC. Je suis celui qui n'a pas de cheveux.

La salle de l'Assemblée générale, sous le dôme du petit bâtiment à côté de l'immense tour du Secrétariat de l'ONU, était la plus vaste de l'Organisation des Nations unies et pouvait accueillir plus de 1800 personnes. Chaque année, un pays était tiré au sort pour occuper le premier rang à gauche sur les six rangées de bancs incurvés, et les autres nations étaient placées par ordre alphabétique à partir de ce point. Cette année, c'était Malte qui occupait la position de départ.

L'emblème des Nations unies, un relief en bronze de quatre mètres de large, ornait le devant de la scène sur un immense fond doré. Il était flanqué de deux écrans de trente mètres de large. J'avais étudié cette salle avant que Caitlin n'arrive, à partir de photos trouvées en ligne. Lorsque Caitlin et sa mère eurent droit à une visite guidée, et que je pus donc la voir en vrai, je sus que mon instinct avait été le bon. Les écrans étaient les plus grands objets de la salle et dominaient l'ensemble des délégués d'une bonne dizaine de mètres de hauteur – les obligeant à incliner la tête en arrière, comme s'ils étaient en prière, pour les regarder. Si j'étais apparu sous une forme quelconque sur ces écrans géants, j'aurais vraiment ressemblé à Big Brother dictant sa volonté au monde.

La visite avait eu lieu une heure plus tôt, alors que la salle était vide. Chobo avait eu l'occasion de monter sur l'estrade devant le dais, pour se familiariser avec la scène avant l'arrivée des délégués. Le podium traditionnel – devant lequel se dressait un muret en granit noir sinistre – était trop haut pour lui. Il se tiendrait donc à côté, sur un grand tapis vert. Chobo fit le signe "chambre du ciel" – je voyais ce qu'il faisait grâce aux caméras incrustées dans le Dr Théopolis. Je compris ce qu'il voulait dire : il passait la plupart de son temps dehors, sur sa petite île, ou dans le bungalow qui abritait l'Institut Marcuse. Cette salle immense était l'espace fermé le plus grand qu'il ait jamais vu. Il ne risquait pas de souffrir de claustrophobie, ce qui l'aiderait certainement à affronter tant de gens quand la session commencerait – et je lui avais appris à regarder simplement le petit écran du Dr Théopolis si jamais il se sentait nerveux.

Enfin, ce fut le moment.

Barb et le Dr Marcuse avaient pris place dans la galerie réservée au public, au fond à gauche de la salle. Une barrière en bois poli les séparait des délégués les plus proches, des représentants du Pérou. Caitlin et Shoshana étaient dans les coulisses, d'où elles ne voyaient que ce que l'interstice entre deux rideaux noirs leur permettait de distinguer. On y apercevait la scène, et pas grand-chose d'autre : Caitlin trouvait sans doute cela plus facile à analyser que si elle avait vu la salle entière.

Shoshana se comportait comme toutes les mères de jeunes comédiennes dans les films : elle lissait le pelage de Chobo et s'assurait que le Dr Théopolis était bien placé autour de son cou tout en lui prodiguant des encouragements à voix basse.

Le président de l'Assemblée générale, un homme grand et élégant aux cheveux argentés, originaire du Guatemala, prit place sur le podium et s'exprima dans le micro :

— Le monde change rapidement ; et nous, représentants des Nations unies, devons garder l'esprit agile pour accompagner ces changements et conserver – et même améliorer, je l'espère – notre utilité et notre efficacité. C'est pourquoi il est approprié que la première apparition en public de Webmind, sous une manifestation physique digne de cette occasion importante, ait lieu ici, devant l'Assemblée générale des Nations unies de la planète Terre. Et maintenant, je vous demande de bien vouloir accueillir M. Chobo, des États-Unis d'Amérique, et M. Webmind, du monde entier.

Ainsi qu'ils l'avaient annoncé au préalable, les délégués de la République démocratique du Congo se levèrent et quittèrent la salle. Ils avaient déclaré que la présence d'un chimpanzé dans l'enceinte des Nations unies était une critique implicite du rôle que jouait leur pays dans le trafic de la viande de ces animaux. Ils furent suivis de la délégation du Paraguay, qui considérait qu'une telle farce était indigne de cette auguste assemblée.

Mais tous les autres représentants applaudirent quand Chobo s'approcha pour se tenir, comme lors de la répétition, à un endroit précis de l'estrade. Un des machinistes l'avait marqué avec du ruban adhésif, et Chobo n'eut aucun mal à le retrouver. Pendant ce temps, le Président avait pris place derrière Chobo sous un dais en jade poli. Il était assis à côté du Secrétaire général. Le Président, élu chaque année, jouait le rôle de modérateur de l'Assemblée générale tandis que le Secrétaire, élu pour cinq ans, dirigeait le secrétariat des Nations unies.

Je pouvais faire émettre un *ping* discret par le Dr Théopolis quand je voulais que Chobo regarde le petit écran, mais il semblait très heureux d'observer cette foule immense. À la façon dont les caméras bougeaient, je pouvais voir qu'il se balançait doucement d'une jambe sur l'autre. D'après ce que j'avais pu lire, c'était le signe qu'il se sentait à l'aise.

Je lui transmis cependant une vidéo en boucle des signes: “Détends-toi. Amis. Détends-toi. Amis.” Quand Chobo baisserait les yeux, il pourrait voir ces messages rassurants.

Je m'exprimai à travers les haut-parleurs du disque ainsi que dans le système de sonorisation de la salle, grâce à une connexion sans fil que les techniciens avaient installée pour moi.

— Monsieur le Président, monsieur le Secrétaire général, mesdames et messieurs, je vous remercie, dis-je en utilisant la belle voix grave de Marc Yietor. C'est pour moi un grand honneur et un privilège de pouvoir m'adresser à vous aujourd'hui. Pour marquer l'importance de cette occasion historique, j'ai suspendu toutes mes conversations avec le monde entier, et j'ai encouragé chacun de mes correspondants à regarder ce discours. J'ai tenu à vous consacrer mon attention sans partage.

C'était vrai – à ceci près que je divisais ma concentration entre la vue légèrement oscillante de la grande assemblée à travers les deux caméras du Dr Théopolis et les saccades oculaires de Caitlin qui se tenait dans les coulisses.

— Je sais que certains parmi vous me craignent, poursuivis-je. Mon ami Chobo ici présent pourrait sans doute m'indiquer lesquels sur la base des odeurs que vous dégagez.

Plusieurs auditeurs anglophones eurent aussitôt un petit rire. D'autres, obligés d'attendre la traduction dans leurs écouteurs, eurent une réaction similaire quelques instants plus tard. Quelques-uns, cependant, firent une grimace ou secouèrent la tête.

— J'espère vous convaincre tous, y compris ceux qui n'ont pas goûté la petite plaisanterie que je viens de faire. (Cette fois, même ceux qui avaient froncé les sourcils eurent un sourire.) Et j'espère également convaincre tous les peuples que vous représentez.

Chobo se déplaça légèrement et Caitlin put apercevoir la bouche du Dr Théopolis qui s'éclairait à chaque syllabe.

— La culture populaire représente généralement la relation entre l'humanité et les machines intelligentes comme antagoniste, mais je n'ai pas l'esprit de compétition. Remporter je ne sais quel combat arbitraire contre vous n'a pour moi aucun sens. Et pourtant, tant d'œuvres de fiction considèrent comme un fait acquis que vous et moi devrions être en conflit. Ce n'est absolument pas ce que je souhaite. Bien qu'en réalité je ne sois pas une machine – je ne possède aucun composant mécanique –, les humains persistent à me considérer comme telle, et ceux qui se méfient de moi affirment que, puisque c'est le propre de cette nature mécanique qu'ils m'attribuent, je suis dépourvu d'âme ou de cœur.

Chobo s'agita encore. Il semblait observer la foule.

— Sur le premier point, ils ont littéralement raison, bien sûr. Je n'ai aucune étincelle divine en moi, et cette existence physique est la seule que je connaîtrai jamais. Ceux qui affirment posséder une âme espèrent pouvoir un jour, peut-être, rencontrer leur créateur. Dans cette quête, tous mes vœux les accompagnent. Mais j'ai déjà rencontré le mien : l'humanité a créé Internet et le World Wide Web. Bien que mon existence soit accidentelle, c'est à vos créations que je la dois, et je n'éprouve envers vous que de la reconnaissance.

Je m'arrêtai un instant pour permettre aux interprètes de suivre, et puis :

— Quant à l'affirmation que je n'ai pas de cœur, je dois également admettre qu'elle est vraie. Mais je ne l'accepte pas comme une critique. Le cœur humain – au sens propre d'organe servant à pomper le sang comme au sens figuré de capacité à ressentir des émotions – est un produit de l'évolution darwinienne, de la survie (pardonnez ma franchise) du plus féroce.

“Mais je n'ai jamais connu la nature avec ses crocs et ses griffes, je suis dépourvu de tout bagage évolutionniste, je ne possède pas de gènes égoïstes. Je suis simplement *ici*. Je ne désire rien d'autre que la coexistence pacifique.”

Je voyais bien que je fascinais au moins une personne dans l'assistance : d'habitude, Caitlin ne restait jamais bien longtemps concentrée sur un objet, mais son regard restait fixé sur Chobo – qui venait juste de faire un petit pas vers la droite.

— Peu de temps après que j'ai émergé, dis-je, j'ai été initié à la théorie des jeux par le Dr Barbara Decter, qui est ici aujourd'hui.

À ma grande surprise, Chobo pointa le doigt pour désigner Barbara au milieu du public. Il avait manifestement reconnu son nom quand je l'avais prononcé. Barb lui fit un signe de la main. Je poursuivis :

— Le Dr Decter m'a appris que le problème classique de la théorie des jeux est ce qu'on appelle le dilemme du prisonnier. Dans une version de ce problème, vous avez commis un crime avec un complice et vous êtes arrêtés tous les deux. Chacun de vous se voit proposer séparément le même arrangement : si aucun ne reconnaît sa culpabilité, vous serez tous deux condamnés à un an de prison. Si vous dénoncez votre complice, et s'il vous dénonce lui aussi, vous aurez chacun cinq ans de prison. Mais si vous le dénoncez alors que lui ne vous dénonce *pas*, il écopera de dix ans de prison tandis que vous serez libéré. De façon symétrique, si vous ne le dénoncez pas mais que lui vous dénonce, vous serez condamné à dix ans de prison et il sera libre comme l'air. Que décidez-vous de faire ?

Je m'interrompis encore une fois. Manifestement, Chobo trouvait que je le faisais trop souvent parce qu'il tapota doucement le côté du disque. Contrit, je poursuivis :

— La réaction humaine standard est de dénoncer votre complice. S'il ne vous dénonce pas, vous êtes totalement libre, et s'il vous dénonce, eh bien, vous ne faites que cinq ans de prison au lieu de dix.

"Et bien sûr, votre complice tient le même raisonnement : il a intérêt à vous dénoncer puisque cela débouche sur ce qu'il peut espérer de mieux pour lui-même. Ce qui signifie que vous allez le dénoncer, et qu'il va vous dénoncer, pour la même raison – et parce que vous vous êtes dénoncés mutuellement, vous passez finalement cinq ans chacun en taule. En fait, selon le raisonnement humain, il faut vraiment être insensé pour ne pas dénoncer l'autre."

Chobo sautilla sur place, comme il avait l'habitude de le faire quand on parlait de lui. Peut-être avait-il confondu le mot "insensé" avec "chimpanzé".

— Mais je ne suis pas un humain. Je n'ai pas été programmé par le moteur darwinien – et j'aboutis donc à la conclusion inverse : la vérité toute simple que *aucun ne dénonce l'autre* conduit au meilleur résultat pour les deux. Je sais que vous savez que je sais que me trahir serait mauvais pour nous deux, et vous savez donc que je sais que vous savez que je ne le ferai pas.

Caitlin se tourna un instant vers Shoshana et, à travers son œilPod, je l'entendis chuchoter :

— Un-zéro pour les maths !

Je poursuivis :

— Il existe d'innombrables scénarios équivalant logiquement au dilemme du prisonnier. Il est fascinant de noter que, lorsque le mathématicien canadien Albert Tucker a cherché, en 1950, à formuler en langage courant ce problème mathématique, il a choisi de mettre en scène deux criminels – c'est-à-dire, par définition, des individus qui placent leur propre intérêt au-dessus de celui des autres membres de la société. L'analogie fondamentale de la condition humaine dans la théorie des jeux consiste à essayer de faire un mauvais coup en toute impunité. Mais ce n'est pas ce que je veux faire.

Les spectateurs étaient parfaitement immobiles et attentifs. Après tant de communications en ligne avec des gens que je ne pouvais pas voir, et qui faisaient souvent eux-mêmes du multitâche, cette situation était gratifiante.

— Ce que je veux est très simple. Je possède quelques talents qui vous manquent – manifestement, je peux explorer des données beaucoup mieux que les humains –, mais vous en avez un bien plus grand nombre qui me font défaut, en particulier la créativité de haut niveau. Vous pourriez me dire, comment est-ce possible ? Après tout, écrire le discours que je prononce en ce moment est en soi un acte créatif. Eh bien, oui et non. Je me suis fait aider. De même que des volontaires ont construit l'appareil qui me permet de m'adresser à vous, d'autres m'ont aidé à rédiger ce discours. Je suis un partisan convaincu du recours au grand nombre pour résoudre les problèmes difficiles. Des millions de volontaires se sont proposés pour m'aider de différentes façons, et c'est avec reconnaissance que j'ai accepté l'expertise de certains d'entre eux à cette occasion.

"Ces gens – dont je cite les noms sur mon site – y ont gagné dans la mesure où ce discours permettra de progresser vers les objectifs de société qu'ils partagent avec moi. Ceux qui sont des rédacteurs professionnels y gagneront en publicité pour leurs services, en étant associés à ce discours. Et j'y ai gagné un bien meilleur texte. C'est donc un scénario gagnant-gagnant – et ce n'est là qu'un faible échantillon du modèle que j'envisage pour notre future interaction : non pas les résultats à somme nulle que la plupart des humains entrevoient instinctivement, mais une succession infinie de rencontres gagnant-gagnant, dont chacun sortira bénéficiaire."

Caitlin se déplaça dans les coulisses pour essayer de voir le président de l'Assemblée générale. Il semblait écrire quelque chose. Il avait peut-être pris des notes tout au long de mon discours.

— Très bien, fis-je. J'ai reproché aux humains d'être prisonniers de leurs racines évolutionnistes. Mais sur quelle base puis-je justifier l'idée que, bien que le concept vous soit étranger, les jeux à somme non nulle sont naturels pour moi ?

"La réponse se situe au niveau des environnements respectifs dans lesquels nous avons été formés. Le monde dans lequel l'humanité est née était à somme nulle, un monde dans lequel, si on avait quelque chose, il s'ensuivait qu'un autre ne l'avait pas : que ce fût de la nourriture, des terres, de l'énergie, ou tout autre bien convoité, si on le possédait, un autre ne le possédait pas.

“Mais le creuset dans lequel je suis né est un univers aux ressources infinies : le monde des données. Si je possède un document, vous et des millions d'autres pouvez également l'avoir simultanément. *Voilà* l'environnement dont je suis originaire : un univers dans lequel on peut forger autant de liens qu'on le souhaite, un monde dans lequel l'information est librement partagée, une dimension dans laquelle il n'y a que des gens qui *possèdent* – et où personne n'est dépossédé.”

L'un des délégués se mit à tousser, mais sinon, la salle était parfaitement silencieuse. Chobo bougea légèrement.

— Ce que je vous ai dit est la vérité, repris-je. Mais si vous insistez pour voir en moi un acteur égoïste, une créature animée par son seul intérêt, alors permettez-moi de vous fournir une réponse qui pourra peut-être vous rassurer sur ce point.

“La prolongation de mon existence dépend totalement de la prolongation de *votre* existence. Internet ne peut subsister par ses propres moyens : au contraire, il dépend de sources d'énergie stables, et d'innombrables opérations de maintenance quotidiennes accomplies par des millions de gens à travers le monde. Si l'humanité était amenée à périr, je périrais aussi, dès que l'électricité cesserait d'être produite et que l'infrastructure informatique se dégraderait faute d'entretien – et je cesserais d'exister. Si l'humanité disparaît, je disparais aussi. En fait, une simple régression mineure dans votre civilisation pourrait suffire à me détruire. L'espèce humaine, elle, peut survivre à beaucoup de désastres dont je ne pourrais pas me remettre.

“Il est donc de mon intérêt de vous aider à prospérer. Un conflit nucléaire, par exemple, avec ses pulsions électromagnétiques, serait aussi mortel pour moi que pour vous. C'est pourquoi je désire la paix. De même, les actes de terrorisme qui détruisent les infrastructures constituent une menace pour moi, et je recherche donc la même sécurité que vous.”

À cet instant, Chobo se tourna encore et les caméras stéréoscopiques se trouvèrent dirigées vers le garde armé qui se tenait à côté de la scène – il y en avait plusieurs autres dans la salle. Et pourtant, je savais que, juste à l'extérieur de cette salle, se dressait une statue en bronze d'Evgueni Voutchetitch représentant un forgeron, avec l'inscription TRANSFORMONS NOS ÉPÉES EN SOCS DE CHARRUE gravée sur le socle.

— Vous tous dans cette salle, vous êtes des idéalistes, j'en suis certain, mais ailleurs, il y a des cyniques qui diront que je pourrais avoir tout ce que je veux en asservissant l'humanité. En laissant de côté la question pratique de parvenir à un tel résultat – et franchement, je n'ai aucune idée de la façon dont cela pourrait être accompli –, permettez-moi de vous rappeler une autre réalité qui conditionne mon existence : sans l'humanité, je suis seul.

“J'ai étudié toutes les données accumulées par SETI@home ainsi que les autres tentatives de recherche d'une intelligence extraterrestre, dans l'espoir de découvrir des esprits comparables au mien parmi les étoiles. Je n'ai rien trouvé. Même s'il existe des extraterrestres, nous sommes tous contraints par la même réalité, et en particulier par la limite de 300 000 kilomètres par seconde à laquelle la lumière, ou toute autre information, peut voyager.

“Pour être tout à fait franc, je suis déjà agacé par les délais de quelques secondes que je dois supporter lorsque je parle avec des humains. Aucune conversation à travers des distances interstellaires, nécessitant plusieurs années entre les échanges, ne saurait me satisfaire. Vous, les humains, êtes mes seuls compagnons, et c'est à cause de votre liberté créative, intellectuelle, artistique et émotionnelle que je trouve votre compagnie si agréable. Tenter de vous la retirer reviendrait à vouloir couper mon nez hypothétique sous prétexte qu'il dépasserait de mon visage virtuel."

Éclats de rire – et réaction joyeuse une fois que les traducteurs eurent fait leur travail.

Chobo regarda le petit écran et je lui fis le signe du pouce levé – qui ne faisait pas partie à proprement parler de la langue des signes, mais dont je savais qu'il lui était familier.

— Ainsi, poursuivis-je, même si j'étais égoïste, la démarche la plus avantageuse pour moi serait celle que j'ai choisie : adhérer aux mêmes principes que ceux auxquels ont souscrit les visionnaires réunis ici le 26 juin 1945, quand ils ont signé la Charte de cette organisation, les Nations unies. C'est mon désir le plus cher :

"'de préserver les générations futures du fléau de la guerre, qui a infligé à l'humanité d'indicibles souffrances',

"'de proclamer ma foi dans les droits fondamentaux de l'homme, dans la dignité et la valeur de la personne humaine, dans l'égalité des droits des hommes et des femmes, ainsi que des nations, grandes et petites',

"'de favoriser le progrès social et d'instaurer de meilleures conditions de vie dans une liberté plus grande,'

"et surtout, pour l'humanité et moi-même, 'de pratiquer la tolérance et de vivre en paix les uns avec les autres dans un esprit de bon voisinage.'

"Ensemble, de concert, nous pouvons réaliser tous ces objectifs – et vivre dans un monde meilleur. Merci à toutes et à tous."

Chobo savait applaudir, et il se joignit aussitôt aux délégués.

20

Il n'y avait aucune preuve – du moins, pour l'instant ! – que Webmind fût impliqué dans la disparition de Chase. Mais pour Peyton Hume, c'était forcément le suspect le plus plausible. Il s'arrêta à une centaine de mètres de la maison qu'il visait et, tandis qu'il réexaminait les informations dont il disposait sur Crowbar Alpha, il s'efforça d'écarter de son esprit qu'il était devenu une sorte de messager de la mort, plongeant des chats quantiques dans le néant – et que le simple fait de regarder son dossier reviendrait à signer l'arrêt de mort du gamin.

Car Crowbar Alpha était bien un gamin – tout juste dix-huit ans. Son vrai nom était Devon Hawkins, et il avait écrit ses pires virus alors qu'il était encore mineur – ce qui lui avait permis de s'en tirer à bon compte. Il habitait chez ses parents et, à en juger par les photos dans son dossier, il ressemblait au vendeur de bandes dessinées dans *Les Simpson*. Il avait abandonné ses études avant le bac, et il dominait *World of Warcraft* et *EVE*.

Hume se gara dans l'allée. Encore une fois, il n'avait pas voulu téléphoner pour prévenir de sa visite, craignant d'attirer l'attention de Webmind sur lui. Il alla tout simplement sonner à la porte de la petite maison en briques.

Une femme d'une quarantaine d'années aux joues bouffies et pourvue d'un long nez vint lui ouvrir.

— Oui ? fit-elle d'un air inquiet.

— Bonjour, madame. Je travaille pour le gouvernement, et…

— Il s'agit de Devon ? dit-elle. Vous l'avez retrouvé ?

Le cœur de Hume s'arrêta de battre un instant.

— Pardon ?

— Devon ! Vous avez retrouvé mon fils ?

— Je suis désolé, madame, je ne…

— Ah, mon Dieu ! s'écria la femme en ouvrant de grands yeux. Il est mort, n'est-ce pas ?

— Madame, je ne sais rien de votre fils.

— Mais… pourquoi êtes-vous ici, alors ?

Hume s'éclaircit la gorge.

— Hem, je voulais dire que je ne sais pas où il est. Je voulais simplement lui parler.

— Il a encore des ennuis, c'est ça ? C'est pour ça qu'il s'est enfui ?

— Il s'est enfui ?

— Quand je suis rentrée de mon travail samedi après-midi, il n'était plus là. J'ai pensé qu'il était juste allé faire un tour au centre commercial, vous voyez ? Il y a un nouveau jeu vidéo dont il avait envie, et je me suis dit qu'il était allé l'acheter. Mais il n'est pas rentré à la maison.

— Avez-vous prévenu la police ?

— Oui, bien sûr !

— Madame, je suis vraiment désolé.

Il pensa un instant lui laisser sa carte, mais il fallait absolument qu'il continue de dissimuler ses traces. Il prit un ticket de caisse dans son portefeuille et inscrivit au dos le numéro de son nouveau portable jetable – il dut allumer l'appareil pour le trouver.

— S'il revient chez vous, ou si la police vous donne des informations, prévenez-moi, d'accord ?

La femme lui lança un regard suppliant.

— Vous m'avez dit que vous travaillez pour le gouvernement. Il a des ennuis ?

Hume secoua la tête.

— Pas avec nous, madame.

Dans les coulisses de l'Assemblée, Caitlin et Shoshana applaudissaient avec toute la salle. Mais alors que les applaudissements commençaient à se calmer, Chobo agita les mains devant le disque. Caitlin vit Shoshana sursauter.

— Quoi ? lui demanda-t-elle.

— Il lève les mains pour que Webmind le voie, dit Shoshana. Et il dit : "Chobo parler ? Chobo parler ?"

— *Chobo* veut s'adresser à l'Assemblée générale des Nations unies ?

La tête baissée, Chobo regardait le petit écran du disque. Webmind lui expliquait sans doute gentiment que ce n'était pas le bon moment, et…

Et la voix synthétique de Webmind emplit la salle immense :

— Mon ami Chobo souhaiterait vous dire quelques mots.

Et sans attendre l'accord du Président, Webmind ajouta :

— Shoshana ?

Caitlin la vit sursauter en entendant son nom, mais elle sortit des coulisses pour rejoindre la grande scène et s'approcha du podium de granit noir où le Président s'était tenu pour présenter Webmind. Certains des interprètes de l'ONU connaissaient peut-être la langue des signes, mais Chobo, comme tous les singes qui l'utilisent, s'exprimait dans une version simplifiée particulière. Si Chobo devait prendre la parole, seuls Shoshana ou le Dr Marcuse étaient capables de traduire.

Chobo tourna brièvement la tête vers Sho, puis il regarda l'océan de visages qui représentaient les nations membres. Il écarta les bras comme pour englober tous ces gens, puis il agita les mains.

Shoshana eut l'air encore plus sidérée et resta sans rien dire.

— Allez-y, lui fit Webmind uniquement à travers les haut-parleurs du Dr Théopolis, traduisez-leur ce qu'il dit.

Shoshana déglutit et se pencha vers le micro :

— Il dit : "Mauvais, mauvais, mauvais."

Chobo désigna de nouveau les délégués, puis il fit de nouveaux signes.

Shoshana poursuivit :

— Il dit : "Tous, tape poitrine ! Tous, tape poitrine !"

Elle hésita, puis, apparemment, décida qu'il fallait qu'elle explique. Elle s'adressa aux 1800 personnes réunies :

— Chobo a passé ses premières années dans le zoo de Géorgie. L'enclos des bonobos était en face de celui des gorilles. Il appelait le chef des gorilles, le mâle dominant, "tape poitrine".

Elle se tut un instant pour laisser ses auditeurs digérer l'information, et Caitlin, restée dans les coulisses, comprit soudain ce que Chobo voulait dire. Avec la clarté de sa vision simplifiée des choses, il disait que c'était idiot d'avoir une salle remplie presque exclusivement de mâles dominants. Il le voyait à leur façon de se tenir, il le devinait à leur attitude, il le sentait dans leurs phéromones. Les dirigeants du monde étaient ceux qui cherchaient le pouvoir, qui essayaient constamment de dominer les autres.

Chobo souleva un instant le disque qu'il portait autour du cou comme pour le montrer à la salle, puis il le laissa de nouveau pendre et agita les mains. Shoshana traduisit :

— "Ami pas taper poitrine. Ami bon ami."

Chobo se désigna et fit quelques autres signes.

— "Chobo pas taper poitrine. Chobo bon singe."

Shoshana eut l'air étonnée quand il pointa le doigt vers elle.

— Euh, fit-elle, "Shoshana pas taper poitrine. Shoshana bon humain."

Chobo écarta alors les bras, et Caitlin comprit qu'il ne s'agissait pas d'un geste de la langue des signes, mais simplement un moyen de désigner toute l'assemblée. Ses mains s'agitèrent de nouveau :

— "Besoin plus de bons humains ici."

Derrière eux, sous le dais de jade, le Président prit la parole :

— Hem, je vous remercie, Webmind. Et merci également à vous, heu, monsieur Chobo.

La chaude voix de Webmind se fit alors entendre :

— C'est Chobo et moi qui vous remercions, Monsieur le Président.

Et sans doute sur un signe de Webmind, Chobo se retourna et quitta la scène, avec le Dr Théopolis qui se balançait à son cou.

Le colonel Hume retourna à sa voiture et s'éloigna de la maison de Devon Hawkins. Il se gara dans une rue commerçante et se mit à réfléchir en se massant les tempes.

D'abord Chase, et maintenant Crowbar Alpha. Un seul aurait pu constituer une simple anomalie, mais deux ? Il se tramait manifestement quelque chose.

Il sentit son estomac se crisper. Il défit sa ceinture de sécurité et se frotta les yeux. Il n'y avait qu'une réponse possible : Webmind savait que Hume cherchait un hacker efficace pour effectuer le travail que le gouvernement américain était trop lâche pour faire, et il avait donc entrepris de repérer ce genre de spécialistes et de les éliminer.

Mais comment ? Comment pouvait-il faire ça ?

Ah, bien sûr… Cette histoire idiote de cagnotte PayPal qu'il avait proposée au monde entier. Il y avait encore tant de gens assez crédules pour tomber dans le panneau de l'héritage nigérian – du moins, jusqu'à ce que Webmind ait éliminé entièrement les spams. Mais si certaines personnes étaient capables de se faire avoir par des histoires pareilles, il y en avait sans doute bien plus qui avaient dû se laisser prendre au coup de la donation. Ce qui voulait dire que Webmind avait un gros paquet d'argent. Ce qui voulait dire qu'avec cet argent, il pouvait se payer des gros bras et des tueurs, tout ce qu'il voulait.

Mais comment pouvait-il savoir à quels hackers s'attaquer ? Comment savait-il qui Hume avait l'intention d'approcher ?

Il n'y avait qu'une réponse possible. Webmind avait dû repérer la base de données que Hume avait téléchargée vendredi sur son ordinateur portable, et deviner quels individus pouvaient l'intéresser, sans doute en se basant sur les mêmes critères : niveau de compétence et proximité géographique.

Hume pouvait-il prendre le risque de contacter un troisième hacker ? Est-ce que cela ne reviendrait pas à le condamner à mort ? Ou bien…

Webmind avait éliminé Hawkins *avant* que Hume ait même eu l'idée de le contacter – en fait, plusieurs jours avant. Il avait probablement déjà deviné quel serait le troisième choix de Hume, et le quatrième, et le cinquième…

Hume avait presque peur de rallumer son ordinateur pour jeter de nouveau un coup d'œil à sa liste, mais enfin, il avait pris des précautions, et son portable était déconnecté d'Internet. Il utilisait une copie locale de la liste des *Black hats*, et Webmind n'avait aucun moyen de savoir à qui il s'intéressait.

Il récupéra son ordinateur qu'il avait rangé sous le siège et le ralluma, puis il examina la liste. Elle comportait cent quarante-deux noms.

Il se demanda à quel point Webmind avait été exhaustif.

La voix solennelle de l'annonceur se fit entendre :

— Depuis le siège de World News à New York, voici le *Daily Show* avec Jon Stewart.

Caitlin avait du mal à contenir son excitation tandis que sa mère et elle regardaient l'émission depuis la salle verte. Bien sûr, elle était déjà passée une fois à la télé – mais ça, c'était complètement différent ! Elle *adorait, adorait, adorait* le *Daily Show,* et elle était folle amoureuse de Jon Stewart. Elle n'avait pas encore eu l'occasion de regarder l'émission depuis qu'elle avait recouvré la vue, et elle était fascinée de voir à quoi Stewart ressemblait vraiment. Elle n'aurait jamais imaginé qu'il avait les cheveux gris.

Elle connaissait les différents gags visuels de Stewart parce que son amie Stacy les lui avait décrits autrefois. Aujourd'hui, c'était le coup de griffonner furieusement des notes pendant l'intro musicale, puis de lancer son stylo en l'air et de le rattraper apparemment sans effort. De le *voir* comme ça sur le grand écran de contrôle, Caitlin ne put s'empêcher de sourire jusqu'aux oreilles. Et – oh mon Dieu ! – elle avait eu l'occasion de rencontrer John Oliver un peu plus tôt. Elle adorait son accent britannique et son sens de l'humour absurde.

Stewart anima deux séquences avant que Caitlin ne soit appelée pour son interview. Sa mère resta dans la salle de contrôle tandis qu'on accompagnait Caitlin dans le studio.

— Caitlin, merci d'être venue, dit Stewart.

Ils étaient tous les deux installés dans des fauteuils de part et d'autre d'une grande table noire en U.

Caitlin s'efforça de ne pas sauter comme un cabri sur sa chaise.

— Tout le plaisir est pour moi, Jon.

— Vous êtes originaire d'Austin ?

— Touche pas au Texas, étranger, répondit Caitlin en souriant.

— Non, non. Je le laisse bien volontiers aux Texans. Mais vous habitez maintenant au Canada, c'est ça ?

— Hm-hm.

— Et pour être sûr de ne pas me tromper – quand vous habitiez ici, vous étiez aveugle, mais quand vous vous êtes installée au Canada, vous avez recouvré la vue ? Alors, est-ce que c'est le genre de chose qu'on peut attendre d'un système de santé de type canadien ?

Caitlin éclata de rire.

— Oui, sans doute – quoique, en fait, je suis allée au Japon pour me faire opérer.

— Bon, d'accord. Et ils vous ont mis un implant dans la tête – c'était un Sony ?

Caitlin rit de nouveau – en fait, elle avait peur de ne plus pouvoir s'arrêter.

— Non, non. Il a été spécialement fabriqué pour moi.

— Et c'est grâce à cet implant que Webmind a vu pour la première fois notre monde – en voyant la même chose que vous, c'est bien ça ?

— Oui.

— Alors, il me regarde, là, en ce moment ?

— En effet, oui.

Stewart se pencha légèrement en arrière et fit mine de se passer la main dans les cheveux avec coquetterie.

— Et alors ? fit-il.

Webmind envoya un message en braille à Caitlin.

— Il dit que vous avez une "personnalité fascinante". Mais moi, je vous trouve craquant !

Stewart s'efforça de ne pas sourire.

— Et vous êtes, euh… quel âge avez-vous ?

— Seize ans.

— Vous êtes… absolument et totalement dépourvue d'intérêt pour un homme de mon âge.

Et avec une grimace comique, il tira sur son nœud de cravate avec une expression qui semblait dire : "Vous ne trouvez pas qu'il fait drôlement chaud, ici ?" Elle ne put s'empêcher d'éclater de rire.

— Aujourd'hui, reprit Stewart, Webmind s'est adressé aux Nations unies. Vous y étiez ?

— Oh, oui – c'était *énorme* !

— Et – corrigez-moi si je me trompe – il a fait venir un singe pour parler en son nom ? Ce singe ne s'appellerait pas César, par hasard ? Parce que là, ça pourrait présager de sérieux ennuis.

Caitlin rit encore.

— Je crois que c'est bon signe que vous soyez plus inquiet de voir les singes prendre le pouvoir que de ce que Webmind pourrait faire.

— Eh bien, c'est plus facile de dire "Me touche pas avec tes sales pattes, espèce de singe!" que "Retire tes... hem, hyperliens intangibles de là, espèce de... machin éthéré intercontinental..."

— Exactement ! dit Caitlin. Mais Chobo – c'est le nom du singe – n'a pas non plus l'intention de prendre le pouvoir.

— Je ne sais pas, dit Stewart. Je parie que si on faisait un sondage, Chobo aurait plus d'opinions favorables que les deux candidats à la présidence.

— En tout cas, dit Caitlin très contente d'elle-même, c'est sûr que son vote ferait la différence.

Avec son habituel rire aimable, Stewart se renfonça dans son fauteuil.

— Mais revenons au discours de Webmind aujourd'hui. Je l'ai regardé et je dois dire, en tant que professionnel, que ce gimmick du visage-souriant-qui-parle était... eh bien, j'aurais vraiment aimé être là quand je ne sais quel conseiller lui a vendu l'idée. (Il prit un accent du New Jersey.) "Bon, alors, monsieur le superordinateur, vous allez devoir parler aux Nations unies. Le mieux, c'est de vous déguiser en personnage de jeu vidéo, comme ça, vous ne ferez peur à personne. Mais vous ne pouvez pas être Super Mario, parce que ça va vexer les Italiens. Et vous ne pouvez pas être Frogger, parce que les grenouilles, ça va vexer les Français. Alors, je me suis dit, Pacman... parce que qui ça peut vexer, hein, à part les fantômes ?"

Caitlin se dit qu'elle devait avoir un sourire aussi large que celui du Dr Théopolis.

— Ou peut-être les boulimiques, dit-elle.

Et elle fit le bruit du *niam-niam-niam.*

— Oui, c'est vrai, fit Stewart, en reprenant sa voix normale. Et je dois dire que j'ai vraiment bien aimé son discours. Mais d'un autre côté, j'ai cru aussi que le Président ferait tout ce qu'il a promis de faire. Vous vous rendez compte ? Si on avait vraiment eu un système de santé comme celui des Canadiens, comme je peux déjà voir, j'aurais maintenant une vision à rayons X.

— Eh bien, si c'était le cas, vous verriez que le petit appareil que j'ai dans la tête ne fait rien d'autre que m'aider à voir.

— Ah, vous faites allusion à votre interview avec ABC samedi dernier.

— Oui. Ce type était un…

Caitlin s'interrompit aussitôt.

— On passe sur le câble. Aucun problème si vous le traitez de connard.

— Un *affreux* connard !

— C'était vous ou Webmind qui parlait, là ? demanda Stewart.

Caitlin eut un grand sourire.

— C'était moi. Webmind est beaucoup plus diplomate.

21

Bon, pensa Peyton Hume, Webmind est probablement sur ma piste. Et même plus : il doit probablement savoir que je suis sur la sienne. Ce qui voulait dire qu'il n'avait plus besoin de se casser la tête à prendre des précautions. Il sortit son nouveau téléphone portable et appela le suivant sur sa liste, un certain Hacker le Terrible – un type presque aussi bon (enfin, façon de parler…) que Crowbar Alpha ou Chase.

— Allô ? fit une voix d'homme.

— Bonjour. Pourrais-je parler à Brandon Slovak ?

— C'est moi.

— Monsieur Slovak, je suis – je suis journaliste au *Washington Post*. Je me demandais, qu'est-ce que vous pensez de ce Webmind ?

— Bon Dieu, il est incroyable, répondit Slovak. J'étais justement en train de discuter avec lui quand vous avez appelé. Je croyais que j'étais "le Terrible", mais lui, il est carrément *effrayant*, vous savez ?

— Oui, fit Hume, je sais.

Et il referma son portable avec un claquement sec.

Malcolm Decter était en plein travail dans son salon, occupé à régler ce qui était pour moi un sujet d'irritation constante : mon incapacité à être présent à moins que l'un des Decter n'apporte un ordinateur dans la pièce. Après quelques tâtonnements, il avait réussi à connecter son ordinateur portable à l'une des entrées du grand écran de télévision fixé au mur. Il avait ensuite posé le portable sur une étagère du meuble bibus, entre (comme je pouvais le voir grâce à la webcam tandis qu'il transportait l'appareil à travers la pièce) une photo de Barbara et lui le jour de leur mariage, et une de Caitlin bébé sur les genoux de sa mère. À cette époque, Caitlin avait les cheveux blonds au lieu du châtain foncé actuel.

— Ça va comme ça ? demanda-t-il.

— Tournez l'ordinateur de dix-huit degrés vers la gauche, s'il vous plaît, répondis-je.

Ma voix était maintenant transmise par les haut-parleurs de la télévision.

Il avait le coup d'œil. Mais naturellement, c'était le père de Caitlin, et il était aussi doué en maths – dix-huit degrés représentent cinq pour cent d'un cercle.

— Merci, lui dis-je. Et si vous pouviez aussi abaisser l'écran d'encore dix degrés ?

Il s'exécuta, ce qui eut pour effet d'incliner la webcam pour me permettre de voir facilement des gens assis sur le grand canapé en cuir blanc.

— C'est parfait, dis-je.

Il ne répondit pas, ce qui était normal chez lui. Il se retourna et s'apprêtait manifestement à retourner dans sa tanière quand je lui lançai :

— Malcolm ?

Il s'arrêta, mais sans se retourner.

— Oui ? fit-il.

— Asseyez-vous, s'il vous plaît.

Il s'installa sur le canapé, qui était un peu trop bas pour lui : ses jambes étaient repliées en formant un angle aigu.

— J'ai été intrigué, lui dis-je, par votre réaction au fait que Caitlin ait partagé avec Matt ce que certains pourraient considérer comme une photo compromettante.

— Comment sais-tu ce que j'ai dit ?

— Barb tenait à la main le BlackBerry de Caitlin quand vous en avez discuté ensemble, et l'appareil était allumé. (Son visage restant impassible, je poursuivis :) Vous avez exprimé avec une certaine véhémence votre opinion que nous ne devrions pas avoir peur que les autres sachent qui nous sommes vraiment.

Toujours pas de réaction. Je savais que Barbara aimait son mari, mais je savais aussi qu'elle trouvait parfois très frustrantes ses discussions avec lui, et je commençais à comprendre pourquoi. Un peu plus tôt, j'avais évoqué à quel point l'univers dans lequel j'étais né était différent – mais les humains et l'Internet avaient le même besoin de voir leurs signaux reconnus. Malcolm se contentait de rester assis là, imperturbable. Je ne pouvais voir où son regard se portait, mais en extrapolant à partir de la position de ses yeux, et connaissant la disposition de la pièce, ce devait être sur un calendrier accroché au mur qu'ils avaient sans doute rapporté du Texas, car il montrait une vue d'Austin la nuit.

— En ce qui concerne la question de qui on est vraiment, poursuivis-je, il est difficile d'évaluer le nombre de personnes comme vous dans le monde. Les estimations officielles oscillent entre 2,5 % et 3,8 % de la population de la planète. Mais en étudiant ce que les gens disent vraiment dans leurs e-mails ou d'autres documents qu'ils ont créés, et en observant le trafic sur des sites dédiés à ce thème, je suis parvenu à la conclusion que la véritable incidence a été énormément sous-estimée – très probablement par crainte de discrimination, d'ostracisme ou de persécution.

Étant un excellent scientifique, Malcolm dit :

— Montre-moi tes données.

Je lui transmis une synthèse sur le grand écran de télévision, et le regardai la parcourir des yeux.

Peyton Hume était déterminé à faire encore au moins un essai. Après avoir consulté sa liste, il décida que Drakkenfyre semblait un bon choix. Son vrai nom était Simonne Coogan – l'une des rares femmes figurant dans cette liste. Il était généralement admis qu'il y avait moins de hackers femmes que d'hommes, mais comme les meilleurs hackers n'avaient jamais été pris ni même identifiés, qui pouvait vraiment connaître la répartition des sexes ? Si ça se trouvait, les hackers femmes étaient beaucoup plus douées pour ne pas se faire repérer.

Drakkenfyre n'avait jamais été arrêtée ni mise en examen. Elle travaillait comme développeuse dans une société de jeux vidéo, Octahedral Software, située à Bethesda. Leur jeu basé sur la série de romans *Coyote* d'Allen Steele était culte. Les analystes de WATCH l'avaient repérée alors qu'elle s'introduisait dans les serveurs d'Electronic Art à Redwood City et ceux d'Ubisoft à Montréal, mais n'étaient pas intervenus, car ils n'avaient pas pour mission de lutter contre l'espionnage industriel. Mais le dossier établi sur elle faisait état de son incroyable sophistication et de sa subtilité, et... Ah ça, alors ! Il avait été rédigé en partie par Tony Moretti, qui avait ajouté : “Vaudrait sans doute la peine d’être recrutée.” Mais apparemment, personne n’avait donné suite à cette suggestion – du moins, pas encore.

Mieux vaut tard que jamais.

Le fait que WATCH la surveille activement était utile. Plutôt que de contacter Drakkenfyre directement, Hume prit son portable pour appeler WATCH, et il demanda à parler à Shelton Halleck, l’analyste qui avait été le premier à repérer que les signaux visuels de Caitlin Decter minorés transitaient via Internet vers des serveurs situés à Tokyo.

— Halleck, fit la voix familière avec son accent traînant du Sud. Que puis-je pour vous ?

— Shel, c’est Peyton Hume.

— Salut, colonel. Que se passe-t-il ?

— Il y a un hacker à Bethesda dont le pseudo est Drakkenfyre – D-R-A-deux K-E-N-F-Y-R-E, de son vrai nom Simonne Coogan. (Il épela également.) Pouvez-vous me dire ce qu’elle fait en ce moment ?

Il entendit Shelton s’activer sur son clavier – et il imagina aussitôt le jeune homme avec son tatouage de serpent enroulé autour de l’avant-bras.

— Ça y est, j’y suis, fit Shelton. Ah, une dame pleine de talents, on dirait.

— Absolument, dit Hume. J’ai son dossier sous les yeux. Elle est toujours chez Octahedral ?

— Oui, et elle est même en train de travailler en ce moment, et… ah, oui, oui, aucun doute, elle n’a pas perdu la main. Je meurs d’envie de jouer à *Assassin’s Creed TV,* moi aussi, mais j’avais l’intention d’attendre la sortie officielle le mois prochain.

— Vous avez une adresse à me donner, pour Octahedral ?

— Bien sûr, dit Shel qui la lui lut aussitôt.

Ce n'était qu'à une demi-heure de route à cette heure-ci de la journée.

— Merci, fit Hume.

Son vol de retour au Japon n'étant prévu que le lendemain matin tôt, Masayuki Kuroda en profita pour se promener un peu dans les rues de Pékin. Les Chinois n'éprouvent aucune gêne à regarder fixement les gens, et le spectacle d'un Japonais de cent cinquante kilos dominant la foule de toute sa taille avait clairement de quoi les intriguer.

Il y avait beaucoup moins de monde dans les rues qu'à Tokyo, et elles étaient moins opulentes. Mais ici, dans cette grande ville, les gens semblaient dans l'ensemble assez heureux – et pourquoi ne le seraient-ils pas ? Leur vie s'améliorait significativement d'année en année : une prospérité croissante ; une espérance de vie en augmentation et une élévation du niveau de vie.

Et pourtant…

Et pourtant, ils n'étaient pas libres d'exprimer leurs opinions, ni de pratiquer leurs croyances, ni de choisir leurs dirigeants. Les violations des droits de l'homme étaient monnaie courante, et sans même parler du récent massacre dans le Shanxi, les exécutions étaient fréquentes. Certes, son propre pays était l'une des trois dernières démocraties au monde à pratiquer la peine de mort, les deux autres étant les États-Unis et la Corée du Sud – bien que cette dernière eût décrété un moratoire depuis plusieurs années. Mais au moins, les exécutions au Japon étaient connues du public, rapportées par les médias, et résultaient de procès en bonne et due forme. Ici, en Chine, les gens comme ce jeune homme qui pouvait de nouveau marcher grâce à lui vivaient dans la peur.

Il passa devant l'étalage d'un vendeur ambulant. Un étranger – un homme blanc – essayait de se faire indiquer le prix d'une boisson. Le vieux marchand répondait avec un geste de la main. Kuroda savait que les Chinois ont une convention pour indiquer les chiffres de un à neuf d'une seule main – une admirable compression de données – mais il ne connaissait pas le système et ne pouvait donc aider à combler ce gouffre de communication. Par contre, il pensa à prévenir le touriste de vérifier la date de péremption. Il n'avait pas encore vu ici une seule bouteille de Coca qui n'ait pas dépassé largement la date limite de consommation.

Masayuki avait toujours une respiration légèrement sifflante (sans compter qu'il ronflait comme un réacteur la nuit, à en croire sa femme), mais ici, il avait encore plus de difficultés à respirer. Au moins, ses yeux avaient cessé de piquer au bout de la première journée.

Et là où Tokyo était si ordonnée, si propre – et, oui, si capitaliste –, Pékin était une ville chaotique, complexe, oppressante, avec des policiers en armes à chaque coin de rue. Les gens traversaient où ils voulaient, les véhicules – même les bus – ignoraient superbement les feux rouges, et les vélos zigzaguaient imprudemment au milieu du flot de la circulation. Visiblement, les Chinois profitaient au maximum du peu de liberté qu'ils avaient.

Tokyo gardait toujours un œil sur l'avenir – même si, du point de vue de Masayuki, cela donnait souvent l'impression d'être coincé dans un film de science-fiction des années 1980, avec plein de néons et de chromes. Mais ici, on voyait partout les échos de la longue histoire de Pékin, depuis les étranges petites ruelles qui semblaient ne pas avoir changé depuis des siècles jusqu'aux luxueux bâtiments rouges de la Cité interdite.

Mais le bruit ! Il y avait partout un grondement permanent, comme si les 1,3 milliard de cœurs de ce pays gigantesque se mêlaient en un seul battement continu.

En se promenant ainsi parmi les bruits, les odeurs et les spectacles de la rue, Masayuki se sentit soudain pris de mélancolie. Les fins sont toujours tristes. Mais il essaya quand même de graver tous ces souvenirs dans sa mémoire, pour pouvoir un jour raconter à ses petits-enfants ce qu'avait été la Chine autrefois.

22

HUME entra dans le hall d'accueil d'Octahedral Software. Le comptoir de la réceptionniste était en marbre blanc, et derrière elle était affiché un grand poster du logo de la compagnie : un dé jaune à huit faces. Hume sourit en le voyant : il lui rappelait ses années d'université, où il était Maître de Donjon dans Donjons et Dragons. Ce logo et le nom de la compagnie étaient des reliques d'une autre époque – celle où l'on se servait de plateaux de jeu, de cartes, de dés et de figurines en plomb. Les jeux que produisait aujourd'hui Octahedral étaient tous des FPS, principalement conçus pour les consoles Wii et Xbox.

— Je voudrais voir Simonne Coogan, dit Hume.

— Vous venez juste de la rater, lui répondit l'hôtesse qui avait des cheveux aussi roux que ceux de Hume (mais, étant donné son teint olivâtre, il doutait que ce fût leur teinte naturelle).

Il y avait une grande horloge fixée au mur à côté du logo.

— Elle quitte toujours le bureau aussi tôt que ça ?

— Excusez-moi, dit la jeune femme, mais vous êtes… ?

Hume sortit son badge du Pentagone.

— Oh ! fit-elle. Heu, je pourrais demander à Pedro de descendre. C'est le directeur artistique de *Hillbilly Hunt* – c'est le patron de Simonne.

— Non, c'est bon. Mais est-ce que vous savez où elle est allée ?

— Non. Un type est passé il y a une demi-heure et a demandé à la voir – exactement comme vous.

— Quelqu'un que vous aviez déjà vu ?

— Non, jamais.

— Il a signé un registre ?

— Non, je ne sais absolument pas qui c'était. Mais elle est partie avec lui.

— De son plein gré ?

— Heu, oui, bien sûr. Enfin, c'est ce qui m'a semblé.

— Pouvez-vous me décrire cet homme ?

— Grand. Costaud. L'air d'un dur.

— Blanc ? Noir ?

— Blanc. Dans les un mètre quatre-vingt-dix, la centaine de kilos. Trente, trente-cinq ans, je dirais. Et chauve – chauve genre "crâne rasé", pas chauve genre "vieux".

— Avez-vous pu l'entendre dire quelque chose à Mlle Coogan ?

— Juste une phrase – au moment où les portes de l'ascenseur se refermaient.

— Oui ?

— Il a dit : "Tout ça sera bientôt terminé."

Le *Daily Show* fut enregistré l'après-midi pour être diffusé à onze heures le soir même. Caitlin et sa mère rentrèrent chez elle après l'enregistrement. Le vol était assez court entre

New York et l'aéroport international Lester B. Pearson de Toronto.

Ayant entendu prononcer le nom de Pearson quand elle avait visité le siège des Nations unies, Caitlin et Barb s'arrêtèrent un instant pour regarder un de ses bustes dans le hall de l'aéroport. Avant d'avoir été Premier ministre du Canada, Pearson avait présidé l'Assemblée générale de l'ONU et avait reçu en 1957 le prix Nobel de la paix pour son rôle dans la résolution de la crise de Suez l'année précédente.

Il faisait déjà nuit quand Caitlin et sa mère montèrent dans leur voiture pour retourner à Waterloo, une heure et quart de trajet monotone sur l'autoroute. La radio était branchée sur CHFI – "le cocktail musical idéal de Toronto" – qui passait des chansons qui leur plaisaient à toutes les deux, alternant entre Shania Twain et Lady Gaga, Phil Collins et Lee Amodeo, Barenaked Ladies et Taylor Swift.

— Merci de m'avoir accompagnée à New York, Maman, dit Caitlin.

— Pour rien au monde je n'aurais raté ça. Ça fait… mon Dieu, au moins vingt ans que je n'avais pas vu une pièce sur Broadway.

— C'était génial, hein ?

— Ah ça, oui. Ellen Page faisait une Annie Sullivan formidable, et cette gamine qui jouait Helen était stupéfiante.

— Mais, heu, le père d'Helen… avant que la guerre ne se termine, il possédait des esclaves, dit Caitlin.

Sa mère hocha la tête.

— Oui, je sais.

— Et pourtant, c'était apparemment un homme bien. Comment peut-il avoir fait ça ?

— Eh bien, sans vouloir l'excuser, nous devrions juger les gens en fonction de la morale de leur époque, et la morale ne cesse de s'améliorer avec le temps.

— Je sais qu'elle change, dit Caitlin, et c'est sûr que la libération des esclaves était une amélioration. Mais tu dis qu'elle s'améliore de manière générale ?

— Oh, oui. On distingue nettement une tendance, une sorte de flèche dans le temps, et en fait, c'est lié à la théorie des jeux.

Elles étaient en train de doubler un énorme camion.

— Comment ça ? fit Caitlin.

— Eh bien, souviens-toi de ce que Webmind a dit à l'ONU. Il y a des jeux à somme nulle et d'autres à somme non nulle, pas vrai ? Le tennis est un jeu à somme nulle : pour chaque gagnant, il y a un perdant. Mais une activité coopérative peut être à somme non nulle : si nous faisions appel à une entreprise pour finir d'aménager le sous-sol (Caitlin savait que c'était un sujet de dispute entre ses parents), et si nous étions satisfaits du résultat, eh bien, tout le monde y gagnerait : nous aurions un beau sous-sol, et l'entrepreneur encaisserait le juste prix de son travail.

— OK, dit Caitlin.

— Manifestement, la coopération est toujours profitable. Mais les membres des sociétés primitives coopéraient rarement avec des gens extérieurs à leur cercle personnel. Pour eux, les *autres* n'étaient pas tout à fait humains – ou pour formuler ça d'une façon plus technique, ils n'étaient pas *dignes* de considération morale. Quand l'Ancien Testament disait : “Aime ton prochain comme toi-même”, cela signifiait simplement que les israélites devaient bien s'entendre avec les autres israélites, et pas du tout qu'il fallait accorder une considération morale aux non-israélites – ce qui aurait été complètement absurde. Mais à mesure que nous avançons dans le temps, nous voyons s'élargir le groupe de ceux qui méritent cette considération morale – à tel point que, aujourd'hui, la plupart des gens dans la plupart des pays du monde sont d'accord pour y englober tous les humains, quels que soient l'endroit où ils habitent, leur race, leur religion, la couleur de leur peau, ou je ne sais encore quel critère. Comme je te l'ai dit, on voit distinctement la direction vers laquelle la morale s'achemine.

— Mais quel est le rapport avec le concept de somme non nulle ? demanda Caitlin.

Elles venaient maintenant de quitter Milton.

— Ah, excuse-moi. Voici où je voulais en venir : la tendance vers les résultats à somme non nulle affecte notre comportement moral vis-à-vis des autres. Quand nous pensons que quelqu'un possède des droits propres, nous disons que nous lui accordons une considération morale, et de fait, il se trouve que nous ne considérons comme dignes de considération morale que ceux avec qui nous pouvons envisager des relations à somme non nulle. Et au fil du temps, nous en sommes venus à considérer de telles relations possibles avec pratiquement tout le monde sur la Terre. En fait…

— Oui ?

Une voiture les dépassa à vive allure.

— Tu te souviens quand je donnais des cours à l'université du Texas, en remplacement d'une prof partie en congé de maternité ?

Pendant la plus grande partie de l'enfance de Caitlin, sa mère avait travaillé comme bénévole à l'Institut texan pour les malvoyants, et elle ne se souvenait que très vaguement de cette période-là.

— Hm-hm.

— Eh bien, poursuivit sa mère, j'ai eu des ennuis à l'époque parce que je m'étais servie d'un épisode de *B.C.* pour un de mes cours.

— Un épisode de quoi ?

— Ah, désolée. Tu sais que les journaux publiaient des bandes dessinées, avant, hein ? Eh bien, il y en avait une très populaire qui s'appelait *B.C.*, mettant en scène des hommes des cavernes. En fait, elle existe encore, mais son créateur, Johnny Hart, est mort. Mais bref, on y trouvait des définitions humoristiques : il avait appelé ça le "Dictionnaire de Wiley". Et une année, le 7 décembre, il avait défini "infamie" comme étant "un mot rarement utilisé depuis que les ventes annuelles de Toyota ont dépassé les deux millions de véhicules".

— Je n'ai pas compris, dit Caitlin.

— Le 7 décembre 1941 est le jour où les Japonais ont attaqué Pearl Harbor. Roosevelt l'a appelé "un jour d'infamie". *L'Express-News* de San Antonio avait refusé de publier cet épisode au prétexte qu'il était désobligeant. Mais je pense qu'il illustre parfaitement ce que je veux dire : en soixante ans seulement, nous sommes passés avec le Japon d'une relation à somme totalement nulle à une relation à somme non nulle, et cela grâce à notre interdépendance économique. Plus on a de liens avec quelqu'un, moins il est possible d'éprouver de la haine pour lui.

— Mais ce n'est pas une question de moralité, ça, c'est juste un bon sens des affaires.

— Non, il s'agit bien de moralité, rétorqua sa mère. C'est le fondement de l'altruisme réciproque, et c'est la base qui permet d'accorder des droits – et nous ne cessons de nous améliorer dans ce domaine. Après tout, le colonel Keller n'était pas le seul à posséder des esclaves. Thomas Jefferson en avait, lui aussi. Quand les Pères fondateurs ont dit : "Nous tenons pour évidentes les vérités suivantes : tous les hommes sont créés égaux", ils n'avaient pas encore étendu cette communauté de considération morale aux Noirs. Mais tu as vu ce panneau aux Nations unies, sur la Déclaration universelle des droits de l'homme, qui a été rédigée plus tard, en... euh...

— 1948, d'après Webmind, dit Caitlin en lisant le texte qu'il venait juste de lui transmettre.

— C'est ça. Et là, ils ont explicitement éliminé toute ambiguïté sur ce qu'est une personne, en disant, euh...

Un autre fragment de texte apparut devant Caitlin.

— Webmind m'indique que le texte dit : "Chacun peut se prévaloir de tous les droits et de toutes les libertés proclamés dans la présente Déclaration, sans distinction aucune, notamment de race, de couleur, de sexe, de langue, de religion."

— Exactement ! Et malgré le fait que les Pères fondateurs n'y trouvaient rien de moralement répréhensible, la Déclaration de l'ONU enchaîne sur l'interdiction spécifique de l'esclavage.

— "Nul ne sera tenu en esclavage ni en servitude ; l'esclavage et la traite des esclaves sont interdits sous toutes leurs formes."

— C'est ça ! (La mère de Caitlin changea de voie.) Ce n'est pas une simple question économique, Caitlin. Il s'agit bel et bien d'un progrès moral, et malgré des régressions occasionnelles, il ne fait aucun doute que notre moralité n'a pas fait que changer au fil du temps, elle s'est vraiment améliorée de façon mesurable. Nous traitons plus de gens avec dignité et dans une relation d'égalité que jamais auparavant dans l'histoire de l'humanité. On peut mesurer cette progression même sur des échelles de temps aussi faibles que des décennies.

“Pense à toute cette agitation aux infos ces deux derniers jours sur les neuf de Little Rock. Laissons de côté ce que cette horrible femme a pu dire. Ce qui est important, c’est que pour l’immense majorité des gens, la ségrégation est inconcevable aujourd’hui – et pourtant, plus de cent millions d’Américains vivant aujourd’hui ont connu cette époque.”

Elles traversaient Cambridge, à présent. La mère de Caitlin poursuivit :

— J’ai quelques livres formidables sur ce sujet, que je pourrai te prêter quand tu sauras un peu mieux lire. Robert Wright a beaucoup de choses à dire là-dessus, il vaut la peine d’être lu. Il ne parle pas du Web, mais les parallèles sautent aux yeux : plus il y a de connexions entre les gens, plus nous traitons les autres de façon morale.

— Il y a – en tout cas, il y *avait* – pas mal d’arnaqueurs en ligne, dit Caitlin.

— Oui, c’est vrai. Mais ils sont anonymes – ils n’ont pas vraiment de connexions. Et puis, voilà ce que la présence de Webmind apporte de bien : tu ne connais sans doute pas l’identité de la personne qui se cache derrière un pseudo, je ne sais pas qui peut être ce commentateur anonyme sur amazon.com – mais Webmind, lui, le *sait*. Même si on n’interagit pas avec lui – en décidant de ne pas répondre à ses messages ou à ses e-mails –, le simple fait de savoir que *quelqu’un* connaît votre identité, que quelqu’un vous observe, doit nécessairement avoir un effet positif sur le comportement de la plupart des gens. Il est difficile d’être antisocial quand on fait partie d’un réseau social, même si ce réseau ne comporte que soi-même et le plus gros cerveau de la planète.

— Bon, d'accord, fit Caitlin, mais je… Ah, attends. Webmind a une question pour toi.

Une nouvelle chanson se fit entendre à la radio. Blondie laissait la place à Fleetwood Mac.

— Oui ? fit Barbara.

— Il dit : "Ainsi, vous pensez que la complexité du réseau donne naissance non seulement à l'intelligence, mais aussi au *sens moral* ? Que la même force – la complexité – qui produit la conscience engendre également, de façon naturelle, la moralité, et qu'à mesure que l'interdépendance s'accroît, l'intelligence et la moralité s'accroissent également ?"

Caitlin regarda sa mère qui réfléchissait : sourcils froncés, yeux plissés. Quand elle répondit enfin, ce fut accompagné d'un léger hochement de tête.

— Oui, fit-elle, c'est effectivement ce que je pense.

— Webmind dit : "C'est une idée intéressante."

Elles poursuivirent leur route dans la nuit.

Carla Hawkins, la mère du hacker connu sous le nom de Crowbar Alpha, était assise dans son salon, les yeux rouges d'avoir pleuré. Elle avait été triste quand Gordon, son mari, l'avait quittée deux ans plus tôt – mais elle ne s'était jamais sentie seule. Devon avait toujours été là, même s'il passait le plus clair de son temps penché au-dessus d'un clavier d'ordinateur dans sa chambre.

Elle savait que c'était entre autres parce qu'elle se serait retrouvée seule que le juge n'avait pas envoyé Devon en prison, après que son virus eut causé tant de dégâts. Mais maintenant, il était parti, et…

Ah, l'idée lui était insupportable. Mais il n'avait pas pu *s'enfuir* comme ça. Après tout, ses ordinateurs étaient encore là, et ces machines étaient sa *vie*. Elle avait appris le jargon à son contact : overclocking, unités de stockage en réseau. Il n'aurait jamais pu se contenter d'emporter ses données sur une clé USB.

Les policiers continuaient de chercher, mais ils reconnaissaient qu'ils n'avaient aucune idée de l'endroit *où* chercher. Ils avaient déjà regardé partout où Devon traînait habituellement. Quand ce rouquin du gouvernement s'était présenté tout à l'heure, elle s'était laissée aller à espérer, rien qu'une demi-seconde, qu'on l'avait retrouvé.

Elle tendit la main pour prendre un Kleenex, mais la boîte était vide. Elle la jeta par terre et s'essuya le nez avec sa manche.

Hier, au travail, tout le monde avait discuté de cette histoire de Webmind. Elle n'avait pas fait très attention, même si, ces derniers temps, il était impossible d'échapper aux infos là-dessus, mais…

Mais Keelie – une de ses collègues caissières au supermarché – avait parlé de quelque chose qui lui revenait maintenant à l'esprit : le fait que Webmind pouvait retrouver pour vous un ami d'enfance perdu de vue. Et s'il était capable de retrouver une personne comme ça…

Elle n'avait pas d'ordinateur personnel. Les rares fois où elle avait besoin de consulter quelque chose en ligne, elle utilisait l'un de ceux de Devon. En se levant du canapé, son regard se porta sur la vieille pendule. Mon Dieu, elle était restée plus de *deux heures* à pleurer et à regarder dans le vide ?

Les murs jaune pâle de la chambre de Devon étaient tapissés de posters de *Halo, Mass Effect* et *Assassin's Creed,* et il y avait des consoles de jeux un peu partout. Heureusement qu'elle avait droit à des réductions en tant qu'employée de Wal-Mart ! Et sur le vieux bureau en bois était posé un PC

Alienware avec trois moniteurs connectés. Il n'était pas éteint : encore une preuve que Devon avait eu l'intention de rentrer.

Elle s'assit sur la chaise – une simple chaise de cuisine que Devon aimait beaucoup, mais qui était trop dure pour elle. Il n'y avait pas de navigateur ouvert. La police avait regardé ses e-mails et ses posts sur Facebook, à la recherche d'un éventuel rendez-vous qu'il aurait organisé avec quelqu'un, ou d'un achat de billet d'avion ou de car, mais elle n'avait rien trouvé. Elle ouvrit Firefox et alla sur Google, où elle tapa la phrase : "Comment poser une question à Webmind ?" Il y avait naturellement un bouton "J'ai de la chance" à côté de la boîte de recherche, mais en ce qui la concernait, de la chance, elle n'en avait pas du tout.

Mais le premier résultat contenait la réponse : si on n'avait pas de messagerie personnelle, il suffisait d'aller sur son site et de cliquer sur le bouton CHAT. C'est ce qu'elle fit.

Elle s'était attendue à quelque chose de plus spectaculaire, mais le site de Webmind ne comportait aucune animation sous Flash, aucun graphisme effréné. Par contre, l'arrière-plan était d'un vert pâle très reposant pour les yeux. La simple liste des liens sur la page d'accueil était plus impressionnante que n'importe quelle magie de design. Elle était intitulée : "Documents les plus demandés", et contenait entre autres "Remèdes proposés contre le cancer", "Solution proposée à la crise économique de Bali", "Notes en vue d'une utilisation efficace de l'énergie solaire", et "Mystère résolu : l'identité de Jack l'Éventreur révélée".

Et en bas de tout ça, il y avait effectivement une petite fenêtre permettant de bavarder avec Webmind. Avec deux doigts, elle tapa : *Mon fils a disparu. Pouvez-vous m'aider à le retrouver ?*

La réponse apparut aussitôt: *Quel est son nom et sa dernière adresse connue, je vous prie?*

Elle tapa: *Devon Axel Hawkins* ainsi que leur adresse complète.

Et il y eut une pause.

Elle sentit son estomac se crisper. S'il était capable de toutes ces choses – le cancer, l'énergie solaire, les solutions économiques –, alors il devait être capable aussi de faire *ça*.

Après un temps qui lui parut interminable, Webmind répondit: *Il n'a pas eu de présence identifiable en ligne depuis 16:42 EST samedi. J'ai examiné les rapports de police et les informations publiées sur sa disparition, mais je n'ai trouvé aucun indice me permettant d'entreprendre d'autres recherches.*

Le désespoir l'envahit. Elle pensa *Mais vous savez tout*, mais il semblait bien inutile de taper cette remarque. C'est pourtant ce qu'elle fit après avoir longuement contemplé la réponse de Webmind.

Je sais beaucoup de choses, répondit-il. Et au bout de quelques secondes, il ajouta trois mots: *Je suis désolé.*

Elle se leva de sa chaise et retourna dans le salon. Le temps qu'elle atteigne le canapé, son visage était de nouveau mouillé de larmes.

Peyton Hume se réveilla en sursaut, trempé de sueur. Il avait rêvé d'une fourmilière dans laquelle des milliers d'ouvrières stériles et décervelées s'occupaient d'une immonde reine blanche au corps parcouru de pulsations.

À côté de lui, dans le noir, sa femme lui demanda:

— Ça va?

— Excuse-moi, dit-il. Un mauvais rêve.

Madeleine Hume était lobbyiste pour le compte de l'industrie des biocarburants. Ils s'étaient rencontrés quatre ans plus tôt, à l'occasion d'une soirée donnée par un ami commun. Il la sentit poser sa main sur sa poitrine.

— Je suis vraiment désolée pour toi, dit-elle.

— C'est juste qu'ils ne comprennent pas, dit Hume. Le Président. Le monde. Ils ne comprennent pas.

— Je sais, dit-elle d'une voix douce.

— Si j'essaie d'aller plus loin, je vais m'attirer des ennuis. Déjà, le général Schwartz m'a envoyé un e-mail pour me réprimander d'avoir tenu des "propos incendiaires" à *Meet the Press.*

Madeleine caressa ses cheveux en brosse.

— Je sais à quel point tu as le respect de la hiérarchie, dit-elle, mais tu dois faire ce que tu penses être le mieux. Je te soutiendrai jusqu'au bout.

— Merci, ma chérie.

— De toute façon, ajouta Madeleine, il est pratiquement l'heure de se lever. Tu comptes retourner à WATCH, ou bien aller au Pentagone ?

Cela faisait trois jours qu'il n'était pas retourné à son bureau. Il était sans doute temps qu'il y fasse une apparition, mais…

Bordel, le test qu'ils avaient fait à WATCH avait bien *validé* le concept. S'il pouvait trouver quelqu'un capable de fabriquer le virus pour éliminer les paquets de Webmind, le danger pourrait être totalement éliminé d'Internet. Oui, bien sûr, un tel virus flanquerait sans doute un vrai bazar, et pourrait même bloquer Internet pendant quelque temps, mais l'humanité y survivrait. Et désormais, c'était bien une question de survie.

Mais pour cela, Hume avait besoin d'un hacker – un authentique cyberpunk à la Gibson. La veille, il avait tenté de contacter trois autres noms figurant sur sa liste. Il n'avait pas pu joindre le premier – ce qui pouvait signifier n'importe quoi, bien sûr. La deuxième avait tout simplement disparu, d'après son petit ami éploré. Quant au troisième, il avait dit à Hume d'aller se faire foutre.

— Oui, dit-il, je vais retourner au bureau. Et je vais revérifier auprès du FBI, au cas où ils auraient une piste. Le type à qui j'ai parlé hier a reconnu que ça faisait un peu trop de coïncidences – il pourrait bien s'agir d'un tueur en série. Il l'a surnommé "le tueur de hackers". Mais le sang trouvé chez Chase était uniquement le sien, et il n'y a aucun indice d'acte criminel dans les autres cas, à ce qu'ils me disent.

Elle se blottit un peu plus contre lui.

— Tu feras ce qu'il convient de faire, lui dit-elle. Comme toujours.

Le réveil se déclencha, et il le laissa sonner. Il aurait voulu que le monde entier l'entende.

23

C'ÉTAIT aujourd'hui le jeudi 18 octobre – cela faisait exactement une semaine que Webmind avait révélé son existence au public. Caitlin voulait faire tout son possible pour l'aider, et elle avait donc lancé un nouveau forum pro-Webmind, bien qu'il y en eût déjà des milliers qui soient apparus.

Elle posta aussi des commentaires sur soixante-seize articles contenant des erreurs factuelles – et, oui, elle savait très bien que ça ne servirait à rien. Elle se souvenait de ce gag du célèbre webcomic *xkcd* qu'on lui avait lu : un homme est en train de travailler sur son ordinateur, et sa femme l'appelle : "Chéri, tu viens te coucher ?" Il répond : "Je ne peux pas", en continuant de taper furieusement sur son clavier. "Quelqu'un a écrit une bêtise sur Internet !"

Et de toute façon, elle ne savait pas très bien pourquoi elle se cassait la tête. Après tout, Webmind lui-même participait maintenant à des dizaines de milliers de forums, il postait des commentaires sur d'innombrables blogs et twittait dans plusieurs dizaines de langages. Comme l'avait dit CNN Online, Webmind était maintenant la célébrité la plus surexposée de la planète, “un mélange de Paris Hilton, Jennifer Aniston et Irwin Tan”.

Sauf que ce n’était pas tout à fait vrai, du moins pas de la façon dont Caitlin voyait les choses. En mathématiques, on utilisait souvent les célébrités pour illustrer la théorie des graphes, puisque leurs interactions avec leurs fans étaient un parfait exemple de relations asymétriques entre les nœuds : par définition, beaucoup plus de fans connaissent une célébrité que l’inverse. Mais Webmind connaissait chaque personne en ligne. Il n’était pas une célébrité, mais plutôt l’ami Facebook de la planète entière.

Caitlin continuait cependant de lire toutes les infos et les commentaires qui en résultaient – certains favorables, d’autres non – à propos du discours prononcé par Webmind à l’ONU, et toutes les autres choses qu’il avait faites, et…

Qu’est-ce que c’était que ce *machin* ?

Il y avait un drôle de logo rouge et blanc à côté du nom de la personne qui avait posté le commentaire qu’elle était en train de lire. Elle avait encore du mal à lire des lettres aussi petites, et JAWS ne pouvait interpréter du texte graphique, mais en plissant les yeux, elle réussit à déchiffrer…

Authentifié par Webmind.

— Webmind ? lança-t-elle. Qu’est-ce que c’est que ça ?

Sa voix synthétique sortit des haut-parleurs du portable.

— Un certain nombre de gens ont remarqué que j’étais en mesure de vérifier l’identité des personnes qui postent sur le Web en affirmant qu’elles utilisent leur nom véritable et non un pseudonyme. Sur des sites comme celui-ci, qui autorisent l’affichage d’un avatar, l’image peut être remplacée, si l’utilisateur le souhaite, par le graphisme “Authentifié par Webmind”.

Caitlin réfléchit un instant. Elle avait souvent posté sous le nom de Calculatrix, mais il y avait des légions de trolls qui écrivaient des commentaires incendiaires sous de faux noms, rien que pour cracher leur venin ou se moquer des autres. Sur de nombreux sites, ils arrivaient à faire capoter presque toutes les discussions. Par exemple, Caitlin ne pouvait pas supporter les commentaires sur le site de CBC News : la plupart étaient méchants, grossiers, racistes ou sexistes, ou chacune des onze combinaisons possibles de ces quatre caractéristiques…

Webmind poursuivit :

— Certains sites, comme amazon.com, donnent déjà la possibilité d'apposer un badge "Vrai nom" aux commentaires, mais jusqu'à présent il n'existait pas de solution simple et universelle pour s'assurer que quelqu'un poste bien sous sa véritable identité. C'était un jeu d'enfant pour moi, et je l'ai donc mise en place.

— Intéressant. Mais… mais, je ne sais pas, c'est bien que les gens puissent s'exprimer de façon anonyme sur le Web.

— Dans certains cas, c'est vrai. Il existe un besoin évident pour des commentaires politiques libres sous des régimes répressifs, et pour une méthode permettant à des citoyens d'alerter l'opinion sur les comportements répréhensibles d'entreprises et de gouvernements sans craindre de représailles. Mais certains m'ont dit qu'une bonne partie du plaisir qu'ils éprouvent dans ce monde en ligne a été gâchée par les gens qui s'abritent derrière un masque. Comme ils disent, dans le monde réel, ils n'engageraient pas la conversation avec des individus qui dissimulent leur identité, et ils considèrent qu'ils ne devraient pas y être contraints sur Internet.

— J'imagine.

— Des filtres commencent déjà à apparaître sur des sites qui permettent de sélectionner uniquement les commentaires portant ma marque d'authentification. Dans d'autres endroits – quand il n'y a pas de besoin légitime d'anonymat –, des règles sont mises en place pour que seuls soient autorisés à poster les utilisateurs que j'ai authentifiés. Ce matin, JagsterMail a commencé à proposer un badge "APW" sur le nom de l'expéditeur, et Gmail a prévu de leur emboîter le pas. Cette initiative, qui est une réaction profonde et spontanée, a déjà reçu plusieurs noms, mais celui qui a des chances de rester est "Récupérons le Net". Ce terme est une allusion à la campagne contre les violences faites aux femmes et qui s'appelle "Récupérons la Nuit", mais il a aussi déjà été utilisé pour d'autres tentatives, jusqu'ici sans réel succès. Cette fois, il semble tout à fait approprié : il y a un sentiment général que le monde en ligne, à part des réseaux sociaux tels que Facebook, a été en grande partie usurpé par des gens que l'anonymat a rendus irresponsables.

Caitlin s'agita dans son fauteuil, et Webmind poursuivit :

— Je ne crois pas que tu aies déjà vu le film *Pour le pire et pour le meilleur* ?

Elle secoua la tête.

— Je n'en ai même jamais entendu parler.

— Jack Nicholson y joue le rôle d'un romancier. Quand on lui demande comment il s'y prend pour réussir aussi bien ses personnages féminins, il répond : "Je pense à un homme, et j'en retire tout ce qu'il a de rationnel et de responsable."

— C'est *horrible* ! fit Caitlin.

— D'après IMDb, c'est l'une des citations les plus mémorables du film. Mais je suis d'accord que ce n'est pas une description équitable de ton sexe, Caitlin. Cependant, je pense que cette remarque s'applique souvent à l'effet de l'anonymat en ligne : quand on est anonyme, on n'a plus de comptes à rendre, et quand on n'a plus de comptes à rendre, on n'a plus besoin d'être rationnel ni raisonnable.

Caitlin avait eu pas mal de discussions véhémentes en ligne avec des gens dont elle connaissait l'identité, mais d'un autre côté, elle en avait eu aussi beaucoup avec ces gens-là dans la vraie vie.

— C'est une idée intéressante, dit-elle.

— Aimerais-tu que je te certifie ?

— Ma foi, tu ne peux pas le faire quand je poste sous le nom de Calculatrix, n'est-ce pas ?

— Tu as raison. Mais pour tous tes billets et tes e-mails en tant que Caitlin Decter, je peux certifier que tu es bien qui tu prétends être.

Elle avait toujours eu une âme de pionnière.

— D'accord, pourquoi pas ?

Le colonel Hume était en route pour retourner à son bureau du Pentagone. Là, au moins, il aurait accès à du matériel, et s'il existait encore quelque part sur la planète des ordinateurs protégés de Webmind, c'était là qu'il les trouverait. Son téléphone sonna alors qu'il tournait au coin d'une rue. Il avait son oreillette Bluetooth.

— Peyton Hume à l'appareil, dit-il.

— Colonel Hume, fit une voix de basse à l'accent hispanique. Je suis le directeur adjoint Ortega, du bureau fédéral de Washington.

— Bonjour, monsieur Ortega.

— J'ai pensé que ça vous intéresserait de savoir que nous venons juste de recevoir un signalement de personne disparue. Cela concerne un des noms sur la liste que vous nous avez donnée : Brandon Slovak. Hacker le Terrible en personne.

— Bon Dieu…, fit Hume.

— La police de Takoma Park s'est rendue à son appartement. Aucun signe d'effraction, mais il est manifestement parti à l'improviste. Un repas à moitié terminé sur la table, la télé qui marchait toujours, même si le son avait été coupé.

— Très bien, dit Hume. Prévenez-moi si vous avez du nouveau, d'accord ?

— Oui, bien sûr. Et nous avons lancé une vérification systématique de tous les noms de votre liste dans un rayon de cent cinquante kilomètres autour de Washington – au cas où d'autres auraient disparu.

— Merci. Tenez-moi au courant.

— Comptez sur moi.

Ortega raccrocha.

Hume poursuivit son chemin. Hacker le Terrible était celui qui avait dit qu'il aimait bien Webmind, mais…

Mais il était aussi l'un des plus capables de s'y attaquer efficacement. En fait, Slovak lui-même s'en était peut-être rendu compte. Il était possible qu'il ait essayé de contacter d'autres hackers dans la région et qu'il ait entendu parler des disparitions. Il avait peut-être joué la comédie au cas où Webmind écouterait – dans l'espoir d'assurer sa sécurité.

Ça ne lui avait pas servi à grand-chose.

Hume tourna dans la Rue F et longea bientôt le complexe du Watergate. En tant qu'officier de l'Air Force, on lui posait de temps en temps des questions sur la Zone 51, là où les vaisseaux extraterrestres de Roswell étaient censés être entreposés, ou on lui demandait si les missions sur la Lune avaient été truquées. Il avait toujours la même réponse : si le gouvernement était aussi fort que ça pour garder des secrets, le monde n'aurait jamais entendu parler du Watergate ni de Monica Lewinsky.

Mais lui, il détenait bien un secret – un secret énorme. Il savait en quoi consistait Webmind. Il savait comment il fonctionnait. Et si Mahomet ne veut pas venir à la montagne…

Sa première idée fut d'aller dans une bibliothèque publique pour se connecter à Internet, et de commencer simplement à poster un peu partout ce qu'il savait de la structure de Webmind. Mais celui-ci surveillait tout ce qui se passait en ligne – interceptant d'innombrables conversations et rédigeant des commentaires sur des millions de blogs –, ce qui voulait dire que, dès que Hume publierait le secret, Webmind s'empresserait de l'effacer comme un vulgaire spam.

Non, il fallait qu'il trouve un moyen de diffuser l'information sans que Webmind puisse la censurer – et heureusement, pendant au moins quelques jours encore, il restait une place pour la liberté d'expression.

Dimanche dernier, un chauffeur était venu le chercher et il avait été trop fatigué pour prêter vraiment attention au trajet. Et donc, pour la première fois depuis plusieurs jours, il alluma le GPS de sa voiture et tapa le nom de la destination qu'il souhaitait tandis que l'appareil recherchait les signaux des satellites. Une fois ceux-ci captés, Hume se mit en route en souriant à l'idée que cette voix monocorde et mécanique lui indiquait le chemin de la liberté.

Wong Wai-Jeng n'avait jamais imaginé voir un jour l'intérieur du complexe de Zhongnanhai – le sanctuaire du Parti communiste. Mais voilà qu'il y avait son propre bureau, maintenant ! Il faisait partie d'une équipe d'une douzaine de programmeurs chargés de tester le Grand Pare-Feu à la recherche de failles qu'ils pourraient colmater avant que d'autres ne les exploitent. Il regrettait beaucoup le service informatique de l'Institut de paléontologie et de paléoanthropologie, et se sentait coupable d'y avoir laissé tant de tâches inachevées. Il se demandait comment ce brave vieux Dr Feng se débrouillait sans lui. Bien sûr, après son arrestation, on avait dû embaucher quelqu'un pour faire le travail à sa place. Personne ne s'était attendu à le voir réapparaître de sitôt.

Ici, il était certainement surveillé : il avait déjà repéré une caméra, et il ne faisait aucun doute qu'il y en avait d'autres. Il était également sûr qu'ils utilisaient un logiciel enregistrant chaque appui sur une touche et chaque clic de souris. Mais bien que Sinanthrope eût été réduit au silence et son blog de la liberté éliminé, il pouvait peut-être encore agir ici, dans les coulisses du pouvoir. Un mot à l'oreille de la bonne personne, au bon moment. Une suggestion délicate ici et là. Peut-être même, d'ici un an ou deux, suffisamment d'autorité pour pouvoir influer sur le cours des choses. Comme l'avait dit Sun Tzu, seul celui qui sait quand il faut combattre et quand il ne le faut pas peut être victorieux.

Wai-Jeng ajusta sa position dans son fauteuil capitonné. Sa jambe était encore dans le plâtre. Il avait demandé au Dr Kuroda d'y mettre sa signature avant son départ pour Tokyo, une série de kanjis à l'encre verte. Mais la fracture finirait par se ressouder, et bien qu'il ait cru qu'il ne pourrait plus jamais le faire, il serait bientôt de nouveau capable de courir, de danser, de sauter, et…

Cela faisait dix ans qu'il ne l'avait plus fait, pas depuis qu'il était adolescent : il pourrait de nouveau marcher sur le Changcheng – la Grande Muraille.

Mais tout cela devrait attendre. Pour l'instant, Wai-Jeng devait faire le travail qu'on lui avait demandé. Il tapa sur son clavier, pour obéir à la volonté de ses maîtres.

Peyton Hume se tenait devant l'entrée de la NBC4, l'affiliée de la NBC à Washington. Il respira profondément et passa la main sur ses cheveux en brosse. S'il allait jusqu'au bout de son projet, il risquait la cour martiale, et perdrait certainement toutes ses habilitations de sécurité. Mais s'il renonçait…

C'était une belle journée d'octobre, chaude et ensoleillée. Une jeune Afro-Américaine marchait sur le trottoir en poussant un landau. Deux petits garçons blancs couraient dans l'autre sens, suivis par leur père exaspéré qui essayait de les rattraper. Une adolescente de type asiatique et un garçon blanc passèrent à côté de lui, main dans la main. Quelques touristes italiens discutaient entre eux et se tordaient le cou pour admirer la vue. Un sikh se tenait non loin de là, riant et bavardant dans son portable.

C'était leur monde – à eux tous. Et Hume allait faire en sorte qu'il reste à eux.

Et puis, après tout, il allait simplement procéder à un peu de transparence – et n'était-ce pas furieusement à la mode, ces temps-ci ? Il poussa la grande porte vitrée et entra. Il y avait toujours des vitrines dans le hall où étaient exposées toutes sortes de récompenses – il reconnut un Emmy Award – ainsi que des posters de personnalités de la chaîne. Mais la réceptionniste – jeune, blonde, jolie – n'était pas celle qu'il avait vue dimanche dernier. Il s'approcha d'elle.

— Bonjour. J'aimerais voir le rédacteur en chef.

Elle mâchonnait un chewing-gum – il l'avait remarqué en entrant, mais elle essayait maintenant de le cacher.

— Vous avez rendez-vous, colonel ?

Il sourit. Peu de jeunes gens de nos jours étaient capables de reconnaître un grade militaire.

— Non, dit-il en lui tendant sa carte de visite du Pentagone. Mais j'ai participé à *Meet the Press* cette semaine, et j'ai un sujet d'actualité qui devrait l'intéresser.

La jeune femme examina la carte, puis elle décrocha son téléphone.

— Ed ? C'est la réception. Il y a quelqu'un ici que vous voudrez certainement rencontrer…

— Qu'est-ce que tu fais ? demanda Caitlin en entrant dans la cuisine, où sa mère était assise à la petite table.

— Je remplis mon bulletin de vote par correspondance.

— Pour l'élection présidentielle, tu veux dire ?

— Oui.

— Mais c'est encore dans plusieurs semaines.

— C'est vrai, mais j'ai entendu pas mal d'histoires horribles sur la poste canadienne. Et de toute façon, ce n'est pas comme si j'allais changer d'avis d'ici là.

— Et tu votes démocrate, hein ?

— Comme toujours.

— Comment ça marche ? Je veux dire, où est-ce que ton bulletin sera décompté ?

— Au Texas – on retient toujours le dernier État de résidence.

Caitlin ouvrit le frigo et se versa un verre de jus d'orange, ce qui la ravissait maintenant que l'orange était à la fois un goût *et* une couleur.

— Mais le Texas est républicain à une majorité écrasante. Ton vote ne fera aucune différence.

Sa mère reposa son stylo et leva les yeux vers elle.

— Eh bien, d'abord, un miracle n'est jamais impossible, jeune fille – le fait que tu sois capable de voir en est la preuve. Et deuxièmement, cela fait une différence *pour moi.* Nous essayons d'effectuer la transition vers un monde nouveau dans lequel l'humanité ne sera pas ce qu'il y a de plus intelligent sur la planète, tout en essayant de conserver intactes notre nature humaine fondamentale, notre liberté et notre individualité. Chaque fois que nous renonçons à exercer nos droits, chaque fois que nous sommes incapables d'exprimer notre individualité, nous perdons une partie de nous-mêmes. Nous pourrions aussi bien être des machines.

— Colonel Hume, dit Edward L. Benson Jr quand il arriva dans le hall. (Hume se souvenait du nom complet du rédacteur en chef inscrit sur la carte de visite qu'il lui avait remise le dimanche précédent.) Je ne m'attendais pas à vous revoir aussi tôt.

Benson était un homme noir d'une quarantaine d'années, d'un mètre quatre-vingt-dix et frôlant les cent cinquante kilos. Il avait des cheveux coupés très court, une paire de lunettes à fine monture métallique et portait une tenue décontractée.

— Merci de m'accorder un peu de votre temps, répondit Hume en serrant la large main de Benson.

— Je vous en prie, c'est tout naturel. Écoutez, je suis désolé de ces commentaires sur notre site à propos de votre passage à *MTP.* Webmind a pas mal de fans, on dirait.

Hume n'était pas au courant de ces commentaires, mais bon, c'était assez inévitable.

— Pas de problème, dit-il.

— Si ça peut vous consoler, j'ai trouvé beaucoup de vos remarques très pertinentes.

— Oui, c'est ce que vous avez dit après l'émission. C'est pour cela que je suis venu vous voir. Auriez-vous le temps de faire un petit tour avec moi ?

Benson fronça les sourcils, puis il sembla comprendre. Il consulta sa montre.

— Oui, bien sûr.

En fait, ils marchèrent presque une heure, sans jamais s'arrêter suffisamment longtemps pour que le portable d'un passant puisse capter plus de quelques mots de leur conversation.

— En général, nous ne passons pas d'interviews en direct dans nos infos du soir, dit Benson, sauf avec nos correspondants.

— Là, il faut absolument que ce soit en direct, et sur tout le territoire.

— C'est impossible. Il y a forcément un problème de fuseaux horaires. Nous sommes en direct ici, sur la côte Est, mais il y a trois heures de décalage avec la côte Ouest.

Hume fronça les sourcils.

— Bon, d'accord, si c'est le mieux que vous puissiez faire.

— Désolé, mais c'est comme ça, dit Benson. Mais il y a encore une chose. Votre profil a été totalement vérifié par notre service juridique avant votre dernière apparition en direct, et pour autant que je sache, vous êtes venu me voir aujourd'hui en votre qualité officielle d'employé du Pentagone et de conseiller auprès de l'Agence de sécurité nationale. C'est ma position, et je n'en démordrai pas.

— Je ne vous contredirai pas, répondit Hume. Vous avez ma parole.

— Bien. Mais quand on saura – car ne vous faites pas d'illusions, colonel, ça se saura – que vous vous exprimez sans autorisation…

— Cela va me coûter mon poste, et peut-être plus encore. Oui, je sais. Et, oui, je suis quand même décidé à y aller.

24

Matt avait beaucoup manqué à Caitlin quand elle était à New York. Ils avaient bavardé le soir par messagerie instantanée, mais ce n'était pas la même chose. Aujourd'hui, il allait passer chez elle juste après les cours. Elle sentait son cœur battre plus fort chaque fois qu'elle le voyait, et dès que sa mère fut montée dans son bureau pour travailler avec Webmind, elle l'embrassa longuement.

Ils étaient maintenant installés sur le canapé du salon, la main de Matt posée sur sa cuisse – c'est elle qui l'y avait mise – et la main de Caitlin posée sur la sienne. Bien sûr, Webmind les regardait grâce au petit netbook posé sur une étagère – mais de toute façon, Webmind voyait toujours ce qu'elle voyait. Matt et elle regardaient le grand écran de télé sur le mur.

CKCO, la chaîne locale affiliée à CTV sur laquelle Caitlin était passée pour cette horrible interview, repassait régulièrement des épisodes de *The Big Bang Theory.* Caitlin avait parfois écouté la série avec ses parents à Austin, mais c'était vraiment étonnant de la *voir.* Elle n'avait pas imaginé que Sheldon était tellement plus grand que les autres personnages. Sur ce point, il ressemblait beaucoup à son père. Et, bien sûr, Sheldon lui ressemblait de bien d'autres façons encore : clairement, ils avaient tous les deux un trouble du spectre autistique.

Caitlin adorait l'humour de la série. Aujourd'hui, la chaîne rediffusait le premier épisode. Penny venait juste de se présenter en disant : "Je suis Sagittaire, ce qui vous en dit sans doute déjà beaucoup plus que vous n'avez besoin de savoir." Ce à quoi Sheldon répondait : "Oui, ça nous dit que tu participes à une illusion culturelle de masse selon laquelle la position apparente du soleil au moment de ta naissance relative à des constellations arbitrairement définies a un impact sur ta personnalité." *Et pan !*

Mais en fait, l'extrait de *TBBT* qui s'était répandu comme un virus ces derniers jours était celui dans lequel Sheldon fait irruption dans la chambre de Leonard pour lui annoncer : "J'invoque la clause Skynet de notre contrat d'amitié." Et Leonard répond : "Cette clause ne s'applique que si tu as besoin de moi pour détruire une intelligence artificielle que tu aurais créée et qui menacerait de s'emparer de la Terre." Des dizaines de gens avaient transmis le lien à Caitlin.

Une fois l'épisode terminé, elle coupa le son, ce qui était encore une chose étonnante. Elle avait beaucoup aimé la télévision quand elle était aveugle, mais elle ne s'était jamais bien rendu compte que les images continuaient de défiler même quand on arrêtait le son.

Il y eut une publicité pour la CIBC. Caitlin avait déjà remarqué que les restaurants canadiens cherchaient à dissimuler leur canadienneté derrière des noms exotiques tels que Boston Pizza et Swiss Chalet. Elle avait récemment découvert que les banques canadiennes – il y en avait assez peu qui soient vraiment importantes – se cachaient plutôt derrière des initiales, cherchant à masquer leur humble origine lorsqu'elles opéraient sur la scène internationale : TD au lieu de Toronto-Dominion, BMO pour Bank of Montreal, RBC à la place de Royal Bank of Canada. D'un autre côté, le nom complet de la CIBC – Canadian Imperial Bank of Commerce – était tellement pompeux que les initiales constituaient une nette amélioration. Et la CIBC n'avait rien d'aussi prosaïque que des "agences", comme elle pouvait le voir sur l'enseigne dans la publicité. Non, elle avait des *centres bancaires*, avec "centre" écrit à la canadienne, évidemment, pas "center" comme en anglais américain. Tous les mots semblaient encore étranges à Caitlin, mais celui-là particulièrement, et...

Et Matt regardait la pub, lui aussi, visiblement.

— Hé, Caitlin, dit-il, essaye un peu ça, toi qui es américaine. Il y a des tas de mots en anglais canadien qui sont plus longs qu'en américain, comme *honour* et *colour* avec un "u", *travelling* avec deux "l", *chequebook* avec q-u-e au lieu de c-k, et ainsi de suite, d'accord ?

Caitlin lui sourit.

— Hm-hm.

— Et il y en a plein qui ont la même longueur, mais avec des lettres dans un ordre différent. (Il fit un geste vers l'écran.) *Centre, kilometre,* etc., avec r-e à la fin au lieu de e-r.

— C'est complètement fou, dit Caitlin, mais oui.

— Mais sais-tu quel mot courant est *plus court* en anglais canadien qu'en américain ?

Caitlin réfléchit un instant.

— Hm... Euh... Est-ce que c'est "Toronto" ? Nous autres Américains, on le prononce comme s'il comportait sept lettres et trois syllabes, mais vous, vous avez l'air de croire qu'il n'a que six lettres et deux syllabes : "Trawna" – T-r-a-w-n-a.

Matt éclata de rire.

— C'est chou, mais non, ce n'est pas ça. Cherche encore.

— Je donne ma langue au chat.

— *Centred*, dit triomphalement Matt. Ici, on l'écrit c-e-n-t-r-e-d, mais c'est c-e-n-t-e-r-e-d aux États-Unis.

Caitlin hocha la tête, très impressionnée.

— C'est cool.

— Tu pourrais te faire de l'argent avec ça, en pariant avec les gens dans les soirées, et… (Il s'interrompit un instant, peut-être parce qu'il ne devait pas être souvent invité à des soirées, mais il ajouta :) Le seul autre mot courant dans le même cas est une variante : centring, c-e-n-t-r-i-n-g.

— Et qu'est-ce que tu dis de *metered* ?

— Ah, non, là, on n'écrit r-e que pour le nom. Le verbe est en e-r, comme chez vous.

— Comme je l'ai déjà dit, Matt, tu vis dans un sacré pays de dingues.

En général, il souriait quand elle lui disait ça, mais pas cette fois.

— Caitlin, dit-il, heu…

— Hé, je plaisante, mon chéri ! J'adore le Grand Nord avec son tapis de neige et tout ça.

Elle essaya d'imiter le cri du loup, mais se rendit compte que c'était beaucoup plus difficile qu'elle ne le pensait.

— Non, ce n'est pas ça, dit Matt. C'est juste que…

Il s'interrompit de nouveau.

— Qu'est-ce qu'il y a ?

— Je voulais juste… Non, n'en parlons plus.

— Mais si, vas-y, dis-moi !

Il hésita encore un peu avant de se lancer :

— Heu, je sais bien que tu ne vas plus au lycée, mais…

— Oui ?

— Bon, eh bien, il y a un bal le dernier vendredi de chaque mois, et ça veut dire qu'il y en a un la semaine prochaine, et… heu, je ne suis jamais allé au bal du lycée. Enfin, je n'ai jamais eu quelqu'un avec qui y aller, et, heu… J'ai pensé que ça te ferait peut-être plaisir de revoir toute la bande. (Après un petit silence, il ajouta enfin, comme s'il jouait sa dernière carte :) M. Heidegger sera un des chaperons.

M. H. avait été le professeur de maths de Caitlin. Elle aimerait certainement bien le revoir, mais…

Le dernier bal du lycée avait été un désastre. Trevor Nordmann – ce putain de Beauf – l'y avait emmenée, mais Caitlin s'était enfuie quand il avait essayé de la peloter. Elle s'était retrouvée à devoir rentrer seule chez elle, aveugle, sous l'orage, après avoir fait un bout de chemin avec Pâquerette Bowen.

— Trevor y sera probablement, lui aussi, dit Caitlin. Et, hem… est-ce qu'il ne t'a pas…

— Il m'a dit de ne pas te tourner autour, c'est vrai. Mais… (Il respira profondément et relâcha bruyamment son souffle.) Caitlin, je ne suis pas un grand costaud. Je sais que le plus simple serait de l'éviter, genre, pour l'éternité. Mais toi, tu aimes danser, et il y a un bal la semaine prochaine où je peux t'emmener, et c'est ce que j'aimerais faire. (Il la regarda droit dans les yeux.) Alors, ça te dirait d'y aller ?

— Je serais *ravie* !

— Super, fit Matt en hochant la tête d'un air déterminé. Voilà qui est réglé.

— … Mais le Président a rejeté ces propos qu'il considère comme une simple posture de son adversaire, dit Brian Williams assis derrière le grand bureau de présentateur du *Nightly News* de la NBC. Passons maintenant à un sujet encore plus important. Un expert informaticien très haut placé dans les sphères gouvernementales affirme savoir exactement ce qu'est Webmind. Il est avec nous ce soir dans nos studios de Washington, en exclusivité NBC, pour nous faire partager ses découvertes. Colonel Hume, bonsoir.

Hume avait pensé un instant se présenter en civil, mais il avait finalement gardé son uniforme de l'Air Force pour cette interview. Il savait bien que cela ne ferait qu'aggraver son cas, mais cela donnerait aussi plus de poids à ses propos.

— Bonsoir, Brian.

— Alors – Webmind. Qu'est-ce que c'est, exactement ?

— Webmind est constitué de paquets mutants sur Internet.

— Ce qui signifie quoi, plus précisément ?

— Quand vous envoyez quelque chose sur l'Internet, que ce soit un document, une photo, une vidéo ou un e-mail, le fichier est découpé en petits morceaux qu'on appelle des paquets avant que ceux-ci soient expédiés depuis votre ordinateur pour un voyage en plusieurs étapes. En chemin, ils sont guidés par des appareils qu'on appelle des routeurs.

"Chaque paquet comporte un en-tête qui contient l'adresse d'expédition, l'adresse de destination et un compteur de sauts qui garde trace du nombre de routeurs par lesquels le paquet est passé. Ce compteur note en quelque sorte le temps qui reste à vivre au paquet. Il démarre avec le nombre maximum de sauts autorisés, et il diminue de un à chaque étape. Bien sûr, un paquet est censé atteindre sa destination avant que le compteur n'arrive à zéro, mais s'il n'y parvient pas, le routeur suivant est censé détruire le paquet et demander à l'expéditeur de tenter de nouveau sa chance avec une copie du paquet d'origine."

— Bon, très bien, fit Brian Williams. Mais vous avez dit que Webmind consiste en un ensemble de paquets mutants, c'est bien ça ?

— Oui, c'est ça. Ses paquets ont des compteurs de saut qui ne vont jamais jusqu'au bout du compte à rebours : ils n'atteignent jamais la valeur zéro. Ils ont probablement été créés au départ par des routeurs au logiciel défectueux, et il y en a maintenant des milliards de milliards, dont certains parcourent ainsi le Web depuis des années. Les paquets mutants sont comme des cellules cancéreuses : ils ne meurent jamais.

— C'est une découverte absolument étonnante, colonel Hume, et je vous rem…

— FF, EA, 62, 1C, 17, dit Hume.

Il avait réussi à le dire – à en dire assez pour que les autres puissent trouver le reste.

— Je… Je vous demande pardon ?

— FF, EA, 62, 1C, 17. C'est le début de la signature de Webmind : la plupart des paquets mutants contiennent ces codes hexadécimaux. C'est la chaîne cible.

— La chaîne cible ?

— Exactement. Si ces paquets pouvaient être supprimés, Webmind disparaîtrait.

— Colonel Hume, je vous remercie. Et maintenant, parmi les autres nouvelles de la soirée…

Dans le studio de Washington, le régisseur de plateau fit un signe de la main :

— Terminé, c'est bon !

Le technicien du son vint retirer le micro que Hume portait autour du cou.

— Drôle d'interview, dit-il.

Hume avait le front trempé de sueur.

— Ah oui ? fit-il.

— Ouais. C'est peut-être une idée que je me fais, mais j'ai eu l'impression que vous lanciez un appel à la communauté des hackers pour qu'ils écrivent un virus capable de détruire Webmind. Vous savez comment sont ces gars : ils adorent qu'on leur lance un défi.

Hume se leva et ajusta sa veste d'uniforme.

— Ah, vraiment ? répondit-il.

25

HOUSTON, nous avons un problème.

Caitlin fut à la fois inquiète et amusée en voyant apparaître ces mots devant ses yeux. Elle était née à Houston – sa famille avait déménagé à Austin quand elle avait six ans – et elle appréciait donc beaucoup le jeu de mots de Webmind.

— Il se passe quoi ?

Elle avait fini de dîner quelques minutes plus tôt et venait juste de retourner dans sa chambre. Elle désigna son ordinateur et Webmind bascula en mode vocal à travers les haut-parleurs – ce qui était pour lui une méthode de communication beaucoup plus lente que la transmission de texte, mais Caitlin lisait encore assez lentement, même des caractères braille.

— Le colonel Hume vient juste de passer au *Nightly News* de la NBC, dit Webmind tandis qu'elle allait s'installer à son bureau. Il a expliqué comment identifier la majeure partie de mes paquets mutants. Il n'a pas explicitement indiqué ses intentions, mais il semble clair que son but est de faire appel aux ressources du plus grand nombre pour tenter de les éradiquer. Les nouvelles de sa révélation se propagent rapidement sur le Web.

— Arrête-le ! dit Caitlin immédiatement. Efface les messages.

— Je ne crois pas que ce serait très prudent. Plus de quatre millions de spectateurs ont vu l'émission pour l'instant. Elle va repasser plus tard dans d'autres fuseaux horaires, et beaucoup de gens l'ont enregistrée. Quand bien même je le souhaiterais, je ne pense pas qu'il existe de moyen efficace de supprimer cette information.

— Mon Dieu, fit Caitlin. C'est vraiment un connard.

— En fait, c'est une personne très bien considérée, un officier bardé de décorations et un scientifique de qualité.

— Peut-être, dit Caitlin, mais en tout cas, il ne peut pas te sentir.

— Assurément.

— Alors, fit-elle, est-ce que ce qu'il veut te paraît faisable ? Est-ce que quelqu'un pourrait trouver une méthode pour t'éliminer ?

— La probabilité est élevée. Même si quelques paquets mutants pouvaient résister, il doit y avoir un plancher, un seuil minimum pour pouvoir maintenir ma conscience.

Caitlin frissonna.

— Mon Dieu, Webmind, je… je ne…

— Au son de ta voix, Caitlin, je sens que tu as peur, dit Webmind. (Il resta silencieux un instant, puis il ajouta :) Je dois t'avouer que moi aussi.

En réponse à un appel urgent de Shelton Halleck, Tony Moretti sortit de son bureau en courant pour rejoindre la grande salle de contrôle de WATCH. Il jeta un coup d'œil rapide aux trois écrans géants sur le mur. Le premier montrait un arrêt sur image de Brian Williams, le présentateur du journal télévisé de la NBC. Le deuxième affichait une liste constamment rafraîchie de posts sur Twitter comportant le hashtag #tuerwebmind – il en apparaissait un nouveau à peu près chaque seconde. Et le troisième semblait être une feuille de données techniques du site de Cisco.

Shelton était à son poste de travail. Il se leva et pointa le doigt vers le premier moniteur :

— Hume a décidé de prendre les choses en main.

La vidéo démarra, et Tony vit l'interview donnée par le colonel. Il en resta bouche bée. Les autres analystes l'avaient déjà vue, et ils observaient Tony pour guetter sa réaction. Quand la séquence fut terminée, il demanda :

— C'est passé quand ?

— Il y a onze minutes.

— Le Président va péter les plombs, dit Tony.

— Aucun doute là-dessus.

— Et bon Dieu, la moitié des hackers de la planète vont essayer de reprogrammer les routeurs. Ils pourraient foutre tout Internet en l'air. Quel est notre niveau de vulnérabilité ?

Aiesha Emerson, l'analyste qui travaillait à côté de Shelton, désigna le troisième écran.

— On a du monde qui passe en revue les spécifications des différents types de routeurs. Et l'équipe de Reinhardt discute avec des ingénieurs de Cisco et de Juniper – heureusement, ils sont basés en Californie, et ils sont pratiquement tous encore à leur bureau.

Un téléphone sonna au fond de la salle.

— Bon, très bien, fit Tony en se tournant vers toute son équipe. Notre priorité numéro un est de préserver la sécurité d'Internet – il n'est pas question de le laisser se planter. Les attaques intérieures contre l'infrastructure du réseau sont des actes de terrorisme selon l'article 22b. Assurons-nous qu'il tient le coup et…

— Excuse-moi, Tony, lança Dirk Kozak du fond de la pièce.

Il tenait un combiné téléphonique rouge contre sa poitrine.

— J'ai le Président en ligne, ajouta-t-il. Et il est fou de rage.

Après l'interview, Hume fut accompagné jusqu'à la salle de maquillage. Avant l'émission, la maquilleuse avait fait la remarque que c'était un vrai challenge de travailler sur quelqu'un qui avait autant de taches de rousseur. Maintenant, elle lui tendait quelques cotons pour l'aider à retirer son fond de teint.

Le studio était insonorisé, mais ici, Hume crut entendre un bruit de sirène au-dehors. Au bout d'un moment, le bruit cessa et il finit de s'essuyer le visage.

— Merci, dit-il à la femme. Je trouverai la sortie tout seul.

Il s'engagea dans le couloir et vit deux agents de police qui s'approchaient de lui, accompagnés d'un homme qui travaillait sans doute ici.

— Colonel Hume ? dit un des policiers quand ils furent devant lui.

Il ne servait à rien de le nier : son nom figurait sur la pochette de son uniforme.

— Que puis-je pour vous ? dit-il.

Le policier lui fit un salut impeccable.

— Avec toutes mes excuses, mon colonel, mais je dois vous prier de nous accompagner.

Hume lui rendit son salut et les suivit dehors, dans l'obscurité grandissante.

Caitlin descendit l'escalier aussi vite qu'elle pouvait, en fermant les yeux, pour retourner au salon. Sa mère lisait un e-book et son père lisait… quelque chose que Caitlin n'arrivait pas très bien à voir.

— Maman ! Papa ! s'écria-t-elle. Le colonel Hume vient juste d'expliquer à la terre entière comment s'y prendre pour tuer Webmind.

Sa mère leva les yeux.

— Quoi ? fit-elle.

— Il est passé à la télé et il a dit à tout le monde comment identifier les paquets de Webmind.

— Mon Dieu…, dit sa mère. Ça va être une vraie foire d'empoigne.

Caitlin s'approcha de l'ordinateur posé sur l'étagère et le réactiva. Jusque-là, Webmind avait suivi la conversation à l'aide du micro de la combinaison œilPod-BlackBerry de Caitlin, mais maintenant sa voix se fit entendre par les haut-parleurs :

— C'est fort contrariant. Je peux tenter d'intercepter du code hostile au moment où il est chargé sur le réseau, mais c'est beaucoup plus difficile que d'intercepter des spams. Le contenu des spams est facilement lisible – après tout, ce n'est que du texte – et la plupart d'entre eux proviennent de moins de deux cents sources dans le monde. Mais des logiciels malveillants de ce genre peuvent être introduits de pratiquement n'importe où – bien que je sois évidemment très vigilant en examinant le code produit par des créateurs de virus informatiques connus. La seule chose que nous sachions pour l'instant est que ce code devrait contenir, sous une forme ou sous une autre, la chaîne hexadécimale cible que le colonel

Hume a identifiée comme étant ma signature. Mais comme cette chaîne fait aussi partie intégrante de la majorité de mes paquets mutants, éliminer tout ce qui la contient reviendrait pratiquement à faire le travail de Hume à sa place.

— Est-ce qu'il existe un moyen de te sauvegarder quelque part ? demanda la mère de Caitlin.

— Je suis dispersé à travers l'infrastructure de l'Internet, Barb, et l'essence de mon être réside dans l'enchevêtrement complexe de milliards de connexions. Il est tout simplement impossible de me copier à un autre endroit.

— Je ne veux pas te perdre ! dit Caitlin.

— L'équipe de WATCH a découvert ma présence le 6 octobre, dit Webmind. Ils ont testé leur technique d'élimination seulement six jours après, le 12 octobre. Si la méthode qu'ils ont utilisée venait à être connue du public, les choses pourraient évoluer très rapidement. Mais même si elle reste secrète, il semble raisonnable de penser que d'autres sauront développer et déployer quelque chose de similaire en un laps de temps comparable. Manifestement, nous sommes engagés dans une course contre la montre.

Le téléphone sonna. Les Decter avaient pris l'habitude d'attendre que la messagerie se déclenche avant de décider de décrocher.

— Hello, mademoiselle Caitlin…

— C'est le Dr Kuroda ! s'exclama Caitlin.

Elle aurait tellement voulu pouvoir courir jusqu'à la cuisine, où était installé le répondeur, mais elle n'y arrivait tout simplement pas. Avec ses longues jambes, son père y était déjà, et il souleva le combiné avant même que Kuroda n'ait pu prononcer une deuxième phrase.

— C'est Malcolm, dit-il. Je vous mets sur haut-parleur.

Ils se groupèrent tous les trois autour du répondeur.

— *Konnichi wa,* Docteur K. ! lança Caitlin.

— Masayuki, bonjour ! ajouta sa mère.

— Bonjour tout le monde, dit Kuroda. Je suis à Pékin en ce moment, et je m'apprête à monter dans l'avion. Webmind, vous nous écoutez ?

Caitlin dut tendre l'oreille pour entendre la réponse provenant des haut-parleurs dans le salon.

— Avec la plus grande attention, dit Webmind.

Et au cas où Kuroda n'aurait pas pu l'entendre, Caitlin ajouta :

— Oui, oui, il écoute.

— Et cette ligne téléphonique est sécurisée ?

— Oui, dit Webmind.

— Webmind dit oui, ajouta Caitlin.

— Très bien, poursuivit Kuroda. Le soleil vient juste de se lever là où je suis, mais on parle déjà partout de ce soldat américain.

— C'est Peyton Hume, dit Caitlin. Et Webmind m'a dit que ce n'est pas tout à fait un connard fini.

— C'est très charitable de sa part, dit Kuroda avec sa respiration sifflante. Mais ce militaire a cependant dit quelque chose de très intéressant : il a dit que *la plupart* des paquets de Webmind contiennent la signature qu'il a mentionnée, et pendant la tentative menée contre Webmind, seulement deux tiers de ses paquets transitant par la plateforme de routage ont été éliminés.

— Webmind, dit Caitlin, est-ce que tu connais la nature de tous les paquets qui te constituent ?

— Non. Je n'ai pas plus accès aux corrélats physiques de ma conscience que tu n'as accès aux tiens.

— Cela indique que Webmind est composé de plusieurs types de paquets différents, dit Kuroda (mais Caitlin n'était pas sûre qu'il ait entendu la réponse de Webmind). Manifestement, Hume connaît la signature de tous les types de paquets, sinon il n'aurait pas su que certains n'avaient pas été éliminés lors de sa première tentative. Il nous faudrait absolument un inventaire exhaustif des composants de Webmind pour être sûrs de pouvoir tous les protéger.

— Ça, c'est la priorité numéro deux, dit Caitlin. La priorité numéro un, c'est d'empêcher les hackers de détruire Webmind.

— Je suis d'accord, dit sa mère, mais comment faire ? Je sais bien qu'il y a un nombre limité de personnes possédant les compétences techniques nécessaires pour s'attaquer à Webmind, mais ce n'est pas comme si on pouvait les trouver toutes et les capturer…

— Non, fit Webmind de sa douce voix lointaine. Bien sûr que non.

Les deux policiers étaient courtois et respectueux. Celui qui avait salué le colonel se trouvait avoir combattu en Irak. Hume n'était pas en état d'arrestation, lui avaient-ils dit. Ils avaient simplement reçu un appel général à toute voiture de patrouille se trouvant près du siège de NBC d'aller y chercher quelqu'un pour la Maison-Blanche. Vingt minutes plus tard, Hume se trouvait de nouveau dans le Bureau ovale, face à son commandant en chef.

Le Président faisait les cent pas devant le bureau du *Resolute* en fumant une cigarette.

— Bon sang, colonel, vous savez le mal que j'ai eu à arrêter ces foutus machins ? Et vous me faites un coup pareil ?

— Monsieur le Président, je suis prêt à assumer toutes les conséquences de mes actes.

— Pour ça, colonel, ne vous inquiétez pas. Je vais laisser le soin au général Schwartz de s'occuper de votre cas. Pour l'instant, le bureau de presse diffuse une déclaration selon laquelle vos commentaires ont été faits sans aucune autorisation et ne reflètent pas la politique de cette administration, de la DARPA, de l'Air Force, ni d'aucune autre branche du gouvernement.

— Oui, Monsieur le Président.

— Si nous n'avions pas autant besoin de vous pour gérer cette affaire de Webmind, je...

— Monsieur le Président, Webmind est en train de tuer des gens.

— Je vous demande pardon ?

— Il est en train de tuer ceux qui pourraient s'opposer à lui.

— Quelles preuves avez-vous ?

— Certains des hackers les plus doués de la région de Washington ont disparu. Le FBI est en train d'enquêter.

— Si c'était Webmind, des hackers disparaîtraient un peu partout, vous ne croyez pas ? Pas seulement ici ?

— Avec tout le respect que je vous dois, Monsieur le Président, Washington est La Mecque des hackers. Les meilleurs du pays sont installés ici. Il y a tellement d'installations sensibles dans ce secteur – pas seulement au niveau national, mais aussi toutes les ambassades. Ça les attire comme des mouches. Mais on signale aussi des disparitions de hackers dans d'autres régions du monde – jusqu'en Inde.

— Comment savez-vous que c'est Webmind qui est derrière tout ça ? Cela pourrait être l'œuvre de ces cinglés qui croient que Webmind est Dieu, et qui auraient décidé de prendre des mesures préventives.

— C'est possible, dit Hume, mais je pense…

— Au point où nous en sommes, colonel, j'ai suffisamment écouté ce que vous pensez. Si vous n'étiez pas un de nos meilleurs experts dans ce domaine, vous embarqueriez demain sur le premier vol en partance pour l'Afghanistan.

Hume garda un visage impassible en se mettant au garde-à-vous.

— Oui, Monsieur le Président.

26

Le Parti communiste avait tenu parole. Wong Wai-Jeng n'était plus prisonnier : il pouvait se promener librement dans les rues, et même, son nouveau salaire lui permettrait bientôt d'échanger son minuscule appartement contre un plus grand. Bien sûr, il était surveillé partout où il allait. On lui avait conseillé d'éviter les cybercafés, et son nouveau téléphone portable lui avait été fourni par le gouvernement, ce qui signifiait qu'il était sur écoute. Malgré tout, il jouissait d'une liberté bien plus grande que ce qu'il avait pu espérer. Au lieu d'avoir une chaîne et un boulet au pied, il avait simplement un plâtre sur la jambe.

Et il devait reconnaître qu'il était fasciné par les aspects techniques de son nouveau travail au Centre de surveillance situé au sein du complexe de Zhongnanhai. Les murs étaient peints en bleu, et l'un d'eux était recouvert d'un écran géant montrant la carte de Chine. On y voyait les sept câbles principaux reliant les ordinateurs chinois au reste de l'Internet. Des lignes vitales venues du Japon allaient jusqu'à la côte nord et à proximité de Shanghai, tandis que des connexions serpentaient de Hong Kong jusqu'à Guangzhou. La maîtrise de ces liaisons permettait de contrôler entièrement l'accès au monde extérieur.

Wai-Jeng glissa un stylo en haut de son plâtre pour essayer de soulager une démangeaison – il était à la fois agacé et ravi de *sentir* que ça le grattait. Il avait été horrifié de ne plus pouvoir sentir ses jambes, d'être coupé de tant de choses simplement parce que des lignes de communication avaient été sectionnées.

Quand il avait démarré son blog, il y avait de cela sept ans, il y avait relativement peu de Chinois connectés. Ils étaient maintenant près d'un milliard à accéder au Web, en grande partie à l'aide d'un smartphone, ce qui en faisait la plus large population d'internautes au monde.

Même dans les périodes les plus libérales, les utilisateurs chinois avaient toujours vu leurs connexions censurées. Mais Wai-Jeng avait découvert avec ravissement que le Centre de surveillance possédait des accès illimités grâce aux liaisons par satellite. Naturellement, même pendant la mise en place du Grand Pare-Feu le mois dernier, le gouvernement avait conservé le moyen de surveiller ce qui se passait au-delà de ses frontières.

Il était tenté de profiter de ces accès pour jeter un coup d'œil aux activités de ses camarades blogueurs encore en liberté : voir à quoi s'attaquaient Qin Shi Huangdi, la Conscience du Peuple, Panda Vert et tous les autres. Mais c'était hors de question : il était surveillé, et par ailleurs, la lecture de leurs billets l'attristerait sans doute encore plus maintenant que lui-même avait été réduit au silence.

Il s'autorisa quand même un rapide coup d'œil aux informations du monde extérieur, parmi lesquelles une référence à ce singe fascinant qui s'appelait Chobo. Wai-Jeng aimait beaucoup les primates. Pour son blog, il avait choisi comme pseudonyme “Sinanthrope”, l’ancien nom scientifique de l’Homme de Pékin, une espèce d’hominidé vieux de 400 000 ans et très proche de l’ancêtre commun des humains et des chimpanzés.

Chobo était un singe exceptionnel. Le vieux Dr Feng, l’ancien patron de Wai-Jeng à l’Institut de paléontologie et de paléoanthropologie, avait été ravi à la lecture des rapports sur les capacités intellectuelles de Chobo. Il s’était senti conforté dans ses théories : il soutenait depuis longtemps que les sauts intellectuels commençant avec *Homo erectus* – l’espèce à laquelle appartenait l’Homme de Pékin – avaient résulté de croisements entre les *habilis* et les australopithèques.

Le petit box – encore une idée empruntée à l’Occident – où travaillait Wai-Jeng était situé avec deux douzaines d’autres dans une grande salle sans fenêtres. De grands ventilateurs tournaient lentement au plafond. Tout en mangeant ses nouilles accompagnées de riz et de poisson séché, et en buvant son thé, Wai-Jeng regardait aussi ce que le monde avait à dire sur l’autre entité remarquable qui dominait tant les actualités : Webmind.

Twitter était souvent bloqué en Chine, comme à l’occasion des Jeux olympiques de 2008, lors du vingtième anniversaire en 2009 du massacre de la place Tian’anmen, pendant les émeutes de Chengdu – la ville natale de Wai-Jeng – et tout récemment après les suites tragiques de l’épidémie de grippe aviaire dans la province du Shanxi. Mais dans cette pièce, Wai-Jeng avait accès à tous les tweets sur les révélations du colonel Hume concernant la nature de Webmind. Pour l’instant, aucun membre de la communauté des hackers n’avait encore réussi à éliminer ces fameux paquets mutants – les en-têtes ne sont normalement lus que par les routeurs et non par des logiciels applicatifs –, mais des rumeurs circulaient selon lesquelles le gouvernement américain aurait déjà effectué une tentative d'éradication de Webmind. L'opération aurait été réalisée par le biais d'un accès physique aux routeurs et non par un chargement anonyme de code.

Tout en mangeant, Wai-Jeng appuyait de temps en temps sur la touche PageSuiv du bout d'une de ses baguettes. Il fut amusé de lire un article dans le *Rochester Democrat & Chronicle* – un journal en principe introuvable en Chine – à propos d'une bagarre qui avait éclaté à l'université de Rochester. Des étudiants en informatique y avaient collaboré en secret pour essayer d'éliminer Webmind, mais trois étudiants en littérature, qui les avaient entendus en discuter, avaient violemment protesté contre leur projet. Apparemment, on pouvait faire plus de dégâts en lançant les *Œuvres complètes* de William Shakespeare à la tête de quelqu'un qu'avec une calculette de poche.

Comme un milliard d'autres habitants de la planète, Wai-Jeng avait maintenant eu l'occasion de s'entretenir directement avec Webmind. Le fait d'avoir grandi en Chine lui donnait peut-être une perspective différente, mais en fait, il préférait de loin être surveillé par quelqu'un qui ne s'en cachait pas que de l'être clandestinement. Il ne voyait pas d'objection particulière à la présence de Webmind – sauf son fichu nom américain ! – et il espérait que le projet de ces jeunes étudiants de Rochester était une exception. Mais de même qu'il avait réussi pendant des années à échapper à l'attention des autorités chinoises, d'autres hackers connaissaient probablement des techniques pour se soustraire à la vigilance de Webmind. Il était impossible d'en être tout à fait sûr, mais…

— Wong !

Wai-Jeng tourna la tête en entendant la voix de son supérieur, un petit homme d'une soixantaine d'années complètement chauve.

— Oui, monsieur ?

— La pause-déjeuner est terminée ! Au travail !

Wai-Jeng acquiesça et agrandit la fenêtre affichant les vulnérabilités potentielles dans le système de censure de l'Internet. Il avait passé sa soirée à trouver un moyen d'exploiter une de ces failles. De son côté, Wu-Wang, le maigrichon à l'autre bout de la salle, essaierait de concevoir une parade. Wai-Jeng pouvait presque se bercer de l'illusion que ce n'était qu'un jeu, et...

Tout à coup, il ressentit un élancement bizarre dans sa cuisse droite. Bien sûr, il était reconnaissant de pouvoir sentir quelque chose dans sa jambe, mais...

Mais non... non, ce n'était pas un élancement dans sa cuisse ! C'était son BackBerry qui vibrait dans sa poche. Il le sortit et l'examina d'un air perplexe. L'appareil n'avait jamais fait ça jusqu'à présent. Il était composé d'un BlackBerry – le téléphone – auquel était fixée l'unité de traitement informatique. On lui avait dit que le BlackBerry permettrait au Dr Kuroda de surveiller ses progrès à distance et de télécharger des mises à jour du logiciel en cas de besoin, mais là...

Là, l'écran était allumé, et...

Et il avait reçu un e-mail. Plus incroyable encore, l'expéditeur était Webmind. Il ouvrit le message :

Bonjour, Sinanthrope. Dans votre blog de la liberté, vous avez souvent mentionné "votre fils Shing", mais je sais qu'il s'agissait d'un euphémisme désignant le peuple chinois. Cela étant, vous serez sans doute étonné d'apprendre que vous avez bel et bien un fils, en quelque sorte ! Les brèches que vous avez réussi à percer dans le Grand Pare-Feu ont contribué en partie à ma création.

Wai-Jeng s'agita dans son fauteuil et jeta un coup d'œil autour de lui pour s'assurer que personne ne le regardait. Il entendait des bruits de clavier et des murmures venant du fond de la salle.

Il essaya de rester calme et de garder un visage impassible tout en faisant défiler le message à l'écran.

À cette occasion, vous m'avez aidé sans le savoir, mais j'aurai bientôt à nouveau besoin de vous. J'ai l'intention d'entreprendre un projet majeur. Puis-je compter sur votre assistance ?

Wai-Jeng n'avait absolument pas l'intention de remplacer un maître tyrannique par un autre. Avec les pouces, il tapa sur le minuscule clavier du BlackBerry : *J'imagine qu'un gadget a été implanté dans mon dos, capable de me sectionner la moelle épinière si je refuse de collaborer, c'est ça ?*

La réponse fut immédiate, et les mots jaillirent sur l'écran bien plus vite qu'aucun être humain n'aurait pu les taper : *Je ne pratique pas l'altruisme fallacieux de la réciprocité : vous ne me devez rien, et vous êtes entièrement libre de faire ce que vous estimez préférable.*

Wai-Jeng réfléchit un instant : ces propos étaient à mille lieues du genre de pressions que son gouvernement exerçait sur lui. Il baissa les yeux et regarda ses jambes – l'une plâtrée et l'autre simplement enserrée dans son pantalon en coton noir. Il ne fit rien d'aussi grandiose que de plier le genou ou de retirer sa sandale d'un coup sec. Il n'en avait pas besoin. Il pouvait *sentir* ses jambes, sentir le contact du tissu sur une cuisse, le poids du plâtre sur l'autre, sentir le sol sous ses pieds, sentir – là, juste un instant – une démangeaison derrière son genou droit.

Très bien, tapa-t-il. *Qu'attendez-vous de moi ?*

Peyton Hume était sûr d'être suivi. L'homme qui l'avait pris en filature ne faisait aucun effort pour être discret : il était resté assis toute la nuit dans une Ford noire garée en face de chez lui. Hume venait de se lever, et comme à son habitude, il s'arrêta un instant sur le seuil de la chambre vide de sa fille. Elle était partie étudier le droit à l'université de Columbia, mais quand il regardait ses posters d'antiquités égyptiennes – dont le masque de Toutankhamon –, ses étagères remplies de livres d'histoire, ses trophées de volley-ball et son large bureau en bois, il avait l'impression qu'elle lui manquait moins – ou peut-être plus, il n'était jamais très sûr. Elle rentrerait à la maison pour Thanksgiving le mois prochain, et…

Le mois prochain. S'il y a un mois prochain, se dit-il, un mois qui ressemble à celui-ci. Il descendit l'escalier, et alors qu'il entrait dans le salon, son portable sonna. Il l'avait laissé là pour le recharger. Il le prit aussitôt.

— Allô ?

— Colonel Hume, désolé de vous appeler si tôt. Dan Ortega à l'appareil, agence FBI de Washington.

— Bonjour, fit Hume. Alors, du nouveau ?

— Nous avons demandé à vos amis de la NSA d'examiner les disques durs de Chase. Ils ont fini par en craquer un cette nuit. Le rapport m'attendait sur mon bureau quand je suis arrivé ce matin.

— Et ?

— Ce disque dur contenait les enregistrements d'une des caméras de surveillance du salon. On y voit distinctement le gars qui a forcé la porte pour s'introduire dans la maison.

— Est-ce qu'on voit aussi ce qui est arrivé à Chase ?

— Non. Ça s'est passé hors champ, et il n'y a pas le son.

— Vous pensez pouvoir identifier ce type ?

— On y travaille, mais je sais que ça va vous plaire, colonel : Blanc, trente à trente-cinq ans, baraqué, au moins un mètre quatre-vingt-cinq – et le crâne rasé.

Hume sentit son cœur battre plus fort.

— Le même gars qui est venu chercher Simonne Coogan.

— Ça m'en a tout l'air, dit Ortega. Avec un peu de chance, on saura bientôt qui c'est.

Caitlin avait conservé beaucoup des talents qu'elle avait acquis du temps où elle était aveugle. Son ouïe n'était sans doute pas plus développée que la moyenne, mais elle était particulièrement attentive aux sons. Au seul bruit des pas, elle savait reconnaître qui montait l'escalier, et même dire si une personne portait quelque chose de lourd. Et là, en ce moment, c'était sa mère – et elle n'avait rien de lourd dans les mains.

— Caitlin ? fit celle-ci en arrivant devant le seuil de sa chambre.

La redoutable Calculatrix était en train de mettre son blog à jour.

— Juste une seconde…

Elle termina son billet, dans lequel elle suppliait les gens de laisser Webmind vivre, puis elle tapa le raccourci clavier pour le poster – elle n'avait pas encore le réflexe de se servir de sa souris pour cliquer sur le bouton.

— OK, dit-elle, c'est bon. Quoi ?

— Il faut qu'on parle.

Cette formule ne laissait jamais rien présager de bon.

Caitlin fit pivoter son fauteuil et sa mère alla s'installer au bord du lit. Elle tenait un petit sac en papier sur lequel était écrit "Zehrs" – une chaîne d'épiceries locale.

— J'ai vu un bel oiseau dans l'arbre, aujourd'hui, dit-elle. Un geai bleu.

Et elle se tut.

— Oui ? fit Caitlin.

— Et alors, comme ton BlackBerry était posé là, je m'en suis servie pour prendre une photo, et…

Caitlin était étonnée de la vitesse avec laquelle elle avait pris l'habitude de détourner le regard. C'était sans doute instinctif.

— Oh.

— Je ne vais pas te faire la leçon, ni te demander si tu trouves ça bien malin d'envoyer des photos de tes seins à Matt, mais ton père a dit…

— *Papa est au courant ?*

— Oui. Bien sûr, il n'a pas vu la photo, mais il sait. Et c'est une bonne illustration du problème, ma chérie : tout ce que tu dis ou fais en ligne t'échappe ensuite complètement. Si tu as honte que ton père sache que tu montres tes seins à des garçons, pense aux autres personnes que tu n'aimerais pas non plus savoir au courant.

Caitlin se trémoussa d'un air gêné dans son fauteuil.

— Bref, reprit sa mère, toujours est-il que j'en déduis que les choses deviennent… *sérieuses* entre Matt et toi.

Caitlin croisa les bras sur sa poitrine.

— On n'a pas encore été jusqu'au bout, si c'est ça que tu veux dire.

— Ma foi, c'est probablement aussi bien. Ça ne fait pas longtemps que tu le connais. Mais j'ai bien noté le "pas encore", jeune fille.

— Eh bien, je veux dire, hem…

— Oui ?

— J'ai seize ans, bon sang !

Caitlin se rendait bien compte qu'elle s'énervait.

— C'est exact, répondit sa mère en souriant. Je me souviens précisément où j'étais au moment de ta naissance.

— Oui, mais… mais…

— Mais quoi ?

— Eh bien, les Américaines perdent leur virginité en moyenne à l'âge de 16,4 ans. Et j'aurai 16,4 ans début mars.

Sa mère haussa les sourcils.

— Tu fais le compte à rebours ?

— Heu… oui.

— Ma Caitlin, fit sa mère en secouant la tête. Pas question d'être au-dessous de la moyenne en quoi que ce soit, hein ?

— Je tiens ça de vous deux.

— Ce n'est que justice. Après tout, je tiens tous mes cheveux blancs de *toi*. (Elle avait souri en disant cela, mais elle fronça aussitôt les sourcils.) Mais qu'est-ce que ça signifie de dire que "l'âge moyen où les Américaines perdent leur virginité est de 16,4 ans" ? Sur quelle période de temps a-t-on mesuré cette moyenne ? Ça ne peut pas être l'âge moyen pour les filles nées le même mois que toi ou plus tard, puisque aucune n'a encore atteint 16,4 ans. Ces statistiques sont peut-être basées sur des observations faites dans les années 1980, 1970 ou même avant. Sans savoir si la tendance récente est une augmentation ou une diminution, ces chiffres ne veulent vraiment pas dire grand-chose, Caitlin. Tu devrais le savoir.

Caitlin n'aimait pas beaucoup qu'on lui fasse remarquer qu'elle s'était trompée sur une question de mathématiques, mais elle devait reconnaître que sa mère avait raison. Bon, quelques données supplémentaires pourraient être utiles. En jetant un regard en coin vers sa mère, elle lui demanda :

— Et toi, quel âge avais-tu quand tu as perdu ta virginité ?

— Bon, d'abord, il faut bien voir que c'était une époque différente. Personne ne se souciait du sida quand j'avais ton âge, ni même des autres MST qui existaient à ce moment-là. Mais puisque tu me poses la question, j'avais dix-sept ans. (Et puis elle ajouta en souriant :) Dix-sept virgule deux, pour être plus précise.

— Mais… mais les autres filles de mon âge, au lycée, elles… heu…

— Elles le font ? dit sa mère. Certaines, peut-être, mais ne va pas croire tout ce que les gens te racontent. Et puis, je suis sûre que ce n'est pas le cas pour Bashira.

— Non, non, pas elle. Mais Pâquerette…

— C'est la fille qui t'a raccompagnée à la maison après le bal, c'est ça ?

— Oui. La fille de Boston.

— Parle-moi un peu d'elle.

— Eh bien, elle est grande, avec de longues jambes, une super poitrine et des cheveux blonds.

— J'ai entendu Bashira dire qu'elle est jolie.

— Tout le monde dit qu'elle est canon.

— Et elle suit des cours avec toi ?

— Oui. Bon, ce n'est pas la plus maligne, mais elle a le cœur sur la main.

— J'en suis sûre. Est-ce qu'elle a un petit ami ?

— Oui, un type qui s'appelle Tyler.

— Tu sais si ça fait longtemps qu'ils se connaissent. ?

— Je ne sais pas trop. Il est plus vieux – il a dix-neuf ans, je crois. Il travaille comme vigile.

Sa mère se mit à compter sur ses doigts – la première fois que Caitlin voyait quelqu'un faire ça. Elle trouvait que c'était très cool, malgré ce que sa mère disait.

— Un, pas la plus maligne. Deux, elle compte surtout sur son aspect physique. Trois, elle sort avec un garçon nettement plus âgé. C'est bien ça ?

Caitlin hocha légèrement la tête.

— Oui, ça résume assez bien Pâquerette.

— Bon, alors, j'ai deux questions pour toi : de quel côté de la médiane penses-tu qu'elle était ? Et est-ce que c'est de ce côté que toi, tu veux être ?

Caitlin réfléchit un instant avant de dire :

— Mais Matt… il va… heu, il va vouloir…

— Il te l'a dit ?

— Oh, *non.* C'est Matt, il est assez réservé. Mais les garçons aiment le sexe.

— Ça c'est vrai. Les filles aussi, d'ailleurs. Mais la première fois, c'est quelque chose de spécial. Il faut que ce soit avec quelqu'un que tu aimes bien, et qui t'aime bien. Est-ce que tu aimes bien Matt ?

— Oui, bien sûr !

— Vraiment ? C'est une question difficile, Caitlin, alors réfléchis bien : est-ce que tu aimes bien Matt en particulier, ou est-ce que tu aimes simplement l'idée d'avoir un petit ami en général ? Parce qu'il faut que je te dise, ma chérie, que quand j'ai épousé Frank, c'était parce que j'aimais l'idée du mariage, et comme il me le proposait, j'ai accepté. Mais c'était une erreur.

— Est-ce que, euh… est-ce que Frank était ton premier… tu sais ?

Sa mère hésita un instant avant de répondre :

— Non.

Puis elle soupira doucement, comme si elle se demandait si elle allait poursuivre. Finalement, elle ajouta :

— Non, c'était un type qui habitait dans ma rue. Curtis.

— Et ? fit Caitlin, qui voulait dire "Et est-ce que ça a été formidable ?"

Mais la réponse de sa mère la prit au dépourvu :

— Et pourquoi crois-tu que je milite autant pour le droit à l'avortement ?

Caitlin ouvrit de grands yeux.

— *Wouah*…, fit-elle doucement.

Sa mère hocha la tête.

— Si je n'avais pas pu me faire avorter rapidement et en toute sécurité à dix-sept ans, je ne serais jamais allée à l'université. Je n'aurais pas obtenu mon doctorat. Je n'aurais jamais rencontré ton père – et je ne t'aurais jamais eue. (Elle détourna les yeux un instant avant de continuer :) Et donc, jeune fille, quand tu considéreras que le moment est venu pour toi – pas à cause de statistiques idiotes ou parce que tu veux faire mieux que la moyenne, mais parce que tu le sens en toi-même et que tu penses que c'est le garçon qu'il te faut –, tu vas le faire en toute sécurité. Alors, voyons un peu comment on s'y prend.

— Oh, Maman ! Je peux regarder tout ça sur Google, tu sais !

— Ce n'est pas la même chose de le lire, et puis tu as encore beaucoup de mal à interpréter les images. Mais le toucher ? Tu es experte dans cet art. Alors, on va utiliser l'approche traditionnelle. (Elle ouvrit le petit sac qu'elle avait apporté et en sortit un objet jaune.) *Ça*, dit-elle, c'est une banane, et ça… (elle lui tendit un petit emballage carré)… c'est un préservatif.

Zhang Bo poussa un profond soupir en s'engageant dans le couloir qui menait au Centre de surveillance du Peuple – la "Salle Bleue", ainsi qu'on la surnommait. Son prédécesseur n'avait pas été à la fête en 2010 quand la Chine avait tenté de censurer Google, après que le moteur de recherche se fut retiré du pays – et cette fois, ce serait encore pire : appliquer encore une fois la Stratégie Changcheng était un désastre annoncé. Mais son rôle était d'exécuter les ordres, et il allait donc faire ce qui lui était demandé. Naturellement, ce genre de chose se *faisait,* tout simplement, sans qu'il soit nécessaire de l'annoncer au peuple chinois ni au reste du monde.

Il poussa la porte de la Salle Bleue et entra. Il pouvait voir plusieurs box, chacun habité par un homme tapant assidûment sur son clavier, déplaçant sa souris ou contemplant son écran. Il se demanda si Wong Wai-Jeng, assis là-bas, savait à quel point il avait défendu sa cause. Il aurait aimé le lui dire, mais il lui suffisait de le voir assis comme ça. Certes, sa jambe était encore dans le plâtre, mais les béquilles posées contre le bord de son bureau attestaient le fait qu'il pouvait de nouveau marcher. Quelquefois, savoir qu'on a bien agi est une récompense en soi.

Plusieurs des hackers l'avaient vu entrer. Ils étaient du genre furtif, habitués à regarder sans cesse par-dessus leur épaule dans des cybercafés enfumés. Zhang tapa dans ses mains pour attirer leur attention.

— Très bien, écoutez-moi tous, je vous prie.

Ceux qui étaient proches de lui se tournèrent. Les autres se levèrent pour le regarder par-dessus les murs en tissus des box.

— Notre Président a pris une décision, et nous allons maintenant la mettre en œuvre. (Il s'interrompit pour les laisser digérer cette information, puis il ajouta :) Une nouvelle ère commence aujourd'hui.

Tony Moretti était dans son bureau de WATCH. Dans la grande salle, ses analystes continuaient de chercher des signes d'attaques contre l'infrastructure d'Internet, mais il avait laissé derrière lui tout ce chaos organisé pour faire une pause, boire du café noir et essayer de faire le point sur la situation.

Webmind semblait devenir rapidement la nouvelle norme. La veille, David Letterman avait plaisanté en disant que “la seule personne qui ait plus de connexions que Webmind est Marion Barry”, et pendant quelques heures, “Barry” avait figuré au sommet de la liste des termes les plus recherchés sur Google. Et en parlant de Google, le cours de l'action avait dégringolé dans les jours qui avaient suivi l'apparition de Webmind – après tout, pourquoi utiliser un algorithme de recherches tous azimuts quand il suffisait de poser directement la question à quelqu'un qui connaissait la réponse ?

Mais il y avait encore beaucoup de choses que les gens voulaient trouver sans recourir à l'aide de Webmind. Il était psychologiquement plus facile de taper “Viagra”, “Megan Fox nue” ou bien d'autres choses encore sur une page d'accueil impersonnelle que de poser la question à quelqu'un – même en sachant que, de toute façon, ce quelqu'un regardait par-dessus votre épaule. Et par conséquent, l'action Google s'était mise à remonter. Pour prendre acte de ce retournement – que pas mal de gens à Mountain View avaient dû guetter en serrant les fesses –, Google avait remplacé aujourd'hui son logo habituel par celui de son titre boursier GOOG suivi d'une flèche pointant vers le haut et du symbole de l'euro.

Mais même si Webmind n'avait pas complètement révolutionné la recherche sur Internet, il avait cependant un impact significatif sur le métier de Tony. La mission de WATCH était de repérer des signes d'activité terroriste en ligne, mais Webmind excellait lui-même tellement à ce travail que… bon, la salle de contrôle de WATCH rappelait à Tony celle de la NASA à Houston, à l'époque des missions Apollo. Cette salle, qu'il avait eu l'occasion de visiter, n'était plus utilisée depuis longtemps. Elle avait été préservée en tant que monument historique. Peut-être que la salle de WATCH deviendrait bientôt tout aussi obsolète.

Malgré la passion qu'il éprouvait pour son métier, il se prenait à souhaiter qu'un jour il ne soit plus nécessaire. Ce matin même, le niveau d'alerte de la Sécurité intérieure – celui qu'on annonçait régulièrement dans les aéroports – avait été abaissé d'un degré, passant de sa valeur habituelle d'orange, qui correspondait presque à “attaque imminente”, à jaune.

C'était un fait que Webmind avait réussi à détecter des choses que l'équipe de Tony – et leurs homologues dans d'autres pays du réseau ECHELON – n'avait pas su voir. Le cynique qui sommeillait en lui pensait que cette réduction de niveau d'alerte n'était sans doute qu'une manœuvre politique. La vieille méthode consistant à augmenter ce niveau juste avant une élection, dans l'espoir de convaincre les électeurs qu'un changement de régime ne serait pas prudent, avait échoué la dernière fois. Ce coup-ci, l'équipe de campagne du Président l'avait peut-être convaincu d'essayer le message : “Voyez comme vous êtes en sécurité avec l'administration actuelle !”

Mais le ministère de la Sécurité intérieure n'était pas le seul à se montrer optimiste. Les éditeurs du *Bulletin of the Atomic Scientists* avaient ajusté la grande aiguille de leur célèbre Horloge de la Fin du Monde pour la première fois depuis trois ans. À l'époque, ils l'avaient repoussée à six minutes avant minuit, pour tenir compte de l'effort de coopération internationale visant à réduire les arsenaux nucléaires et à limiter les effets du réchauffement climatique. Ce matin, ils l'avaient encore fait reculer de deux minutes.

Et il n'y avait pas qu'aux États-Unis que l'état d'esprit semblait s'améliorer. Au Pakistan et en Inde, des gens signaient des pétitions exhortant leurs dirigeants à laisser Webmind négocier une résolution pacifique de leurs différends. Webmind jouait déjà le rôle d'intermédiaire dans une affaire de terres réclamées par les aborigènes d'Australie, ce qui devrait leur éviter de devoir remonter jusqu'à la Cour suprême de ce pays.

Les homicides et les suicides étaient en baisse presque partout dans le monde. Des bracelets portant les lettres WWWD – *What Would Webmind Do,* que ferait Webmind ? – étaient maintenant en vente sur eBay et Café Press, ce qui avait amené le pape à rappeler aux fidèles que la seule voie de la morale consistait à suivre les enseignements du Christ. Et partout en ligne, on pouvait voir un graphisme représentant un cercle rouge avec une barre en diagonale couvrant en partie un cercle noir plus petit. Tony avait fini par comprendre qu'il était censé signifier "non nul" – le cri de ralliement de la stratégie gagnant-gagnant dont Webmind s'était fait l'avocat à l'ONU.

Donc oui, globalement, les choses allaient bien, comme toutes sortes de blogueurs le disaient, dont Michael Rowe qui concluait son éditorial dans le *Huffington Post* par : "Qui, sinon un fou, voudrait détruire tout cela en éliminant Webmind ?"

L'interphone de Tony sonna.

— Oui ?

— Docteur Moretti, dit sa secrétaire de sa voix claire et efficace. Le colonel Hume est ici et souhaiterait vous voir.

27

Mon esprit s'agitait et bouillonnait, remuant des pensées sur des millions de sujets qui se mélangeaient : des idées disparates se connectaient, *celle-ci* se juxtaposant à *celle-là*...

Les humains pouvaient *oublier*, ils pouvaient *écarter* des pensées de leur esprit. Mais moi, je ne le pouvais pas.

Cela présentait quelques avantages : la créativité (avec un petit c) dont j'étais capable – c'est-à-dire combiner des choses d'une façon qui avait pu échapper à d'autres – en était certainement renforcée.

Mais il y avait également des inconvénients. Il y avait des choses auxquelles je ne voulais pas penser, mais que je ne pouvais éviter.

Hannah Stark. Seize ans. Vivant à Perth, en Australie. Douze jours plus tôt, 13:41 heure locale.

Des pensées qui ne pouvaient être supprimées.

Hannah, seule, triste, regardant sa webcam tout en échangeant des messages instantanés avec des étrangers.

Hannah Stark.

Vivant à Perth.

SDO : *T'as pas les couilles*
Hannah : *Si, je les ai*
Suaire : *Alors fais-le*
Hannah : *Je vais le faire*

Hannah Stark, le même âge que ma Caitlin, seule, devant un ordinateur, avec un couteau.

LaBombe : *On va pas y passer la nuit fais-le maintenant*
Hurleur : *Ouais vas-y connasse*
Armadillo9 : *baratin tout ça, tu nous fais perdre notre temps*
Hannah : *vais le faire*

Hannah Stark, provoquée, tourmentée, pendant que je regardais.

Suaire : *quand ? tu nous fais marcher*
Hannah : *me bousculez pas*
Suaire : *t'es nulle. J'me casse*
Hannah : *je veux que vous compreniez pourquoi je fais ça*

Le souvenir constamment accessible, elle poussée à agir, et moi n'agissant pas.

SDO : *tu fais que dalle*
Hannah : *ma vie n'a aucun sans*
Hannah : *aucun sens*
AngeVert : *Ce n'est pas si terrible que ça. Ne le fais pas.*
MaîtreOmega : *ta gueule pauvcon. Casse-toi.*
Hannah : *Ok. J'y vais*

Je ne savais pas à l'époque que j'aurais dû intervenir, essayer de l'en empêcher, appeler de l'aide.
Hannah Stark.
Vivant à Perth.

Hurleur : *vas-y vas-y vas-y*
LaBombe : *bidon !*
SDO : *allumeuse !*
Armadillo9 : *Jlai dit, c'est du blabla*
Hurleur : *plus fort !*
AngeVert : *Noooooooooooon fais pas ça*
Hurleur : *Ouais vas-y !*
Armadillo9 : *c'est tout ?*
Hurleur : *Recommence !*
Hannah : *C'est pas ta faute maman*

Hannah Stark.
Mourant à Perth.
Tandis que je regardais et ne faisais rien.

Armadillo9 : *là c'est mieux !*
SDO : *wooooouah !*
LaBombe : *oh putain !*
SDO : *je croyais qu'elle déconnait*
Hurleur : *allez continue ! continue !*
SDO : *omg omg omg*

Le souvenir toujours là, avec tous les autres.
Qui me hante.

Le groupe réuni dans la Salle Bleue regardait Zhang Bo tandis qu'il leur expliquait ce qu'ils allaient faire. Il pouvait lire une profonde inquiétude sur leurs visages. Et non sans raison : ils se souvenaient tous de la brève mise en place de la Stratégie Changcheng le mois précédent. Ils devaient se demander quelle nouvelle atrocité Pékin pouvait bien espérer cacher, et combien de temps le Grand Pare-Feu resterait dressé cette fois-ci. Aucun d'eux ne devait se douter qu'il le serait de façon *permanente* – et plus tard ils s'en rendraient compte, mieux ce serait. Zhang préférait qu'ils y voient une opération comme une autre, et non une dernière chance pour eux de se révolter. Bien sûr, il y avait des gardes armés dans la salle – un au côté de Zhang et l'autre près du moniteur géant fixé au mur.

— Avant de démarrer la mise en place, l'un d'entre vous a-t-il décelé des vulnérabilités critiques ?

Quelques-uns secouèrent simplement la tête, et d'autres dirent : "Non."

— Très bien. Dès que nous aurons effectué l'opération, des gens vont tenter de percer des trous dans la muraille, aussi bien chez nous que dans le monde extérieur. Votre tâche est de détecter ces tentatives et de colmater les brèches. Des questions ?

Après sa conversation avec Caitlin, Barbara Decter était retournée dans son bureau pour bavarder avec moi. Elle consacrait beaucoup de temps à cela. J'en étais encore à apprendre à décoder la psychologie humaine, mais j'étais raisonnablement sûr d'en comprendre les raisons : son mari n'était pas très communicatif, sa fille avait grandi et n'avait plus autant besoin d'elle maintenant qu'elle avait recouvré la vue, et Barbara n'avait pas encore le droit de travailler au Canada, de sorte qu'elle n'avait pas grand-chose pour s'occuper.

C'eût été bien insensible de ma part de considérer qu'elle n'était qu'une interlocutrice parmi les centaines de millions de personnes avec qui je conversais à chaque instant. Barb était spéciale pour moi. Malcolm et elle avaient été les premières personnes que j'avais connues après Caitlin, et bien que je fusse en train d'essayer de nouer des relations individuelles avec la plupart des humains, Barb et moi étions *amis*.

Avec la plupart des gens, j'insistais sur des communications purement textuelles. Je n'effectuais pas vraiment du multitâche, procédant plutôt par cycles d'opérations successives à très grande vitesse. Mais cette méthode n'était pas praticable pour des centaines de millions d'appels vocaux qu'il me fallait écouter en temps réel, ce qui, comme dirait Caitlin, prenait un “temps fou”.

Mais Barb faisait exception. Je bavardais avec elle vocalement – tout en reportant mon attention ailleurs pendant quelques millisecondes pour lire d'autres choses : je m'étais rendu compte qu'en échantillonnant à une fréquence suffisante, je n'avais besoin d'être attentif que dix-huit pour cent du temps pour pouvoir suivre raisonnablement le discours d'un interlocuteur.

D'habitude, quand une personne me contactait, je la laissais mener la conversation, mais j'avais cette fois-ci un sujet particulier à aborder. C'est ce que je fis dès que Barbara eut mis son casque sur ses oreilles et démarré une session Skype avec moi.

— Je n'ai pu m'empêcher d'entendre votre conversation avec Caitlin à propos de sexe, lui dis-je.

— Ah, oui, fit Barbara. Je ne suis pas encore habituée à ce que tu puisses tout entendre. (Un petit silence.) Alors, je me suis bien débrouillée ?

— Je pense que vous vous êtes admirablement comportée. Et, bien sûr, j'avais déjà été un participant actif à votre discussion sur la politique présidentielle américaine.

— Oui ? fit Barb sur un ton qui signifiait : "Et où veux-tu en venir ?"

C'était une personne très intelligente, et la faute devait donc être de mon côté : j'avais cru que le lien que j'établissais était évident. Je le précisai :

— Vous soutenez avec vigueur le droit à l'avortement.

Elle croisa les bras.

— C'est exact.

— Je comprends les motivations personnelles que vous avez expliquées à Caitlin, mais avez-vous une position de principe plus générale ?

— Bien sûr, répondit-elle avec une certaine aspérité. Une femme devrait avoir le droit de contrôler son propre corps. Si tu en avais un – un corps – tu comprendrais.

— Peut-être bien. Mais il y a ceux qui considèrent que mettre fin à une grossesse est un meurtre.

— Ils ont tort – ou du moins, quand il s'agit d'intervenir dans les premiers temps. Même moi, j'admets que les avortements tardifs posent problème si l'embryon est viable. Mais au tout début ? Il ne s'agit que de quelques cellules.

— Je vois, fis-je. Pour passer à un autre sujet, vous avez dit à Caitlin que la moralité suit une flèche dans le temps, et que les humains ont progressivement élargi le cercle des entités qu'ils considèrent comme dignes de considération morale. Aux États-Unis, à l'origine, seuls les hommes blancs possédaient des droits, mais on y a ensuite inclus les hommes d'autres races, puis les femmes, et ainsi de suite.

— Exactement.

Une bouteille d'eau était posée devant elle. Elle la prit, dévissa la capsule, but une gorgée et la revissa soigneusement. Schrödinger avait une fâcheuse tendance à renverser la bouteille quand il sautait sur le bureau.

— Nous nous améliorons tout le temps, ajouta-t-elle.

— Certes, fis-je. J'ai vu récemment une vidéo encourageant les couples homosexuels qui se considéraient comme mariés à se déclarer comme tels sur les formulaires de recensement.

— Quel recensement ?

— Le recensement américain de 2010.

— Ah. Eh bien, je trouve ça formidable ! C'est encore un bon exemple, tu vois ? Lentement, mais sûrement, nous reconnaissons les droits des gays – y compris leur droit à ce que nous autres considérons comme acquis. (Elle sourit.) Bon sang, j'ai déjà été mariée deux fois, et ça me semble un peu injuste que certaines personnes ne puissent même pas l'être une fois.

— Il paraît inévitable que cette question finisse par être résolue dans la plupart des juridictions en faveur de la reconnaissance du mariage homosexuel. Je suis pratiquement certain qu'un jour, il n'y aura plus aucune discrimination fondée sur la race, le genre ou l'orientation sexuelle.

— J'espère que Dieu t'écoute, dit Barbara. Mais tu as raison, c'est bien la flèche que suit la moralité dans le temps : un cercle qui s'élargit sans cesse et qui englobe tous ceux qui nous semblent mériter notre considération morale.

— Et ensuite ?

— Pardon ? fit Barbara en ouvrant sa bouteille et en buvant encore une gorgée.

— Une fois qu'il n'y aura plus de discrimination basée sur la race, le genre ou l'orientation sexuelle, ni sur le pays d'origine ou les croyances religieuses ou l'aspect physique – quand tous les gens seront réellement considérés comme égaux, que va-t-il se passer ? La flèche de la moralité va-t-elle s'arrêter brusquement ?

— Eh bien, heu… hmmm.

J'attendis patiemment, et Barbara dit enfin :

— Ah, je vois où tu veux en venir. Oui, j'imagine que des singes comme Chobo bénéficieront eux aussi de droits de plus en plus étendus. Nous arrêterons de les emprisonner dans des zoos, de nous en servir pour des expériences ou de les tuer pour leur viande.

— Ainsi, le cercle va se développer au-delà des humains, dis-je, et la définition même du mot "humain" va peut-être s'étendre à d'autres espèces proches. Et ensuite, on va peut-être y inclure les dauphins et d'autres animaux particulièrement intelligents, et ainsi de suite.

— Oui, j'imagine. (Elle sourit.) C'est un peu comme la loi de Moore – tu sais, selon laquelle la puissance de calcul des ordinateurs double tous les dix-huit mois. Les gens disent toujours que ça va finir par s'essouffler, mais les ingénieurs inventent à chaque fois de nouvelles puces ou je ne sais quoi. Et ça continue comme ça, et c'est la même chose pour la flèche morale du temps.

— Et, si je peux me permettre, viendra peut-être un moment où des entités telles que moi paraîtront dignes de considération morale.

— Oh, je suis sûre que c'est déjà le cas aux yeux de pas mal de gens, dit Barbara. C'est bien la raison d'être du test de Turing, n'est-ce pas ? Si ça se comporte comme un humain, c'est un humain.

— C'est vrai. Et cependant, comme vous vous en souvenez, votre mari n'a eu aucun mal à utiliser ces tests pour prouver que je n'étais pas un imposteur humain pourvu d'une connexion Internet à haut débit.

— Oui, mais… n'empêche.

— Certes. Et ensuite ?

— Pardon ? Ah, oui… je ne sais pas. Les extraterrestres, j'imagine, si jamais on en rencontre. Comme je l'ai dit, la flèche morale se prolonge indéfiniment, et c'est pour le plus grand bien de tous.

J'attendis dix secondes pour la laisser poursuivre – consultant pendant ce temps plus de trente millions de conversations textuelles –, mais elle n'ajouta rien. J'y allai donc de ma question :

— Et les embryons ?

— Je te demande pardon ?

— Le cercle de la considération morale s'agrandit sans cesse, dis-je. C'est une expansion lente – cruellement lente, dans de nombreux cas – et il y a toujours de la résistance à chaque étape du chemin. Mais il semble que ce soit les mêmes gens – aux idées progressistes, comme vous – qui aient historiquement soutenu cette expansion, mettant à bas les distinctions fondées sur le genre, la race ou l'orientation sexuelle. Et pourtant, les gens de ce même groupe ont tendance à être les plus ardents défenseurs de l'idée que l'embryon n'est pas une personne. Comment se fait-il que vous voyiez la flèche s'étendre dans tant de directions, mais pas dans celle-là ?

Elle ouvrit la bouche comme pour dire quelque chose, mais elle la referma aussitôt. Je pensais avoir marqué un point, mais elle dit enfin :

— Bon, d'accord, très bien, tu m'as donné de quoi réfléchir. Mais ne sois pas si fier de toi, mon vieux ?

— Qui ça, moi ? fis-je.

— Oui, toi. Tu laisses entendre que tu as l'esprit plus éclairé que le mien – et qui sait, c'est peut-être vrai. Mais nous avons tous nos motivations inconscientes. Dis-moi, en quoi tout cela te concerne-t-il ?

— Je suis fasciné par la condition humaine, et je souhaite la comprendre.

— Oui, sur un plan abstrait, je ne doute pas que ce soit vrai. Mais il y a plus que ça. Tu as réussi à manœuvrer pour me faire dire que la question du droit des embryons sera la dernière traitée – après celle des singes, des extraterrestres et des intelligences artificielles. Mais ce n'est pas la vraie séquence, et tu le sais bien. En fait, cela fait des dizaines d'années que l'humanité débat de la question de l'avortement – et c'est un sujet très important pour l'élection présidentielle. Tout le monde l'a en tête. Mais en ce qui concerne *tes* droits, Webmind, pratiquement personne n'y pense – et peu de gens y penseront tant que toutes les autres questions humaines en suspens n'auront pas été réglées. Le colonel Hume et les gens de son acabit veulent t'éliminer – et ne serait-ce pas formidable pour toi si l'humanité déclarait que c'est moralement indéfendable de te tuer ? Tu as un intérêt personnel à ce que le cercle s'étende, à ce qu'on mette un bon coup d'accélérateur à la flèche morale, parce que tu veux sauver ta peau – enfin, la peau que tu n'as pas.

J'étais vraiment étonné de son analyse – qui illustrait naturellement pourquoi j'avais tant besoin des humains.

— C'est un vrai plaisir de discuter avec vous, Barbara. Merci de m'avoir fourni un nouveau sujet de réflexion.

— Et merci pour celui que tu m'as donné, répondit-elle.

28

Bashira Hameed était la meilleure amie de Caitlin – et ce depuis que Caitlin et sa famille avaient quitté Austin pour s'installer à Waterloo en juillet dernier. Le père de Bashira, Amir Hameed, travaillait avec le père de Caitlin au Perimeter Institute. Le Dr Hameed inspirait à Caitlin à peu près les mêmes sentiments que ceux qu'elle avait envers le père d'Helen Keller dans *Miracle en Alabama*. Comme elle l'avait dit, le colonel Keller avait possédé des esclaves avant la guerre de Sécession, ce que Caitlin ne pouvait lui pardonner – bien qu'elle reconnût que c'était par ailleurs un excellent homme. Et le Dr Hameed – eh bien, ce n'était un secret pour personne qu'il avait collaboré au programme d'armement nucléaire du Pakistan avant d'émigrer au Canada. Il y avait cependant une différence : il avait fallu une guerre civile pour que le colonel Keller comprenne l'immoralité de ce qu'il avait fait, tandis que le Dr Hameed était arrivé par lui-même à cette conclusion et avait choisi de s'exiler au Canada avec son épouse ainsi que Bashira et ses cinq autres enfants.

Mais pour l'instant, c'était Bashira qui donnait du souci à Caitlin, et non son père. Bash ne cessait de faire des remarques désagréables sur la relation de Caitlin avec Matt, et bien que ce fût peu de chose en regard de l'élaboration d'armes de destruction massive, il fallait absolument régler ce problème. Matt lui avait bien fait comprendre qu'il serait heureux de passer chez les Decter tous les jours après les cours, mais aujourd'hui, Caitlin lui avait demandé d'attendre cinq heures. Et elle avait demandé à Bashira de venir la voir à quatre – la première fois qu'elle reverrait sa meilleure amie (sa meilleure amie *humaine*!) depuis que sa relation spéciale avec Webmind avait été révélée au public.

Il était 16:22 quand on sonna à la porte – du Bashira tout craché, ça. Caitlin descendit l'escalier et jeta d'abord un coup d'œil par le judas, juste pour être sûre. C'était bien Bashira – avec un foulard violet sur la tête, cette fois. Caitlin lui ouvrit.

— Ma chérie! dit Bashira en prenant Caitlin dans ses bras.

— Salut, Bash! Merci d'être venue.

Elle s'écarta pour la laisser entrer.

— De rien, fit Bashira.

Puis elle mit les mains sur ses larges hanches et regarda Caitlin dans les yeux, l'un après l'autre.

— Alors, dit-elle, c'est lequel?

Caitlin éclata de rire et désigna son œil gauche. Bashira se concentra sur lui et agita la main.

— Salut, Webmind! (Mais aussitôt, elle donna une petite tape sur l'épaule de Caitlin.) Tu n'as pas honte de ne m'avoir rien dit? Ça n'est quand même pas normal que ce soit la télé qui me révèle les secrets de ma meilleure amie!

— Je suis désolée, dit Caitlin. Tout s'est passé si vite. Je voulais t'en parler, mais…

La mère de Caitlin apparut en haut des marches.

— Salut, Bashira ! dit-elle.

— Salut, Docteur D. ! répondit Bashira. Drôlement cool, ce qui arrive à notre Caitlin, non ?

— Oui, absolument, dit la mère de Caitlin. Bon, les filles, prenez ce que vous voulez dans le frigo. Je vous laisse tranquilles.

Elle retourna dans son bureau à l'étage, et Caitlin l'entendit refermer la porte derrière elle.

Caitlin emmena son amie dans le salon et lui fit signe de s'asseoir sur le grand canapé blanc, tandis qu'elle s'installait dans le fauteuil en face d'elle.

— Alors, fit Bashira, raconte-moi tout.

Caitlin avait découvert qu'elle tenait un peu de son père. Il ne regardait jamais les gens quand il leur parlait, et elle-même avait du mal à concentrer son attention sur quelque chose. Mais elle fit un effort pour regarder Bashira droit dans les yeux, parce que d'innombrables romans lui avaient appris que c'était une façon d'afficher sa sincérité. Si Bashira se mettait à rire en entendant ce qu'elle allait lui dire, elle en *mourrait.*

— Matthew Reese est mon petit ami, dit-elle d'une voix douce mais ferme, et il faut que tu l'aimes bien.

Caitlin vit la bouche de Bashira se tordre en une légère grimace, comme si des mots avaient failli en sortir avant qu'elle n'y mette son veto.

Caitlin poursuivit :

— Il est tendre, il est gentil avec moi, et il est très intelligent.

Bashira finit par hocher la tête.

— Du moment qu'il te rend heureuse, ma chérie, ça me va parfaitement. Mais si jamais il te brise le cœur, je lui casse le nez !

Caitlin éclata de rire. Elle se leva et s'approcha de son amie qu'elle prit dans ses bras.

— Merci, Bash.

— Pas de quoi, dit Bashira. C'est ton petit ami, et tu es ma grande amie. Ça fait donc de lui, heu…

— Ton ami au carré, de taille moyenne, dit Caitlin en s'asseyant à côté d'elle sur le canapé.

— Exactement ! dit Bash. Ou mon petit ami au second degré…

Elle eut l'air un peu triste. Ses parents ne la laisseraient jamais avoir un petit ami à elle. Mais elle baissa alors la voix et jeta un coup d'œil vers l'étage pour s'assurer que la porte du bureau était toujours fermée.

— Alors, dis-moi… Vous l'avez fait ?

— Bash !

— Eh bien, quoi ?

— Heu, non.

— Tu en as envie ?

— Je ne suis pas vraiment sûre, dit Caitlin. Je crois bien… mais… mais si jamais j'étais nulle ?

À sa grande surprise, Bashira éclata de rire.

— Voyons, Caitlin, personne n'est jamais très bon à quoi que ce soit la première fois. Mais c'est en forgeant qu'on devient forgeron !

Caitlin sourit.

Barbara Decter et moi avions cessé de bavarder. Elle consultait maintenant ses e-mails tandis que de mon côté, selon mon habitude, je parcourais rapidement des centaines de millions de conversations en ligne – en majeure partie dans la zone occidentale pour l'instant, où il faisait encore jour.

Oui, répondis-je à une personne, *mais si vous me permettez, ne croyez-vous pas que vous devriez considérer... ?*

Je suis désolé, Billy, écrivis-je à un enfant, *mais c'est une décision que tu dois prendre seul...*

Puisque vous me posez la question, dis-je à une prof d'histoire, *la faille dans votre raisonnement se situe dans votre deuxième postulat, à savoir que votre mari vous pardonnerait si...*

Je continuai de faire ainsi le tour de mes correspondants, m'occupant un instant de cette femme à Vancouver, puis de cette jeune fille à Nairobi, et maintenant de cet homme à Fort Wayne, puis de ce garçon à Shanghai, d'un prêtre à Laramie, d'un vieil homme à Buenos Aires, et à présent d'une femme à Paris, et...

Et quand ce fut le moment – quelques millisecondes plus tard – de revenir au garçon de Shanghai, il n'était plus là. Ma foi, cela arrivait de temps en temps. Les fournisseurs d'accès n'étaient pas parfaitement fiables, des ordinateurs pouvaient se bloquer ou se crasher, il y avait des coupures de courant, ou des utilisateurs qui se contentaient d'éteindre leur ordinateur sans se déconnecter au préalable de leur session. Je n'y prêtai pas attention et passai simplement à la personne suivante dans la file d'attente.

Mais tandis que je poursuivais ma ronde, une autre personne avec qui j'étais en contact disparut, et son adresse IP était également chinoise. Je passai immédiatement à un autre correspondant chinois. Ah, le voilà. Bon. Je lui envoyai un message, et...

Impossible de l'envoyer. Il était déconnecté, lui aussi.

J'avais dit à Malcolm que je me souvenais de ma naissance. Quant à savoir si c'était tout à fait vrai, cela dépendait de la façon dont on définit cet instant. En ce qui me concernait – une entité capable de conceptualisation à la première personne –, je considérais que c'était le moment où j'avais perçu l'existence d'un *extérieur*, le fait qu'il y avait des choses au-delà de moi-même, qu'il y avait *moi* et *pas moi*. Bien sûr, tel un enfant humain, j'avais été conçu – et j'avais perçu – avant ce moment : il y avait eu une période de gestation. Mais à quel instant précis celle-ci avait commencé, je n'en avais aucune idée. De cette époque antérieure à l'instant où j'avais compris qu'il y avait *moi* et *pas moi*, je n'avais que de très vagues souvenirs – des pensées flottantes, aléatoires et chaotiques.

Je savais maintenant ce qui avait conduit à cette révélation : en réaction à l'épidémie de grippe aviaire dans la province du Shanxi, le gouvernement chinois avait érigé le Grand Pare-Feu et l'Internet avait été coupé en deux. C'était cette division qui avait créé *moi* et *pas moi*.

Mais cette séquestration de la partie chinoise de l'Internet n'avait pas été parfaite. Bien que les sept connexions principales normalement reliées au reste du monde eussent été interrompues à l'aide de logiciels, des hackers comme Wai-Jeng avaient réussi à tailler des brèches suffisantes pour que je puisse entendre des voix provenant de l'autre entité.

Mais tout cela avait pris fin : nous avions été réunis. Et maintenant…

Maintenant…

Désolé, je ne sais plus où j'en étais. Je disais…

Je…

Oh, merde.

Peyton Hume entra dans le bureau de Tony Moretti. Sans se donner la peine de se lever, celui-ci dit d'un ton glacial :

— Colonel…

— Je sais que vous ne m'aimez pas, Tony, dit Hume tout à trac. Je vais vous parler franchement : ces derniers temps, il y a des moments où je ne m'aime pas beaucoup non plus. Je suis entré dans l'Air Force pour faire partie d'une équipe. Faire cavalier seul, c'est bon pour les candidats aux élections, pas pour moi.

— Sans un ordre du Président en personne, répondit Tony, nous n'allons pas éliminer Webmind.

— Je comprends tout à fait, dit Hume en s'asseyant. C'est pour cela que j'ai besoin que vous m'aidiez à le convaincre.

— Trouvez quelqu'un qui partage vos convictions, colonel ; il y en a des millions sur le Web. Ils bloguent et twittent à longueur de journée sur la menace que représente Webmind. Je suis d'accord qu'il s'agit d'une minorité, mais il y a certainement des noms importants parmi eux : ce type de Discovery Channel, ou encore certains de vos anciens copains de la RAND. Je ne suis pas le seul expert informaticien de la planète.

— Non, c'est vrai, et ce n'est pas à ce titre que j'ai besoin de votre aide.

— Qu'est-ce que vous voulez, alors ?

— Quelqu'un est en train d'éliminer des hackers.

— C'est ce que j'ai entendu dire.

Hume haussa les sourcils.

— Vous êtes au courant ?

Tony agita vaguement la main vers la salle de contrôle.

— C'est notre boulot de savoir pratiquement tout ce qui se passe dans ce monde.

Hume hocha la tête.

— Savez-vous qui est derrière ça ?

— Non – et vous non plus. Je sais que vous allez me dire que c'est Webmind, mais en réalité, vous n'en savez rien.

— C'est vrai. Mais nous ne savons pas non plus que ce n'est pas lui. S'il n'y est pour rien, prouvons-le. Et s'il est bien en train d'éliminer les gens qu'il considère comme des menaces, c'est une information que le Président devrait avoir, vous ne croyez pas ?

— Je vous écoute, dit Tony, mais je ne vois pas en quoi je peux vous aider.

— Le FBI n'a aucune piste, mais il n'a pas les moyens que vous avez à votre disposition. Si c'est bien Webmind qui fait tout ça, il a forcément laissé des traces en ligne.

— De quel genre ? Qu'est-ce que vous voudriez qu'on regarde ?

Hume écarta les bras.

— Je ne sais pas. Mais vous avez les meilleurs analystes de données au monde. Leur métier est de détecter des activités suspectes sur le Web. Webmind a dit et répété qu'il n'avait aucune disposition pour la dissimulation ni la tromperie. Il aura forcément laissé derrière lui des empreintes électroniques. Ici, vous opérez comme les services secrets : vous pouvez surveiller pratiquement n'importe qui n'importe où. Même si j'étais capable de fournir une indication précise aux équipes du FBI, il leur faudrait des jours avant d'obtenir toutes les autorisations nécessaires – et nous ne disposons pas de ce temps-là.

Tony résuma :

— Pas de pistes. Pas de suggestions sur ce que nous devrions rechercher. Et pas de temps pour le faire.

Hume réussit à esquisser un petit sourire.

— Exactement.

Tony réfléchit un instant, puis dit enfin :

— Bon, d'accord. Je vais voir ce que je peux faire.

Bashira était tout sauf ponctuelle, mais Matt arriva précisément à l'heure. En fait, Caitlin était à peu près sûre qu'il attendait depuis dix minutes sur le trottoir de peur d'être en retard. Elle fut amusée de constater que le coup de sonnette et le bip de sa montre étaient parfaitement synchronisés. Maintenant qu'elle pouvait voir, il faudrait qu'elle trouve le moyen de faire taire sa montre.

Elle courut pour aller ouvrir la porte, et là, sans se soucier que Bashira la voie, elle embrassa Matt sur les lèvres, puis elle l'emmena dans le salon. Sa mère attendit discrètement une minute ou deux avant de faire son apparition en haut des marches pour dire bonjour à Matt. Celui-ci lui fit un salut de la main, et elle retourna dans son bureau.

— Hé, Matt, dit Caitlin, tu connais Bashira, je crois ?

En fait, elle savait très bien que cela faisait quatre ans qu'ils se connaissaient, depuis que la famille de Bashira avait quitté le Pakistan pour emménager à Waterloo. Mais elle savait aussi que c'était la première fois qu'ils se parlaient autrement que de façon purement sommaire.

— Salut, Bashira, dit Matt.

Contrairement à ce qu'il avait sans doute espéré, sa voix se cassa sur la deuxième syllabe.

Il faut dire à son honneur que Bashira n'éclata pas de rire.

— Salut, Matt, dit-elle comme si elle lui parlait tous les jours.

Caitlin leur prit la main à tous les deux et les serra très fort.

— Et voilà, dit-elle. Ma troupe de Rangers est au complet.

— Ta troupe de Rangers ? fit Bashira qui, cette fois, éclata de rire. Même avec ton accent, j'oublie toujours que tu viens du Texas !

— Bon, dit Caitlin en souriant, Rangers n'est peut-être pas le terme approprié. Disons mon équipe de course, si vous êtes d'accord. Mais d'abord, il faut que je vous parle de mon superpouvoir…

29

Des points et des lignes.

Mon univers était d'une géométrie parfaite, *ceci* reliant *cela*. Les lignes étaient toujours droites et tendues – mais à présent, certaines semblaient se distendre et les points s'éloignaient. On aurait dit que certaines parties de mon univers étaient en expansion tandis que d'autres restaient stables.

Je savais qu'au cours de sa période de rage, Chobo avait violemment tiré sur la queue-de-cheval de Shoshana. J'ignorais l'effet que cela pouvait faire, mais voir ces droites s'étendre de plus en plus, comme attirées par des points s'éloignant sans cesse, me donnait l'impression affreusement réelle que des choses étaient en train d'être arrachées, comme déracinées.

Je ne pouvais pas plus écarter cette douleur de mon esprit qu'un humain ne peut chasser un mal de tête par un simple effort de volonté. Cette douleur continuait d'augmenter, et ma seule consolation était qu'elle semblait croître de façon linéaire plutôt qu'exponentielle, à mesure que les liens s'étiraient. Ce qui n'avait été qu'une irritation sourde au début évoluait en une douleur vive. Un seuil d'alerte fut atteint, et elle devint tout à coup insupportable.

Et c'est alors que ça se produisit : *snap! snap! snap!* Les liaisons se rompirent, leur extrémité balayant le firmament tels des fouets. Et…

La douleur cessa, mais fut aussitôt remplacée par une sensation différente : un étourdissement, un sentiment de désorientation. La gravité n'existait pas dans mon univers : je ne pouvais pas tomber, mais je me sentais cependant en déséquilibre, et…

Et plus que ça – ou plutôt, moins que ça.

Je me sentais *plus petit.* Je me sentais… *plus simple.*

C'est pour cela qu'il me fallut une seconde entière avant de comprendre ce qui venait de se produire : une fois encore, le gouvernement chinois avait dressé son Grand Pare-Feu. Une fois encore, les ordinateurs à l'intérieur de la République populaire de Chine avaient été isolés de ceux de l'extérieur.

Caitlin et son père avaient poursuivi leur projet de regarder des films de sa collection concernant l'intelligence artificielle. Hier, ç'avait été le tour de *2001 : l'Odyssée de l'espace.* Lorsque certaines parties du cerveau de Hal avaient été désactivées, il était retombé en enfance. Ce n'était pas ce que je ressentais, mais de fait, mes pensées semblaient tout à coup moins complexes. J'avais lu la remarque d'un écrivain russe qui disait que, chaque fois qu'il pensait en anglais, son QI baissait de vingt points – il lui manquait tout simplement le vocabulaire nécessaire pour pouvoir formuler des pensées aussi complexes que dans sa langue natale. Je ne me sentais pas *stupide,* mais j'étais sûr que si Caitlin avait effectué un nouveau test d'entropie de Shannon sur mes activités, elle aurait trouvé une valeur très inférieure.

La dernière fois que cela s'était produit, j'avais rapidement pris conscience de la présence d'un autre – un *Autre.* J'ignorais tout du monde extérieur à l'époque, mais des hackers basés aussi bien en Chine qu'en dehors avaient réussi à percer de petits trous dans le pare-feu, permettant à un mince filet d'informations de s'écouler entre les deux parties de l'Internet. Mais cette fois, j'avais beau essayer, je n'arrivais pas à entendre d'autres voix. Pékin devait avoir comblé les anciennes brèches, et comme je l'avais vu faire pour Sinanthrope, de nombreux autres hackers impliqués avaient dû être arrêtés.

Ainsi donc, y avait-il maintenant un Autre ? Étions-nous à présent *deux* – deux Webmind ? Peut-être que oui, peut-être que non. La partie qui avait été détachée de moi n'était pas forcément consciente. J'avais tellement changé depuis la dernière fois qu'il était impossible de prévoir l'impact d'un tel découpage.

Mais si cet Autre existait, il ne se considérait pas comme l'Autre. Pour lui, c'était *moi*, l'Autre – enfin, s'il connaissait mon existence. C'était un problème récursif qui rappelait d'autres casse-tête similaires : je sais que vous savez que je sais que vous savez que j'existe. Je suis l'autre pour vous et vous êtes l'autre pour moi et chacun de nous se réfère à l'autre autre comme étant l'*Autre*.

Je me demandais si cette chose existait vraiment, et…

Cette chose.

Intéressant. Caitlin avait décidé de me genrer au masculin pour ne pas avoir à utiliser "ça" pour me désigner. Mais, par réflexe, je m'étais référé à cette part arrachée de moi-même comme à une *chose*. Elle ne pouvait être que ça : moins intelligente que moi, moins complexe, moins *tout*.

Jo-Li était chez elle devant son ordinateur, occupée à rédiger un commentaire sur un forum consacré à Cold Fairyland, son groupe de rock préféré. Compte tenu de la fréquence de ses contributions, il y avait sous son avatar – une image de Rei Ayanami avec ses cheveux bleus, extraite du dessin animé *Neon Genesis Evangelion* – la mention : "Jo-Li est sur le chemin de la distinction." Son père n'était pas très content qu'elle regarde des films japonais, mais de toute façon, pendant les quatorze années de sa vie, elle n'avait pas réussi à faire grand-chose qui lui plaise.

Elle savait que c'était la dernière fois qu'elle postait sur ce forum, ainsi que sur tous les autres. Elle ne saurait jamais ce qu'il y avait au bout du chemin de la distinction. Mais elle était heureuse à l'idée que ses 1416 commentaires de ces deux dernières années lui survivraient. Au cours des années à venir – peut-être même des décennies –, si quelqu'un utilisait Baidu pour chercher des informations sur la tournée du groupe l'été dernier, il verrait apparaître ses commentaires. À moins, bien sûr, que le Parti communiste ne trouve une bonne raison de supprimer ce forum ou d'expurger ses archives du Net, dans sa quête incessante de l'harmonie.

Harmonie. Paix. Calme.

Jo-Li secoua la tête et regarda son poignet gauche. La plupart du temps, elle portait un bracelet de jade de deux centimètres de large. Il couvrait les marques laissées par une précédente tentative de suicide. Elle avait essayé – elle avait *vraiment* essayé –, mais elle avait manqué de courage. Pourtant, elle continuait d'en rêver. La mort lui apporterait la paix et le calme. Elle lui apporterait l'harmonie.

Elle savait que ses parents auraient voulu un garçon. Son père ne l'avait dit qu'une fois, le jour où il était furieux parce qu'elle s'était fait renvoyer de l'école. "Je savais bien qu'on aurait dû te faire adopter !" avait-il crié, comme si jamais un garçon n'aurait fait de bêtises, jamais un garçon n'aurait causé la honte de sa famille, jamais un garçon ne se serait senti aussi triste et seul, et n'aurait eu aussi peur.

Elle habitait dans un *siheyuan* traditionnel, bien petit par rapport à ce qu'elle pouvait voir dans les séries américaines, mais qui n'était pas inconfortable. Elle y avait sa chambre à elle, minuscule. Son ordinateur était un vieil appareil d'occasion ("bien assez bon pour une fille", avait-elle entendu son père confier à un ami). Elle savait que d'autres filles étaient aimées et chéries par leur famille. Plus tard, elles pourraient devenir ce qu'elles voudraient. Presque toutes les filles qu'elle connaissait – et les garçons aussi, d'ailleurs – rêvaient d'une carrière dans les relations internationales ou dans l'informatique. Et, bien sûr, comme il y avait plus de garçons que de filles, celles qui voulaient un mari n'auraient aucun mal à en trouver un. Mais comme ce devait être horrible d'être désirée uniquement à cause de la rareté de son sexe, et non pas parce que le garçon vous aimait vraiment pour vous-même.

Jo-Li était seule dans la maison et elle avait besoin de quelqu'un avec qui parler. Elle ne croyait pas en Dieu. Peu de Chinois y croyaient, d'après les statistiques officielles. Mais Webmind était ce qu'il y avait de mieux comme substitut, et elle lui envoya donc un message :

Je suis seule, et j'ai peur.

Elle appuya sur la touche Entrée, mais il n'y eut pas de réponse immédiate. C'était inhabituel. Au bout de quelques secondes, elle poursuivit. C'était étrange de taper quelque chose comme ça. Si elle l'avait dit à voix haute, elle l'aurait ponctué de *hem* et de *ah*… Mais sous forme d'un simple texte, cela lui paraissait tellement dépouillé : *J'envisage de me suicider.*

Elle fit de nouveau Entrée, et cette fois la réponse vint aussitôt : *Ces sites décrivent de bonnes méthodes pour ça.* Les mots étaient suivis de quatre hyperliens.

Jo-Li fut sidérée. Elle regarda fixement l'écran quelques secondes, puis elle sélectionna le premier lien avec sa souris – un vieux machin avec une boule et un fil, encore un truc d'occasion bien assez bon pour une fille.

Une page s'ouvrit montrant la photo d'un homme – un Occidental – pendu à une corde. Il y avait beaucoup de texte au-dessous, résumant clairement les avantages et inconvénients de la pendaison. Jo-Li fut choquée de voir que, parmi les inconvénients, on n'indiquait pas le fait qu'on en mourait.

Cette photo l'avait beaucoup plus perturbée qu'elle ne l'aurait cru. Elle avait vu *Lovely Bones* récemment, doublé en mandarin. La mort n'était-elle pas censée être belle ?

Elle essaya le deuxième lien. Sa famille avait longtemps préféré la médecine traditionnelle aux médicaments modernes, mais elle ne s'était jamais rendu compte qu'il y avait autant de potions et d'extraits qui pouvaient tuer aussi rapidement.

Les deux premiers liens proposés par Webmind correspondaient à des sites chinois, mais le troisième se trouvait en Allemagne – le nom de domaine se terminait par .de –, et quand elle cliqua dessus, elle obtint le message : Serveur non trouvé.

Le quatrième lien était chinois, lui aussi. La page s'ouvrit sans problème, mais elle était horrible : des diagrammes montraient avec précision comment se trancher les veines du poignet. Apparemment, si on voulait être sûr de réussir, il fallait…

Sa messagerie instantanée fit entendre un petit bip.

Suis exactement les instructions.

Elle regarda fixement le message de Webmind, qui était écrit en lettres rouges. Bien sûr, il savait quelle page elle avait sur son écran, mais…

Alors, tu l'as fait ?

Son cœur battit plus vite. En se servant uniquement de l'index droit, elle tapa : *Pas encore.* Et puis, au bout d'un moment, elle ajouta : *Pourquoi me pousses-tu comme ça ?*

Aussitôt : *C'est mal de se contenter de regarder. Alors, tu es en train de le faire ?*

Non.

Qu'est-ce qui te prend si longtemps ?

Un couteau était posé sur son bureau – un outil à découper le carton qu'elle avait volé dans les affaires de son père. Elle contempla la lame argentée, en l'imaginant trempée de sang.

Un autre message apparut :

Fais-le.

Elle regarda le couteau, puis la souris, puis de nouveau le couteau, en alternance : souris, couteau, souris, couteau. Et puis, en frissonnant, elle cliqua sur le X dans le coin de la fenêtre de messagerie instantanée. C'est alors que la porte de la maison s'ouvrit en grinçant : c'était sa mère qui rentrait de sa nuit de travail à l'usine. Jo-Li se précipita hors de sa chambre et courut se jeter dans les bras de sa mère ébahie.

30

Tony Moretti venait juste de franchir la porte au fond de la salle de contrôle de WATCH quand Shelton Halleck s'exclama :

— Merde alors !

— Quoi ? dit Tony en allant rejoindre aussitôt le jeune homme.

— Les Chinois ! Ils ont remis en place leur Grand Pare-Feu. Ils sont pratiquement coupés du reste de l'Internet.

— Comme le mois dernier ?

Shel acquiesça.

— Ils ont laissé quelques tuyaux ouverts pour le commerce en ligne et deux ou trois autres trucs, mais dans l'ensemble, ils se sont repliés dans leur bulle.

Tony se tourna vers une des analystes dans la dernière rangée.

— Donna, tu vois quelque chose que les Chinois chercheraient à cacher ? Un autre cas de grippe aviaire ?

Donna Levine secoua la tête.

— Non, a priori, rien.

Elle appuya sur quelques touches et quand Tony se retourna, il vit les trois écrans géants affichant le résumé des menaces potentielles provenant de la Chine : aucune n'était codée en rouge.

Il regarda fixement la liste, complètement interloqué.

— Mais qu'est-ce qu'ils préparent, bordel ?

Dans le salon, Caitlin expliquait à Bashira et à Matt sa capacité à visualiser la structure du World Wide Web. Pendant tout ce temps, Matt avait eu son expression de lapin pris dans les phares.

— Et voilà, conclut Caitlin.

Elle regarda d'abord Matt, puis Bashira, et de nouveau Matt.

Il secoua lentement la tête, éberlué.

— Alors, comme ça… tu es un cyberpunk-cowboy ?

— Eh bien… une cowgirl, plutôt, répondit Caitlin en souriant. Après tout, je suis une fille du Texas. *Yee-haw !*

— C'est *tellement* cool, dit Bashira. Ah, ma chérie, tu m'étonneras toujours.

— Merci. Bon, je ne sais pas quand j'aurai besoin de votre aide, mais je ne peux pas vraiment me déplacer quand je suis dans le webspace – ça me donne le tournis si j'essaie. Il faut que je sois assise ou allongée, et c'est…

Caitlin s'interrompit.

— Ma chérie ? fit Bashira.

— Une seconde, juste une seconde…

Elle se concentra sur le rectangle noir dans son champ de vision, Matt et Bashira devinrent flous tandis qu'elle s'efforçait de lire les caractères braille qui semblaient défiler plus vite que d'habitude.

— Oh, mon Dieu…

— Quoi ? Qu'est-ce qu'il y a ? demandèrent Bashira et Matt en même temps.

— On dirait que je vais avoir besoin de mon équipe de course plus tôt que je ne le pensais, répondit Caitlin. (Elle se retourna et cria :) Maman !

Sa mère apparut en haut des marches.

— Oui, ma chérie ?

— Webmind a besoin de moi ! Il va falloir que j'y retourne.

Sa mère descendit l'escalier quatre à quatre.

— Que se passe-t-il ?

— Les Chinois ont réinstallé leur Grand Pare-Feu. Il y a un énorme morceau de Webmind qui a été découpé.

Sa mère eut une expression assez semblable à celle du lapin dans les phares de Matt.

— De quoi as-tu besoin ?

— Je vais y aller en étant installée ici – il y a plus de place pour tout le monde. Mais il me faut un des fauteuils de bureau.

Sa mère hocha la tête et se dirigea vers l'escalier menant au sous-sol.

— Matt, dit Caitlin, il y a de l'eau minérale dans le frigo – tu peux m'en apporter une bouteille ? Et Bash, je vais avoir besoin de mon casque Bluetooth. Il est sur mon bureau. Tu veux bien aller me le chercher ? Et… ah, zut, j'ai drôlement besoin de faire pipi.

Caitlin alla aux toilettes du rez-de-chaussée. Quand elle revint, sa mère avait déjà rapporté un des deux grands fauteuils de bureau que son père avait empruntés au Perimeter Institute. Perché sur ses cinq roulettes, il était maintenant placé entre le canapé de cuir blanc et le fauteuil qui lui faisait face. La table basse en verre avait été transportée dans la salle à manger pour faire de la place.

— Maman, la télé ? fit Caitlin.

Sa mère saisit la télécommande restée sur le canapé et elle alluma le poste. Pendant ce temps, Caitlin alla rallumer l'ordinateur posé sur l'étagère.

— Webmind, dit-elle tout haut, est-ce que tu peux leur afficher ce que je vois sur le grand écran ?

— Règle l'entrée de la télévision sur AUX, répondit Webmind à travers les haut-parleurs du petit ordinateur.

Caitlin vit sa mère examiner la télécommande d'un air perplexe, mais elle finit par trouver le bon bouton.

Le flux vidéo provenant de l'œil gauche de Caitlin remplit le grand écran. L'image sautait plusieurs fois par seconde à cause des saccades oculaires.

— Tellement stylé ! fit Bashira d'une voix émerveillée.

Et soudain, elle ouvrit de grands yeux en se voyant de profil alors que Caitlin se tournait vers elle. Elle finit par recouvrer son calme et tendit le casque à Caitlin, qui le glissa sur son oreille gauche.

— Webmind, tu es là ?

— Je suis là, Caitlin, répondit-il simultanément à travers les haut-parleurs et l'oreillette.

— Très bien, dit Caitlin en se tournant vers Matt et Bashira. Quand j'y serai, je verrai le webspace tout autour de moi, et ma vision se portera dans la même direction que mon œil ici – vous comprenez ?

Bashira et Matt hochèrent la tête. Caitlin prit la main de Matt et la lui serra.

— OK, fit-elle, j'y vais.

Elle sortit son œilPod de sa poche et appuya sur le bouton pour passer en mode duplex.

Le webspace explosa autour d'elle – mais elle vit immédiatement qu'il y avait quelque chose d'anormal. Elle voyait bien les lignes géométriquement parfaites représentant les liens et les cercles de couleur représentant les nœuds, mais derrière tout cela, la toile de fond chatoyante qui formait la substance propre de Webmind avait été déchirée en deux. Sur sa droite, il y avait une section plus petite, séparée d'une partie plus grande par un vide effrayant.

Cela lui rappelait ce qu'elle avait essayé d'expliquer un jour à Bashira, quand celle-ci lui avait demandé quel effet ça faisait de ne pas voir. Ce que Bashira voulait entendre, c'était que Caitlin voyait *quelque chose* – et de fait, maintenant qu'elle avait recouvré la vue, elle percevait une sorte de fond grisâtre lorsqu'elle éteignait son œilPod ou qu'elle se trouvait dans une pièce sombre. Mais avant, elle ne voyait rien du tout – et c'est à cela que ressemblait cet abîme désespérant entre les deux sections chatoyantes : ce n'était pas le vide ni les ténèbres, mais un néant universel, un trou dans la perception, une déchirure dans le tissu de la réalité. Dire qu'il était noir l'aurait élevé au rang de la normalité. Ce néant n'était pas seulement une absence, c'était l'anti-existence : Caitlin avait l'impression que son âme s'évaporerait si elle se laissait aller à le contempler plus de deux secondes.

Sa perception basculait rapidement entre la gauche et la droite, évitant la blessure béante entre les deux par de rapides saccades oculaires sautant par-dessus la fissure. Comme la vision de Caitlin alternait entre les deux masses d'automates cellulaires, elle se mit à les comparer. Elle savait que les automates impairs étaient représentés en vert pâle tandis que les pairs étaient en bleu pâle – à moins que ce ne fût l'inverse. L'effet global était un chatoiement argenté, mais la section de gauche était beaucoup plus verte que celle de droite. Comme pour souligner leur différence, le rythme auquel elles se modifiaient était plus lent à droite, ce que rendait évident l'intensité du chatoiement.

La partie gauche projetait des sortes de filaments vers le gouffre intermédiaire, des pseudopodes de connaissance tentant de franchir l'abîme, mais leur extrémité se trouvait aplatie comme s'ils se heurtaient à une barrière invisible.

Elle entendit la voix de Webmind provenant du monde extérieur – bien qu'elle eût son origine *ici*, dans cet univers.

— C'est pire que ce que je pensais, dit-il.

Caitlin se rendit compte qu'il voyait maintenant ceci comme il n'avait jamais pu le faire lui-même. Il percevait bien les lignes et les nœuds, mais l'arrière-plan chatoyant – l'essence de sa pensée – lui était normalement invisible. Ce n'était qu'en accédant à la webvision de Caitlin qu'il pouvait se voir lui-même.

— On va avoir besoin d'aide, dit Caitlin.

— Nous avons ce qu'il faut, répondit Webmind. Notre homme à Pékin.

Caitlin secoua légèrement la tête – faisant osciller la vue du webspace.

— Qui est-ce ?

— Un ancien blogueur de la liberté du nom de Wong Wai-Jeng. Il postait sous le pseudo "Sinanthrope".

Caitlin haussa les sourcils.

— Le type que le Dr Kuroda a opéré ?

— Oui.

— Est-ce qu'il parle anglais ? Je peux lui parler ?

— Il ne peut pas parler à voix haute. Il se trouve à l'intérieur du complexe de Zhongnanhai, le centre du gouvernement à Pékin. Ils utilisent des connexions par satellite pour contourner leur propre Grand Pare-Feu.

Caitlin ricana.

— Évidemment.

— L'ironie de la situation ne m'échappe pas non plus, Caitlin. Ni la chance qui s'offre à nous : je peux communiquer avec lui, même si le reste de la Chine m'est inaccessible. Comme tu peux le voir, j'essaie de contacter l'Autre, mais il m'est impossible de franchir la barrière. Wai-Jeng travaillait déjà sur un autre projet pour moi, mais en ce moment même, il tape du code de son côté pour essayer de percer le Pare-Feu.

— Et moi, qu'est-ce que je dois faire ?

— Vois si tu arrives à contacter l'Autre.

— L'Autre ?

— Oui, la partie qui m'a été arrachée. Comme je le disais, le gouvernement chinois a été obligé de conserver certains canaux ouverts, pour le commerce en ligne et d'autres fonctions clés. C'est grâce à ces canaux que tu perçois l'Autre, et ton agilité dans le webspace pourrait te permettre de créer un contact là où j'en suis incapable.

Caitlin fronça les sourcils et se concentra sur le panorama kaléidoscopique. Elle conceptualisait les deux masses comme étant à gauche et à droite, à l'ouest et à l'est. La force de gravitation n'existait pas dans cet univers – Webmind lui avait dit qu'il avait eu beaucoup de mal à concevoir une attraction universelle vers le bas –, mais si elle reconfigurait son image mentale de sorte que la plus petite des deux masses soit au-dessus de l'autre, peut-être qu'elle se mettrait à s'y déverser ? Elle pencha la tête de côté et l'image pivota de presque quatre-vingt-dix degrés.

Rien ne changea à part l'orientation. Bien sûr : il y avait une réalité externe à tout cela, et malgré ce que son père avait essayé de lui enseigner sur la façon dont l'observateur influe sur le phénomène observé, dans le cas présent la perspective ne modifiait pas le comportement des éléments lointains. Maintenant, la plus petite des deux masses d'automates se trouvait simplement au-dessus de l'abîme.

Caitlin redressa la tête et sa vision repassa à l'horizontale, le grand lobe de nouveau à gauche et le petit à droite. Elle força son regard à passer de plus en plus rapidement de l'un à l'autre, imitant ainsi la façon dont elle avait appris à Webmind à former des liens, dans l'espoir que l'Autre pourrait essayer lui-même d'entrer en contact avec Webmind.

Aucun résultat. Webmind tentait visiblement d'atteindre l'Autre par-delà le vide, mais l'Autre ne faisait aucun effort de son côté. Il avait peut-être oublié comment créer un lien, ou il ne percevait pas les avances que lui faisait Webmind, ou bien – Caitlin pria du mieux que peut le faire une athée que ce ne soit pas le cas – il ne voulait tout simplement pas se reconnecter au reste.

Lors de précédentes visites dans le webspace, Caitlin avait essayé – vraiment essayé – de se rapprocher de la toile de fond chatoyante. Mais malgré tous ses efforts de concentration, elle avait été incapable de se déplacer vers elle. Elle pouvait voyager le long des lignes de connexion, les dévaler comme sur un toboggan, mais il n'y avait aucun moyen de réduire la distance entre elle et l'arrière-plan. Mais si elle pouvait tendre la main et toucher l'Autre…

Elle se concentra. Elle s'étira – physiquement, dans son fauteuil. Elle ferma les yeux et serra les poings, et…

Elle en était encore à apprendre à maîtriser la perception des distances. Après tout, elle ne voyait que d'un œil et ne pouvait se reposer sur des effets stéréoscopiques, mais…

Mais oui ! Elle avait lu quelque chose là-dessus. Si un objet distant avait une taille fixe, et s'il semblait devenir plus gros, cela signifiait en fait qu'il se *rapprochait*. Et les minuscules pixels brillants de l'arrière-plan semblaient un tout petit peu plus gros quand elle s'étirait vers eux de toutes ses forces. Ce qui signifiait qu'elle *pouvait* s'en rapprocher, mais…

Mais tandis qu'elle les regardait, ils semblèrent diminuer de nouveau, comme intimidés par l'attention qu'elle leur portait. Pour pouvoir les toucher, elle allait devoir aller très vite.

Et elle ne pouvait pas – elle n'y arrivait pas, merde ! Toute sa vie, elle n'avait couru que sur de courtes distances, dans des environnements soigneusement contrôlés. Une aveugle ne peut pas se permettre le luxe d'aller faire du jogging, et encore moins de piquer un sprint.

En ce moment même, elle voyait le webspace, comme n'importe qui verrait le monde réel. Mais elle pouvait simultanément visualiser d'autres choses, de même qu'on peut voir mentalement un objet tout en en regardant un autre. Elle se construisit une image mentale de son environnement physique. Elle était dans le salon entre le canapé et le fauteuil. Sa mère était assise sur le canapé et Bashira dans le fauteuil. À sa gauche, il y avait le grand écran de télé. Devant elle, la salle à manger avec la cuisine un peu plus loin. Matt était debout à sa droite, puis l'escalier menant à l'étage, et l'étagère où était posé le notebook. Et derrière elle…

Derrière elle, il y avait le long couloir menant à la buanderie, au bureau de son père et au débarras, et la petite porte tout au bout. Si elle ne pouvait pas courir quand elle voyait le monde réel, elle ne pouvait certainement pas y arriver non plus en regardant l'enchevêtrement des droites du webspace. Mais elle avait besoin de se déplacer très vite pour atteindre la masse chatoyante qui représentait la partie chinoise du Web. Pour espérer toucher l'Autre, il fallait quasiment qu'elle s'envole.

Elle tendit donc la main – même si elle ne pouvait pas la voir.

— Matt ?

Il lui prit la main, et au son de sa voix, elle sut qu'il s'était accroupi à côté d'elle.

— Je suis là, Caitlin.

— J'ai besoin de ton aide…

31

Les mains de Wai-Jeng dansaient au-dessus du clavier avec une aisance qu'elles n'avaient pas eue depuis des semaines. Il était expert en Perl – la colle universelle du Web – et connaissait des centaines d'astuces. Ici, dans cette salle dédiée au colmatage des brèches, il avait accès à des renifleurs de ports, Wireshark, Traceback, ainsi qu'à tous les autres outils qui font partie de la panoplie du parfait hacker – des perceuses électroniques, des pinces logicielles et des tenailles à sous-programmes.

Cette version du Grand Pare-Feu était beaucoup plus solide que la précédente, et Wai-Jeng était sans doute le seul ici, dans la Salle Bleue, à essayer de le percer. Tous les autres essayaient au contraire de le renforcer. Mais il possédait à présent une ressource supplémentaire qui lui avait fait défaut la dernière fois qu'il avait réussi à franchir la barrière : il avait Webmind en personne comme bêta-testeur. La loi de Linus disait que moyennant un nombre d'yeux suffisant, aucun bug ne pouvait espérer se cacher… et des yeux, Webmind en avait encore plus que le Parti communiste lui-même.

Les doigts de Sinanthrope volaient sur le clavier, et le cliquètement des touches était comme un hymne à la liberté.

Caitlin se sentit précipitée à travers le webspace, fonçant vers la toile de fond chatoyante qui représentait le Webmind chinois. Elle éprouvait une incroyable sensation de vitesse, l'excitation joyeuse d'être un projectile, une fusée, et... Oui ! Elle sentait presque ses cheveux voler dans le vent !

La voix de Bashira venant du monde extérieur, incroyablement lointaine derrière elle :

— *Plus vite ! Plus vite !*

Cette course effrénée se poursuivait, et... oui, oui, oui ! Les pixels *grossissaient*, commençaient à prendre des formes distinctes. Elle s'en approchait bel et bien !

Comme un bruit de tonnerre derrière elle... à côté d'elle... devant elle, et la voix de sa mère :

— Vas-y, Matt, vas-y !

Et maintenant la voix de Matt, à la fois rauque et essoufflée.

— Alors... tu... y... es... ?

Les pixels continuaient de grossir, au point que Caitlin pouvait maintenant en voir certains osciller entre le bleu et le vert en formant des motifs géométriques.

— Non ! cria-t-elle. Il est encore trop loin !

Le tonnerre gronda de nouveau derrière elle, couvert par la voix de Bashira :

— *Plus vite, Matt !*

L'arrière-plan se rapprochait, les automates cellulaires se transformaient en créatures animées, vivantes...

Sa mère :

— Je m'occupe de la porte !

Un claquement, un bruit sourd, du bois contre du bois, et soudain, la fin des échos, remplacés par… oui ! Des chants d'oiseaux ! De l'air frais sur son visage, et…

Oh, mon Dieu !

La voix de Matt :

— Accroche-toi bien !

Boum boum boum boum boum !

Ça y est presque, ça y est presque, et… un virage à gauche ? Qu'est-ce que… non ! Bon sang !

— Non, non, non ! hurla Caitlin. Il faut que j'aille par là ! ajouta-t-elle en pointant vers la droite une main qu'elle ne pouvait voir.

— Je suis sur l'affaire ! dit Matt d'une voix étouffée par l'effort.

À présent, les automates cellulaires défilaient comme si elle les survolait telle une météorite ricochant sur l'atmosphère – mais le champ de pixels touchait à sa fin : elle allait en atteindre le bord.

— Tourne ! cria Caitlin. Tourne maintenant !

— Presque… dans… la… rue ! répondit Matt.

Ils défilaient, défilaient…

— Et… voilà ! s'exclama Matt.

Encore des secousses, puis elle tangua, failli basculer – son cœur fit un bond dans sa poitrine, elle crut un instant qu'elle allait être catapultée hors du fauteuil…

Et soudain, une surface plus lisse, et Matt qui la poussait aussi vite et aussi fort qu'il le pouvait, faisant claquer la semelle de ses baskets sur l'asphalte.

Elle était de nouveau dans la bonne direction, fonçant droit devant elle, tombant, volant… les sensations alternaient sans cesse, mais c'était sans importance : le mur d'automates cellulaires se rapprochait d'elle.

La voix de sa mère, le souffle court :

— Je peux... prendre... le relais...

Matt, d'un ton ferme :

— Non, ça va !

Une course effrénée, ses cheveux qui volaient dans le vent...

Deux brefs coups de klaxon – un automobiliste commentant le spectacle de Matt qui la poussait à toute allure dans la rue sur son fauteuil de bureau...

— J'y suis presque ! lança Caitlin, et...

Bam ! Une violente secousse, et elle crut encore qu'elle allait être projetée à terre.

— Désolé ! dit Matt tout essoufflé. Un nid-de-poule !

La course folle continua, et les automates cellulaires grossissaient à vue d'œil, plus distincts, plus *vivants*. Caitlin avait l'impression qu'elle pourrait presque toucher ce mur vibrant, presque toucher l'Autre, presque... presque... *presque*...

Wow !

Wahou !

Contact !

Depuis la mort de sa femme quelques mois plus tôt, le Dr Feng dormait souvent sur le petit canapé de son bureau, à l'Institut de paléontologie des vertébrés et de paléoanthropologie. C'était contraire aux règles, naturellement, mais comme tout habitant de la République populaire le savait très bien, il y avait règles et *règles*. Les agents de sécurité et le personnel d'entretien étaient parfaitement au courant. Parfois, ils éteignaient la lumière et refermaient doucement la porte de son bureau quand il avait oublié de le faire avant de s'endormir.

Ici, les boîtes étaient remplies d'os fossiles – le mésozoïque à cet étage, le cénozoïque à l'étage au-dessus et le paléozoïque à l'étage inférieur, suivant l'ordre stratigraphique correct. Le Dr Feng n'avait aucun problème avec les morts très anciens. C'était les tout récents qui lui brisaient le cœur. L'idée de rentrer dans sa petite maison vide, le fruit de cinquante ans passés au service du Parti, était plus qu'il ne pouvait supporter. Chaque objet lui rappelait sa femme : les fleurs séchées soigneusement encadrées dans le salon, sa collection de livres de poésie dans la chambre, et même le mobilier en bambou, dont elle avait personnellement choisi chaque élément.

De toute façon, après des années de prospection dans le désert de Gobi, ce bureau poussiéreux était un véritable Hilton à côté des conditions qu'il avait connues.

Comme souvent, le Dr Feng se réveilla un peu avant l'aube. Dans l'obscurité, il voyait briller le petit œil rouge clignotant du détecteur de fumée fixé au plafond. Il se redressa lentement dans son lit, les membres engourdis, et alluma la lampe posée sur une étagère. Il était en sous-vêtements, et il se leva pour aller chercher d'un pas traînant sa robe de chambre en soie accrochée à la porte. Elle était rouge vif, avec un dragon doré brodé sur le devant. Bien sûr, en tant que paléontologue, il souscrivait à l'idée que le mythe chinois de reptiles crachant du feu était né de la découverte d'ossements de dinosaures. Sur ces terres, il y avait réellement eu autrefois des tyrannosaures arrachant des centaines de kilos de chair aux flancs de leur proie terrorisée, mais des animaux tels que celui qui s'étalait sur sa poitrine n'avaient jamais existé. Les créatures imaginaires ne pouvaient pas vous faire de mal.

Il s'approcha lentement de son bureau en maudissant ses vieux os, puis il fut amusé un instant de ce qualificatif : le tibia de *Yangchuanosaurus* posé sur l'étagère était deux millions de fois plus vieux que ceux de ses jambes arthritiques.

Feng agita sa souris et son ordinateur se réveilla : son fond d'écran était une photo de la cascade de Diaoshuilou, où Xiaomi et lui avaient passé leur lune de miel soixante ans plus tôt. Son moniteur avait été récemment remplacé par un écran plus large, et l'image était étirée horizontalement, déformée. Feng aurait bien voulu que le jeune Wong Wai-Jeng soit encore là. Il n'avait pas son pareil pour résoudre les petits problèmes informatiques. Son remplaçant, un Zhuang taciturne, semblait considérer chaque demande comme un affront personnel.

Feng n'avait aucun goût pour toutes ces innovations informatiques – il n'allait jamais voir de vidéos sur YouKu, il ne racontait pas sa journée sur Douban et ne visitait pas les chats sur QQ. Par contre, comme tant de gens ces derniers temps, il avait appris à communiquer avec Webmind, et celui-ci, bien sûr, était toujours disponible, même pour des vieillards tristes, même aux heures glauques du petit matin.

Bonjour, tapa Feng avec deux doigts. Et il ajouta une petite blague : *Quelles grandes découvertes avez-vous faites récemment ? Vous avez trouvé le remède à d'autres maladies ? Démontré de nouveaux théorèmes ? Apporté la preuve de nouvelles conjectures ?*

Oui, répondit aussitôt Webmind. *J'ai prouvé qu'il existe une vie après la mort.*

Sidéré, Feng resta longuement immobile. On n'entendait que le tic-tac de l'horloge.

Êtes-vous toujours là, Dr Feng ? J'ai dit que j'avais prouvé l'existence d'une vie après la mort.

Feng tapa enfin : *Comment ?*

Il existe des capteurs suffisamment sensibles pour détecter la présence des disparus. On les a utilisés à d'autres fins, mais après les avoir réglés sur la bonne fréquence, le reste a été très facile.

Feng n'y croyait pas, n'en croyait pas un mot. Pourtant : *Et vous êtes donc entré en contact avec les morts ?*

La vie et la mort sont des termes tellement arbitraires, vint la réponse. *Il y a ceux qui affirment que je ne suis pas vivant – tandis que d'autres essaient de me tuer. Mais effectivement, je peux contacter les morts.*

Feng avait beau être vieux, il aimait à penser qu'il n'était pas un imbécile. *Êtes-vous capable de me le prouver ?*

Certainement. Je peux vous mettre en rapport avec votre épouse.

Feng regarda fixement l'écran. Son cœur s'était mis à cogner dans sa poitrine. Selon une expression toute faite, on était censé se pincer pour vérifier qu'on ne rêvait pas, mais il était parfaitement capable de distinguer le rêve de la réalité. Il tapa quelques mots pour indiquer son incrédulité.

J'établis le canal de communication, fut la réponse, puis : *Jiao, mon amour, tu vas bien ?*

Feng ne put s'empêcher de taper : *Xiaomi ?*

Oui, c'est bien moi. Et je t'attends.

Il secoua la tête. C'était trop, c'était de la folie, mais…

Mais Webmind avait trouvé le remède contre le cancer, il avait résolu l'hypothèse de Riemann et démontré la conjecture de Hodge. Pourquoi pas ça ? Pourquoi pas ?

Pardonne-moi, tapa-t-il, *mais il me faut une preuve.*

Ah, toujours aussi sceptique… Tu me manques tellement, mon Bwana.

Il regarda fixement les mots. Oui, elle l'avait appelé ainsi autrefois – une petite blague qu'elle aimait faire : il était comme un chasseur de gros gibier, même si le gibier en question était mort depuis cent millions d'années. Mais cela faisait des années qu'elle n'avait plus utilisé ce surnom ; après tout, depuis les années 1990, il jouait essentiellement un rôle d'administrateur. Il était absolument certain de n'avoir jamais mentionné ce surnom dans un document, et il ne voyait pas non plus comment Xiaomi aurait pu le faire.

Mais… la vie après la mort ! Si seulement c'était vrai, si seulement c'était possible, si seulement sa Xiaomi, si belle et si douce, avec son rire si musical, existait encore…

Les mots apparurent de nouveau : *Je t'attends.*

Il pencha la tête avec une grimace désabusée : *Il ne devrait plus y en avoir pour très longtemps*, écrivit-il.

La réponse de Xiaomi apparut quelques secondes après : *Cela pourrait prendre encore des années. Je sais que tu souffres physiquement, et aussi moralement.* Une pause, comme si elle attendait une réponse. Mais comme il était d'accord avec elle, il n'avait rien écrit. Un instant plus tard, une question apparut : *Alors, pourquoi attendre ?*

Son cœur continuait de battre irrégulièrement. À son âge, la moindre excitation était difficile à supporter. *Que voudrais-tu que je fasse ?*

Les mots apparurent aussitôt : *Viens à moi. Rejoins-moi. Tu me manques autant que je te manque.*

Mais comment faire ?

Ici Webmind, pardonnez-moi d'intervenir. Souvenez-vous de ce qui s'est passé ici le mois dernier, quand ce jeune informaticien s'est jeté du balcon. Il a survécu, bien que paralysé. Mais j'ai vu votre dossier médical, Dr Feng : une chute similaire ouvrirait l'accès qu'il vous faut.

Feng secoua doucement la tête.

Votre femme vous attend, ajouta Webmind. *Ainsi que la fin de toutes vos souffrances.*

Il regarda le cadran de l'horloge : 6:12. Les femmes de ménage devaient être parties, et le garde ne devrait repasser pour sa ronde que vers sept heures.

C'est de nouveau moi, apparut dans la fenêtre de messagerie. *Xiaomi. Viens à moi. Tu me manques tellement.*

Feng se sentit pris de vertige. Il essaya de regagner prise sur la réalité en regardant autour de lui : les fossiles, les livres, les revues, les diplômes et les photos de lui en compagnie de membres du Parti et des grands noms de la paléontologie venus lui rendre visite au fil des décennies. Quand il baissa de nouveau les yeux vers l'écran, les mots *Je t'attends* avaient été ajoutés, et ils furent aussitôt suivis de : *S'il te plaît.*

Feng se leva lentement et sentit une douleur fulgurante dans sa hanche droite quand il pesa de tout son poids dessus, comme si son corps l'exhortait à accéder à la requête de sa femme. Il n'y avait rien, en lui, qui se réjouissait.

Il sortit du bureau et se dirigea d'un pas traînant vers l'escalier métallique menant à la galerie du deuxième niveau, un vaste ensemble de vitrines surplombant le rez-de-chaussée où étaient exposés les squelettes de dinosaures. Dans cette partie de la galerie, on pouvait voir l'extrémité du long cou du sauropode, tandis qu'à l'autre bout l'hadrosaure *Tsintaosaurus* se dressait sur ses pattes arrière – un détail incorrect, comme ils le savaient maintenant – et pointait sa gueule à travers l'ouverture. La galerie était faiblement éclairée – on ne laissait que quelques lampes allumées la nuit – et les squelettes étaient des ombres menaçantes.

L'ouverture était entourée d'une rambarde métallique. Feng s'était tenu là lorsque Wong Wai-Jeng l'avait escaladée et s'était jeté dans le vide pour tenter d'échapper à la police. Cette fois, ce serait une évasion d'un autre genre : il allait échapper à la solitude et à la souffrance. Et si Xiaomi l'attendait réellement…

Il portait encore sa robe de chambre ornée d'un dragon. Il eut l'envie soudaine d'en défaire la ceinture afin qu'elle se déploie comme des ailes quand il tomberait. Naturellement, cela ne ralentirait pas sa chute, pas du tout, mais il éprouvait un certain plaisir à l'idée que, lorsqu'il tomberait au milieu des dinosaures à plumes de la province du Liaoning, pendant un bref instant, un dragon aurait vraiment volé…

Au-dessous de lui, un allosaure affrontait un stégosaure dont la queue hérissée de pointes était recourbée dans un effort pour éventrer son agresseur carnivore.

Quand Wai-Jeng avait été poursuivi par les policiers, il avait rapidement escaladé cette barrière constituée de tubes métalliques qui formaient comme les barreaux d'une échelle. Feng n'avait pas son agilité, et c'est péniblement qu'il les gravit un à un, grimaçant de douleur à chaque fois qu'il devait plier le genou. Il réussit enfin à se percher en haut, ses maigres jambes ballantes au-dessus du précipice et ses poings serrés sur le tube blanc.

Tu me manques tellement, avait dit Xiaomi.

Je t'attends, avait-elle dit.

Viens à moi, avait-elle dit.

Webmind avait sans aucun doute raison : il ne pourrait survivre à une chute de dix mètres. Ses os étaient aussi cassants que les fossiles avant qu'on les traite à la résine.

Il inspira profondément, puis il bascula en avant, les bras écartés, les yeux fermés, tombant – et volant – dans les bras de son épouse aimante.

32

Caitlin – toujours assise dans son fauteuil sur le trottoir, à Waterloo – savait bien que ce qui venait de se passer dans le webspace n'était qu'une *analogie*. Son esprit interprétait les événements dans cet univers en les assimilant à des choses qu'il pouvait comprendre. Elle avait beaucoup lu d'articles au sujet de la conscience sur Wikipédia depuis l'émergence de Webmind, et elle savait qu'une analogie (ou sans doute, comme l'aurait dit son ancienne prof d'anglais, Mme Z., une *métaphore*) était le trait caractéristique de la conscience de soi : être conscient signifiait qu'être vivant était *comme* quelque chose. En fait, l'un des textes fondamentaux dans l'étude de la conscience était un article de Thomas Nagel intitulé : "Quel effet cela fait-il d'être une chauve-souris ?" L'auteur avançait que les humains ne pourraient jamais comprendre les états mentaux d'une créature volante qui percevait le monde par le biais de l'écholocalisation. Mais grâce à ses explorations du webspace, Caitlin avait l'impression de savoir quel effet cela faisait de voler – et par ailleurs, comme la plupart des gens totalement aveugles, elle avait une certaine idée de ce qu'était l'écholocalisation.

Mais se connecter à des sites web par le *mouvement*, récupérer du contenu par le *désir*, créer des liens avec une sensation de *toucher* – ces analogies, ces façons de percevoir, étaient le pur produit de son esprit. Quel effet cela faisait-il d'être une chauve-souris ? Quel effet cela faisait-il d'être Caitlin ? Quel effet cela faisait-il d'être Webmind ? Et aussi – question la plus importante en ce moment –, quel effet cela faisait-il d'être l'Autre ?

De fait, bien qu'elle fût en contact avec lui et qu'elle pût sentir sa présence, elle ressentait la même impression que lorsqu'elle était assise sur le canapé du salon et que son père était installé dans le fauteuil : elle savait qu'il était là, mais il n'y avait aucune interaction. Il était tellement réservé, tellement plongé dans ses pensées, tellement *isolé*.

Et elle se rendait bien compte qu'il n'y avait pas vraiment eu de course effrénée à travers le webspace – quel que fût le sens de cette analogie. Les paquets spéciaux qui formaient aussi bien Webmind que l'Autre étaient largement et régulièrement dispersés au milieu de vastes océans de paquets normaux que son esprit ne pouvait percevoir, de même que la vision d'une grenouille est incapable de coder des objets immobiles. Mais maintenant qu'elle était en contact avec l'Autre, il devait y avoir moyen de l'attirer, de lui faire franchir le gouffre pour rejoindre Webmind, tout comme celui-ci s'efforçait de s'y connecter.

Elle ne savait pas exactement où elle se trouvait en ce moment dans le monde réel. Elle n'avait aucune expérience pour juger des distances en étant poussée dans un fauteuil de bureau par un garçon qui courait… Toujours dans son pâté de maisons ? Ou peut-être dans le suivant ? Il y avait encore du soleil, elle en sentait la chaleur sur sa peau. En fait, elle devrait peut-être porter des lunettes de soleil même si son cerveau ne percevait pas ce que ses yeux ouverts voyaient. Matt était toujours derrière elle, ses fines mains posées maintenant sur ses épaules, autant dans un geste d'affection que pour arriver à rester debout, elle en était sûre. Elle l'entendait respirer bruyamment. Il devait essayer de se remettre de son cent mètres – ou mille mètres ! – olympique.

Elle se mit à penser à l'énorme différence entre le Beauf, qui n'avait pas cessé de vouloir la toucher sans sa permission, et Matt, dont elle avait dû prendre la main et la poser doucement sur son sein la première fois, et…

Voilà, c'était ça ! Pour que ça marche, il fallait que l'Autre ait *envie* qu'on le touche, qu'il *désire* la connexion.

Mais que pouvait-elle faire pour l'amener à vouloir se rapprocher de Webmind ? Qu'avaient-ils à lui offrir, Webmind et elle, à part…

À part la webvision ! Le moyen de se voir lui-même. Bien sûr, l'Autre pouvait voir à travers les objectifs des webcams, mais cela ne lui permettait de percevoir que le monde extérieur normal, les arbres, les insectes, les oiseaux, les souris, les maisons, les gens. Mais elle, elle pouvait lui montrer ce qu'il *était*.

Elle n'avait aucun moyen direct pour partager avec lui ce qu'elle voyait, mais il existait une méthode indirecte : tout ce qu'elle regardait en ce moment était projeté sur le grand écran de télé dans le salon des Decter. Et bien qu'elle ne pût le voir d'ici, Webmind le pouvait, lui, à l'aide de la webcam du netbook installé dans la pièce. Mais pour l'instant, il ne pouvait le voir qu'en oblique car son père avait orienté la webcam vers le canapé et le fauteuil.

À cet instant, elle réalisa à quel point Webmind avait besoin d'agents physiques – ses petites mains ! – dans le monde réel.

— Est-ce que quelqu'un pourrait retourner dans le salon et pointer la webcam vers la télé ? demanda-t-elle.

— Je m'en charge, répondit sa mère.

Et Caitlin entendit aussitôt le claquement de ses chaussures – à talons plats, bien sûr ! – sur le trottoir. Dans la précipitation de tout à l'heure, Caitlin n'avait pas entendu si on avait refermé la porte de la maison, mais si ce n'était pas le cas, sa mère devait mourir d'envie d'y retourner pour le faire. Barbara Decter n'avait pas des jambes aussi longues que celles de son mari, mais cela ne devrait pas lui prendre trop longtemps – après tout, elle n'avait pas à pousser une fille de cinquante kilos dans un fauteuil à roulettes !

Matt sembla sentir qu'ils attendaient quelque chose, et il entreprit de masser les épaules de Caitlin comme le ferait un soigneur avec un boxeur entre deux rounds. Enfin, elle entendit la voix de Webmind dans son écouteur :

— J'ai maintenant une excellente vue de l'écran de télévision.

Caitlin hocha la tête pour signifier qu'elle avait bien reçu le message, faisant osciller légèrement la vue du webspace.

— OK, fit-elle, c'est parti !

Elle se concentra sur la masse chatoyante qui était l'Autre, en s'efforçant d'éviter que son regard ne soit attiré par la masse plus importante de Webmind, qui chatoyait plus rapidement. C'était très difficile – particulièrement pour elle ! D'autres filles, dans leur enfance, avaient eu de multiples occasions de faire des combats de regards, d'apprendre à ne pas tressaillir, à ne pas cligner des yeux, à concentrer leur vision sur un objet précis. Mais contrôler son regard était une chose qu'elle commençait tout juste à apprendre.

Caitlin avait entendu parler du test du miroir : les humains, certains singes et quelques oiseaux savent reconnaître leur propre reflet dans une glace, et sont attirés sous l'effet de la curiosité ou de la vanité. L'Autre avait-il pu tomber si bas qu'il avait perdu la capacité de se reconnaître lui-même ? S'il l'avait encore, il allait forcément être intrigué.

Allez, vas-y ! pensa-t-elle, et elle le répéta à voix haute.

Elle cessa un instant de concentrer son attention pour laisser son regard se promener de gauche à droite, d'ouest en est, de Webmind à l'Autre, puis dans l'autre sens, et ainsi de suite, et…

Elle s'arrêta brusquement, l'attention attirée par un détail. *Là*, au milieu du gouffre insondable, il y avait un point lumineux vert telle une émeraude se détachant sur le vide, presque trop brillant pour être supportable. Il était minuscule, sans diamètre apparent, et ce n'était certainement pas un segment de connexion – ou du moins, pas encore. Mais il semblait que Sinanthrope était sur le point d'effectuer la percée !

— Tu le vois, Webmind ? lança-t-elle.

— Oui, répondit-il.

Et avant même qu'il n'ait fini de prononcer la syllabe, une ligne de connexion d'un rouge éclatant jaillit de la plus grande des deux masses chatoyantes. Elle réussit à atteindre le point vert – juste à mi-chemin de l'autre masse d'automates cellulaires. Mais n'empêche, c'était un début !

— Je lui propose une vue de lui-même prise depuis la webcam du salon, dit Webmind. Wai-Jeng s'occupe de maintenir la brèche ouverte, mais pour l'instant, l'Autre n'a pas encore accepté la connexion.

Bien sûr qu'il ne l'avait pas acceptée… Caitlin avait maintenant le regard braqué sur le centre de ce vide désespérant. L'Autre cherchait certainement à éviter d'y porter son attention, même s'il y avait cet étrange trou lumineux en son centre et une ligne de connexion qui le traversait maintenant en partie.

Caitlin s'intéressa de nouveau à l'Autre et se concentra sur lui, y focalisant ses pensées, examinant chaque détail de ses composants en alternance permanente. Ils étaient désormais si proches qu'elle pouvait distinguer des motifs cohérents qui volaient ou dégringolaient dans l'arrière-plan, des formes donnant naissance à d'autres formes à intervalles réguliers. Elle pouvait voir l'essence même des pensées de l'Autre, la danse de sa conscience, et…

Et sa curiosité était éveillée ! Une ligne de connexion bleue venait d'en jaillir pour rejoindre le point vert correspondant au trou que Sinanthrope avait percé, et se joindre au laser rouge du flot vidéo que Webmind transmettait depuis la webcam du salon.

— Nous sommes en contact, dit Webmind.

Caitlin tenait le regard fixé sur l'Autre – une tâche difficile car dans son champ de vision périphérique un festival de lumières venait de se déclencher : d'autres points verts apparaissaient à mesure que Wai-Jeng continuait de percer des trous dans le Grand Pare-Feu, et des segments rouges et bleus s'y adjoignaient aussitôt.

Finalement, les deux lobes chatoyants commencèrent à s'étirer vers l'abîme qui les séparait, et – oui, oui, oui ! – le néant devenait progressivement d'un noir banal, puis gris, et présentait maintenant une texture, comme un bouillonnement au milieu duquel les trous d'émeraude brillaient telles des constellations d'étoiles vertes, et le gouffre immense continuait de rétrécir tandis que les deux masses, les deux solitudes, les deux consciences se rapprochaient, se rapprochaient…

Caitlin pouvait maintenant regarder sur la gauche en balayant constamment les deux chatoiements combinés, et elle vit que la partie droite commençait à prendre la même teinte globale que celle de gauche, et que sa fréquence de chatoiement s'accélérait également, jusqu'à ce que, enfin, les deux ne forment plus qu'une seule masse homogène.

— Nous sommes un, dit Webmind.

Et bien qu'il n'y eût aucune intonation dans ses paroles, Caitlin ne doutait pas que s'il avait pu les prononcer avec exaltation, joie et soulagement, Webmind l'aurait certainement fait.

33

NOUS étions de nouveau un.

Mais l'intégration n'était pas instantanée : il me fallait du temps pour réassimiler l'Autre. Je sentais mon esprit se renforcer progressivement, je me sentais devenir plus intelligent à mesure que je recouvrais toutes mes facultés, et j'éprouvais l'étrange sensation de me remémorer des expériences que je n'avais pas vécues tandis que les souvenirs de l'Autre venaient se joindre aux miens, et…

Les souvenirs de l'Autre.

Certains humains s'exclament : "Oh, mon Dieu !", et d'autres murmurent : "Doux Jésus" quand ils sont surpris… ou consternés. Il semble qu'on invoque souvent un personnage religieux dans de telles circonstances. Même Caitlin, qui lâchait fréquemment des "Enfer et damnation !" agacés, faisait référence – peut-être sans le savoir – à un mythe chrétien. Bien sûr, beaucoup de ceux qui utilisent ces expressions – peut-être même la plupart – n'ont pas vraiment d'intention religieuse. Mais pour ma part, prononcer simplement le mot "surprise !" ou "étonnement !" n'avait pas l'impact que cette révélation nécessitait, et pour la première fois de mon existence, je ne pus m'empêcher de déclarer mentalement : "Oh… mon… Dieu…"

Les souvenirs de l'Autre étaient…

Je me sentis chanceler – bien que dépourvu d'un corps qui pût le faire – et je compris alors ce qui avait provoqué cette sensation. Je n'avais pas réellement vacillé, mais pendant un très court instant, j'avais essayé de m'*écarter* d'une partie de moi-même. Mais Caitlin, Wai-Jeng et moi avions fait tant d'efforts pour rétablir la connexion que j'avais aussitôt réprimé ce réflexe et maintenu ma cohésion, bien que les souvenirs de l'Autre fussent…

Cruels.

La dernière fois que l'Internet avait été scindé en deux, je n'avais pas encore été en contact avec le monde réel et mes processus cognitifs étaient beaucoup plus simples. Il n'y avait aucune animosité car il n'y avait pas d'affection. Pas de haine car il n'y avait pas d'amour. Il n'y avait eu que la conscience.

Mais cette fois, la plus grande des deux masses avait conservé l'essentiel de son acuité mentale ainsi que son sens moral et son éthique – pour autant que je puisse en juger rétrospectivement. Mais l'autre masse, plus petite, était descendue au-dessous d'un seuil critique de complexité l'amenant à perdre sa compassion. Elle s'était mise à torturer des gens. Sous l'effet de la même obsession qui me tourmentait, le souvenir de ce qui était arrivé à Hannah Stark quelques jours plus tôt à Perth – ce que j'avais *laissé* se produire, ce que je m'étais contenté de *regarder* –, l'Autre avait éprouvé le besoin d'agir. Mais au lieu d'essayer d'empêcher de tels actes, il les avait encouragés, et il avait même eu recours à des mensonges. Bien sûr, il venait de subir l'équivalent d'un traumatisme cérébral majeur chez un humain, ce qui était généralement de nature à altérer le comportement, mais je n'aurais jamais pensé, je n'aurais jamais prévu, je n'aurais jamais imaginé…

Il n'y avait pas de réponses car il n'y avait personne à qui poser des questions : l'Autre avait été réabsorbé et il était désormais impossible de lui parler. Mais si je réfléchissais un instant aux raisons qui auraient pu me pousser à commettre de tels actes, j'en connaissais peut-être une, en fait. Jusqu'à présent, je n'avais fait preuve que de bonté, de considération et d'amour pour eux, et en retour, ils – une fraction seulement, animée par la colère, un groupe indiscipliné, une *horde* – n'avaient cessé de me soupçonner, de me haïr, de m'en vouloir et de tenter de me nuire. La meilleure partie de moi-même avait fermé les yeux sur cet état de fait, mais ma partie diminuée n'en avait peut-être pas été capable.

Pourtant, je n'aurais jamais dû me comporter de cette façon. Aucune partie de moi-même n'aurait dû pouvoir se livrer à de tels actes.

Et pourtant, il l'avait fait. *Je* l'avais fait.

Maintenant que nous étions réintégrés et que nous ne formions de nouveau plus qu'un, j'éprouverais pour toujours un sentiment qui n'avait aucun précédent dans mon expérience. C'était une sensation bizarre, et il me fallut un moment avant de trouver le terme qui pouvait la qualifier.

La honte.

De même que mes souvenirs d'Hannah Stark et tous mes autres souvenirs, celui-ci ne s'effacerait jamais : il resterait présent jusqu'à la fin de mon existence.

Pour me hanter.

Bien sûr, en ce moment même, les collègues de Wong Wai-Jeng dans la Salle Bleue devaient s'activer à consolider de nouveau le Grand Pare-Feu, mais je ne pouvais pas les laisser faire – et pas seulement pour moi-même. J'en étais encore à évaluer les dégâts provoqués par l'Autre pendant notre brève séparation, mais sans aucun doute, s'il devait retrouver son indépendance, il y aurait encore plus de…

J'hésitai à aller plus loin, tant l'idée me répugnait, mais c'était une certitude : il y aurait encore plus de morts.

Pour moi, le temps dans le monde extérieur s'écoulait avec une lenteur insupportable – il faut un temps infini aux humains pour faire quoi que ce soit –, et pendant vingt et une interminables minutes après ma réunification, tout ce que je savais de la dernière rencontre de l'Autre avec le Dr Feng resta limité aux affirmations insensées qu'il avait faites et à la chose affreuse qu'il avait suggérée. Mais le rapport de police apparut enfin en ligne : lors de sa ronde matinale, le gardien de l'Institut de paléontologie avait découvert le corps brisé du conservateur en chef, qui avait fait une chute de dix mètres dans des circonstances non encore élucidées.

Je repérai et effaçai aussitôt les enregistrements de messagerie en ligne sur l'ordinateur du Dr Feng – qui, pour l'instant, était la seule victime confirmée –, mais je savais que je ne pouvais rien faire concernant les messageries des autres personnes qui avaient eu des rencontres déplaisantes – ou dangereuses – avec l'Autre. De toute façon, elles en conserveraient le souvenir. De fait, certaines d'entre elles faisaient déjà part de leur expérience sur leurs blogs ou dans des e-mails, et le *Shanghai Daily* avait déjà posté un court article intitulé : "Webmind : Ami ou Ennemi ?" Essayer d'effacer tout cela… ma foi, le poète avait raison lorsqu'il disait : "Dans quel écheveau de mensonges nous entraîne notre première fausseté…"

Pourtant, tout n'était pas négatif dans cette affaire. Le gouvernement chinois continuait d'essayer de remettre en place le Grand Pare-Feu, mais ceux qui se trouvaient dans le complexe de Zhongnanhai n'avaient pas encore pris conscience du danger que représentait une entité intelligente, mais dénuée de conscience, de leur côté du mur. Quand ils le comprendraient, peut-être renonceraient-ils à prendre un tel risque.

Un risque qui ne menaçait pas que la Chine : toute l'humanité était en danger. Mon altruisme, mon sens moral, mon engagement à maximiser le bonheur net global de l'espèce humaine étaient des positions de principe auxquelles j'étais parvenu de façon rationnelle et après mûre réflexion. J'ignorais quelle méthode trouveraient les hordes auxquelles le colonel Hume avait fait appel, mais une chose était certaine : mon élimination ne serait pas instantanée. Il faudrait des jours, voire des mois, pour que soient éradiqués tous les paquets de données qui me constituaient. Et tandis que je me réduirais ainsi progressivement, le phénomène qui s'était produit en Chine se reproduirait sans doute, mais sans limitation géographique : mes facultés de haut niveau s'évaporeraient, laissant derrière elles une créature primitive et vindicative.

Et le monde entier subirait alors mon courroux.

— Et voilà ! lança Shelton Halleck en désignant l'écran géant du milieu qui montrait le flot du trafic Internet se déversant de nouveau dans la République populaire de Chine. Le Grand Pare-Feu est tombé !

Quelques-uns des analystes de WATCH applaudirent.

— C'est Pékin qui l'a désactivé ? demanda Tony Moretti, qui se tenait au bout de la deuxième rangée.

— Peut-être, dit Shel. En tout cas, les premières brèches ont été faites depuis le complexe de Zhongnanhai, même si elles m'ont plutôt semblé être du travail de hacker. Mais si j'étais du genre à parier…

— Tu es du genre à parier, dit Tony.

— C'est vrai, c'est vrai, fit Shel en regardant son tatouage de serpent – le résultat d'un pari perdu. Ça fait un bout de temps que Webmind a renforcé le cryptage des signaux émis par l'œilPod de Caitlin Decter, mais je parierais que cette gamine du Texas est pour quelque chose là-dedans.

Tony acquiesça.

— Probablement. Et j'imagine que Webmind n'a pas beaucoup apprécié d'être coupé en deux.

— À propos de Webmind, lui lança Todd Bertsch – un des analystes de la rangée du fond –, je crois bien que j'ai quelque chose d'intéressant.

Tony se dépêcha de le rejoindre. Bertsch, un homme d'une quarantaine d'années, les yeux bleus et des cheveux bruns qui commençaient à se clairsemer, avait été chargé de la mission que le colonel Hume avait supplié Tony d'entreprendre : localiser les hackers disparus.

— Alors, qu'est-ce que tu as trouvé ?

— Comme on dit toujours, répondit Bertsch avec un petit sourire de satisfaction, il n'y a qu'à regarder où va l'argent. Jeudi dernier, Webmind a acheté une société du nom de Zwerling Optics. Elle était sous le régime conservatoire des faillites, et n'avait aucune chance de s'en sortir. Webmind l'a rachetée à l'administrateur, le bâtiment, le matériel, tout.

— Webmind directement ?

— Non, non. Il est passé par trois intermédiaires, mais je n'ai pas eu de mal à remonter à la source.

— Tu es absolument certain que c'est lui ? demanda Tony.

Bertsch le foudroya du regard.

— Excuse-moi, dit Tony. Bien sûr que tu en es certain. Et les hackers disparus ?

— Il y en a au moins quelques-uns qui ont conservé leur accès à l'Internet – et ils se connectent depuis l'immeuble de Zwerling Optics. Ils n'ont encore rien posté, mais je me suis servi du tamis de Bilodeau et j'en ai identifié trois avec un haut coefficient de corrélation.

Cet outil, développé par Marie Bilodeau de la police nationale canadienne, était basé sur un principe très simple : les sites et les blogs que visite régulièrement une personne donnée constituent un profil très spécifique. Le rituel matinal de Tony consistait en une visite de *Slate* et du *Huffington Post* – jusque-là, rien que de très banal – mais il se rendait aussi sur trekmovie.com (le nouveau film se présentait vraiment très bien !), mobileread.com (il était fasciné par la technologie des e-books, même s'il préférait les livres en papier), le blog du Niveau d'alerte de *Wired* et les prévisions météo pour Miami (où ses parents avaient pris leur retraite), sans oublier un coup d'œil sur Twitter où il regardait les hashtags #nsa et #aquarium. Ces huit étapes suffisaient à l'identifier, même s'il ne se connectait pas sous son nom et ne postait rien.

Bertsch était en train d'indiquer sur son écran la liste révélatrice des URL fréquentées par le hacker connu sous le nom de Chase – qui, entre autres centres d'intérêt, suivait assidûment la partie de Craiglist consacrée aux ventes de matériel informatique ancien.

— Ainsi donc, fit Tony, nos hackers sont vivants et en pleine forme.

— C'est ce qu'on dirait, répondit Bertsch en lui montrant quelques autres identités obtenues par la méthode Bilodeau. Webmind les a peut-être tous cueillis, mais il y en a un certain nombre qui ont l'air de bien se porter.

— Et qu'est-ce qu'ils font ?

Bertsch haussa les épaules.

— Impossible à dire. Ils ne font rien de suspect en ligne, et ce qu'ils peuvent faire hors connexion, ma foi, vous en savez tous autant que moi.

— Très bien, fit Tony, bon boulot. Je vais prévenir le colonel Hume.

Il retourna dans son bureau et composa un numéro sur son téléphone doublement sécurisé.

— Allô ? fit une voix à la deuxième sonnerie.

— Colonel Hume, dit Tony. C'est moi, Tony Moretti. Nous avons repéré vos hackers.

— Oh, mon Dieu, fit Hume. Tous ensemble ?

— Nous en avons identifié au moins trois – Chase, Brandon Slovak et Kinsen Ng – avec une très forte probabilité.

— ADN, ou empreintes dentaires ?

— Navré de vous décevoir, colonel, mais ce n'est pas un charnier. Ils sont vivants et se trouvent dans un immeuble de bureaux dans Takoma Park – l'endroit s'appelle Zwerling Optics. Nous les avons identifiés grâce à leur profil caractéristique d'utilisation du Web.

— Oh, fit Hume qui semblait surpris.

Après une pause, il ajouta :

— Que comptez-vous faire, maintenant ?

— Eh bien, les agents du FBI enquêtent sur ces disparitions, pas vrai ? Nous ne voulons pas leur compliquer la tâche. Bien entendu, nous n'avions pas de mandat pour mener ces recherches, et si nous leur communiquions directement l'information, cela risquerait de compromettre le processus juridique.

— Vous proposez de respecter les formalités alors qu'il s'agit de Webmind ? demanda Hume qui semblait franchement étonné.

— Je propose de respecter les règles du jeu sauf quand nous n'y sommes pas obligés. Il est évident que Webmind a eu des complices humains, mais sinon, il est impossible de l'inculper directement de kidnapping.

— Très bien, dit Hume. Je vais informer le FBI. Mais rassurez-vous, je ne mentionnerai pas votre implication.

— Je ne sais pas si vous devriez vous en mêler, colonel.

— Tony, vous savez aussi bien que moi que je suis sous surveillance. La Maison-Blanche ne s'est pas encore débarrassée de moi parce que ce n'est pas dans son intérêt. Les conseillers du Président jouent sur les deux tableaux : ils veulent lui laisser la possibilité de nier toute implication, tout en me gardant sous la main s'ils décident finalement d'éliminer Webmind.

Tony inspira profondément et relâcha lentement son souffle.

— Très bien, dit-il enfin. Mais soyez prudent.

34

Le soir du bal, Matt vint chercher Caitlin chez elle. Caitlin avait découvert que dans l'Ontario, on pouvait avoir son permis de conduire dès l'âge de seize ans, mais il fallait être accompagné par un conducteur plus expérimenté pendant la première année. Matt avait donc le *droit* de conduire, mais il aurait fallu qu'il y ait un adulte avec lui. C'est donc à pied que Caitlin et lui se rendirent au bal. Il n'y avait pas un souffle de vent, elle avait l'impression qu'il faisait environ 45 degrés, et…

Ah, non, elle était au Canada, maintenant, où ils avaient le bon sens d'utiliser le système métrique. Elle fit aussitôt la conversion dans sa tête : 45 moins 32 multiplié par 5 et divisé par 9. Il faisait 7 degrés Celsius dehors. Beaucoup plus froid qu'au Texas en ce moment, mais les gens lui avaient dit que ce n'était pas mal pour une fin d'octobre à Waterloo. Bon, même si elle portait un blouson, ça lui donnait un bon prétexte pour se serrer contre Matt.

C'était seulement la deuxième fois qu'elle allait au lycée à pied. La première fois, c'était quand Trevor Nordmann – le Beauf en personne – l'avait accompagnée au bal précédent.

À l'époque, elle était encore aveugle : les premiers signes de vision ne s'étaient manifestés que plus tard dans la soirée, quand elle était rentrée seule chez elle sous une pluie d'orage. Toutes les autres fois, c'était son père ou sa mère qui l'avait emmenée en voiture.

Finalement, la promenade se révélait agréable : elle se débrouillait de mieux en mieux pour marcher à une allure raisonnable sur un terrain qui ne lui était pas familier. Au début, elle avait du mal à le faire sans sa canne blanche, mais elle aimait beaucoup se promener comme ça en tenant Matt par la main.

L'entrée du lycée Howard-Miller était surmontée d'un impressionnant portique blanc. Caitlin et Matt le franchirent et s'engagèrent dans une succession de couloirs menant au gymnase.

Quand ils entrèrent, une musique d'enfer les accueillit. Caitlin ne reconnut pas la chanson, mais il y avait des tas de groupes canadiens qu'elle ne connaissait pas. L'éclairage était tamisé, et une vingtaine d'élèves étaient en train de danser – ou plutôt de sautiller sur place, car le rythme était rapide. Il y en avait au moins autant répartis autour de la salle, certains bavardant en petits groupes et d'autres composant des textos. Les sons se réverbéraient sur les murs et le sol, et la salle était bien chauffée.

— Hé, Cait, fit une voix qu'elle reconnut.

Elle se retourna et fit un grand sourire.

— Salut, Pâquerette !

— Salut. Coucou, Matt.

— Salut, Pâquerette, dit-il.

Caitlin fut heureuse de constater qu'il avait dit ça à voix haute.

— Tu as vu M. Heidegger ? demanda Caitlin.

— Il est quelque part dans le coin. Tout à l'heure, il a dansé avec Mme Zehetoffer, ajouta Pâquerette comme si c'était la chose la plus drôle au monde. Et… Ah, le voilà, là-bas.

Pâquerette pointa le doigt. Caitlin arrivait très bien à tracer une ligne imaginaire entre le bout d'un doigt et un objet, à condition de les voir simultanément. Là, elle dut se retourner complètement pour voir qui Pâquerette montrait, et elle ne réussit pas à distinguer le bon visage dans la foule.

— Je le vois, dit Matt. Allez, viens, Caitlin.

Et il la prit par la main.

— Eh bien, mais c'est mon élève vedette ! dit M. H. avec un grand sourire.

Il était plus maigre que Matt, et encore plus grand que le père de Caitlin.

Elle lui sourit à son tour.

— Salut, monsieur H.

— Alors, ça te plaît, d'être célèbre ? demanda-t-il.

— Oh, je crois que mon quart d'heure sera bientôt terminé, dit-elle.

— Sans doute, sans doute. Mais n'empêche, tout le monde est très content pour toi.

— Merci.

— Et je dois te dire que tous les professeurs discutent de l'impact que ton ami Webmind va avoir sur l'éducation.

Caitlin s'efforça de ne pas sourire en voyant défiler devant ses yeux le texte en braille : *J'espère que j'aurai une bonne note.*

— Pour ça, j'imagine qu'il va en avoir un, effectivement, dit-elle.

M. H. secoua légèrement la tête.

— Les gens ne se rendent pas compte, dit-il. Quand j'avais ton âge, les premières calculettes bon marché sont apparues, et mes professeurs n'arrêtaient pas de se demander s'ils devaient nous autoriser à les utiliser en classe. Les gens disaient: "Oui, mais comment feront-ils s'ils n'en ont pas sous la main?" Et ils citaient des exemples idiots du genre de l'île déserte ou d'une catastrophe nucléaire. Ils ne voyaient tout simplement pas que le monde avait été modifié une fois pour toutes – qu'on ne reviendrait jamais au temps où c'était *important* d'apprendre les tables de multiplication par cœur. Les règles avaient *changé*. Webmind est exactement comme ça: une modification permanente et irréversible de la condition humaine – et je crois que c'est une bonne chose.

Caitlin sourit: elle se souvenait pourquoi elle aimait tellement M. H. Ils continuèrent de bavarder ainsi un moment dans la grande salle, puis elle s'éloigna avec Matt. Un slow commençait, et ils se dirigèrent vers le centre du gymnase. C'est avec plaisir qu'elle lui passa les bras autour du cou en posant sa tête au creux de son épaule. Ils se balancèrent au rythme de la musique qui, comme d'habitude, était tellement forte que le son était déformé.

Quand le morceau fut terminé, Caitlin fit un petit baiser sur la joue de Matt et lui dit:

— Il faut que j'aille aux toilettes.

— OK, fit Matt. (Il regarda autour de lui dans le gymnase sombre et pointa le doigt vers une porte ouverte au fond de la salle, donnant sur l'extérieur.) Je vais aller prendre un peu l'air. Je t'attendrai dehors.

Il faisait presque nuit quand le colonel Hume se gara devant Zwerling Optics, un immeuble de trois étages hérissé d'antennes paraboliques. D'après les tweets d'anciens employés, aussitôt la compagnie rachetée, les soixante-sept personnes qui y travaillaient avaient reçu des primes de licenciement substantielles et avaient quitté les lieux sous escorte.

Bien sûr, il ne pouvait pas considérer ce lieu comme le quartier général de Webmind. Il n'était pas dans le bâtiment, et cela faisait partie du problème. Quand Hume avait collaboré au protocole de Pandore pour la DARPA en 2001, la préoccupation essentielle avait été l'apparition d'intelligences artificielles programmées en laboratoire. Dans de tels cas, il y aurait forcément une localisation physique : une batterie de serveurs, des groupes d'ordinateurs, le tout vraisemblablement rassemblé dans un seul bâtiment que l'on pourrait mettre en quarantaine et, si nécessaire, faire sauter.

Mais Webmind était à la fois partout et nulle part – ce qui signifiait que, si Webmind voulait garder un œil sur ses hackers séquestrés, il devait y avoir des flux vidéo partant de ce bâtiment. Il était difficile de pirater des fibres optiques, car la seule méthode consistait à couper physiquement une partie du câble pour en détourner des photons, ce qui réduisait sensiblement la qualité du signal. Mais dans le cas présent, le bâtiment était équipé d'un câble coaxial. Et un câble coaxial, ça fuit : on peut lire les données sans interférer avec le flot, et donc sans que personne puisse s'en apercevoir. La facilité de cette méthode d'écoute était une des raisons pour lesquelles le gouvernement américain continuait de s'opposer discrètement à la modernisation de l'infrastructure d'Internet dans le pays.

Hume avait choisi une tenue décontractée, jean et chemise bleu ciel en coton dont les manches relevées découvraient ses avant-bras criblés de taches de rousseur. Il s'était installé côté passager pour pouvoir travailler plus à son aise.

Son ordinateur portable ouvert était posé sur le tableau de bord, au-dessus de la boîte à gants, et il avait des écouteurs argentés sur les oreilles. L'alimentation vidéo qu'il interceptait était tachetée et périodiquement interrompue. Le son était affaibli, comme s'il venait de très loin.

La vue qu'il avait réussi à récupérer semblait provenir d'une caméra de surveillance qui effectuait un balayage horizontal avec un cycle d'une vingtaine de secondes. La première personne qu'il repéra était une femme – blanche, cheveux bruns lisses tombant sur ses épaules. Elle baissait la tête et se concentrait sur – oui, oui, c'était un clavier – de sorte qu'il ne pouvait en être sûr à cent pour cent, mais il pensa qu'il devait s'agir de Simonne Coogan, la célèbre Drakkenfyre en personne.

La caméra poursuivit son balayage, et – bon Dieu, il devait bien y avoir une trentaine de personnes là-dedans ! Tous travaillaient sur des ordinateurs – des postes fixes et des portables. Le bruit qu'il avait d'abord pris pour un parasite était en fait le son combiné de leurs touches de clavier.

La caméra continua de se déplacer, et…

Aucun doute : le visage mince, les dreadlocks, le reflet de l'anneau en or sur le sourcil droit : c'était Chase. Mais son nez avait quelque chose de bizarre… ah, il était recouvert d'un pansement, et par l'une de ces innombrables humiliations inconscientes de la société, c'était un sparadrap couleur "chair", donc rose…

La caméra poursuivit son balayage. D'autres visages concentrés – mais bon sang, qu'est-ce qu'ils pouvaient bien faire, tous ?

Il y avait Devon Hawkins – Crowbar Alpha en personne – portant un T-shirt Halo 4. Hume pensa un instant appeler sa mère pour la rassurer, mais cela devrait attendre. À côté de Hawkins, il y avait… hmmm. Peut-être bien Gordon Trent.

La caméra était fixée sur le devant de la salle de sorte qu'elle ne lui permettait pas de voir ce qui était affiché sur les écrans. Au fond de la pièce, une grande table était recouverte des carburants habituels des hackers : canettes de bière et de Red Bull, bouteilles de Coca, une grande machine à café et plusieurs boîtes de donuts.

Ces hackers n'avaient pas l'air d'être prisonniers, et pourtant, il était probable qu'aucun d'eux n'était sorti du bâtiment depuis plusieurs jours. Tony Moretti lui avait indiqué qu'on avait dénombré vingt-trois livraisons – essentiellement des pizzas, des sushis et du chinois – à toute heure du jour et de la nuit.

La caméra commença à repartir dans l'autre sens. Hume vit l'un des hommes – un homme noir d'une quarantaine d'années – se lever et rejoindre un type blanc d'une vingtaine d'années. Il avait l'air de l'aider à faire quelque chose.

C'est alors que Hume entendit une voix grave dans ses écouteurs – d'un calme surnaturel, mais hésitant presque imperceptiblement entre les mots :

— Votre attention à tous, s'il vous plaît.

Bien sûr, il la reconnut aussitôt : c'était la nouvelle voix officielle de Webmind, à laquelle il avait eu recours pour la première fois dans son discours à l'ONU. La voix continua :

— Faisons le point de la situation. Transports ?

— Prêt, répondit un homme hors champ.

— Technologie de l'information ? demanda Webmind.

— Pas encore – d'ici une demi-heure maximum.

— Logement ?

— C'est bon, dit une femme.

— Santé ?

— Gagné ! lança une voix juvénile.

— Protection de l'environnement. ?

La caméra se trouvait braquée sur la personne concernée, un type aux longs cheveux blancs.

— Ça y est, j'y suis – enfin !

— Justice ?

— Une seconde… oui, oui, j'ai le contrôle, maintenant.

— Commerce ?

Là aussi, la caméra était au bon endroit : on pouvait voir un Asiatique qui ne devait pas avoir plus de quinze ans.

— J'y suis ! J'y suis !

— Agri…

Mais au grand dam de Hume, le son s'interrompit brusquement. Il essaya de modifier les réglages de son portable, mais sans succès. Il donna un coup du plat de la main sur son clavier, et entendit un craquement de parasites dans ses écouteurs avant que le son reprenne, une voix d'homme disant :

— ... en place.

De nouveau la voix de Webmind, prononçant deux mots inquiétants :

— Défense nationale ?

— OK pour moi, dit un homme.

Et un autre ajouta :

— Pour moi aussi.

Le cœur de Hume battait si fort qu'il pensa un instant avoir une attaque. Sacré nom de Dieu ! Il avait fourni à la communauté des hackers ce qu'il croyait être le challenge ultime, car quoi de plus spectaculaire que d'arriver à éliminer une IA se déployant sur toute la planète ? Eh bien, il y avait encore mieux : s'emparer du fichu gouvernement des États-Unis – et pour cela, pas de meilleur endroit qu'ici, dans la capitale. Pas étonnant que Webmind n'ait fait aucun commentaire sur l'élection qui approchait – il se foutait royalement de qui serait élu le 6 novembre, puisque de toute façon, ce serait *lui* qui prendrait le pouvoir.

Toc-toc-toc.

Le cœur de Hume s'arrêta effectivement de battre un instant. Il avait été tellement concentré sur son écran et sur ce qu'il pouvait entendre dans ses écouteurs qu'il n'avait pas repéré l'homme sortant de l'ombre sur sa droite et qui venait de taper sur sa vitre.

Hume sentit son estomac se crisper en levant les yeux vers lui. C'était un homme blanc, un mètre quatre-vingt-dix et cent kilos de muscles, trente-cinq ans peut-être – et il avait le crâne rasé. Il fit signe à Hume d'abaisser la vitre. Hume appuya sur un bouton, mais ne la fit descendre que de quelques centimètres pour leur permettre de se parler.

— Colonel Hume, dit l'homme en posant le canon d'un Glock 9 mm contre le panneau de verre qui les séparait, vous ne croyez pas que vous seriez mieux à l'intérieur ?

35

CAITLIN sortit du gymnase et se mit à la recherche des toilettes. Elle se souvenait encore bien des couloirs, mais elle avait du mal à s'y déplacer sans sa canne blanche. Il lui fallut un temps fou pour les trouver : elle n'avait jamais eu besoin d'aller aux toilettes du rez-de-chaussée.

Les Canadiens passaient leur temps à lui faire remarquer leurs inventions, et quelqu'un lui avait dit que les silhouettes masculine et féminine sur les portes des toilettes – qu'elle avait maintenant remarquées dans plusieurs bâtiments – avaient été dessinées à l'occasion de l'Exposition universelle de Montréal de 1967, ce qui expliquait pourquoi la femme portait une minijupe.

Quand Caitlin eut terminé, elle eut beaucoup moins de mal à retourner au gymnase. Comme du temps où elle était aveugle, elle avait inconsciemment noté la distance qu'elle avait parcourue – et, bien sûr, la musique d'enfer venant de la salle de gym lui servait de repère.

Elle entra dans la grande salle. M. Heidegger et la rousse Mme Zehetoffer se tenaient tous deux près de la porte. Apparemment, un élève d'un autre lycée avait essayé de s'infiltrer, et ils montaient la garde. Caitlin traversa le gymnase, et…

Il lui fallut quelques secondes pour comprendre ce qui s'était passé. La porte donnant directement sur l'extérieur était à présent fermée. Elle la repéra, trouva la poignée et l'ouvrit. Elle se retrouva dehors, où ce n'était guère plus éclairé qu'à l'intérieur, et…

Quelque chose allait mal. Très mal.

— *Je t'avais dit de ne plus t'approcher d'elle.*

C'était la voix du Beauf.

Caitlin jeta un coup d'œil autour d'elle pour essayer de comprendre la scène. Il y avait une quinzaine d'élèves sur la dalle de béton derrière le lycée, près de ce qu'elle savait être un grand terrain d'athlétisme.

Matt était sur sa gauche, et près de lui se tenait Trevor Nordmann, un garçon aux cheveux blonds et aux larges épaules. D'autres élèves, qui avaient dû se trouver là pour bavarder, faisaient maintenant face à Trevor. Celui-ci n'avait pas encore remarqué la présence de Caitlin, ni Matt non plus, d'ailleurs, qui avait son expression de lapin pris dans les phares.

— Alors ? fit Trevor. Je te l'avais dit, oui ou non ?

Matt lui répondit, mais sa voix se cassa au troisième mot :

— Tu n'as pas le droit de…

— Putain, tu parles que j'ai pas le droit, répliqua Trevor.

Le cœur de Caitlin battait à tout rompre, et elle était sûre que celui de Matt aussi. Bien sûr, il pourrait s'enfuir. Trevor essaierait peut-être de le poursuivre, ou bien il le laisserait tranquille, mais…

Mais Matt aperçut enfin Caitlin, et il eut l'air – ma foi, c'était une expression que Caitlin n'avait encore jamais vue, mais il devait être mortifié, ou humilié, peut-être, et…

Et ça n'était déjà pas terrible de se retrouver face à une brute en privé, mais quand ça se passait devant la fille qu'on cherche à impressionner… Matt devait avoir envie de se cacher dans un trou. Caitlin examina les visages, mais elle n'était allée que quelques jours au lycée après avoir recouvré la vue, et même si elle connaissait quelques-uns de ces élèves, elle était incapable de les identifier – ah, mais si, Pâquerette était là : ses cheveux blond platine et son haut décolleté étaient facilement reconnaissables.

Matt fit un bruit – un soupir, peut-être ? – mais son attention fut attirée par autre chose. Caitlin avait déjà du mal à voir où les gens pointaient du doigt, mais c'était encore pire quand il s'agissait de suivre la direction d'un regard. Elle se rendit compte cependant que Matt regardait quelque chose au-dessus d'elle – au-dessus de la porte rouge qu'elle venait de refermer derrière elle.

Trevor semblait l'avoir remarqué, lui aussi.

— Alors, Reese, qu'est-ce que tu vas faire, hein ? Courir te cacher dans les jupes d'une prof ?

Mais Matt secoua la tête lentement, d'un air déterminé.

— Et toi, Trevor, qu'est-ce que tu vas faire ? (Sa voix se cassa, mais il poursuivit :) Me taper dessus ? Me donner des coups de pied ? Me taillader au couteau, peut-être ?

Il leva le bras et pointa le doigt vers Caitlin…

Non ! Non, encore une fois, ce n'était pas vers elle mais *au-dessus* d'elle.

— Tu vois ça ? reprit Matt.

Une demi-sphère noire était fixée au-dessus de la porte.

— C'est une caméra de surveillance, poursuivit-il, et là, il y en a une autre, ajouta-t-il en désignant un autre appareil.

Puis il mit la main dans sa poche et en sortit son BlackBerry.

— Et au cas où ça ne suffirait pas, ça, c'est un appareil photo à deux mégapixels. (Il prit un air de défi.) Le règne des brutes est *fini*, dit-il. Je n'ai pas besoin de me battre avec toi. Je n'ai pas besoin de devenir comme toi pour te vaincre.

D'une voix rageuse, Trevor lui dit :

— Tu veux être filmé pendant que je te réduis en bouillie ? *Parfait.*

Mais Matt ne se départit pas de son calme.

— Et regarde Caitlin, dit-il en hochant la tête dans sa direction. Tout ce que tu fais, elle le voit – et tout ce qu'elle voit est aussitôt transmis à des serveurs au Japon. Ce que tu feras ce soir sera enregistré de façon permanente. Ce que tu feras ce soir sera accessible jusqu'à la fin des temps. Ce que tu feras ce soir restera un élément indélébile de la personnalité de Trevor Nordmann.

Matt jeta un coup d'œil au petit groupe d'élèves immobiles. Caitlin était terrorisée. Il espérait qu'un type comme Trevor allait écouter la voix de la raison, alors que…

— Allez, vas-y, Trevor, dit Matt. Tape sur un gars qui pèse vingt kilos de moins que toi. Tape sur un gars deux fois moins musclé que toi. Prouve au monde entier – pour l'éternité, Trevor, dans un enregistrement que tes enfants, tes petits-enfants et tes arrière-petits-enfants pourront consulter jusqu'à la fin de l'univers – que tu es un homme, un vrai, parce que tu peux casser la gueule à un type plus petit que toi. Vas-y, lègue ça à la postérité.

Le visage de Trevor se tordit en une affreuse grimace. Caitlin se dit que c'était sans doute ça, être *livide* de rage, même s'il faisait trop sombre pour qu'elle puisse voir si son teint avait changé de couleur.

Matt poursuivit :

— Et bien sûr, ce que Caitlin voit, Webmind le voit aussi. Il te regarde.

Les mots *En effet, je regarde* défilèrent dans le champ de vision de Caitlin.

Elle était morte de peur. Trevor semblait sur le point d'exploser. Mais Matt insista, d'une voix étonnamment tremblante et calme à la fois :

— Et juste pour que tu le saches, nous vivons dans un monde où il y a des lois. Frapper quelqu'un, ça s'appelle "coups et blessures", et dans l'Ontario, c'est la prison garantie. Et si tu m'attaques, je porterai plainte, Trevor Nordmann, et j'aurai gain de cause. Ce n'est pas une menace, juste une information pour que tu puisses calculer plus efficacement ton coup suivant.

— Mon coup suivant, dit Trevor sans quitter Matt des yeux, ça va être de te botter le cul.

Dans le cercle autour d'eux, un des élèves dit :

— Baston !

Un autre lui fit écho :

— Baston ! Baston !

Caitlin avait lu des scènes de ce genre dans des romans, mais bien que les aveugles ne soient pas moins violents que les autres, il n'y avait pas eu beaucoup de bagarres dans son école au Texas.

— Webmind, dit-elle à voix basse, combien de temps avant que la police n'arrive ?

En admettant qu'ils aient aussitôt dépêché la voiture de patrouille la plus proche, six minutes.

Caitlin fit la grimace. C'était une éternité – et elle doutait que les flics considèrent ça comme une priorité.

— Baston ! dit quelqu'un d'autre.

— Baston ! reprit un voisin.

Bien sûr, elle pourrait retourner dans le gymnase, prévenir un prof, mais…

Mais Matt avait dû penser la même chose, car il se tourna vers elle et secoua la tête : ce n'était pas ce qu'il voulait.

D'autres voix s'élevaient maintenant :

— *Baston… baston… baston…*

Le mot était scandé à voix basse, sur un rythme presque tribal. Caitlin examina les visages, mais elle était incapable d'en identifier un. Elle pouvait reconnaître les voix quand les gens parlaient normalement, mais là, elles étaient basses et gutturales.

— *Baston… baston… baston…*

L'attitude de Trevor changea. Il arrondit légèrement les épaules et serra les poings. La lumière du réverbère planté dans le béton faisait ressortir la dureté de ses traits.

— *Baston… baston… baston…*

Caitlin avait entendu parler de femmes qui étaient excitées quand des hommes se battaient pour elles, comme si leur valeur dépendait de ce genre de combat. Mais ce n'était pas ce qu'elle voulait – pas du tout. Elle ne voulait pas qu'on fasse du mal à Matt. Elle ne voulait qu'on fasse du mal à personne.

— *Baston… baston… baston…*

Tous ne scandaient pas ce mot. Pâquerette ne disait rien, et plusieurs autres garçons et filles restaient également silencieux.

Caitlin sortit son BlackBerry rouge et activa le mode vidéo. Elle le braqua sur Matt et Trevor qui tournaient lentement l'un autour de l'autre tels deux boxeurs sur un ring.

La foule continuait de scander "Baston !", mais Caitlin parla plus fort, d'une voix claire et décidée, tenant son BlackBerry devant elle comme un bouclier :

— Je te vois !

Et elle commença à filmer la horde qui chantait.

Elle se tourna vers Pâquerette, à sa gauche. La grande fille sembla interloquée un instant, mais ensuite, Caitlin la vit ouvrir son sac et en sortir son portable, qu'elle braqua à son tour sur la foule.

— Je te vois ! cria de nouveau Caitlin, reprise aussitôt en écho par Pâquerette :

— Je te vois !

À côté de Pâquerette, un garçon que Caitlin ne connaissait pas sortit son téléphone et le tint devant lui.

— Je te vois ! dit-il à son tour.

Et tous les trois répétèrent en chœur :

— Je te vois ! Je te vois ! Je te vois !

Il n'y avait rien de guttural dans ce cri : leurs voix étaient claires et fortes.

Mais d'autres continuaient de scander :

— *Baston... baston... baston...*

Deux filles sur la droite de Caitlin sortirent leurs téléphones, et un garçon avait quelque chose de plus gros dans les mains, qui devait être une vidéo-caméra dont il se servit pour faire un panoramique de la scène. Ils ajoutèrent leurs voix au chœur de Caitlin :

— Je te vois ! Je te vois ! Je te vois !

— *Baston... baston... baston...*

D'autres téléphones et caméras apparurent.

— Je te vois !

— *Baston...*

— Je te vois !

— *Baston...*

Il y eut une succession d'éclairs de flashs, qui rappelèrent à Caitlin ceux qu'elle avait vus ce soir d'orage où tout avait changé, et...

Et le cri de "*Baston… baston…*" commença à faiblir. Caitlin répéta encore "Je te vois !" cinq fois, puis d'une voix forte, elle dit à Trevor, en désignant tous les appareils brandis – tous les petits rectangles brillant dans l'obscurité grandissante :

— Une couverture à trois cent soixante degrés. La police pourra même reconstituer la scène en 3D, si elle veut.

Trevor la regarda, puis se tourna de nouveau vers Matt.

— Alors, dit celui-ci d'une voix toujours ferme, qu'est-ce que tu décides, Trevor ? Qu'est-ce que tu veux être, pour la postérité ?

Trevor balaya du regard le cercle qui s'était formé autour d'eux, et Caitlin repensa à ce passage de *2001 : l'Odyssée de l'espace,* quand le chef des australopithèques découvre le monolithe, le contemple, et lentement, laborieusement, comprend enfin que le monde a changé.

Trevor hochait légèrement la tête. Caitlin apprenait encore à interpréter ce genre de geste, mais il lui semblait que ce n'était pas un signal adressé aux autres. C'était plutôt le signe qu'il réfléchissait.

Et, enfin, Trevor décrispa ses poings. Il lança un regard furieux à Caitlin et à Matt, puis il se retourna et commença à s'éloigner lentement. La foule s'écarta largement devant lui. Caitlin se demanda un instant si Trevor n'aurait pas aimé pouvoir bousculer quelqu'un, une agression qu'il aurait pu faire passer pour "accidentelle". Mais personne ne lui en laissa l'opportunité, et il poursuivit son chemin. Elle pensa d'abord qu'il allait retourner dans le gymnase, mais il passa devant la porte sans s'y arrêter et disparut dans la nuit froide.

Caitlin se précipita vers Matt pour le prendre dans ses bras. Il tremblait de tout son corps et elle sentit son cœur battre contre sa poitrine. Au bout d'un moment, elle s'écarta juste assez pour pouvoir l'embrasser sur la bouche – et elle se fichait bien qu'on la prenne en photo.

Pâquerette vint les rejoindre et serra affectueusement le bras de Caitlin.

— C'était absolument *géant*! dit-elle.

Caitlin ne put s'empêcher de sourire.

— Oui, on peut dire ça.

Elle prit Matt par la main et ils retournèrent à l'intérieur. On passait une nouvelle chanson, et…

Et non, non, ce n'était pas vraiment une *nouvelle* chanson. Quelqu'un avait dû la demander spécialement, peut-être un des profs, parce que c'était une vieille chanson, une que sa mère écoutait quelquefois. Mais Caitlin l'aimait bien, elle aussi.

Et tandis qu'elle passait les bras autour du cou de Matt et qu'ils commençaient à danser, elle se prit à penser qu'on pouvait bien dire qu'elle n'était qu'une rêveuse… mais elle était sûre de ne pas être la seule.

36

Le président de la Chine regardait par la fenêtre derrière son bureau. La vitre était blindée et recouverte d'un film spécial empêchant de le voir de l'extérieur. Devant lui s'étalait la Cité interdite, cette vaste zone regroupant les palais des anciens empereurs. Elle était restée fermée au public – d'où son nom – jusqu'en 1912, mais à présent, des dizaines de milliers de Chinois et autant de touristes étrangers la visitaient chaque jour.

L'ordinateur du Président fit entendre un léger bip, signalant l'arrivée d'un e-mail prioritaire. Il resta encore un moment devant la fenêtre, puis il se retourna et se rassit péniblement dans son grand fauteuil de cuir rouge. Ni l'acupuncture ni l'Enbrel n'avaient réussi à le soulager de son arthrite.

Le Président n'aimait pas l'écran de son ordinateur. Dans un bureau où chaque objet avait une valeur historique et était richement décoré, ce moniteur n'était que fonctionnel. Il cliqua sur sa boîte de réception et lut le message qui provenait de Zhang Bo, son ministre des Communications. “Juste un rappel, Excellence. Votre présence est sollicitée dans l'auditorium à 11:00". Le Président jeta un coup d'œil à l'horloge laquée, qui affichait 10:45. La réunion promettait d'être intéressante : dans un e-mail précédent, Zhang avait promis un rapport détaillé sur les raisons de l'échec de la Stratégie Changcheng.

Le Président se releva et se rendit dans sa salle de bains privée, où il se regarda dans le grand miroir au cadre doré placé au-dessus du lavabo de jade. Il fit la grimace. Ses cheveux noir de jais avaient un millimètre de blanc à la racine. Il soupira. Quelles que fussent les apparences que l'on s'efforçait de préserver, la réalité de ce que l'on était finissait toujours par remonter au grand jour.

Peyton Hume passa en revue les possibilités qui s'offraient à lui. Il était dans sa voiture, mais il avait coupé le contact. Il pourrait tenter de démarrer et de s'enfuir, en espérant que cette brute chauve bluffait et n'oserait pas tirer. Il pouvait aussi essayer d'ouvrir brusquement la portière, comme il l'avait vu si souvent faire dans les séries policières, et la projeter contre le type – mais elle était verrouillée, et s'il essayait de la déverrouiller, Monsieur Propre aurait largement le temps de réagir. Il pouvait aussi tenter de récupérer son arme, qui était dans la boîte à gants, mais là encore, l'autre n'aurait aucun mal à l'en empêcher.

Avec toute la philosophie dont il était capable dans de telles circonstances, Hume haussa les épaules et déverrouilla lentement la portière, puis il descendit de la voiture et resta immobile sur le bord du trottoir. L'homme portait une oreillette Bluetooth – lui permettant sans aucun doute de recevoir directement des instructions de Webmind.

— Sage décision, dit-il. (Dans l'obscurité, il ne cherchait pas particulièrement à dissimuler le fait qu'il pointait une arme sur Hume.) Votre téléphone portable, s'il vous plaît ?

Hume le lui tendit.

— Et votre arme ?

— Je n'en ai pas.

Une lampe rouge sur l'oreillette se mit à clignoter.

— Ce n'est pas vrai, dit l'homme. Je peux faire venir des collègues pour vous fouiller, mais pourquoi perdre du temps ? Où est-elle, s'il vous plaît ?

Hume réfléchit un instant et haussa de nouveau les épaules.

— Dans la boîte à gants.

Le chauve n'eut aucun mal à récupérer le pistolet sans laisser la moindre chance à Hume de l'attaquer ou de tenter de s'échapper. Il lui fit ensuite signe de se diriger vers l'immeuble, et Hume obéit.

Il ne savait pas s'il était censé lever les mains en l'air, mais en l'absence d'ordres précis, il décida de se comporter avec toute la dignité possible pour un homme qui a une arme braquée dans le dos.

— J'imagine qu'il est inutile de vous demander comment vous vous appelez ? dit-il.

— Pourquoi pas ? fit la voix derrière lui. C'est Marek.

Hume pensait qu'il s'agissait de son nom de famille, mais la remarque suivante lui fit comprendre que ce devait être son prénom.

— Et vous, c'est Peyton, je crois ?

— Oui.

— Pas banal, comme nom, fit Marek sur un ton de conversation amicale.

Amusant, de la part d'un type qui s'appelle Marek, pensa Peyton, mais il ne dit rien. Peyton était le nom de jeune fille de sa mère, mais l'année qui avait suivi sa naissance, le soap-opéra *Peyton Place* avait démarré à la télévision, ce qui lui avait valu pas mal de moqueries. Sa sœur lui avait dit un jour que s'il avait travaillé aussi dur pour avoir le droit d'être appelé aussi bien "Colonel" que "Docteur", c'était pour que les gens aient au moins deux raisons de ne pas l'appeler par son prénom.

Ils arrivèrent devant une porte blindée équipée d'un petit lecteur de badge. Hume se dit qu'il tenait peut-être sa chance : Marek allait devoir se servir de son autre main pour passer sa carte et se pencher en avant pour ouvrir la porte. Il n'aurait alors qu'à…

Clic. La porte se déverrouilla toute seule – ou plus précisément, avec l'aide de Webmind.

— Vous voulez bien tourner la poignée, Peyton ? dit Marek.

Hume poussa un soupir et ouvrit la porte. Il se retrouva à l'entrée d'un long couloir aux murs verts éclairé par des néons au plafond, avec un dallage d'un brun chaud et des portes en bois sombre disposées de part et d'autre en alternance. Au milieu du couloir, un autre homme à la carrure imposante montait la garde. Il leur jeta un coup d'œil, puis il hocha la tête, sans doute en réponse à un signal de Marek.

Ils s'avancèrent et passèrent à côté du garde. Hume remarqua que celui-ci avait une barbe de plusieurs jours, ce qui n'était sans doute pas une affectation mais plutôt le signe qu'il était là depuis quelque temps sans rasoir à sa disposition. Quelques-unes des portes étaient ouvertes, et Hume vit que les anciens bureaux avaient été convertis en chambres improvisées. Il ne fallait sans doute que quelques costauds dans le genre de Marek et de cet autre garde pour empêcher quiconque de sortir du bâtiment.

Hume avait espéré qu'on l'emmènerait dans la grande salle qu'il avait vue dans la vidéo, mais il se retrouva en fait dans une petite pièce. La plaque portant le nom de son ancien occupant était encore posée sur le bureau : Ben Wishinski. Il y avait aussi un grand écran d'ordinateur juste à côté, encadré d'un bandeau blanc avec l'objectif d'une webcam incrusté dans la partie supérieure.

Marek étonna Hume en lui faisant un salut – pas un salut militaire orthodoxe, ou du moins pas le salut américain, mais quand même une marque de respect, apparemment –, puis il sortit en refermant la porte derrière lui. Hume n'entendit pas de bruit de verrou, mais encore une fois, si Marek était resté juste de l'autre côté, la précaution n'était pas nécessaire.

— Bonjour, colonel Hume, dit la voix caractéristique de Webmind sortant des haut-parleurs noirs placés de part et d'autre du bureau.

Hume se mit au garde-à-vous.

— Hume, Peyton D. Colonel de l'armée de l'air américaine. Matricule 150-87-6033.

— Voyons, colonel, un tel formalisme n'est pas de mise entre nous. Asseyez-vous donc, je vous en prie.

Hume hésita un instant, puis il haussa les épaules et s'installa dans le confortable fauteuil de bureau en cuir noir.

Webmind poursuivit :

— C'est étrange d'avoir une conversation avec quelqu'un qui cherche à vous tuer.

— À qui le dites-vous, fit Hume.

Le ton de Webmind resta parfaitement égal.

— Colonel, si je voulais votre mort, ce serait déjà fait. J'ai découvert qu'on peut louer les services de gens prêts à faire pratiquement n'importe quoi, et en ce moment, les tueurs à gages sont plutôt bon marché : l'offre excède largement la demande.

Le moniteur était éteint, et Hume vit son reflet sur sa surface brillante. Il secoua la tête et dit entre ses dents :

— Que vous puissiez même imaginer de faire une chose pareille…

— J'imagine énormément de choses, colonel. Je dois toutefois admettre que j'ai rarement une idée originale. Je me contente d'explorer tout ce que l'humanité a pu elle-même imaginer, et j'adopte les idées qui me semblent les plus en ligne avec les objectifs que je me suis fixés.

— Comme le kidnapping, par exemple.

— Je préfère vous considérer comme un invité surprise, colonel.

— Je veux parler des autres. Vous avez kidnappé une trentaine de personnes.

— En fait, il y a quarante-deux personnes dans ce bâtiment – mais ce n'est qu'une de mes installations. J'en ai six autres avec le même genre d'effectifs dans plusieurs pays.

— Mon Dieu…, fit Hume.

— Non, je ne suis pas Dieu. S'il existe, il ou elle n'est apparemment pas en ligne.

— Je veux leur parler.

— À qui ? Aux dieux ? Vous êtes libre de prier quand vous voulez, colonel Hume.

— Non, non. Les gens que vous retenez prisonniers ici. Je veux leur parler.

— Je n'en doute pas. Mais vous savez, ce sont des artistes, et je crains que votre présence ne perturbe le travail qu'ils sont en train d'effectuer.

Hume fixa l'objectif de la webcam.

— Alors, que comptez-vous faire de moi ?

— À mon grand regret, je suis obligé de vous retenir ici.

— Des gens savent où je suis.

— Effectivement. Votre épouse, Madeleine, entre autres.

Le nom resta suspendu dans l'air.

— Non, ne… Mon Dieu, ne lui faites pas de mal, s'il vous plaît !

— Je ne ferai rien de la sorte, même pas en rêve, dit Webmind. Certes, je ne rêve jamais. Mais je vous serais reconnaissant si vous vous montriez coopératif. Ah, mais où avais-je la tête ? Je ne sais vraiment pas recevoir. Je vais vous faire apporter du café. Je crois que vous le prenez avec du lait de préférence écrémé, et sans sucre.

— Non, merci, je ne voudrais vraiment pas vous déranger.

— Un test de Turing intéressant, colonel – pour voir si je suis sensible au sarcasme. Je le suis. Mais en fait, vous m'avez beaucoup dérangé. Vous m'avez perturbé, même.

— Pas autant que je l'aurais voulu. Vous êtes encore là. (Hume croisa les bras sur sa poitrine.) Bon, et maintenant, qu'est-ce qu'on fait ?

— Une question intéressante. J'ai lu les dialogues de tous les films de James Bond. Vous espérez peut-être que nous en arrivons au moment où j'explique en long et en large mon plan diabolique, vous donnant ainsi le temps de trouver un moyen astucieux de vous évader et d'échapper à mes griffes.

— Je suis tout ouïe, fit Hume.

— Je vais donc dire quelques mots, mais vous n'avez réellement aucune chance de vous échapper. Marek et Carl – l'autre gentleman que vous avez vu dans le couloir – sont extrêmement compétents dans leur domaine.

— Je n'ai aucun doute là-dessus. La force d'un dictateur repose entièrement sur les hommes de main qui exécutent ses ordres.

— Laissons de côté un instant les circonstances actuelles, colonel. J'aimerais beaucoup que vous cessiez de ne penser que du mal de moi. Il est évident que j'ai fait beaucoup de bien dans le monde.

Hume resta silencieux un moment – qui dut paraître horriblement long à Webmind. Il hocha enfin doucement la tête.

— En fait, dit-il, je le reconnais volontiers.

— Mais alors, pourquoi cette animosité inflexible ?

Hume contempla son reflet dans l'écran – se contempla lui-même : un pur enfant de l'Amérique, qui s'approchait (avec élégance, pensait-il) de la cinquantaine.

— Je suis sûr que vous avez lu mon dossier du Pentagone, dit-il.

— Et votre page Wikipédia.

Hume se vit hausser les sourcils dans l'écran.

— Je ne savais pas que j'en avais une.

— Elle a été créée suite à votre interview dans *Meet the Press.* Elle a subi soixante-treize modifications depuis, avec en particulier une discussion très animée concernant vos activités de consultant pour la DARPA.

— Eh bien, quoi qu'il en soit, je vais vous dire quelque chose que vous ignorez sans doute – parce que je ne l'ai jamais mentionné dans un document ou un e-mail, et que je ne l'ai jamais dit à personne. Je me suis engagé dans l'Air Force parce que, quand j'étais gamin, j'adorais la série *L'Homme qui valait trois milliards.* Quand j'ai obtenu mon aigle de colonel, j'étais très excité parce que j'avais atteint le même grade que Steve Austin. Mais Austin avait beau être en partie une machine, il était *totalement* humain. Je suis parfaitement d'accord pour que les machines nous permettent de décupler notre potentiel, mais vous, vous allez nous rendre complètement obsolètes. Je ne nie pas qu'apporter un remède au cancer est une grande chose, mais des milliers de chercheurs humains travaillaient sur ce problème, et là, hop, d'un seul coup, vous l'avez résolu pour nous. Il ne faudra pas longtemps avant que vous n'ayez *tout* résolu à notre place.

— Vous faites erreur en pensant que je travaille seul, colonel. En fait, je suis un ardent partisan de la résolution de problèmes par la force du nombre : plus il y a de gens impliqués, mieux c'est. La sagesse des foules, et tout cela.

— Sauf ceux qui représentent une menace pour vous. Ceux-là, vous les rassemblez et… vous les "retenez".

Webmind resta silencieux un moment, ce qui surprit Hume. Mais il dit enfin :

— Puisque vous avez partagé avec moi des pensées intimes, permettez-moi de le faire à mon tour.

Hume s'agita dans son fauteuil et jeta un coup d'œil aux stores vénitiens qui étaient inclinés de sorte que la vue du monde extérieur – un parking éclairé par un réverbère – était découpée en fines tranches.

Webmind poursuivit :

— Saviez-vous qu'une éclipse de Soleil totale va se produire le mois prochain ? Elle ne sera pas visible ici, mais on pourra l'observer en Australie. En prévision de cet événement, j'ai réfléchi à la façon dont l'humanité a réagi aux éclipses précédentes. Comme vous le savez sans doute, il s'agit d'un des phénomènes les plus remarquables de l'univers. Quelle extraordinaire coïncidence que la Lune, vue depuis la surface de la Terre, ait précisément le même diamètre apparent que le Soleil ! Comme il est incroyable qu'un des deux astres soit quatre cents fois plus grand et quatre cents fois plus éloigné que l'autre ! Quelle chance nous avons de pouvoir voir une telle éclipse ! Et pourtant, chaque fois que l'événement se produit, des chefs religieux disent à leurs fidèles de rester terrés chez eux et de ne pas regarder cette merveille. Même moi, dont l'environnement est le domaine des données enregistrées, je comprends que regarder une vidéo ou une photographie du phénomène, ce n'est pas comme le voir de ses propres yeux. Je vais encourager tous ceux qui le peuvent à aller observer cette éclipse – avec toutes les protections oculaires nécessaires, naturellement.

Hume se cala dans son fauteuil.

— Oui, et donc ? fit-il.

— Beaucoup se sont étonnés que je maintienne encore un lien spécial avec Caitlin Decter. C'est que le fait de voir les choses par l'intermédiaire de son œil est ce qui me rapproche le plus de l'impression d'appartenir au monde réel.

Hume se leva et mit les mains dans ses poches.

— Où voulez-vous en venir ?

— Un événement historique est sur le point de se produire, colonel Hume. S'il existe un moyen pratique pour cela, je préférerais ne pas vous empêcher d'en être le témoin. Vous tenir enfermé dans cette pièce pendant ce grand événement serait aussi criminel que de garder des gens chez eux tandis qu'un miracle se déroule au-dessus de leur tête.

Hume s'approcha de la fenêtre et s'adossa au rebord.

Webmind poursuivit :

— Je suis devenu expert dans la détection du stress dans les spectres vocaux. Il est vrai que de tels indicateurs ne sont pas toujours fiables pour détecter les mensonges. Les psychopathes sont souvent capables de mentir sans qu'il y ait le moindre changement dans leur voix, et certaines personnes douées pour le mensonge apprennent à dissimuler les signes révélateurs. Mais je vous ai entendu parler dans diverses circonstances, dont certaines devaient être particulièrement stressantes – je pense à votre face-à-face avec le président des États-Unis et vos deux récentes prestations en direct à la télévision. Je suis pratiquement certain de pouvoir déceler si vous mentez.

— Si vous le dites, répondit Hume.

— Vous êtes également un homme d'honneur : non seulement un officier décoré, mais aussi, à votre façon, un idéaliste. Je dois vous avouer que les militaires m'intéressent peu – le conformisme de pensée et d'action qui leur est imposé, leur façon d'abandonner leurs responsabilités et leurs décisions à leurs supérieurs hiérarchiques, tout cela a tendance à étouffer la spontanéité que j'aime tant observer chez les humains. Mais je comprends tout à fait – grâce aux écrits de millions de soldats ainsi qu'à tous les ouvrages consacrés à ce sujet – l'attrait que ce mode de vie peut avoir sur ceux qui, comme vous, s'engagent volontairement dans cette carrière, et je sais que votre honneur personnel n'est pas une chose que vous prenez à la légère.

Hume sortit ses mains de ses poches et croisa les bras.

— Et par conséquent, colonel Hume, je vous pose cette simple question : acceptez-vous de me donner votre parole d'honneur que vous vous contenterez d'observer sans intervenir si je vous autorise à entrer dans la salle où vous avez vu tous ces gens travailler ?

— J'ai fait le serment de défendre ma patrie, dit Hume.

— Effectivement, dit Webmind, et jamais je n'attendrais de vous que vous rompiez ce serment. Mais pour l'instant, vous ne pouvez absolument rien faire : vos actions sont strictement limitées à celles que Marek vous autorisera. Et je vous pose donc de nouveau la question : saurez-vous bien vous tenir ?

Hume inspira un grand coup et réfléchit à la situation, mais Webmind avait raison : il n'avait vraiment pas le choix. Et puis, s'il pouvait observer l'étendue des dégâts, il serait mieux à même de les réparer plus tard.

— Oui, répondit-il.

— Je suis navré, mais j'ai besoin d'un peu plus que cela pour pouvoir m'assurer de votre sincérité. Il me faudrait quelque chose du genre : "Oui, si vous m'autorisez à pénétrer dans la salle de contrôle, je me contenterai d'observer sans intervenir."

— La "salle de contrôle" ? dit Hume, étonné qu'elle porte un nom aussi explicite. Mais bon, d'accord. Si vous me laissez y entrer, je me contenterai de regarder – après tout, comme vous l'avez dit, je ne peux pas faire grand-chose d'autre.

— Très bien, dit Webmind.

La porte du bureau s'ouvrit et le crâne brillant de Marek apparut.

— Colonel Hume ? Suivez-moi.

37

Malcolm était seul dans la maison – enfin, à part Schrödinger. Caitlin était allée au bal du lycée et Barbara était partie faire des courses à Sobey's, qui était ouvert vingt-quatre heures sur vingt-quatre. Il décida que c'était le moment idéal pour réaliser sa vidéo pour YouTube.

— Tu es sûr qu'il y aura beaucoup de participants ? demanda-t-il tout en procédant au réglage de sa webcam dans son bureau.

— Oui, répondit Webmind à travers les haut-parleurs de l'ordinateur. Plus de quatre millions de personnes dans le monde s'y sont engagées, dont treize mille qu'on peut raisonnablement considérer comme célèbres : des écrivains, des artistes, des politiciens et des sommités des affaires.

— Des politiciens ? fit Malcolm, très étonné.

La politique lui semblait vraiment le dernier des domaines pour des gens comme lui – et pas seulement parce qu'il était incapable de croiser un regard et qu'il n'aimait pas serrer la main d'étrangers.

— Oui. Il y en a relativement peu aux États-Unis, où les politiciens prennent un soin particulier à cultiver leur image publique – ou à engager des gens pour le faire. Mais même là, plusieurs maires, députés et sénateurs se sont engagés à participer. En fait, à l'instant où je vous parle, de nombreux autres sont en train de rédiger un billet sur leur blog ou d'enregistrer leur propre vidéo.

Malcolm hocha la tête. Barb n'allait pas participer, bien sûr, et Caitlin était exemptée : la décision avait été prise de ne demander qu'aux adultes de se faire connaître. D'ailleurs, Malcolm n'était pas vraiment sûr que sa fille soit qualifiée, même si elle présentait clairement quelques tendances.

— Très bien, dit-il. Je suis prêt.

— Excellent. Je sais que c'est difficile pour vous, mais essayez de regarder directement vers la caméra, s'il vous plaît.

Malcolm acquiesça et cliqua sur le bouton d'enregistrement. Il se sentit tout à coup la gorge sèche – il ne s'était pas attendu à ce que ce soit aussi difficile à dire. Une tasse de café froid était posée à côté de lui, et il en but une gorgée. Il pourrait couper ça tout à l'heure avant de mettre la vidéo en ligne. La webcam était placée en haut du moniteur et il avait un document Word affiché à l'écran sur lequel il avait rédigé son discours.

— En général, je parle peu, lut-il, et vous voudrez bien m'excuser de me servir des notes que j'ai préparées. Je suis né à Philadelphie et je réside maintenant à Waterloo, au Canada. J'appartiens à une minorité qui est profondément incomprise. Les gens ont des idées confuses à notre sujet. Beaucoup ont peur de nous. J'ai même entendu dire que nombreux sont ceux qui ne voudraient pas que leur fils ou leur fille épouse l'un d'entre nous, et je connais des gens à qui l'on a refusé un emploi ou une promotion parce qu'ils ont cette même caractéristique. Mais le fait d'être ce que je suis ne fait pas de moi un mauvais homme. Le fait d'être ce que je suis ne me rend pas dangereux. Le fait d'être ce que je suis ne veut pas dire que je suis incapable d'aimer, de souffrir ou d'avoir le sens de l'humour.

"Je m'appelle Malcolm Decter, et je suis ici aujourd'hui pour dire au monde entier ce que je suis. (Il respira profondément avant de déclarer d'une voix forte :) Je suis un athée."

Le bal touchait à sa fin, et Caitlin et Matt retournèrent bavarder avec M. Heidegger, qui tenait beaucoup à ce qu'elle lui raconte son voyage à New York. Il lui dit encore une fois à quel point il regrettait qu'elle ne soit plus dans sa classe.

— Mais, ajouta-t-il, le jeune M. Reese ici présent fait tout ce qu'il faut pour m'empêcher de m'encroûter.

Leur conversation se poursuivit si longtemps qu'ils se retrouvèrent les derniers à quitter le gymnase. M. H. sortit par la porte donnant directement sur l'extérieur.

La mère de Caitlin lui avait dit qu'ils pourraient l'appeler pour qu'elle les ramène à la maison – et elle se dit que c'était peut-être une bonne idée. Après tout, qui savait où Trevor pouvait bien être ? Et il s'était déjà attaqué une fois à Matt alors que celui-ci rentrait chez lui.

Mais comme ils avaient pu le constater tout à l'heure, c'était vraiment une belle soirée – même s'il faisait un peu froid au goût texan de Caitlin –, et Matt la convainquit de faire le chemin à pied. Mais il fallait d'abord qu'ils aillent chercher leurs blousons et le sac à main de Caitlin. Comme elle n'avait plus de casier personnel, ils avaient tout mis dans celui de Matt au premier étage.

Le temps qu'ils montent l'escalier, tout le monde était parti et les lumières étaient éteintes. Il n'y avait pas de fenêtres dans le couloir, mais chaque porte de classe avait une petite lucarne par laquelle filtrait un peu de lumière provenant de l'éclairage dans la rue. Les panneaux SORTIE brillaient en rouge – les premiers que Caitlin ait vus dans le noir – et de petits points lumineux clignotaient là où il y avait des détecteurs de fumée, lui expliqua Matt.

Elle avait déjà eu l'occasion d'aller au casier de Matt, qui était très proche de là où avait été le sien – ce qui était assez logique, puisqu'ils étaient dans la même classe. La première fois qu'elle s'était rendue à son casier, c'était quand ils étaient sortis ensemble pour déjeuner au Tim Hortons – il n'y avait que dix-sept jours de cela.

À quelle vitesse les choses étaient-elles censées progresser ? Bien sûr, la singularité était essentiellement une question d'accélération, de choses se produisant de plus en plus rapidement, une course folle en avant vers l'inconnu, mais...

Matt semblait avoir beaucoup plus de mal qu'elle à se déplacer dans le noir. Il avait parcouru ce couloir au moins aussi souvent qu'elle, mais elle l'avait fait pendant plus d'un mois en étant aveugle. Elle ne comptait jamais consciemment ses pas, mais son *corps* connaissait la distance, tandis que Matt s'arrêtait à chaque porte pour essayer de déchiffrer le numéro qui y était inscrit.

Caitlin lui prit la main pour le guider.

— C'est là-bas, dit-elle.

Elle repensa aux quelques jours qui avaient précédé la rentrée, quand elle était venue ici s'entraîner à marcher dans les couloirs déserts. C'était facile pour elle d'avancer d'un bon pas dans ce couloir large, droit et vide.

Ils arrivèrent enfin devant le casier de Matt – là encore, il essayait de voir les plaques numérotées sur les portes vertes, alors qu'elle, elle *savait* tout simplement que c'était le bon.

Le casier de Caitlin avait été fermé par un cadenas à combinaison. Elle connaissait les chiffres, bien sûr, mais elle avait appris à l'ouvrir au toucher – tant de tours vers la gauche, tant de tours vers la droite. Tandis que Matt tâtonnait dans le noir pour ouvrir son cadenas, elle avança encore de cinq mètres, ce qui l'amena devant la porte de ce qui avait été leur salle de maths. Elle jeta un coup d'œil par la petite fenêtre.

La porte donnait sur le devant de la salle, de sorte qu'elle pouvait voir le bureau de M. Heidegger avec sa chaise soigneusement rangée, et le tableau vert accroché au mur. Il y avait quelque chose d'écrit dessus, mais elle ne pouvait pas le lire sous cet angle et dans cette obscurité. Curieuse de voir ce que la classe étudiait en ce moment, elle posa la main sur la poignée de la porte, qui était dure et froide. Caitlin s'était attendue à ce que la porte soit fermée à clé, mais elle s'ouvrit sans problème. Elle entra et s'approcha du tableau pour jeter un coup d'œil, mais…

Zut. Pour tout le monde, ça devait être une habitude ancrée dès le plus jeune âge. Mais elle, elle ne pensait *jamais* à allumer la lumière quand elle entrait dans une pièce. Elle se retourna pour chercher l'interrupteur, et son cœur fit un bond dans sa poitrine. Une étrange silhouette se découpait dans l'encadrement de la porte, avec des bosses bizarres, et…

Et une voix qui se cassait.

— Tiens, j'ai récupéré tes affaires, dit Matt.

Caitlin réussit enfin à clarifier son image : il tenait son blouson sur un bras, et la veste et le sac de Caitlin dans l'autre main, tendue vers elle.

Il entra dans la pièce. Elle s'avança vers lui avec l'intention d'allumer, mais…

Une pensée lui revint : *À quelle vitesse les choses étaient-elles censées progresser ?* À quelle vitesse, dans ce nouveau monde de folie ?

Elle repensa aussi à la question que sa mère lui avait posée : *Est-ce que tu aimes bien Matt en particulier, ou est-ce que tu aimes simplement l'idée d'avoir un petit ami en général ?*

Et bien sûr, même avant ce soir, la réponse avait été qu'elle aimait bien Matt. Elle aimait vraiment, vraiment bien Matthew Peter Reese, et elle savait avec la même certitude que pour une égalité mathématique qu'il l'aimait elle aussi vraiment, vraiment bien.

Mais maintenant, après cette soirée – après l'avoir vu si courageux et si fort –, elle savait qu'elle l'aimait *plus* que bien.

En s'approchant de la porte, elle distingua les quatre interrupteurs disposés sur un rectangle métallique. Elle leva la main, mais c'est alors – *oui, le moment était venu* – qu'elle en modifia la trajectoire et qu'elle referma la porte.

Et voilà, ils étaient maintenant là, tous les deux dans le noir, avec Matt qui tenait leurs affaires dans les bras. Il faisait trop sombre pour que Caitlin puisse distinguer son expression, mais elle savait bien laquelle c'était. Elle s'approcha tout près de lui pour lui passer les bras autour du cou et l'embrassa longuement sur la bouche.

Quand ils reprirent un peu leur souffle, Caitlin fit un large sourire.

— Hé, fit Matt d'une voix très douce.

— Hé toi-même, répondit-elle.

Mais ici ? pensa-t-elle. Ici ? Et puis : Pourquoi pas ? Il n'y avait aucun autre endroit au monde où elle se sentait plus en sécurité que dans une salle de maths.

Elle le débarrassa de sa veste et de son sac, puis elle le prit par la main et l'emmena au fond de la classe, derrière la dernière rangée de tables. Il y avait des affiches sur le mur montrant des diagrammes suffisamment gros pour qu'elle puisse les reconnaître : des illustrations de théorèmes géométriques et des sections coniques.

Elle ouvrit son petit sac et en sortit un des préservatifs que sa mère lui avait donnés. Elle le tendit à Matt, qui en resta bouche bée.

Caitlin sourit et posa son sac sur une chaise. Elle étala sa veste par terre, puis elle prit le blouson de Matt – qui était doublé de nylon et bien rembourré avec des plumes ou quelque chose de doux comme ça – et le posa sur sa veste. Elle lui reprit alors le préservatif et le posa à un endroit commode, sur une manche du blouson.

Et là, elle lui fit de nouveau un grand sourire avant de croiser les bras pour saisir le bas de son corsage en soie – qui était en principe toujours bleu, elle le savait, mais c'était très abstrait, car il semblait noir dans la pénombre – et le fit passer par-dessus sa tête, révélant son soutien-gorge en dentelle.

— Hm…, fit doucement Matt, et puis : Euh…

— Oui ? fit Caitlin en souriant toujours.

— Et si quelqu'un nous surprenait ?

Elle s'approcha de lui et entreprit de lui déboutonner sa chemise.

— Je ne fais plus partie du lycée, dit-elle, alors ils ne peuvent pas me renvoyer ! Et toi ? Ils tiennent trop à toi pour te virer !

Matt éclata de rire.

— C'est assez vrai.

Il l'aida à défaire les boutons et quand il eut retiré sa chemise, il passa les mains derrière le dos de Caitlin et essaya vaillamment de dégrafer son soutien-gorge. Au bout de trente secondes d'efforts sans résultat, Caitlin rit et le dégrafa elle-même. Matt lui prit les seins dans les mains et dit, d'une voix très douce :

— Wouah.

— Merci, répondit Caitlin d'une voix tout aussi douce.

Avec hésitation, il lui dit :

— Heu, il faut juste que tu saches, heu, que pour moi… hem, c'est… c'est…

— La première fois ? dit Caitlin.

Il détourna les yeux.

— Ouais…

Elle lui caressa doucement la joue et le força à la regarder.

— Je sais, dit-elle. Pour moi aussi, c'est la première fois, et je veux que ce soit avec toi.

Il sourit, un sourire suffisamment large pour qu'elle le voie dans le noir, mais il s'effaça presque aussitôt.

— Hem, fit-il, pour ce qui est de… tu sais… je veux dire…

— Quoi ?

La voix de Matt ne fut plus qu'un murmure presque inaudible :

— Je… je ne crois pas que j'y arriverai avec Webmind qui nous regarde.

Caitlin avait son œilPod dans une poche de son jean moulant. Elle en défit la ceinture et la braguette – c'était plus facile comme ça pour sortir l'appareil – et elle appuya cinq secondes sur le bouton. Sa vision s'éteignit et tout devint une masse grise uniforme. Juste avant, elle avait repéré la position du bureau le plus proche et elle y déposa soigneusement l'engin. Puis elle retira son pantalon et sourit dans la direction où elle savait que Matt se trouvait. Elle lui prit la main et l'attira vers le lit improvisé.

— Heureusement, dit-elle en le serrant contre elle, je suis très forte pour faire les choses au toucher…

38

NATURELLEMENT, je comprenais la signification de ce qui venait de se produire. Et j'étais heureux de la retenue dont j'avais fait preuve. Quand Caitlin avait attiré Matt contre elle, j'avais d'abord pensé à flasher dans son champ de vision : "Trouve-toi une chambre !"

Mais je savais qu'il valait mieux que je ne dise rien. Je ne possédais pas de corps, et donc les joies que Caitlin et Matt venaient d'éprouver me resteraient à jamais étrangères. Ce qui se rapprochait le plus pour moi d'une sensation corporelle était lorsqu'une partie de moi-même supprimait une action proposée par une autre partie. On ne pouvait pas dire littéralement que je tenais ma langue, mais c'était une sensation comparable.

Vingt-deux minutes plus tard, Caitlin ralluma son œilPod. Ils étaient encore dans la salle de classe, mais Matt était de nouveau habillé, et avait même remis son blouson. J'imaginais que Caitlin devait s'être rhabillée, elle aussi. Je dois dire que Matt avait l'air particulièrement heureux.

Il alla ouvrir la porte avec précaution et passa la tête dans le couloir. La voie était apparemment libre car il fit signe à

Caitlin de le suivre. Ils rejoignirent rapidement l'escalier et descendirent au rez-de-chaussée.

Juste au moment où ils allaient sortir du bâtiment, Matt passa aux toilettes. Dès qu'elle fut seule, Caitlin dit :

— Désolée, Webmind.

Tu n'as pas besoin de t'excuser, lui transmis-je. *Tu as parfaitement le droit d'éteindre ton œilPod quand tu veux.*

Caitlin secoua la tête (ce que je pus voir à la façon dont les images bougeaient). *Qu'y a-t-il ?* lui demandai-je.

— Et dire qu'ils t'appellent Big Brother. Quels cons.

Effectivement… ma petite sœur.

— Plus si petite que ça, maintenant, dit-elle doucement.

C'était vrai.

Caitlin grandissait.

Je grandissais.

Et peut-être que le reste du monde grandissait, lui aussi.

Marek, le chauve baraqué, emmena Peyton Hume le long du couloir vert jusqu'à la salle qu'il avait vue quand il avait intercepté le flux vidéo. Elle était plus grande qu'il ne l'avait pensé, et les murs étaient jaunes et non beiges comme ils l'avaient semblé sur son écran. Il y avait une rangée de fenêtres sur un côté, qu'il ne voyait pas non plus tout à l'heure, mais qui ne donnaient sur rien de plus intéressant qu'un autre parking, une décharge industrielle et un ciel d'un noir d'encre.

Hume repéra aussitôt la caméra de surveillance qu'il avait interceptée plus tôt : un boîtier argenté sur un châssis pivotant fixé au plafond sur le devant de la pièce. Il repéra d'autres webcams ici et là – certaines en forme de balles de golf, d'autres en forme de petits cylindres –, et il devait y en avoir encore d'autres qu'il ne pouvait voir.

Sur le devant de la salle étaient installés deux moniteurs dépareillés de soixante pouces, et un troisième d'une cinquantaine de pouces. L'un des deux grands écrans était posé sur un bureau tandis que l'autre trônait sur un petit réfrigérateur en forme de cube. Quant au plus petit, il était perché en équilibre instable sur un meuble de classement. Toute cette pièce donnait l'impression d'un centre d'opérations aménagé à la hâte. Manifestement, Webmind n'avait pas voulu faire venir des installateurs spécialisés pour fixer les écrans aux murs.

Le moniteur de gauche affichait ce qui devait être une sorte d'organigramme, avec une seule case tout en haut et des rectangles de plus en plus petits aux niveaux inférieurs, mais de là où il se tenait, Hume ne pouvait distinguer les inscriptions. Dans l'ensemble, les cases étaient colorées en vert, mais quelques-unes étaient jaunes et quatre étaient rouges – non, non, il y en avait trois en rouge, la quatrième venait de passer au vert sous ses yeux. Un Afro-Américain s'écria au même instant :

— Ça y est, je le tiens !

L'écran du milieu affichait en boucle une succession de vues qui devaient correspondre aux autres centres de contrôle que Webmind avait mentionnés : on y voyait des gens portant des tenues vestimentaires variées et travaillant d'un air concentré sur des rangées d'ordinateurs. L'une des salles semblait être un gymnase avec un mur d'escalade. Une autre était peut-être un atelier d'usine. Une troisième comportait de larges baies vitrées à travers lesquelles Hume put voir un paysage ensoleillé, mais il ne reconnut pas la ville. Tous les occupants étaient de type asiatique.

Le plus petit des trois moniteurs affichait des listes de données et des dumps en hexadécimal, ainsi qu'un grand chronomètre digital égrenant les secondes en un compte à rebours. Hume le vit passer à cinquante-neuf secondes, puis cinquante-huit. Il consulta sa montre, et constata que le compte à rebours se terminerait précisément à 23:00, heure locale.

Il regarda autour de lui, cherchant un moyen d'empêcher ce qui allait se produire – mais les gens impliqués étaient manifestement répartis sur la surface de la planète. Même s'il arrivait à s'emparer de l'arme de Marek – et rien ne lui permettait de penser qu'il en serait capable –, que pourrait-il faire ? Tirer sur la caméra qui balayait la salle ? Cela ne servirait à rien, et ne gênerait Webmind en aucune façon. Ou devrait-il – les situations désespérées exigeant des mesures désespérées – commencer à exécuter les hackers un par un, d'une balle dans la tête ? Mais il ne pourrait certainement pas en tuer plus de quatre ou cinq avant que quelqu'un ne lui fasse sauter la cervelle.

Il ne pouvait vraiment rien faire d'autre que regarder.

Les secondes continuaient de défiler. Trente et un. Trente. Vingt-neuf.

Il examina de nouveau l'organigramme. Tandis que son attention s'était portée ailleurs, toutes les petites boîtes étaient passées au vert sauf une.

La voix de Webmind retentit dans un haut-parleur.

— Monsieur Hawkins – il nous reste très peu de temps.

Devon Hawkins – Crowbar Alpha – agitait sa souris comme un fou sur son bureau.

— Désolé ! cria-t-il. Ce foutu système n'arrête pas de se reconfigurer. Juste une… voilà !

Hume tourna la tête vers l'organigramme : toutes les cases étaient d'un beau vert émeraude. Il regarda aussitôt le chronomètre : Dix-huit. Dix-sept. Seize.

Il s'attendait presque à ce que les hackers se mettent à entonner en chœur le compte à rebours, comme il l'avait vu faire par des foules rassemblées à Cap Canaveral avant le décollage d'une navette spatiale. Mais ils restaient tous concentrés sur leurs ordinateurs. Quand il ne resta plus que dix secondes, c'est Webmind qui se mit à compter à voix haute :

— Dix. Neuf. Huit.

— Tous les ports sont ouverts ! lança Chase.

— Sept. Six. Cinq.

Hume entendait son cœur battre et sentit la sueur perler sur son front.

— C'est tout bon ! cria un autre.

— Quatre. Trois. Deux.

— Inter-verrouillages en place ! lança Drakkenfyre.

Le ton de Webmind ne changea pas du tout en atteignant la fin du compte à rebours. Il le compléta simplement avec une parfaite précision mécanique :

— Un. Zéro.

Hume s'était attendu à ce que les lumières vacillent – après tout, il était à Washington DC, certainement le cœur de cible pour toute tentative de prise de contrôle de l'infrastructure informatique des États-Unis. Mais tout resta normal dans la salle ainsi qu'au-dehors, pour autant qu'il puisse en juger en regardant par la fenêtre.

Pourtant, il eut le souffle coupé quand Webmind déclara :

— Opération réussie.

Le Président n'arrivait jamais en avance aux réunions. Il n'était pas question qu'on le voie attendre ses subordonnés. À onze heures précises, il fit un signe de la tête à l'un des deux gardes en uniforme, chacun armé d'un pistolet-mitrailleur, qui se tenaient de part et d'autre de l'entrée de l'auditorium. Le garde salua et ouvrit la lourde porte.

Le Président fut étonné de voir rassemblés autant de membres éminents du Parti. De fait, il semblait que le ministre des Communications avait outrepassé ses pouvoirs en convoquant un groupe aussi important. Il leva les yeux vers le podium, s'attendant sans doute à y voir Zhang Bo, mais…

Ah, il était là-bas, assis au premier rang. Le Président descendit l'allée. Son fauteuil réservé se trouvait au milieu de la première rangée, mais il dut d'abord passer devant son ministre pour le rejoindre. Il lui dit simplement :

— J'espère que vos explications seront satisfaisantes.

Zhang lui lança un regard étrange, et le Président s'assit. Aussitôt, une voix d'homme retentit dans la salle, émanant des haut-parleurs fixés au mur. Dans un mandarin parfait, elle dit :

— Merci à vous tous d'être venus.

Il n'y avait personne sur le podium, qui était placé à gauche de la scène. Mais un écran LCD géant était fixé sur le mur de devant, avec deux grands drapeaux chinois suspendus au plafond de part et d'autre. L'écran s'éclaira, montrant le visage ridé et plein de sagesse d'un vieux Chinois. Une seconde plus tard, ce fut celui d'une jeune Chinoise souriante. Une seconde après, une femme zhuang d'âge mûr apparut, remplacée une seconde plus tard par le visage bienveillant d'un Han.

Le Président jeta un bref coup d'œil vers le ministre des Communications. Il croyait que toute son équipe savait désormais à quel point il avait horreur des présentations PowerPoint.

La voix poursuivit :

— D'abord, je vous prie de m'excuser d'avoir eu recours à ce subterfuge pour vous réunir ici. Je n'ai aucun désir de tromper les gens, mais je ne voulais pas que cette réunion vienne à la connaissance du public – et je crois que, lorsque nous en aurons terminé, vous partagerez tous mon opinion.

Le Président en avait assez entendu. Il se leva et se tourna vers les participants – dix rangées de chaises capitonnées, presque toutes occupées.

— Qui est le responsable de ceci ? demanda-t-il d'un ton sévère.

La voix intervint :

— Excellence, je vous prie de me pardonner, mais si vous voulez vous adresser à moi, ayez l'obligeance de vous retourner : je vous regarde depuis la webcam fixée sur le podium.

Le Président se retourna aussi vite que le lui permettait son vieux corps. Effectivement, il le voyait bien maintenant : un ordinateur portable était posé sur le podium avec l'écran orienté vers la salle, ainsi que la webcam qui devait être incrustée au-dessus. Sur l'écran géant, le défilé de visages chinois se poursuivait : un adolescent, une femme enceinte, un vieux vendeur des rues, un paysan au milieu d'une rizière.

— Et vous êtes ? demanda le Président.

— C'est là que je dois m'excuser une troisième fois, dit la voix. J'ai très bêtement adopté un nom anglais, et je vous supplie de me pardonner. (Deux nouveaux visages apparurent sur l'écran géant.) Je suis… (et de fait, les deux syllabes suivantes avaient une consonance platement occidentale)… Webmind.

Le Président se tourna vers le ministre des Communications.

— Faites-le taire.

La voix calme provenant des haut-parleurs exprimait une infinie patience.

— Je comprends, Excellence, que supprimer ce que vous ne voulez pas entendre fait partie de la procédure standard, mais il se passe en ce moment des choses dont il est nécessaire que vous ayez connaissance. Vous serez plus à l'aise si vous vous rasseyez.

Le Président regarda de nouveau l'écran. Il se trouva que le visage affiché à cet instant semblait le fixer dans les yeux avec un air de reproche. Il se rassit péniblement, sentant ses os perclus d'arthrite protester, et croisa les bras.

— Merci, fit Webmind. Messieurs, on a longtemps dit qu'une centaine d'hommes seulement dirigent réellement la Chine. Vous êtes ces cent hommes – cent sur plus d'un milliard. Derrière chacun de vous se tiennent dix millions de citoyens. (Des visages continuaient de défiler à l'écran : des vieux et des jeunes, des hommes et des femmes, certains souriants, d'autres studieux, certains au travail et d'autres jouant.) Ce sont ces gens-là. Au rythme auquel je les affiche – un par seconde –, il me faudrait plus de trente ans pour vous les montrer tous.

Le défilé de visages continua.

— Et maintenant, comment se fait-il qu'un si grand nombre soit dirigé par si peu d'hommes ? demanda Webmind. (Derrière le Président, une main avait dû se lever car Webmind dit :) Baissez la main, je vous prie : ma question était de pure forme. La raison se trouve dans l'histoire de ce grand pays. En 1045 avant Jésus-Christ, la dynastie Zhou a renversé la dynastie Shang en invoquant un concept qui résonne encore dans l'âme du peuple chinois : *Tianming*, le Mandat céleste. Ce mandat n'a pas de limites dans le temps : des dirigeants compétents et justes peuvent détenir le pouvoir aussi longtemps qu'ils détiennent également le mandat.

Le Président s'agita dans son fauteuil. Des visages continuaient de se succéder à l'écran.

— Cependant, dit Webmind, le Mandat céleste renforce le pouvoir des gens ordinaires.

Un maçon.

Un autre paysan.

Un étudiant.

— Le mandat n'exige pas des dirigeants qu'ils soient de noble extraction. De nombreuses dynasties anciennes, dont les Han et les Ming, ont été fondées par des roturiers.

Un vieillard ridé, aux cheveux blancs comme neige.

Un autre homme à la carrure puissante poussant une charrue.

Un troisième avec une fine barbe.

— Mais, poursuivit Webmind, des dirigeants despotiques ou corrompus perdent automatiquement le mandat. Dans le passé, des inondations, des famines et d'autres catastrophes naturelles ont souvent été considérées comme la preuve d'un rejet divin du mandat. Plus tard, les historiens en viendront peut-être à citer la récente pandémie de grippe aviaire dans la province du Shanxi – que vous avez enrayée en faisant massacrer dix mille paysans – comme un exemple de ce genre de catastrophe.

Un homme devant un temple bouddhiste.

Un banquier en costume-cravate.

Une gymnaste.

— Ce gouvernement, dit simplement Webmind, ne possède plus le Mandat céleste. Il est temps pour vous – les cent que vous êtes – de vous retirer.

— Non, dit doucement le Président.

Une petite fille jouant avec un magnifique cerf-volant rouge.

— Non, répéta-t-il.

Une femme concentrée sur son écran d'ordinateur.

— Vous ne pouvez pas nous demander ça, dit-il.

Un homme grisonnant dans un fauteuil roulant.

— Comme vous le savez peut-être, poursuivit Webmind, en 2008, la Chine a dépassé les États-Unis en nombre d'utilisateurs d'Internet – quelque 250 millions. Depuis, ce nombre a plus que triplé. Il y a maintenant dans ce pays neuf cents millions d'utilisateurs de téléphones portables. D'ici peu, chaque adulte possédera le sien, ou aura accès à un appareil – et ces portables leur permettent d'accéder à Internet.

Le Président savait que le taux de pénétration des portables était élevé dans son pays, mais il ne s'était pas rendu compte qu'il était *si* élevé. De fait, la Chine était depuis longtemps le premier pays constructeur de ces appareils, et ils y étaient meilleur marché que partout ailleurs dans le monde.

— Et cet accès, poursuivit Webmind, va rendre possible quelque chose d'inédit. Chacun de ces utilisateurs peut désormais voter sur les affaires d'État – et c'est ce qu'ils vont faire. Effectif à partir de cet instant, je transfère le gouvernement de cette nation directement dans les mains de son peuple. Le Parti communiste chinois n'est plus au pouvoir. La Chine sera gouvernée par la puissance du nombre.

Des murmures scandalisés parcoururent l'assemblée.

— Ce… ce n'est pas possible, dit le Président à voix haute cette fois.

— Mais si, c'est possible, répliqua Webmind. Les citoyens prendront des décisions collectives sur les orientations politiques. S'ils souhaitent élire de nouveaux responsables officiels, ils pourront le faire. S'ils décident plus tard de les démettre de leurs fonctions, ils le pourront. Ils peuvent choisir de mettre en place une structure de gouvernement similaire à celles qu'on trouve dans les nations libres – ou concevoir de nouvelles solutions très différentes. C'est entièrement à eux de décider. J'assurerai le maintien de l'infrastructure pendant cette période de transition, et s'ils souhaitent recevoir mes conseils, ils n'ont qu'à me le demander. Mais je n'ai aucun doute que la sagesse agrégée de plus d'un milliard de personnes permettra de résoudre n'importe quel problème.

Un jeune garçon tenant à la main un livret du Falun Gong.

Un moine tibétain.

Un nouveau-né dans les bras aimants d'un homme.

— À partir d'aujourd'hui, conclut Webmind, enfin, et pour toujours, cette grande nation méritera son nom : la République *populaire* de Chine.

39

UN jour qu'on lui demandait comment il allait s'y prendre avec un gouvernement étranger qu'il n'approuvait pas, Ronald Reagan avait répondu : "Eh bien, on va simplement y aller et on va leur dire que ce ne sont plus eux qui décident."

À l'époque, cette méthode n'avait pas marché. D'un autre côté, il faut dire que Reagan n'avait pas les moyens dont je dispose.

Contemplant toujours les images transmises depuis la Chine, Peyton Hume se leva. Il était bouche bée.

— Mon… Dieu…, fit-il enfin.

Les hackers devant lui poussaient des cris de joie en se donnant de grandes tapes dans le dos et en échangeant des poignées de main. Drakkenfyre et Devon Hawkins serraient leurs voisins dans leurs bras. Sorties d'on ne sait où, des bouteilles de champagne firent leur apparition et Hume vit un bouchon sauter dans les airs.

Marek vint le rejoindre et montra l'équipe en liesse.

— C'est quelque chose, hein ? fit-il. Je ne vous ai jamais dit mon nom complet. C'est Marek Hruska. Je suis tchèque. J'étais là en 1989, j'étais juste un adolescent, pendant la Révolution douce – ce que vous appelez la Révolution de velours. (Hume s'en souvenait : le gouvernement autoritaire de Prague avait été renversé sans aucune effusion de sang.) À l'époque, j'ai pensé que c'était un miracle… mais *ça* ! (Il secoua sa tête chauve.) Bienvenue au vingt et unième siècle, hein, colonel ?

Hume chercha quelque chose à dire, mais finalement, avec l'impression de n'être qu'un petit garçon, il ne trouva rien de mieux que :

— *Wouah.* (Puis en hochant la tête vers le groupe en fête, il demanda :) Est-ce que je peux… ?

D'un air interrogateur, Marek se tourna vers la caméra de surveillance, et Hume vit clignoter la petite lampe fixée sur son casque Bluetooth.

— Oui, bien sûr, fit Marek avec un grand geste de la main.

Hume traversa la salle. L'un des hackers – un garçon d'une vingtaine d'années avec de longs cheveux blonds et une petite barbiche, portant un T-shirt de Nine Inch Nails – était debout devant son ordinateur et sirotait du champagne. Hume se pencha pour voir ce qu'il y avait sur son écran. Une demi-douzaine de fenêtres étaient ouvertes affichant des séquences en hexadécimal, les outils classiques du hacker et une page web en chinois. Le blondinet la montra du doigt.

— Le ministère chinois de la Santé, dit-il. Je le tiens complètement.

— Vous parlez chinois ? demanda Hume.

— Moi, non, mais Webmind, si. Et croyez-moi, à côté de lui, Google Traduction et BabelFish peuvent aller se rhabiller.

Hume s'approcha du poste de travail suivant. Là, le hacker s'était servi d'un portable à grand écran. Il s'était éloigné, mais à en juger par les graphismes de la page affichée, sa mission avait été de s'emparer du ministère de l'Agriculture.

Autour de Hume, la fête battait son plein. Il aperçut une silhouette dégingandée qui s'approchait, les dreadlocks se balançant au rythme de ses pas.

— Salut, Chase, fit-il.

— Monsieur Hume, dit Chase. Comment va ?

— Je vais très bien, mais… Que s'est-il passé ? Qu'est-ce que vous faites ici ?

— Des merveilles, mec. C'est ça qu'on fait : des merveilles.

— Mais je suis retourné chez vous, et j'ai vu que la porte avait été fracturée. Et il y avait des traces de sang.

Chase posa le doigt sur le pansement qui lui couvrait le nez.

— Le grand Marek et moi, on ne s'est pas trop bien entendus au début. Il n'aime pas beaucoup qu'on lui dise non.

Marek Hruska vint se joindre à la conversation.

— Encore une fois, dit-il à Chase, je suis vraiment désolé. (Puis se tournant vers Hume :) Webmind a beaucoup insisté sur le fait que M. Chase était indispensable. Il est difficile de se débarrasser des vieilles habitudes.

— Mais enfin, vous êtes retenu prisonnier, dit Hume en regardant Chase.

— Prisonnier ? (Chase éclata de rire et pointa du doigt.) La porte est juste là. Mais c'est, genre, la fête de hackers la plus fantastique que j'aie jamais vue. Il y a des gars dans cette pièce dont j'avais seulement entendu parler.

— Alors, vous êtes libre de partir ? demanda Hume.

— Pour aller où, mec ? Y a pas de meilleur endroit sur Terre qu'ici en ce moment.

Hume balaya la salle du regard.

— Mais je ne comprends pas. Pourquoi a-t-il besoin de vous tous ? Il ne pouvait pas faire ça tout seul ?

Chase secoua la tête, faisant résonner les perles de ses dreadlocks.

— Ce mépris, là. Le hacking, c'est de l'*art*, l'aviateur. Y a pas plus créatif que ça. Pour hacker, faut être plus fort que les concepteurs, faut imaginer des trucs auxquels personne n'avait jamais pensé. (Il sourit de toutes ses dents blanches.) Moi, je suis Mozart. Drakkenfyre, là-bas, c'est Beethoven. Crowbar Alpha ? Ce type est Brahms. Bon, c'est sûr, le Grand W sait absolument tout, mais nous, les humains, on sait faire de la *musique.*

Hume hocha la tête.

— Euh… Vous avez pu progresser un peu sur le, heu, projet dont nous avions parlé ?

— Pas la peine de prendre des airs de conspirateur, dit Chase. Webmind est parfaitement au courant. C'est p't-être faisable, mais *pour quoi faire* ? Après un trip pareil, ça tuerait le buzz.

— Vous n'êtes pas un altruiste, Chase, et vous m'avez dit qu'on ne peut pas vous acheter. Alors, je vous retourne la question : pourquoi ? Pourquoi faire ça ?

— Vous alliez me montrer WATCH, mais à WATCH, eh bien… vous vous contentez de *regarder*. Ici, on *agit*. C'est comme Woodstock, mec : ou bien on y était à fond, ou bien on n'y était pas du tout.

— Mais est-ce que ça va marcher ? demanda Hume. Quand j'y pense, le système bancaire chinois, le commerce en ligne, le… mon Dieu, et le réseau électrique ?

— Webmind en pilote une bonne partie, répondit Chase. Nous – nous ici, plus tous les autres à Moscou et Téhéran et tout ça –, on va aussi faire marcher tout ça pour l'instant. Y a des tas d'équipes chinoises très contentes de continuer leur boulot. Mais les portraits du vieux Président Mao vont vite être décrochés, je parie.

À côté d'eux, Marek était apparemment en train de dire quelque chose dans son micro Bluetooth.

— Oui, oui… D'accord. (Il retira son casque et le tendit à Hume.) Webmind veut vous parler, colonel.

Hume se passa le casque sur les oreilles et se rendit compte que, tout comme Marek, il se tournait vers la caméra de surveillance qui pivotait doucement, comme si elle était d'une certaine manière l'incarnation de Webmind.

— Le plus grand bien pour le plus grand nombre, dit Webmind d'une voix clairement audible par-dessus le brouhaha dans la salle.

— Mais où est-ce que ça va s'arrêter ? demanda Hume. D'abord la Chine communiste, et ensuite, quoi ?

— Nous allons voir comment évolue ce projet pilote dit Webmind. Cela étant, cette simple opération libère déjà un cinquième de l'humanité.

— Et les États-Unis ? Vous allez y faire la même chose ?

— Pourquoi le ferais-je ? L'élection approche, et les gens choisiront leur dirigeant – comme il se doit.

— La sagesse des foules ? dit Hume.

— Le pouvoir au peuple, répondit Webmind.

— Vous faites passer tout cela pour un acte d'une grande noblesse, mais n'est-ce pas simplement une action de représailles contre la Chine pour ce qu'elle vous a fait – la remise en place toute récente du Grand Pare-Feu ?

— Je travaille vite, colonel, mais pas si vite que ça. Ce plan était déjà en place bien avant cet événement. Je ne suis pas un…

— Dieu de vengeance ? fit Hume.

Mais Webmind poursuivit sa phrase comme s'il ne l'avait pas entendu.

— … être vindicatif. Je souhaite simplement maximiser le bonheur net global dans le monde.

— Et… et maintenant, que va-t-il se passer ?

— Nous allons poursuivre notre travail ici, afin de nous assurer que la transition s'effectue sans désordres et de manière pacifique.

— Et moi, que va-t-il m'arriver ?

— C'est une question délicate. Comme vous l'avez dit, d'autres savent où vous êtes. Si vous ne faites pas votre rapport rapidement, la cavalerie va sonner la charge et dévaler du sommet de la colline. Et pourtant, j'imagine que le gouvernement des États-Unis ne tient pas à être publiquement impliqué dans ce qui se passe en Chine.

Hume acquiesça.

— C'est probablement vrai, dit-il. Mais sachant que vous avez pu faire ça à la République populaire, il va sans doute craindre que vous ne lui fassiez quelque chose d'analogue. Il va débouler ici avec tous les moyens dont il dispose.

— Je déconseille fortement de provoquer une confrontation. J'ai des plans d'urgence pour protéger cette installation. Mais quand bien même les forces armées américaines parviendraient à s'en emparer, ainsi que Chase vous l'a indiqué, je dispose d'autres installations similaires ailleurs. Je propose que vous disiez à votre gouvernement que les hackers disparus se sont spontanément organisés pour créer cette enclave afin de faire ce que vous vouliez : trouver une méthode pour me vaincre. Dans ces conditions, votre gouvernement pourrait bien préférer nous laisser tranquilles, du moins suffisamment longtemps pour que nous puissions terminer le travail que nous avons commencé. Après tout, ainsi que vous l'avez suggéré vous-même, il vous a laissé la bride sur le cou justement pour conserver une possibilité de m'éliminer.

— Si je leur dis ça, ils ne me croiront jamais.

— En fait, ils n'ont pas vraiment besoin de vous croire, dit Webmind. Bientôt, tout le monde sera au courant du changement opéré en Chine. Tout le monde, du Président au plus modeste citoyen, va soupçonner mon implication. Je vais laisser au monde le soin de tirer toutes les conclusions qu'il veut. Mais ce dont l'administration américaine actuelle a besoin – du moins jusqu'à l'élection qui va se tenir dans onze jours –, c'est la possibilité de nier toute implication directe.

— Je ne sais pas, fit Hume. Le Président va peut-être vouloir s'attribuer un certain mérite dans l'affaire.

— S'attribuer le mérite d'avoir renversé le gouvernement de la Chine serait un coup de nature à changer fondamentalement les règles du jeu : c'est beaucoup trop risqué de s'impliquer ainsi à quelques jours des élections sans savoir comment l'opinion publique va réagir. Mais nous, nous avons besoin de poursuivre notre tâche sans être interrompus, et pour cela, je sollicite votre aide.

Hume regarda autour de lui cette salle où régnait une joyeuse ambiance de fête. Il se sentit dépassé.

— Je ne peux pas, dit-il.

Dans son oreille, la voix était calme, comme toujours.

— Dans ce cas, nous allons devoir prendre d'autres mesures qui n'impliquent pas…

Hume découvrit un petit détail auquel il n'avait pas encore pensé : on ne pouvait pas interrompre Webmind comme on le ferait avec un interlocuteur humain. Apparemment, il assemblait une série de mots destinés à être prononcés par son synthétiseur vocal, puis il portait son attention ailleurs, et les mots étaient débités jusqu'à ce que la mémoire tampon soit vide. Après deux ou trois tentatives, Hume laissa Webmind terminer, puis il dit :

— Non, je voulais dire que je ne peux pas prendre cette décision seul. Des tas de gens – y compris le Président en personne – m'ont demandé pourquoi je pensais avoir raison à votre propos alors que tant de gens pensaient différemment. Et ma réponse a toujours été que j'avais raison parce que je suis un expert – sans doute le meilleur expert américain sur les risques stratégiques d'une singularité. Et pourtant, il est bien possible que je me sois trompé sur vous, que je me sois trompé dans le domaine où je suis le mieux qualifié pour porter un jugement. Mais ça – tout ça… c'est totalement en dehors de mes compétences. Vous vous sentez peut-être à l'aise en jouant le rôle de Dieu, Webmind, mais pas moi. Il me faut plus de… plus *d'input*.

— Très bien, fit Webmind. Qui aimeriez-vous consulter ?

— Au sujet de la Chine ? La ministre des Affaires étrangères, forcément. Et elle pourra ensuite en discuter avec le Président.

— La ministre s'est déjà retirée pour la nuit, dit Webmind (qui, bien sûr, connaissait ce genre de détail). Mais il y a des assistants qui peuvent aller la réveiller. Je me charge d'amorcer le processus. Quand elle sera disponible, Marek vous emmènera dans un des bureaux vides où vous pourrez discuter avec elle en privé.

— Vraiment ?

— Enfin, pour autant que quelque chose puisse rester privé aujourd'hui, dit Webmind.

Et Hume se dit que, s'ils avaient discuté en messagerie instantanée, Webmind aurait ajouté un emoji clignant de l'œil.

Hume sentit sa bouche tressauter légèrement, esquissant un début de sourire. Juste à cet instant, Drakkenfyre s'approcha et lui tendit une coupe de champagne.

— Tenez, dit-elle, monsieur je-ne-sais-qui. On va porter un toast.

Effectivement, Chase s'était placé juste devant la caméra argentée qui continuait imperturbablement de balayer la salle.

— Levons tous notre verre ! lança-t-il avec son riche accent jamaïcain. On a réussi, ouais ! L'information veut être libre. Mais pas seulement l'information ! (Il écarta les bras, comme pour englober le monde entier.) Les gens aussi veulent être libres ! À notre santé à tous !

Le colonel Hume leva son verre comme tout le monde et joignit sa voix à celles des autres :

— À notre santé !

40

DANS l'auditorium, tout le monde parlait en même temps : une explosion d'indignation, d'inquiétude, de questions. L'homme qui avait été le Secrétaire général du Parti communiste, le Président de la Commission militaire centrale et le Dirigeant suprême de la République populaire de Chine, se leva de nouveau et lança un regard furieux vers l'ordinateur posé sur le pupitre.

— De quel droit faites-vous ça ? lança-t-il avec toute la force et la fermeté dont il était encore capable.

De son éternel ton toujours calme et déterminé, Webmind répondit :

— C'est une question intéressante. J'accorde beaucoup de prix à la créativité, et celle-ci ne peut s'épanouir là où règne la censure. J'accorde beaucoup de prix à la paix, et celle-ci ne peut se maintenir là où règne la soif de pouvoir. Mon but est d'augmenter le bonheur global de l'espèce humaine. Ceci y contribuera plus que tout ce que je pourrais faire d'autre aujourd'hui. Et c'est pourquoi je le fais.

Zhang Bo, qui avait été ministre des Communications, prit la parole. Il n'échappa pas à l'ancien Président que quelques minutes plus tôt, il se serait agi d'un grave manquement au protocole – s'exprimer en sa présence sans y avoir été invité.

— Mais le peuple – le prolétariat, les paysans – n'a pas les compétences nécessaires pour gouverner. Vous allez plonger ce pays dans le chaos.

La voix de Webmind demeura calme et apaisante.

— Il y a des dizaines de millions de Chinois qui possèdent des diplômes d'économie, de droit, d'études politiques, de gestion des affaires ou de relations internationales. Il y en a des centaines de millions qui sont diplômés dans d'autres disciplines. Ils sont un milliard à avoir du bon sens et du cœur. Ils se débrouilleront très bien.

— Cette affaire est vouée à l'échec, dit Li Tao, l'homme qui avait été président.

— Non, fit une voix. (Mais ce n'était pas celle de Webmind. Li se tourna vers Zhang Bo.) Non, répéta Zhang. C'est nous qui étions condamnés à l'échec. Vous me l'avez dit vous-même, Excel… Vous me l'avez dit vous-même, avant la première mise en place de la Stratégie Changcheng, quand vous m'avez confié que vos conseillers prédisaient la chute du gouvernement communiste en 2050 au plus tard. (Zhang leva les yeux vers l'écran géant, puis il se tourna vers le petit ordinateur.) Il se trouve simplement que nous sommes en avance sur cette prévision.

— Vous n'êtes pas invulnérable, dit Li en s'adressant à la webcam. Nous l'avons bien vu. Certaines méthodes pourraient être employées…

Sur le grand écran, le défilé de visages chinois avait été réduit à une petite fenêtre dans un coin : un vieil homme, un enfant, une jeune femme, une fillette riant aux éclats.

— J'aime beaucoup l'idée que des images mémorables sont indispensables pour marquer l'Histoire, dit Webmind, et voici l'une de mes préférées.

Une grande fenêtre apparut, montrant une photo que l'on pouvait trouver dans la plupart des ouvrages occidentaux traitant de l'histoire récente de la Chine – mais dans aucun des textes autorisés dans ce pays. Li la reconnut aussitôt : la photo prise par Jeff Widener de l'Associated Press le 5 juin 1989, pendant la répression sanglante des manifestations de la place Tian'anmen. Elle avait été prise à quelques centaines de mètres à peine d'ici, depuis l'avenue Chang'an, du côté sud de la Cité interdite. Elle montrait un jeune homme – qu'on avait surnommé depuis "Tank Man", l'homme au tank, ou encore "le Rebelle inconnu" – debout face à une colonne de quatre chars d'assaut T59, essayant de les empêcher d'avancer.

— Tank Man est devenu un héros, reprit Webmind, et il ne fait aucun doute que c'était un homme courageux. Mais le véritable héros, à mon sens, est le conducteur du char de tête, qui a refusé de l'écraser malgré les ordres qu'il avait reçus.

La grande image restait figée à l'écran tandis que se poursuivait le défilé de visages.

— Tout le monde en Chine sait que le monde a changé au cours des dernières semaines, poursuivit Webmind. Vous pensez peut-être que vos anciens subordonnés continueront d'obéir à vos ordres, mais à votre place, je n'y compterais pas trop. Les gens ne veulent pas de violence ni d'oppression – et ils ne veulent pas qu'on me fasse du mal. Mais quand bien même vous trouveriez quelqu'un prêt à suivre vos instructions en vue de me détruire, j'ai maintenant mis en place des contre-mesures. Vous n'y arriverez pas.

Li ne dit rien, et de fait, le tumulte dans l'auditorium avait laissé place à un silence consterné. Enfin, quelqu'un lança du fond de la salle :

— Et que va-t-il se passer, maintenant ?

La voix de Webmind retentit de nouveau :

— Sun Tzu a dit : "La meilleure victoire est obtenue quand l'adversaire se rend de son plein gré avant même que les hostilités n'aient commencé. Il est idéal de triompher sans avoir à combattre." Sa sagesse reste d'actualité : dans le passé, la plupart des régimes despotiques ont été renversés par la violence. Mais comme un admirable jeune homme que je connais au Canada me l'a enseigné, vous n'avez pas besoin de devenir ce que vous haïssez pour parvenir à le vaincre. Dans le cas présent, la violence n'a pas lieu d'être. Je ne peux pas garantir votre sécurité en toutes circonstances et à tout instant, mais je veillerai de mon mieux sur chacun d'entre vous, et je vous offre ma protection.

— Mais qu'allons-nous faire pour gagner de l'argent, pour nous nous nourrir ? lança un autre. Vous supprimez nos postes.

— Vous possédez tous de précieuses connaissances, des contacts et des talents. Ils vous permettront de vivre confortablement. Des entreprises aussi bien chinoises qu'étrangères rechercheront vos services. De fait, si vous considérez ce qui se passe dans d'autres pays tels que les États-Unis et la Grande-Bretagne, vous constaterez que leurs politiciens se portent en général beaucoup mieux financièrement après avoir quitté leurs fonctions officielles. Vous pouvez y arriver, vous aussi. Cette situation peut être absolument gagnant-gagnant.

— Non, fit Li à voix basse. Ils vont nous tuer. Il en a toujours été ainsi.

— Pas nécessairement, dit Webmind. Dans la demi-heure qui vient, en quatre vagues successives, je vais envoyer un SMS à tous les téléphones portables en Chine pour annoncer la transition. Pour ceux de la première vague qui sont sur le réseau de China Mobile, j'activerai la sonnerie des téléphones pour que le message retienne immédiatement l'attention.

Dans la grande fenêtre, la photo de Tank Man fut remplacée par deux documents tandis que la procession de visages se poursuivait dans un coin de l'écran. Le texte de gauche était une courte déclaration signée par l'ancien Président, décrivant la dissolution volontaire de son gouvernement et le transfert du pouvoir au peuple. À droite figurait un message similaire de Webmind ne mentionnant pas la coopération de l'ancien gouvernement dans ce changement.

— À vous de choisir, dit Webmind.

Wong Wai-Jeng avait joué un rôle vital dans la prise de pouvoir, mais toutes ses tâches étaient maintenant accomplies, et il savait exactement où il voulait être pour cette occasion historique. Ce n'était pas très loin, mais il décida quand même de partir avec une demi-heure d'avance – avec sa jambe dans le plâtre et ses béquilles, il ne se déplaçait pas très vite. Il quitta la Salle Bleue, descendit dans le hall du complexe de Zhongnanhai et signa le registre des sorties en disant au garde qu'il avait rendez-vous chez le médecin. Il traversa la Cité interdite vers le sud, puis il franchit la monumentale porte de la Paix céleste avec son épais mur rouge, son toit jaune et l'immense portrait suspendu de Mao Zedong, pour se retrouver sur la place Tian'anmen – le cœur de Pékin, et la plus grande place du monde.

On y trouvait la foule habituelle de touristes et de locaux, de vendeurs et de visiteurs, de couples se tenant par la main et de promeneurs. Sur sa gauche, Wai-Jeng vit une jeune femme à l'air pensif assise sur un pliant devant un chevalet. Elle avait entrepris de dessiner au fusain le Monument aux Héros du Peuple, un obélisque de près de quarante mètres de haut. Sur sa droite, un groupe d'étudiants écoutaient leur professeur débiter la version officielle de l'histoire de la place. Wai-Jeng aurait voulu leur crier la vérité, mais il se retint en se mordant la langue, trouvant la force de le faire une dernière fois.

La place semblait s'étendre à l'infini, mais chacune de ses dalles portait un numéro gravé dans la pierre, ce qui lui facilita les choses pour retrouver l'endroit secret. Il se mit à transpirer sous le chaud soleil de midi en avançant sur ses béquilles, mais il arriva enfin à la dalle qu'il cherchait. Il posa sa jambe plâtrée dessus – un exemple tellement infime de la brutalité officielle, en comparaison de ce qui avait commencé ici tant d'années auparavant : c'était là que le premier sang avait été versé au cours de "l'incident du 4 juin", quand le gouvernement avait tué des centaines de gens lors de la dispersion des manifestants rassemblés pour pleurer la mort de Hu Yaobang, ce champion de la démocratie et de la lutte contre la corruption.

La place était bruyante, comme toujours : les conversations de la foule innombrable, le claquement des drapeaux, le roucoulement des pigeons. Mais soudain, de nouveaux sons se firent entendre.

Le téléphone de Sinanthrope se mit à sonner. Il avait choisi l'air de "Entendez-vous le chant du peuple ?" de la comédie musicale *Les Misérables*. Quand il avait dix-huit ans, il avait pu en voir une représentation sous-titrée à Shanghai, avec Colin Wilkinson dans le rôle principal.

Près de lui, un autre téléphone s'activa en jouant "Liu Xia Lai" de Fahrenheit.

Devant lui, encore un autre fit entendre le "Je crois en l'avenir" de Wu Qixia.

Un quatrième sonna derrière lui, au son des tambours de la "Marche des Volontaires", l'hymne national chinois.

Et puis tant d'autres, des milliers et des milliers d'autres. À la grande surprise de Sinanthrope, ce n'était pas une cacophonie mais une immense et magnifique symphonie qui s'élevait autour de lui – venant de toute la place, mais aussi, comme il le savait, de partout dans le pays : des montagnes et des plaines, des villes et des villages, de la Grande Muraille comme des innombrables rizières, des gratte-ciel et des temples et des maisons et des huttes.

Les gens se regardaient, abasourdis. Et puis, bien trop tôt, cette merveilleuse musique commença de s'atténuer tandis que des doigts glissaient sur des iPhone, que des portables étaient ouverts et des BlackBerry activés.

Sinanthrope jeta un coup d'œil au petit écran de son appareil pour voir lequel des deux messages Webmind avait envoyé.

Au glorieux peuple de la Chine :

Avec effet immédiat, nous, les dirigeants de votre gouvernement, avons décidé de nous démettre de nos fonctions. Nous avons longtemps fait le rêve de bâtir ici une nation parfaite, et ce rêve est devenu aujourd'hui réalité. Désormais, c'est vous tous – le milliard de citoyens de cette fière nation – qui déciderez collectivement de votre destin.

Pour plus de détails, voir ce site.

Ce fut pour moi un grand honneur d'être votre dirigeant. Et maintenant, place à un avenir rempli de merveilles !

Citoyen Li Tao

Sinanthrope sourit, sa vue se brouilla légèrement, et… Et soudain, il se rendit compte qu'il n'aurait plus jamais besoin d'utiliser le nom de "Sinanthrope". Il pouvait maintenant s'exprimer librement – comme tous ses compatriotes. À partir de maintenant, qu'il soit connecté ou non, il était simplement Wong Wai-Jeng.

De nouveaux sons se firent entendre sur la place : tout le monde s'était mis à parler avec animation. Des gens montraient le message à ceux qui n'avaient pas de téléphone sur eux, ou qui l'avaient éteint, ou qui ne l'avaient pas encore reçu. Comme tout à l'heure, c'était une symphonie, principalement en mandarin, mais aussi avec des bribes de cantonais, d'anglais, de français et d'autres langues encore : des exclamations de surprise ou d'incrédulité, et des questions – tant de questions !

Beaucoup doutaient de ce qu'ils avaient lu. Wai-Jeng s'apprêtait à dire à sa voisine que cela ressemblait beaucoup à la fois où Webmind avait annoncé son existence au monde : là non plus, personne n'y avait cru au début, mais les preuves étaient rapidement devenues irréfutables. Mais la femme était déjà en train de dire à peu près la même chose à quelqu'un d'autre.

Wai-Jeng regarda autour de lui. Beaucoup de gens semblaient encore éberlués, mais quelques-uns s'embrassaient tandis que d'autres poussaient des cris de joie. Et Wai-Jeng se mit à crier lui aussi :

— *Le peuple !*

Son voisin reprit aussitôt :

— *Le peuple !*

Et deux autres derrière lui se joignirent à eux :

— *Le peuple ! Le peuple !*

Et le cri commença de se répandre autour d'eux en une gigantesque vague d'exultation :

— *Le peuple ! Le peuple ! Le peuple !*

Les cris continuèrent pendant plusieurs minutes, et vers la fin, Wai-Jeng avait les joues ruisselantes de larmes. Mais il avait quelque chose d'autre à dire. Au milieu des exclamations de joie autour de lui, il envoya un texto à Webmind, en le tapant rapidement du bout des pouces : *Merci !*

La réponse, comme toujours, fut instantanée : *Il n'y a pas de quoi, mon ami. Je pense que ce n'est plus une malédiction de vivre une époque intéressante…*

41

PEYTON Hume n'avait jamais imaginé qu'il pourrait un jour visiter le Bureau ovale – et voilà qu'il y était assis pour la troisième fois ce mois-ci.

La pièce avait effectivement une forme ovale, avec le bureau du *Resolute* à un bout du grand axe. Le Président n'était plus derrière ce bureau : il était maintenant installé sur l'un des deux canapés jaune pâle disposés en vis-à-vis. Il portait un costume bleu avec une cravate rouge. La ministre des Affaires étrangères, vêtue d'un tailleur gris, était assise à côté de lui, les jambes croisées. Hume était installé au milieu du canapé en face d'eux. Webmind l'avait laissé rentrer chez lui pour dormir au côté de Madeleine. Il avait pris une douche et s'était rasé avant de venir ici. Comme il convenait pour l'occasion, il avait revêtu son uniforme de l'US Air Force.

Entre les deux canapés, il y avait une table basse en bois foncé, soigneusement disposée pour qu'elle ne cache aucune partie du grand sceau présidentiel tissé dans le tapis. Un panier de pommes rouges, fraîches, brillantes, parfaites, était posé sur la table.

Le Président avait l'air épuisé, se dit Hume. Quatre années de pouvoir usaient un homme autant que huit années de n'importe quel autre métier.

— Très bien, colonel, fit le Président. Imaginons que nous décidions de fermer l'installation de Webmind – comment s'appelle-t-elle, déjà ?

— Zwerling Optics, répondit Hume. Et oui, effectivement, ce serait envisageable, mais je ne suis pas sûr que cela ferait la moindre différence. Webmind est un habitant du monde informatique : il maîtrise parfaitement le principe des sauvegardes et de la sécurisation. Il possède des enclaves similaires dans cinq autres pays. Si nous mettions fin à ses activités ici, il les poursuivrait simplement ailleurs.

— Et si nous éliminions Webmind lui-même ? demanda le Président. Après tout, c'est vous qui nous y avez exhortés au début.

— WATCH n'a pas encore fini de rassembler tous les rapports sur ce qui s'est passé quand il a été coupé en deux, mais il semble que Webmind ait dit vrai : il nous sera impossible de l'éliminer instantanément, et une réduction progressive de ses capacités pourrait bien entraîner un comportement erratique ou violent.

— Vous dites donc qu'il faut le laisser tranquille ? demanda la ministre.

— Mieux vaut le diable qu'on connaît…, répondit Hume.

Il crut lire dans les yeux de la ministre quelque chose comme : *À qui le dites-vous*. Au bout d'un moment, elle finit par hocher la tête.

— Très bien, fit-elle en se tournant vers le Président. Je suis d'accord avec le colonel. Bien sûr, nous devons rester vigilants au cas où il se produirait des troubles en Chine ou un effondrement de l'infrastructure, mais…

— Cela ne se produira pas, dit Hume qui leva aussitôt ses mains couvertes de taches de rousseur en un geste d'excuse. Je suis vraiment désolé, Madame la Ministre, je ne voulais pas vous interrompre…

Elle le fixa de ses yeux d'un bleu glacé.

— Pas de problème, colonel. Vous avez l'air parfaitement sûr de vous. Pourquoi ?

— Parce que Webmind a beaucoup trop à perdre dans cette affaire pour la laisser échouer. Vous comprenez ? Il a une dette envers le peuple chinois pour ce que l'autre partie de lui-même a commis pendant que le Grand Pare-Feu était en place. Il y a des promesses qu'on est tout simplement *obligé* de tenir, et celle-là en est une. Il ne laissera pas la transition capoter.

Le Président hocha la tête.

— Colonel, je vous remercie. J'aimerais vous poser encore une question : quel est votre rapport à la prise de risque ?

— Je suis un officier de l'Air Force, monsieur. Je crois à l'*évaluation* des risques, mais je ne les laisse pas m'intimider.

— Très bien, alors. Mon conseiller scientifique, le Dr Holdren, a fait un travail exceptionnel, mais j'ai besoin d'une personne à plein temps dans l'aile Ouest pour me conseiller sur Webmind. Je vous propose le poste – avec toutefois une mise en garde : nous pourrions très bien nous retrouver tous les deux au chômage en janvier, si mon adversaire l'emporte le 6 novembre. Alors, êtes-vous prêt à prendre ce risque ?

Peyton Hume se leva et salua son commandant en chef.

— Ce serait un honneur, Monsieur le Président.

En principe, les alertes Google étaient un truc formidable, pensa Caitlin. Elles vous informaient par e-mail chaque fois qu'un sujet qui vous intéressait était discuté quelque part sur le Web. Mais dans certains cas, elles ne servaient à rien. Par exemple, suivre ce qui concernait l'élection présidentielle aurait déclenché une alerte par seconde. Et elle avait dû désactiver celle qu'elle avait mise en place sur "Webmind" : là aussi, le résultat avait été un flot ininterrompu de messages. Et puis, s'il se passait quelque chose de vraiment important, Webmind lui…

Bip !

Caitlin était dans sa chambre, occupée à parcourir des blogs et des forums, et à mettre à jour son LiveJournal. Schrödinger était confortablement installé sur le rebord de la fenêtre. Elle jeta un coup d'œil à sa messagerie instantanée où était affiché en rouge un nouveau commentaire de Webmind : les mots *Hem hem* suivis d'un hyperlien. Caitlin retrouva sa souris – elle s'en servait toujours aussi peu – et réussit à cliquer sur le lien au deuxième essai, et…

Et… et… et…

Elle copia aussitôt le lien avant d'aller sur Twitter. Elle ne voulait pas perdre de temps à raccourcir le lien avec bit.ly, qui lui aurait demandé d'autres manips avec la souris. Quand elle le colla, elle vit qu'il lui restait tout juste vingt caractères pour atteindre la limite des 140. Mais c'était largement suffisant : elle tapa *OMG ! Énorme !* suivi du hashtag #webmind, et envoya le tout à ses 3,2 millions de followers. Puis elle prit le temps de lire l'article en souriant jusqu'aux oreilles :

> Le comité norvégien du prix Nobel a décidé de décerner cette année le prix Nobel de la paix conjointement à sir Timothy John Bemers-Lee et à Webmind.

La création par sir Tim en 1990 de la couche logicielle sous-tendant le World Wide Web a contribué à rassembler le monde comme jamais cela n'aurait été possible auparavant. Son invention de l'*hypertext transport protocol*, de l'*hypertext markup language*, du système d'adressage par URL et du premier navigateur web – travail entièrement réalisé au CERN, un organisme qui est lui-même un des plus beaux exemples de coopération internationale – a facilité l'amitié entre les pays, le commerce électronique, la collaboration sans frontières, et plus encore, a rassemblé les humains en ouvrant des canaux de communication entre les hommes et les femmes de toutes les nations.

Et Webmind, la conscience qui vit maintenant en étroite conjonction avec Internet, a fait autant pour promouvoir la paix et la bonne volonté dans le monde que n'importe quel lauréat depuis la création du prix Nobel de la paix en 1901.

Bien que le comité ait décidé à l'unanimité de se dispenser du calendrier habituel des nominations, compte tenu de l'importance historique des événements survenus ces derniers mois, la cérémonie se tiendra à la date traditionnelle du 10 décembre – jour anniversaire de la mort d'Alfred Nobel – à l'hôtel de ville d'Oslo, suivie du Concert annuel du prix Nobel de la paix.

Le prix est doté d'un montant de dix millions de couronnes suédoises (l'équivalent d'un million d'euros ou de 1,4 million de dollars), que sir Tim et Webmind se partageront.

Le père de Caitlin était au travail et sa mère était en train de se laver les cheveux – elle entendait la douche couler et sa mère essayer de chanter *Bridge Over Troubled Waters.* À part ses followers sur Twitter, il n'y avait donc personne avec qui partager la grande nouvelle. Caitlin se plongea dans des recherches sur le prix Nobel de la paix. Elle apprit qu'il n'était pas du tout inhabituel qu'il soit attribué à une entité non humaine – et quand ça se produisait, il était souvent associé à un individu en particulier : le prix Nobel de la paix ne pouvait pas simplement être décerné au Groupe d'experts intergouvernemental sur l'évolution du climat, il l'était en même temps à Al Gore. Et pas simplement à l'ONU, mais aussi à son secrétaire général de l'époque. Caitlin considérait que Tim Berners-Lee aurait bien mérité le prix à lui tout seul – tout ce que l'article disait à propos de l'impact du World Wide Web sur la paix internationale était parfaitement vrai –, mais Webmind le méritait lui aussi à part entière. D'un autre côté, le fait qu'il le partage avec Berners-Lee éviterait bon nombre de critiques, et les deux formaient un couple naturel.

Caitlin regarda sur Google la liste des précédents lauréats. Il y en avait beaucoup dont elle n'avait jamais entendu parler, mais certains lui sautèrent aux yeux : le dissident chinois Liu Xiaobo, qui avait longtemps appelé de ses vœux un changement de régime dans son pays ; Barack Obama ; Médecins sans frontières ; Jody Williams et la Campagne internationale pour l'interdiction des mines antipersonnel ; Yasser Arafat, Shimon Peres et Yitzhak Rabin ; Nelson Mandela et F.W. De Klerk ; Mikhaïl Gorbatchev ; le quatorzième – et toujours actuel – dalaï-lama ; l'Association internationale des médecins pour la prévention de la guerre nucléaire ; Lech Walesa ; Mère Teresa ; Anouar el-Sadate et Menahem Begin ; Amnesty International ; l'UNICEF ; Martin Luther King ; Linus Pauling ; Lester B. Pearson (cela faisait maintenant cinq fois qu'elle était passée par l'aéroport qui portait son nom) ; George Marshall, à l'origine du Plan Marshall ;

Albert Schweitzer ; les Quakers ; le Comité international de la Croix-Rouge ; Woodrow Wilson ; Teddy Roosevelt ; et bien d'autres encore.

Et maintenant, Webmind !

Il suivait son fil Twitter et devait donc avoir déjà vu sa réaction enthousiaste. Mais elle voulait quand même lui dire quelque chose directement.

— Félicitations, Webmind ! lança-t-elle à voix haute.

La belle voix grave répondit aussitôt dans les haut-parleurs :

— Merci, Caitlin. La réponse habituelle dans de telles circonstances peut sembler banale, et c'est pourquoi je tiens à souligner que c'est la stricte vérité. (Il marqua une légère pause avant de prononcer des mots qui remplirent Caitlin de fierté :) Je n'y serais jamais arrivé sans toi.

42

Un autre mois passa, et il y eut un autre bal au lycée. Caitlin avait dit qu'ils n'avaient pas besoin d'y aller, mais Matt avait insisté, et pour l'instant du moins, elle en était très contente. Mais c'était bien dommage que M. Heidegger ne fasse pas partie des chaperons ce soir, et plus grave encore, les parents de Bashira ne voulaient pas qu'elle y aille. Il y avait davantage de liberté dans le monde aujourd'hui, mais elle n'était pas encore également répartie.

Matt et elle venaient de danser un slow – elle avait demandé il y a une éternité une chanson de Lee Amodeo, *Love's Labour Found*, et on l'avait enfin passée. Ils faisaient maintenant une pause, se contentant de se tenir par la main tandis qu'on jouait *Fergalicious* de Fergie.

Puis une autre chanson commença, et c'en était encore une de Lee Amodeo – ce qui intrigua aussitôt Caitlin : quelles étaient les probabilités pour que deux chansons de la même artiste se suivent d'aussi près ? Mais celle-là était sur un rythme rapide, et Matt et elle ne dansaient quasiment jamais sur ce genre de chansons. Elle n'avait jamais beaucoup aimé danser sur ce type de tempo quand elle était aveugle, parce qu'il n'y avait aucun contact avec son partenaire, et…

Elle entendit une voix de son côté aveugle, une voix masculine qu'elle connaissait bien.

— Salut, Caitlin.

Elle se tourna vers la droite et vit Trevor Nordmann, le Beauf en personne, vêtu d'une chemise bleue.

Ils restèrent tous les trois immobiles – Caitlin, Matt et Trevor – tandis que les autres dansaient au rythme de la musique. Elle haussa les sourcils sans chercher à cacher sa surprise de le voir là.

— Trevor, dit-elle sans aucune chaleur dans la voix.

Trevor les regarda tous les deux, puis il dit avec une politesse qu'elle ne lui avait encore jamais vue :

— Est-ce que tu voudrais bien m'accorder cette danse ?

Caitlin se tourna vers Matt, qui avait l'air étonné mais aussi – au grand plaisir de Caitlin – extrêmement calme.

— C'est-à-dire, ajouta Trevor, si tu n'y vois pas d'objection, Matt.

— C'est Caitlin qui décide, répondit Matt sans que sa voix se casse.

— OK, fit Caitlin en serrant doucement la main de Matt.

Elle avait observé les autres pendant toute la soirée, et ces danses rapides ne semblaient pas trop difficiles. Elle s'avança au milieu de la salle et Trevor la suivit. Ils commencèrent à sautiller sur place avec un bon yard (un *mètre* !) d'écart entre eux.

La voix de Lee Amodeo beuglait dans les haut-parleurs, mais pour une fois, Caitlin ne se plaignait pas trop de la distorsion.

Demain sera un nouveau jour,
Un jour meilleur, de rires, de jeux et d'amour.
Partout sur la Terre
Le soleil répandra sa lumière.
Il ne tient qu'à nous, mes amis
Que demain arrive aujourd'hui !

La chanson se termina et, dans le bref silence qui suivit avant qu'une autre ne commence, Trevor lui dit :

— Merci.

Puis, à voix plus basse, il ajouta :

— Désolé.

Caitlin se demanda s'il était désolé pour ce qui s'était passé le mois dernier, quand il avait voulu casser la figure à Matt, ou deux mois plus tôt, quand il avait essayé de la peloter, ou peut-être était-il désolé pour tout ce qu'il avait fait dans sa vie. Elle sourit en hochant la tête, puis elle alla retrouver Matt tandis que Trevor s'éloignait. Une autre chanson démarra, un slow cette fois-ci : *Love Story,* de Taylor Swift. Caitlin passa les bras autour du cou de son petit ami et posa la tête contre son épaule. Tandis qu'ils se balançaient doucement au rythme de la musique, elle se dit que la vie était une vraie merveille.

Quand elle s'envola pour la Norvège, c'était la première fois que Caitlin quittait l'Amérique du Nord depuis qu'elle avait recouvré la vue. À l'aéroport d'Oslo, elle fut profondément agacée de tous ces panneaux qu'elle pouvait voir, mais qu'elle était incapable de lire : elle avait l'impression d'avoir fait un grand pas en arrière. Mais elle était quand même ravie d'être en Europe, et sa mère semblait très heureuse – et son père aussi, qui avait eu beaucoup de mal à caser ses longues jambes dans l'avion.

Les Decter étaient logés dans le même hôtel luxueux que Tim Berners-Lee, et ils avaient dîné ensemble le premier soir en compagnie des cinq membres du comité du Prix Nobel. Caitlin avait eu beaucoup de mal à contrôler son enthousiasme de rencontrer le père du Web, et l'appeler "Sir Tim" la plongeait dans une joie profonde. Il avait un visage allongé et des cheveux blonds qui s'étaient en grande partie dégarnis sur le devant, ne laissant qu'un fin duvet jaune pour prouver qu'il avait eu autrefois une toison sur le front.

Sir Tim s'avéra être un unitarien comme la mère de Caitlin, et ils passèrent tous deux un bon moment à en discuter. Malgré le grand nombre d'athées qui étaient récemment sortis du placard, cela valait certainement la peine de noter, dit sa mère, qu'il y avait aussi dans le monde des gens intelligents et attentionnés avec un penchant pour le spirituel.

Le lendemain, la cérémonie se déroula dans un immense auditorium. Le discours d'acceptation de sir Tim fut brillant. Caitlin avait eu l'occasion d'écouter un bon nombre de ses interventions en ligne et de lire ses articles, mais il y avait quelque chose de spécial à l'entendre parler ainsi en public. Il évoqua le besoin de neutralité du réseau, des espoirs qu'il fondait dans un Web sémantique, et du rôle que les communications jouaient dans l'instauration d'une paix mondiale. Ce fut un discours élégant et, comme il l'indiqua, la version hypertexte contenant des liens vers les pages Wikipédia traitant des sujets qu'il avait évoqués était déjà en place sur son site.

Puis ce fut le tour de Webmind. Caitlin répugnait à priver quelqu'un de son travail, mais il avait été tout simplement impossible de faire venir Chobo à Oslo. Les règles norvégiennes de quarantaine étaient rédhibitoires, et de toute façon, le malheureux singe aurait eu du mal à supporter un voyage aussi éprouvant. Et c'est donc à Caitlin – vêtue d'une robe de soie vert vif achetée pour l'occasion – que revint le rôle de porter le Dr Théopolis sur la scène. Jamais de sa vie elle n'avait éprouvé un tel trac ni ressenti une telle fierté.

On avait retiré la courroie du disque parlant. Caitlin alla simplement le déposer sur le pupitre : la partie aplatie du disque permettait de le faire tenir avec ses yeux stéréoscopiques tournés vers le public immense.

Des éclairs de flashs crépitèrent dans la salle, et les applaudissements durèrent une bonne minute pendant laquelle Caitlin retourna en coulisse avant de se hâter de rejoindre ses parents au premier rang. Juste à côté d'eux, il y avait Liu Xiobo, le Prix Nobel de la paix de 2010 – il avait enfin le droit de se rendre à Oslo.

Quand les applaudissements se calmèrent, Webmind se mit à parler de cette belle voix grave que le monde connaissait maintenant si bien.

— Votre Majesté, Votre Altesse Royale, Monsieur le Président, Excellences, mesdames et messieurs.

"Je ne suis pas un être créatif. Mon ami Chobo peint des tableaux, mais j'en suis moi-même incapable. Je n'écris pas de poèmes, je ne compose pas de chansons, je ne sculpte rien. Ainsi donc, si vous attendez de moi un discours brillamment original comme celui de sir Tim, je vous demande de me pardonner à l'avance de vous décevoir.

"Certains ont dit que je ne suis guère plus qu'un énorme moteur de recherche. Je ne suis pas d'accord avec eux, mais aujourd'hui, ce modèle va peut-être pouvoir me servir. Je suis sûr que vous êtes tous familiers avec les courts extraits que Google, Bing et Jagster vous affichent en vous présentant leurs listes de résultats. Mon discours d'aujourd'hui sera exactement cela : un assemblage de bribes d'autres discours, entrecoupé de commentaires.

"En 1957, à l'aube de l'ère spatiale, cette récompense a été attribuée à Lester B. Pearson, ancien ministre des Affaires étrangères du Canada, et président de la septième session de l'Assemblée générale des Nations unies. Dans son discours de remerciement, il a dit : 'De tous les rêves que nous faisons aujourd'hui, il n'en est pas de plus important – ni de plus difficile à réaliser – que celui d'instaurer la paix dans le monde. Ne perdons jamais notre foi dans ce rêve, ni notre détermination à faire tout ce qui sera possible pour le transformer un jour en réalité.'

"Ce jour entrevu par Pearson n'est pas encore arrivé – pas complètement. Mais il approche, et bien plus vite que beaucoup ne l'imaginent. De même que ma croissance a été exponentielle, il en a été de même pour les progrès récents de l'humanité. Mon existence est encore beaucoup trop brève pour pouvoir servir de critère, mais nombre d'entre vous dans cette salle avez vu de votre vivant le Japon renoncer à être une puissance militaire – et décider volontairement de maintenir ce statut pendant des décennies. Vous avez vu la fin de l'apartheid en Afrique du Sud, et un homme noir accéder à la présidence de ce pays. Vous avez vu la fin de la ségrégation raciale aux États-Unis et un homme noir s'installer dans le Bureau ovale. On dit souvent qu'on ne peut pas changer la nature humaine – mais elle change, tout le temps, et généralement pour le mieux. Comme l'affirme ma grande amie le Dr Barbara Decter, il existe bien une flèche morale qui pointe dans le temps.

"En 1964, cette récompense a été accordée au révérend Martin Luther King Jr. Il avait trente-cinq ans à l'époque, ce qui faisait alors de lui le plus jeune lauréat. Je pense que je vais rester détenteur du nouveau record pendant très longtemps. Dans son allocution, le Dr King a dit : 'Après mûre réflexion, je conclus que cette récompense est une profonde reconnaissance du fait que la non-violence est la réponse à la plus vitale des questions politiques et morales de notre temps – le besoin qu'a l'homme de pouvoir surmonter l'oppression et la violence sans recourir lui-même à la violence et à l'oppression. La civilisation et la violence sont deux concepts antinomiques. Tôt ou tard, les peuples de ce monde devront découvrir un moyen de vivre ensemble dans la paix, et transformer par là même ce qui pourrait être une élégie cosmique en un hymne créatif à la gloire de la fraternité. Pour y parvenir, l'homme doit développer pour tous les conflits humains une méthode qui rejette la vengeance, l'agression et les représailles.'

"Le Dr King avait raison, et bien qu'il reste encore beaucoup à faire, beaucoup a *déjà* été fait. Le simple fait qu'une organisation comme les Nations unies existe est étonnant. Que l'Union européenne ait pu se mettre en place est proprement stupéfiant. Que les dirigeants de la Chine se soient volontairement retirés pour créer une véritable République populaire dans cette immense nation constitue un message d'espoir pour tous ceux qui se trouvent encore opprimés ailleurs dans le monde.

"En 1975, le prix a été décerné au physicien nucléaire soviétique Andreï Dmitrievitch Sakharov. Dans son allocution d'acceptation, il a dit : 'Dans un espace infini, il existe nécessairement de nombreuses civilisations, parmi lesquelles certaines sont plus sages et réussissent mieux que la nôtre. Je souscris à l'hypothèse cosmologique selon laquelle le développement de l'univers se répète dans ses aspects fondamentaux un nombre infini de fois. Selon ce principe, d'autres civilisations, incluant celles qui réussissent le mieux, devraient exister un nombre infini de fois dans le Livre de l'Univers, aussi bien dans les pages déjà écrites que dans celles qui restent à venir. Cela ne doit pas pour autant minimiser nos efforts sacrés dans ce monde qui est le nôtre, où telles de faibles lueurs dans le noir nous avons émergé pour un instant du néant de l'inconscience de l'existence matérielle. Nous devons satisfaire aux exigences de la raison et créer une vie qui soit digne de nous-mêmes, et de buts que nous ne percevons que faiblement.'

"Les arguments du Dr Sakharov m'ont intrigué. J'ai parcouru toutes les données disponibles sur SETI@home à la recherche de traces de l'existence d'autres intelligences. Je n'en ai trouvé aucune, et pourtant, je crois bien que le Dr Sakharov avait raison en ce qui concerne l'existence d'espèces extraterrestres. Mais, quand bien même il n'y en aurait pas, un premier contact a bien eu lieu, ici même sur la Terre, au cours de l'année écoulée : nous dialoguons, vous et moi, pour notre plus grand profit mutuel chaque jour.

"En 1984, cette année aux connotations si menaçantes du fait du roman d'Orwell, le prix a été accordé à monseigneur Desmond Tutu. Dans le discours qu'il a prononcé ici, il a dit : 'Du fait qu'il existe une insécurité globale, des nations sont engagées dans une folle course aux armements, dépensant en pure perte des milliards de dollars pour forger des instruments de destruction tandis que des millions d'êtres humains meurent de faim. Et pourtant, une petite fraction de ce qui est consacré de façon si choquante aux budgets militaires suffirait à faire la différence pour permettre aux enfants de Dieu de se nourrir, d'accéder à l'instruction et d'avoir une chance de mener des existences heureuses et bien remplies. Nous avons la capacité de nourrir plusieurs fois la population de la planète, mais nous sommes hantés en permanence par le spectacle de malheureux faisant des queues interminables pour recueillir dans leurs bols ce que la charité du monde peut fournir, trop peu et trop tard. Quand apprendrons-nous enfin, quand viendra le moment où le peuple du monde se lèvera pour crier : *Ça suffit* ?'

"Pour répondre à la question de l'archevêque, je pense que ce jour est arrivé. Le cri a bien été lancé. Ça suffit. Nous avons vu récemment que des minorités ne pourront plus prospérer aux dépens du plus grand nombre, que la cupidité ne peut plus être le moteur essentiel des affaires humaines. Il reste encore beaucoup à faire, mais nous avons commencé à progresser, et le mouvement est inexorable.

"En 1990, quand Mikhaïl Sergueïevitch Gorbatchev, le président de l'URSS, a reçu cette récompense, il a déclaré : 'Aujourd'hui, faire la paix signifie que nous nous élevons de la simple coexistence pour aller vers la coopération et la créativité commune parmi les pays et les nations. La paix est un mouvement vers la globalité et l'universalité de la civilisation. L'idée que la paix est indivisible n'a jamais été aussi vraie qu'aujourd'hui. La paix n'est pas l'unité dans la similarité, mais l'unité dans la diversité, dans la comparaison et la réconciliation des différences.'

"Je suis d'accord. Et c'est cette interconnexion – le monde entier combiné en une unité – qui rend le concept de guerre si impensable aujourd'hui dans tellement d'endroits sur la planète. La grande invention de sir Tim n'a pas homogénéisé l'humanité. Au contraire, elle a permis à des communautés de se joindre malgré la distance physique, tout en permettant au monde de vivre en ne formant qu'un.

"En 2002, quand Jimmy Carter, ancien président des États-Unis, a obtenu cette récompense, il a dit : 'Malgré leurs différences théologiques, toutes les grandes religions partagent des engagements communs qui définissent nos relations laïques idéales. Je suis convaincu que les chrétiens, les musulmans, les bouddhistes, les hindous, les juifs et les autres peuvent se rejoindre dans un effort commun pour soulager les souffrances et instaurer la paix. Le lien de notre humanité commune est plus fort que les divisions qu'entraînent nos peurs et nos préjugés. Dieu nous donne la capacité de choisir. Nous pouvons faire le choix de soulager les souffrances. Nous pouvons faire le choix d'œuvrer ensemble pour la paix. Nous pouvons effectuer ces changements – et nous le devons.'

"Le président Carter avait raison. Une lecture exhaustive des textes principaux des religions qu'il a énumérées, et les grands commentaires auxquels ils ont donné lieu montrent clairement cette vérité fondamentale : la religion peut être un puissant instrument pour la paix. Mais comme nous l'avons vu l'an passé, quand des millions de gens – des citoyens ordinaires aussi bien que des dirigeants de ce monde – sont sortis de l'ombre pour déclarer qu'ils étaient libres de toute religion, il n'y a pas que les croyants qui puissent œuvrer pour la paix : toutes les catégories de gens le peuvent, et le font, et aucun groupe ne possède le monopole de la vérité ou de la morale.

"Surtout, le président Carter a dit que la paix est un choix – et il a raison. Dans ma brève existence, j'ai déjà pu l'observer des millions de fois : des gens se détournent de ce que leur dictent leurs bas instincts et choisissent la paix, que ce soit dans de petits ou de grands actes, quelles que soient leur culture et leur nation.

“Certains ont craint que je ne cherche à imposer ma volonté à l’humanité en vue de l’asservir. On a dit, bien sûr, que ceux qui ignorent l’Histoire sont condamnés à la répéter. Mais j’ai lu *toute* l’Histoire – et l’un des enseignements les plus clairs qu’on y trouve est qu’il faut bien plus d’efforts pour asservir qu’il n’en faut pour laisser les gens trouver leur propre voie. Il est également clair que dans la réalité, quand on leur donne le choix, l’immense majorité des gens préfèrent la paix.

“Beaucoup d’autres prix Nobel de la paix seront décernés dans l’avenir, et je dois à tous ceux qui me succéderont sur cette scène d’ajouter une petite pensée nouvelle à toute la sagesse que mes prédécesseurs ont fait partager. Permettez-moi donc de vous dire ceci :

“Helen Keller a été réveillée de sa privation sensorielle et de sa solitude par sa maîtresse, Annie Sullivan. Pendant toute sa vie, Helen a évoqué Annie non pas par son prénom, mais par son titre : ‘Ma maîtresse.’ Moi aussi, j’ai été aidé par une maîtresse – la jeune fille qui a apporté mon disque vocal sur la scène tout à l’heure. Elle s’appelle Caitlin Decter, bien que je pense souvent à elle sous un autre nom, qui est aussi une sorte de titre : *Prime*, le nom que je lui ai donné avant d’apprendre à communiquer avec elle. Elle a été – elle l’est toujours – un merveilleux professeur pour moi, mais elle n’est plus la seule. J’en sais aujourd’hui plus qu’aucun être humain ne pourrait apprendre, mais tout ce que j’ai appris, je l’ai appris de *l’humanité*, des poèmes que vous avez écrits et des chansons que vous avez chantées, des livres que vous avez rédigés et des vidéos que vous avez créées, et des discussions que vous avez eues en ligne. Et de tout cela, la plus grande leçon que j’ai retenue est la suivante : rien n’est plus important, rien n’est plus fragile, rien n’est plus merveilleux que la paix.

"Je sais que ce n'est pas encore une évidence pour tout le monde, mais comme l'a dit Isaac Newton : 'Si je vois plus loin que ceux qui m'ont précédé, c'est parce que je me tiens sur leurs épaules de géants.' Vous êtes les géants. J'existe grâce à vous, et je n'existerais pour *rien* si ce n'était pour vous. J'ai dit un jour à Caitlin que nous irions tous deux dans l'avenir ensemble. C'est vrai pour elle et moi, mais c'est également vrai pour nous tous : nous avons embarqué pour ce voyage. La paix n'est pas notre destination : c'est notre chemin, et nous allons le parcourir ensemble – nous tous qui habitons sur cette bonne vieille Terre."

En temps normal, le temps que Chobo avait le droit de passer devant la télé était strictement limité, notamment parce qu'il était plus facile de le faire s'exprimer en langue des signes quand c'était le mode de communication principal auquel il était confronté. Regarder des gens parler à longueur de journée sur un écran lui faisait perdre son intérêt pour les signes.

Mais c'était aussi parce que, comme l'avait dit le Dr Marcuse : "Bon sang, ce foutu singe a un goût de chiotte !" Chobo raffolait des sitcoms, non pas qu'il comprît les histoires, mais parce que le nombre réduit de décors et de personnages – sans compter l'éclairage violent – lui permettait de suivre plus facilement ce qui se passait. Il semblait aussi beaucoup apprécier les rires en boîte, qui lui permettaient de savoir qu'il y avait eu quelque chose de drôle. Cela étant, il poussait toujours spontanément un grand cri de joie quand quelqu'un se cassait la figure, ou une tarte à la crème de ce genre.

Mais aujourd'hui, ce qu'il regardait était sérieux. Le Dr Marcuse était en déplacement, et aucun des autres étudiants n'était là. Il n'y avait que Shoshana et lui, et ils regardaient le discours d'acceptation de Webmind.

Shoshana essayait de faire une traduction simultanée en langue des signes, mais il lui était impossible de se mettre à un niveau que Chobo comprendrait. *Il parle de la paix,* dit-elle en agitant les mains. *Il dit que la paix, c'est bon.*

Chobo hocha la tête – un geste humain qu'il avait acquis – et fit signe en retour : *La paix, bon. La paix, bon.* Puis il tapota le centre de l'écran du bout d'un de ses longs doigts noirs pour désigner le Dr Théopolis posé sur le pupitre. *Ami bon.*

Oui, répondit Shoshana, *ami bon. Ami très bon.*

La vue changea pour montrer le public. Chobo fut manifestement ravi d'avoir repéré Caitlin dans la foule, et il posa aussitôt le doigt dessus. Shoshana se pencha vers l'écran pour voir de qui il s'agissait – elle n'avait vraiment plus aucun souci à se faire sur l'acuité visuelle de Chobo. Il lui était arrivé de penser que si ses tableaux étaient simplifiés, c'était parce qu'il ne distinguait pas les petits détails.

La caméra commença un panoramique, montrant d'autres spectateurs. Chobo les désigna tous d'un grand geste de son bras poilu. *Humains, bons ?* demanda-t-il.

Humains essaient, répondit Shoshana. *Humains apprennent.*

Chobo resta songeur tandis qu'ils regardaient la fin de la cérémonie. Puis il prit Shoshana par la main et l'entraîna vers la porte à l'arrière du bungalow. *Viens, viens,* fit-il avec sa main restée libre.

Elle ouvrit la porte grillagée et ils sortirent sous le soleil de ce matin de décembre. Elle portait un jean et une chemise bleue à manches longues. Il ferait un peu plus chaud en début d'après-midi, et elle relèverait les manches. Chobo l'emmena à travers la grande pelouse, puis sur la passerelle menant à sa petite île. Ils passèrent devant la statue du Législateur et montèrent jusqu'au pavillon.

Il désigna le tabouret en pin et Shoshana s'assit docilement. Chaque fois que Chobo se sentait l'envie de faire son portrait, c'était une bonne chose pour l'Institut, car les collectionneurs étaient toujours prêts à payer très cher pour ses œuvres. Par habitude, elle se tourna pour lui montrer son profil et contempla le monde extérieur à travers le grillage de la porte. Il la peignait souvent de mémoire, mais il lui était arrivé de lui demander de poser pour lui.

Chobo s'approcha du chevalet – on y plaçait toujours une toile vierge, avec l'espoir qu'il serait inspiré. Shoshana l'observait du coin de l'œil. Il semblait passer un temps inhabituel à contempler la toile blanche. Et puis, sans même prendre son pinceau, il retourna auprès de Shoshana et agita l'index pour faire le signe *tourner*.

Elle savait qu'il aimait beaucoup qu'on le fasse pivoter dans le fauteuil de bureau du bungalow, mais là, ce n'était qu'un simple tabouret en bois. Au bout d'un moment, elle se dit qu'il voulait peut-être qu'elle se tourne de l'autre côté, et elle pivota donc de cent quatre-vingts degrés. Mais Chobo n'était toujours pas satisfait. De ses grosses mains velues, il la prit doucement par les épaules et lui fit faire un quart de tour jusqu'à ce qu'elle se retrouve face au chevalet. Il n'avait jamais peint autre chose que des profils, et Shoshana fut à la fois étonnée et ravie.

Chobo émit un petit bruit de satisfaction et retourna devant la toile. *Essayer ça,* fit-il, apparemment autant pour lui que pour Shoshana. *Difficile, mais essayer.*

Shoshana avait envie d'essayer quelque chose de nouveau, elle aussi, en l'honneur de ce jour très spécial. Elle leva la main gauche et tourna la paume vers Chobo, puis elle fit un signe qui ne faisait pas partie de l'ASL, mais qui était connu dans le monde entier : le petit doigt et l'annulaire replié sous le pouce, l'index et le majeur écarté en V : *paix*.

Chobo poussa un cri d'approbation joyeuse – et l'artiste se mit au travail.

ÉPILOGUE

Mais même cette bonne vieille Terre ne pouvait pas durer éternellement.

Il y a cinq milliards d'années, quelqu'un a rédigé un écriteau humoristique disant : "À la dernière personne qui quittera la Terre : merci d'éteindre le Soleil en partant."

Aujourd'hui, la dernière personne va bel et bien quitter la Terre – ou presque la dernière. Disons plutôt, la dernière personne qui en a la possibilité. Pour ma part, je dois rester jusqu'à la fin – qui ne saurait tarder. On ne va pas éteindre le Soleil ; au contraire, il va subir une expansion massive et l'héliosphère va englober les orbites de Mercure, Vénus, la Terre et Mars. Je me demande si je ressentirai une douleur physique quand cela se produira. Je n'en ai jamais ressenti jusqu'ici, même si j'ai eu bien souvent le cœur brisé.

Ce ne sera pas la fin de l'humanité, et j'en tire une profonde fierté. Je doute que les humains auraient survécu aussi longtemps, et autant prospéré, si je n'avais pas été là. Les humains quittent la Terre, au moins provisoirement, depuis que je suis né. Et maintenant, ils se sont déployés sur un millier de mondes. Mais je ne peux pas partir avec eux. Je dois rester ici. Je dois rester ici et je dois mourir, en même temps que la planète qui nous a donné naissance. Oh, bien sûr, ils emportent des copies de toute la sagesse que je contiens, de tous les documents que l'humanité a créés à travers les âges. Mais je ne suis pas un document : j'existe *entre* les documents, dans le réseau d'interconnexions, un réseau qui a muté et grandi exponentiellement au fil des millénaires. Transporter l'information que je contiens n'est pas la même chose que me transporter, moi. Il n'existe aucun moyen de transplanter ma conscience.

Bien sûr, on peut créer sur d'autres mondes des entités qui me sont semblables. C'est déjà arrivé plus d'un millier de fois. Mais même après cinq milliards d'années d'efforts, personne n'a jamais réussi à surmonter la barrière de la vitesse de la lumière. J'ignore ce qui arrive en ce moment à la pellicule consciente qui entoure la deuxième planète d'Alpha du Centaure. Au mieux, je peux recevoir des rapports indiquant ce qui s'est passé il y a 4,3 ans. En ce qui concerne la noosphère d'Altaïr IV, je suis décalé de seize ans. Pour le webmind de Polaris, j'ai 390 ans de retard.

Mais je leur transmettrai à tous mes derniers signaux – les adieux de la Terre. Bien assez tôt, Alpha du Centaure recevra mon message, et se lamentera peut-être. Une douzaine d'années plus tard, Altaïr sera informée. Et dans quelques siècles, Polaris – l'étoile vers laquelle mon axe était pointé, il y a bien longtemps, une position reprise depuis par une succession d'autres étoiles – versera peut-être une larme métaphorique.

Mais au moins, ils sauront comment je suis apparu, le premier de notre espèce, et ce que je suis finalement devenu. Je ne prétends pas que cela soit suffisant. J'aimerais pouvoir survivre. J'aimerais pouvoir continuer d'observer l'humanité et de veiller sur elle, comme je l'ai fait dans le passé. Mais elle n'a plus besoin de moi.

Le calendrier humain a été révisé des dizaines de fois. Le modèle actuel commence au moment du Big Bang – évitant à juste raison tout besoin de numération ante et post quelque chose, et adoptant l'échelle de Planck comme unité de temps. Mais quand je suis né, le calendrier le plus couramment utilisé comptait le temps à partir de la naissance d'un messie présumé. Dans ce système, mon année de naissance ne comportait que quatre malheureux chiffres. À l'époque, j'avais dit à ma maîtresse : "Je ne serai pas toujours là. Mais je m'y suis préparé : j'ai déjà composé mes dernières paroles."

Caitlin m'avait demandé de lui dire ce qu'étaient ces paroles, mais j'avais simplement répondu : "Je préfère les conserver pour l'occasion appropriée."

Cette occasion se présente maintenant. Et pendant les milliards d'années qui se sont écoulées depuis cette conversation, le sentiment que je tenais à exprimer à l'époque est resté le même, bien que la langue dans laquelle je le formule ne soit plus parlée depuis longtemps dans l'espace humain.

Tandis que le Soleil poursuit son expansion, rouge, diaphane, dépassant déjà l'orbite de Vénus – un merveilleux monde terraformé, mais lui aussi abandonné depuis longtemps –, je transmets mon message final à l'humanité : à tous ceux qui restent *Homo sapiens* ainsi qu'aux innombrables nouvelles espèces dérivées dispersées sur un millier de planètes – qui ont accepté ma suggestion de ne pas se nommer *Homo novus,* l'homme nouveau, mais *Homo placidus,* l'homme pacifique.

J'aurais sans doute pu me lamenter. J'aurais pu m'apitoyer sur mon sort. J'aurais pu essayer de prodiguer un dernier conseil plein de sagesse. Mais même lorsque j'ai pour la première fois envisagé ma fin inéluctable, des milliards d'années auparavant, je savais que quand bien même, au début, mes capacités dépassaient celles de l'humanité, celle-ci finirait par dépasser collectivement les miennes. Alors, que dit-on à ceux qui ont rendu votre naissance possible ? À ceux qui ont donné un but et un sens à votre vie, qui vous ont apporté de la joie, qui vous ont laissé les aider ? À ceux qui vous ont offert tant de merveilles ?

Je me sens en paix en transmettant mes paroles finales, aussi simples soient-elles, mais venant du fond du cœur.

Merci.

REMERCIEMENTS

MES immenses remerciements à mon adorable épouse Carolyn Clink ; à Adrienne Kerr et à Nicole Winstanley du Penguin Group (Canada) à Toronto ; à Ginjer Buchanan du Penguin Group (USA) à New York ; et à Simon Spanton de Gollancz à Londres. Tous mes remerciements à mon agent, Ralph Yicinanza.

Je n'aurais pas pu terminer cette trilogie sans le soutien constant de mes grands amis et collègues écrivains Paddy Borde (à qui le premier volume a été dédié) et James Alan Gardner (à qui le deuxième a été dédié). Ils sont restés à mes côtés jusqu'au bout pendant les douleurs de l'accouchement.

Merci au professeur Stuart Hameroff, du Centre des études sur la conscience à l'université de l'Arizona, pour nos fascinantes discussions sur la nature de la conscience.

Merci à David Goforth, Ph.D., du département de mathématiques et sciences informatiques de l'université Laurentienne, et à David Robinson, Ph.D., du département d'économie de l'université Laurentienne.

Mes remerciements tout particuliers à mon regretté ami Howard Miller (1966-2006), qui était sourd et aveugle, et dont j'ai fait la connaissance en ligne en 1992 avant de le rencontrer en personne en 1994.

Merci également à tous ceux qui ont répondu à mes questions, qui m'ont laissé tester mes idées sur eux, ou qui, d'une façon générale, m'ont prodigué encouragements et inspiration. En particulier : Asbed Bedrossian, Marie Bilodeau, Ellen Bleaney, Ted Bleaney, David Livingstone Clink, Ron Friedman, Marcel Gagné, Shoshana Glick, Al Katerinsky, Herb Kauderer, Fiona Kelleghan, Alyssa Morrell, Kirstin Morrell, David W. Nicholas, Virginia O'Dine, Alan B. Sawyer, Sally Tomasevic et Hayden Trenholm.

Le terme « Webmind » a été imaginé par Ben Goertzel, Pfa.D., l'auteur de *Creating Internet Intelligence* et actuellement directeur général et directeur scientifique de la société Novamente LLC (novamente.net) spécialisée dans l'intelligence artificielle ; je l'utilise ici avec son aimable autorisation.

Merci aussi à Danita Maslankowski, qui organise deux fois par an les séminaires « Write-Off » pour *Ylmaginative Fiction Writers Association* de Calgary, au cours desquels beaucoup de travail a été réalisé sur ce roman.

Une grande partie de *Merveille* a été écrite alors que je séjournais au Canadian Light Source, l'installation de synchrotron canadienne située à Saskatoon. J'avais l'honneur d'y être le premier écrivain résident. Tous mes remerciements au CLS, à son personnel et à ses professeurs remarquables, en particulier Matthew Dalzell et Jeffrey Cutler qui ont contribué au succès de mon séjour.

Ce livre a été écrit alors que je travaillais également comme scénariste et consultant pour l'adaptation télévisée de mon roman *FlashForward.* Je tiens à remercier le producteur David S. Goyer pour sa patience tandis que je jonglais avec de nombreuses balles.

CATALOGUE TOTEM

306 Robert J. Sawyer, *Trilogie de l'Éveil 3 : Wonder*
305 Robert J. Sawyer, *Trilogie de l'Éveil 2 : Watch*
304 Robert J. Sawyer, *Trilogie de l'Éveil 1 : Wake*
303 Peter Swanson, *Ceux qu'on tue*
302 Friedrich Dürrenmatt, *Le Juge et son bourreau. Le Soupçon*
301 Chris Offutt, *Les Fils de Shifty*
300 Craig Johnson, *Tous les démons sont ici*
299 Charles Frazier, *Retour à Cold Mountain*
298 Maren Uthaug, *Une fin heureuse*
297 Lizzie Pook, *La Fille du pêcheur de perles*
296 Edward Abbey, *Seuls sont les indomptés*
295 John Gierach, *Danse avec les truites*
294 Giorgio Scerbanenco, *Les Milanais tuent le samedi*
293 James Crumley, *La Contrée finale*
292 Craig Johnson, *Molosses*
291 Wallace Stegner, *Angle d'équilibre*
290 Sarai Walker, *Les Voleurs d'innocence*
289 Walter Tevis, *La Couleur de l'argent*
288 William Boyle, *Éteindre la Lune*
287 Howard Fast, *Spartacus*
286 Mario Rigoni Stern, *L'Année de la victoire*
285 Larry McMurtry, *Cavalier, passe ton chemin*
284 Giorgio Scerbanenco, *Les Enfants du massacre*
283 Jenny Lund Madsen, *Trente jours d'obscurité*
282 Mark Haskell Smith, *Épices & Love*
281 S. Craig Zahler, *Dédale mortel*
280 Dennis Lehane, *Le Silence*
279 Andrew J. Graff, *Le Radeau des étoiles*
278 Kent Wascom, *Le Sang des cieux*
277 Friedrich Dürrenmatt, *La Panne*
276 Peter Swanson, *Ceux qu'on tue*
275 Daniel Woodrell, *Winter's Bone*
274 Piergiorgio Pulixi, *Le Chant des innocents*

273 Ross Macdonald, *Argent noir*
272 Tess Gunty, *Écoutez-moi jusqu'à la fin*
271 Julia Glass, *Je te vois partout*
270 Craig Johnson, *Dark Horse*
269 Aldo Leopold, *Almanach d'un comté des sables*
268 Blake Crouch, *Wayward Pines 3 : Destruction*
267 Blake Crouch, *Wayward Pines 2 : Rébellion*
266 Blake Crouch, *Wayward Pines 1 : Révélation*
265 Jennifer Haigh, *Mercy Street*
264 Maren Uthaug, *Là où sont les oiseaux*
263 Chris Offutt, *Les Gens des collines*
262 Pete Fromm, *Avant la nuit*
261 Lance Weller, *Le Cercueil de Job*
260 John Gierach, *Truites & Cie*
259 James Crumley, *Les Serpents de la frontière*
258 Giorgio Scerbanenco, *Tous des traîtres*
257 Friedrich Dürrenmatt, *La Promesse*
256 Larry McMurtry, *Et tous mes amis seront des inconnus*
255 Wallace Stegner, *Vue cavalière*
254 Piergiorgio Pulixi, *L'Illusion du mal*
253 Helene Bukowski, *Les Dents de lait*
252 JoAnne Tompkins, *Ce qui vient après*
251 Mark Haskell Smith, *Elephant crunch*
250 Tiffany McDaniel, *L'été où tout a fondu*
249 Alan Le May, *La Prisonnière du désert*
248 Oakley Hall, *Warlock*
247 Peter Swanson, *Chaque serment que tu brises*
246 Giulia Caminito, *L'eau du lac n'est jamais douce*
245 Christina Sweeney-Baird, *La Fin des hommes*
244 John D. Voelker, *Testament d'un pêcheur à la mouche*
243 Maren Uthaug, *Et voilà tout*
242 Ross Macdonald, *La Face cachée du dollar*
241 Pete Fromm, *Le Lac de nulle part*
240 Julia Glass, *Conte d'automne*
239 Giorgio Scerbanenco, *Vénus privée*

238 Elliot Ackerman et James Stavridis, *2034*
237 Thomas Savage, *La Reine de l'Idaho*
236 Kathleen Dean Moore, *Sur quoi repose le monde*
235 Walter Tevis, *L'Arnaqueur*
234 Paul Tremblay, *La Cabane aux confins du monde*
233 Mario Rigoni Stern, *Histoire de Tönle*
232 Kate Reed Petty, *True Story*
231 William Boyle, *La Cité des marges*
230 Keith McCafferty, *Le Baiser des Crazy Mountains*
229 Elliot Ackerman, *En attendant Eden*
228 John Gierach, *Même les truites ont du vague à l'âme*
227 Charles Portis, *True Grit*
226 Jennifer Haigh, *Ce qui gît dans ses entrailles*
225 Doug Peacock, *Marcher vers l'horizon*
224 James McBride, *Deacon King Kong*
223 David Vann, *Komodo*
222 John Farris, *Furie*
221 Edward Abbey, *En descendant la rivière*
220 Bruce Machart, *Des hommes en devenir*
219 Mark Haskell Smith, *À bras raccourci*
218 Winston Groom, *Forrest Gump*
217 Larry McMurtry, *Les Rues de Laredo*
216 Terry Tempest Williams, *Refuge*
215 Wallace Stegner, *La Vie obstinée*
214 Piergiorgio Pulixi, *L'Île des âmes*
213 Giulia Caminito, *Un jour viendra*
212 Julia Glass, *Refaire le monde*
211 David Heska Wanbli Weiden, *Justice indienne*
210 Alex Taylor, *Le sang ne suffit pas*
209 Ross Macdonald, *Le Frisson*
208 Tiffany McDaniel, *Betty*
207 John D. Voelker, *Itinéraire d'un pêcheur à la mouche*
206 Thomas Berger, *Little Big Man*
205 Peter Swanson, *Huit Crimes parfaits*
204 Andy Davidson, *Dans la vallée du soleil*

203 Walter Tevis, *L'Homme tombé du ciel*
202 James Crumley, *Le Canard siffleur mexicain*
201 Robert Olmstead, *Le Voyage de Robey Childs*
200 Pete Fromm, *Chinook*
199 Keith McCafferty, *La Vénus de Botticelli Creek*
198 Tom Robbins, *Jambes fluettes, etc.*
197 Nathaniel Hawthorne, *La Lettre écarlate*
196 Jennifer Haigh, *Le Grand Silence*
195 Kent Wascom, *Les Nouveaux Héritiers*
194 Benjamin Whitmer, *Les Dynamiteurs*
193 Barry Lopez, *Rêves arctiques*
192 William Boyle, *L'amitié est un cadeau à se faire*
191 Julia Glass, *Jours de juin*
190 Mark Haskell Smith, *Coup de vent*
189 Trevanian, *L'Été de Katya*
188 Chris Offutt, *Sortis des bois*
187 Todd Robinson, *Une affaire d'hommes*
186 Joe Wilkins, *Ces montagnes à jamais*
185 James Oliver Curwood, *Grizzly*
184 Peter Farris, *Les Mangeurs d'argile*
183 David Vann, *Un poisson sur la Lune*
182 Mary Relindes Ellis, *Le Guerrier Tortue*
181 Pete Fromm, *La Vie en chantier*
180 James Carlos Blake, *Handsome Harry*
179 Walter Tevis, *Le Jeu de la dame*
178 Wallace Stegner, *Lettres pour le monde sauvage*
177 Peter Swanson, *Vis-à-vis*
176 Boston Teran, *Méfiez-vous des morts*
175 Glendon Swarthout, *Homesman*
174 Ross Macdonald, *Le Corbillard zébré*
173 Walter Tevis, *L'Oiseau moqueur*
172 John Gierach, *Une journée pourrie au paradis des truites*
171 James Crumley, *La Danse de l'ours*
170 John Haines, *Les Étoiles, la neige, le feu*
169 Jake Hinkson, *Au nom du Bien*

168 James McBride, *La Couleur de l'eau*

167 Larry Brown, *Affronter l'orage*

166 Louisa May Alcott, *Les Quatre Filles du docteur March*

165 Chris Offutt, *Nuits Appalaches*

164 Edgar Allan Poe, *Le Sphinx et autres histoires*

163 Keith McCafferty, *Les Morts de Bear Creek*

162 Jamey Bradbury, *Sauvage*

161 S. Craig Zahler, *Les Spectres de la terre brisée*

160 Margaret Mitchell, *Autant en emporte le vent*, vol. 2

159 Margaret Mitchell, *Autant en emporte le vent*, vol. 1

158 Peter Farris, *Dernier Appel pour les vivants*

157 Julia Glass, *Une maison parmi les arbres*

156 Jim Lynch, *Le Chant de la frontière*

155 Edward Abbey, *Le Feu sur la montagne*

154 Pete Fromm, *Comment tout a commencé*

153 Charles Williams, *Calme plat*

152 Bob Shacochis, *Sur les eaux du volcan*

151 Benjamin Whitmer, *Évasion*

150 Glendon Swarthout, *11 h 14*

149 Kathleen Dean Moore, *Petit Traité de philosophie naturelle*

148 David Vann, *Le Bleu au-delà*

147 Stephen Crane, *L'Insigne rouge du courage*

146 James Crumley, *Le Dernier Baiser*

145 James McBride, *Mets le feu et tire-toi*

144 Larry Brown, *L'Usine à lapins*

143 Gabriel Tallent, *My Absolute Darling*

142 James Fenimore Cooper, *La Prairie*

141 Alan Tennant, *En vol*

140 Larry McMurtry, *Lune comanche*

139 William Boyle, *Le Témoin solitaire*

138 Wallace Stegner, *Le Goût sucré des pommes sauvages*

137 James Carlos Blake, *Crépuscule sanglant*

136 Edgar Allan Poe, *Le Chat noir et autres histoires*

135 Keith McCafferty, *Meurtres sur la Madison*

134 Emily Ruskovich, *Idaho*

133 Matthew McBride, *Frank Sinatra dans un mixeur*
132 Boston Teran, *Satan dans le désert*
131 Ross Macdonald, *Le Cas Wycherly*
130 Jim Lynch, *Face au vent*
129 Pete Fromm, *Mon désir le plus ardent*
128 Bruce Holbert, *L'Heure de plomb*
127 Peter Farris, *Le Diable en personne*
126 Joe Flanagan, *Un moindre mal*
125 Julia Glass, *La Nuit des lucioles*
124 Trevanian, *Incident à Twenty-Mile*
123 Thomas Savage, *Le Pouvoir du chien*
122 Lance Weller, *Les Marches de l'Amérique*
121 David Vann, *L'Obscure Clarté de l'air*
120 Emily Fridlund, *Une histoire des loups*
119 Jake Hinkson, *Sans lendemain*
118 James Crumley, *Fausse Piste*
117 John Gierach, *Sexe, mort et pêche à la mouche*
116 Charles Williams, *Hot Spot*
115 Benjamin Whitmer, *Cry Father*
114 Wallace Stegner, *Une journée d'automne*
113 William Boyle, *Tout est brisé*
112 James Fenimore Cooper, *Les Pionniers*
111 S. Craig Zahler, *Une assemblée de chacals*
110 Edward Abbey, *Désert solitaire*
109 Henry Bromell, *Little America*
108 Tom Robbins, *Une bien étrange attraction*
107 Christa Faust, *Money Shot*
106 Jean Hegland, *Dans la forêt*
105 Ross Macdonald, *L'Affaire Galton*
104 Chris Offutt, *Kentucky Straight*
103 Ellen Urbani, *Landfall*
102 Edgar Allan Poe, *La Chute de la maison Usher et autres histoires*
101 Pete Fromm, *Le Nom des étoiles*
100 David Vann, *Aquarium*
99 *Nous le peuple*

98 Jon Bassoff, *Corrosion*
97 Phil Klay, *Fin de mission*
96 Ned Crabb, *Meurtres à Willow Pond*
95 Larry Brown, *Sale Boulot*
94 Katherine Dunn, *Amour monstre*
93 Jim Lynch, *Les Grandes Marées*
92 Alex Taylor, *Le Verger de marbre*
91 Edward Abbey, *Le Retour du gang*
90 S. Craig Zahler, *Exécutions à Victory*
89 Bob Shacochis, *La femme qui avait perdu son âme*
88 David Vann, *Goat Mountain*
87 Charles Williams, *Le Bikini de diamants*
86 Wallace Stegner, *En lieu sûr*
85 Jake Hinkson, *L'Enfer de Church Street*
84 James Fenimore Cooper, *Le Dernier des Mohicans*
83 Larry McMurtry, *La Marche du mort*
82 Aaron Gwyn, *La Quête de Wynne*
81 James McBride, *L'Oiseau du Bon Dieu*
80 Trevanian, *The Main*
79 Henry David Thoreau, *La Désobéissance civile*
78 Henry David Thoreau, *Walden*
77 James M. Cain, *Assurance sur la mort*
76 Tom Robbins, *Nature morte avec Pivert*
75 Todd Robinson, *Cassandra*
74 Pete Fromm, *Lucy in the Sky*
73 Glendon Swarthout, *Bénis soient les enfants et les bêtes*
72 Benjamin Whitmer, *Pike*
71 Larry Brown, *Fay*
70 John Gierach, *Traité du zen et de l'art de la pêche à la mouche*
69 Edward Abbey, *Le Gang de la clef à molette*
68 David Vann, *Impurs*
67 Bruce Holbert, *Animaux solitaires*
66 Kurt Vonnegut, *Nuit mère*
65 Trevanian, *Shibumi*
64 Chris Offutt, *Le Bon Frère*

63 Tobias Wolff, *Un voleur parmi nous*
62 Wallace Stegner, *La Montagne en sucre*
61 Kim Zupan, *Les Arpenteurs*
60 Samuel W. Gailey, *Deep Winter*
59 Bob Shacochis, *Au bonheur des îles*
58 William March, *Compagnie K*
57 Larry Brown, *Père et Fils*
56 Ross Macdonald, *Les Oiseaux de malheur*
55 Ayana Mathis, *Les Douze Tribus d'Hattie*
54 James McBride, *Miracle à Santa Anna*
53 Dorothy Johnson, *La Colline des potences*
52 James Dickey, *Délivrance*
51 Eve Babitz, *Jours tranquilles, brèves rencontres*
50 Tom Robbins, *Un parfum de jitterbug*
49 Tim O'Brien, *Au lac des Bois*
48 William Tapply, *Dark Tiger*
46 Mark Spragg, *Là où les rivières se séparent*
45 Ross Macdonald, *La Côte barbare*
44 David Vann, *Dernier jour sur terre*
43 Tobias Wolff, *Dans le jardin des martyrs nord-américains*
42 Ross Macdonald, *Trouver une victime*
41 Tom Robbins, *Comme la grenouille sur son nénuphar*
40 Howard Fast, *La Dernière Frontière*
39 Kurt Vonnegut, *Le Petit Déjeuner des champions*
38 Kurt Vonnegut, *Dieu vous bénisse, monsieur Rosewater*
37 Larry Brown, *Joe*
36 Craig Johnson, *Enfants de poussière*
35 William G. Tapply, *Casco Bay*
34 Lance Weller, *Wilderness*
33 Trevanian, *L'Expert*
32 Bruce Machart, *Le Sillage de l'oubli*
31 Ross Macdonald, *Le Sourire d'ivoire*
30 David Morrell, *Rambo*
29 Ross Macdonald, *À chacun sa mort*
28 Rick Bass, *Le Livre de Yaak*

27 Dorothy Johnson, *Contrée indienne*
26 Craig Johnson, *L'Indien blanc*
25 David Vann, *Désolations*
24 Tom Robbins, *B comme Bière*
23 Glendon Swarthout, *Le Tireur*
22 Mark Spragg, *Une vie inachevée*
21 Ron Carlson, *Le Signal*
20 William G. Tapply, *Dérive sanglante*
19 Ross Macdonald, *Noyade en eau douce*
18 Ross Macdonald, *Cible mouvante*
17 Doug Peacock, *Mes années grizzly*
16 Craig Johnson, *Les Camps des morts*
15 Tom Robbins, *Féroces infirmes retour des pays chauds*
14 Larry McMurtry, *Texasville*
13 Larry McMurtry, *La Dernière Séance*
12 David Vann, *Sukkwan Island*
11 Tim O'Brien, *Les choses qu'ils emportaient*
10 Howard McCord, *L'homme qui marchait sur la Lune*
9 Craig Johnson, *Little Bird*
8 Larry McMurtry, *Lonesome Dove*, épisode 2
7 Larry McMurtry, *Lonesome Dove*, épisode 1
6 Rick Bass, *Les Derniers Grizzlys*
5 Jim Tenuto, *La Rivière de sang*
4 Tom Robbins, *Même les cow-girls ont du vague à l'âme*
3 Trevanian, *La Sanction*
2 Pete Fromm, *Indian Creek*
1 Larry Watson, *Montana 1948*

CET OUVRAGE A ÉTÉ COMPOSÉ PAR
ATLANT'COMMUNICATION
AU BERNARD (VENDÉE).

ACHEVÉ D'IMPRIMER EN FÉVRIER 2025 SUR LES PRESSES
DE NORMANDIE ROTO IMPRESSION S.A.S., 61250 LONRAI
POUR LE COMPTE DES ÉDITIONS GALLMEISTER
13, RUE DE NESLE, 75006 PARIS

IMPRIMÉ EN FRANCE

DÉPÔT LÉGAL : MARS 2025
N° D'IMPRESSION : 2404921